Birgit Fiolka

# Feuerprinz



atb aufbau taschenbuch

BIRGIT FIOLKA, Jahrgang 1974, hat bereits mehrere historische Romane geschrieben. Als Aufbau Taschenbuch erschien von ihr bisher Band 1 der Legenden von Engil: »Blutschwestern«.
Mehr zu der Autorin auf ihrer Homepage: www.birgit-fiolka.de

Die Menschen von Engil scheinen wie unter einem Bann zu stehen, als ein Fremder in die Stadt kommt. Elven ist freundlich und macht sich schnell beliebt. Fast übernatürlich ist die Anziehungskraft, die von ihm ausgeht, und schließlich nimmt er sogar Lin, die Tochter des Königs, zur Gefährtin. Doch schon bald ereignen sich immer mehr seltsame Dinge. Ein Mädchen verschwindet spurlos, im alten Opferkreis des dunklen Gottes finden Priesterinnen eines Morgens frisches Blut. Immer deutlicher spürt Lin, dass Elven nicht der ist, für den er sich ausgibt. Kann sie die Rückkehr des Blutgottes noch verhindern?

Birgit Fiolka

# Feuerprinz

## Die Legenden von Engil
## Band 2

*Roman*

atb aufbau taschenbuch

Gewidmet den 21 jungen Menschen,
die bei der Duisburger Loveparade auf tragische Weise ihr Leben verloren, sowie deren Angehörigen.

ISBN 978-3-7466-2722-9

Aufbau Taschenbuch ist eine Marke der Aufbau Verlag GmbH & Co. KG

1. Auflage 2011

Umschlaggestaltung morgen, Kai Dieterich unter Verwendung
mehrerer Motive von iStockphoto: © Jesse Lang, © Stanislav Pobytov
Druck und Binden CPI – Clausen & Bosse, Leck
Printed in Germany

www.aufbau-verlag.de

*Hüte dich vor der Götter Liebe … ihre Glut entflammt, wo des Menschen Herz längst Asche ist.*

*Wenn du ein Mädchen oder eine Frau bist, dann sag nicht: »Ach, wie wünsche ich mir, ein Gott käme, um mich ewig zu lieben.« … und wenn du ein Jüngling oder ein Mann bist, dann sag nicht: »Ach, wie wünsche ich mir, eine Göttin käme, um mich ewig zu begehren.«*

*Denn der Götter Ewigkeit ist Fluch für die Endlichkeit des Menschen.*

*Weisheit der Lalufrauen*

## Liste der wichtigsten handelnden Personen

| | |
|---|---|
| Lin | Tochter von Ilana und Tojar, Erbin von Engil, erste Priesterin Salas |
| Ilana und Tojar | Königspaar von Engil |
| Jevana | Zweite Priesterin Salas, Freundin von Lin |
| Vay | Lins Dienerin |
| Braam | Sohn eines Taluk, mittlerweile Falbrindbauer, nachdem er und sein Vater durch Machtgier in Ungnade gefallen sind |
| Elven | Ein Fremder, der sich in Engil ansiedeln möchte |
| Dawon | Der dunkle Greif, Gefährte der Lalufrau Nona, Vater des Halbgreifen Degan |
| Nona | Letzte überlebende Lalufrau, Gefährtin von Dawon, Mutter von Degan |
| Degan | Halbgreif, ehemals Prinz von Engil, der Lin heiraten sollte, bevor er sich in die Greifin Xiria verliebte und sowohl Engil als auch den Menschen |

| | |
|---|---|
| | den Rücken kehrte, mittlerweile Anführer der vom Fluch befreiten Greife |
| Belamon | Vom Fluch befreiter Junggreif, Freund von Degan |
| Jayamon und Suragon | Anführer der unter dem Fluch stehenden Greife |

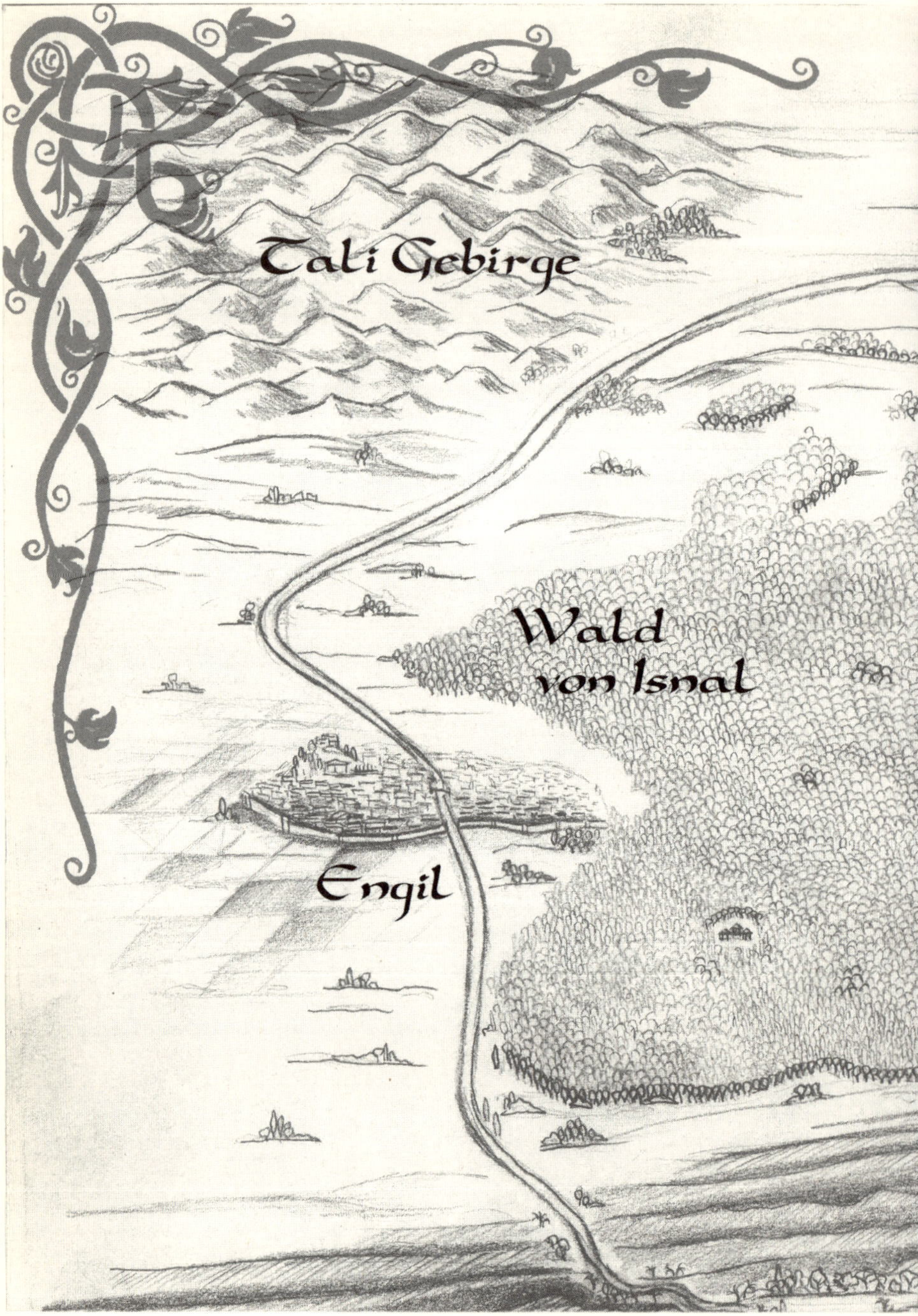

Tali Gebirge
Wald
von Isnal
Engil

Wiesenland
Mugur Gebirge
Dungun
Quelle
von Isnal
Sumpfland
Schwarze Wüste
Melasan

# 3. Zyklus

# Der Fremde

Lins Gesicht brannte vom Rauch des Feuers, und knisternde Funken streiften ihre Wangen, so dass sie sich zwingen musste, nicht zurückzuweichen. Längst tränten ihre Augen vom beißenden Qualm, doch sie wagte es nicht, sie zu schließen. Durch die Schwaden erahnte Lin die Blicke der jungen Priesterinnen, die erwartungsvoll auf sie gerichtet waren, und wappnete sich dagegen, sie wieder einmal enttäuschen zu müssen.

»Siehst du etwas, Lin? Hat Sala sich dir offenbart?«

Lin schüttelte den Kopf und gab auf. Genug der Qual für heute! Sie hatte alles gegeben und fühlte sich ausgelaugt. Jeden Tag vollzog sie das ermüdende Ritual mit dem gleichen niederschmetternden Ergebnis. Die Göttin offenbarte sich ihr nicht und sprach auch nicht zu ihr. Lin ahnte mittlerweile, dass Sala es auch niemals tun würde. Sie hatte darum gebeten, das Amt der Hohepriesterin ablegen zu dürfen, doch ihre Mutter Ilana hatte abgelehnt. Lin wusste nur allzu gut, weshalb. Die arme Lin, mit der jeder Mitleid empfand ... von ihrem Gefährten verschmäht und verlassen wegen einer anderen, die es eigentlich gar nicht hätte geben sollen – einem Greifenweib!

Xiria war tot, der Schrecken, den sie verbreitet hatte, seit drei Jahresumläufen vorüber. Degan hatte seine Geliebte letztendlich ihretwegen getötet. Das hätte sie eigentlich mit dem Schicksal versöhnen müssen. Doch gleichzeitig hatte er sich auch aus jeglicher Verpflichtung Lin und Engil gegenüber befreit. Sie akzeptierte das schweren Herzens. Was Lin hingegen nicht ertrug, waren die mitleidigen Blicke der Menschen und die unausgesprochenen Fragen, die in ihren Gesichtern geschrieben standen. *Wird sie jemals wieder einen Gefährten finden? Vielleicht spricht Sala ja nicht zu ihr, weil sie sich weigert, Degan zu vergessen und einen anderen Gefährten zu erwählen.*

Lin erhob sich von der Feuerstelle und sah sich verstohlen in Salas Tempel um. Die Wände waren noch immer grau und schmucklos, die Webteppiche auf dem Steinboden verblasst, der Sand eines ganzen Jahresumlaufes lag in den Ecken und vor dem Altar.

In drei Tagen fand das Sonnenwendfest statt. Sie mussten noch Blumen pflücken und Kränze binden, den Tempel säubern, den Wein aus den Lagern holen lassen ... es gab so viel zu tun. Am liebsten hätte Lin sich verkrochen und das Fest einfach verschlafen.

Ihr kam das Sonnenwendfest vor drei Jahresumläufen in den Sinn. Da war sie eine ganz andere Lin gewesen – eine, die lachen konnte. Sie war glücklich gewesen und verliebt ... in Degan ... Schon hatte das Gift der Erinnerung sie wieder in seiner Gewalt! So war es immer, wenn sie an ihre unglückliche Liebe dachte. Lin zwang sich zu einem Lächeln, um ihre Trübsal zu verbergen. »Wir müssen heute Abend mit den Vorbereitungen für das Fest beginnen, Jevana.«

Jevana, ihre engste Freundin seit ihrer Rückkehr aus Dungun, legte ihr eine Hand auf die Schulter, und wie immer wusste Lin, dass die zweite Priesterin spürte, was in ihr vorging. Die Kraft und Ausgeglichenheit, welche von Jevana ausgingen, taten ihr gut. »Ruh dich aus, Lin. Du siehst müde aus. Ich werde mich um die Blumengebinde kümmern, und heute Abend besprechen wir alles weitere.«

Lin schenkte Jevana einen dankbaren Blick und ging dann, gefolgt von der kleinen Schar Priesterinnen, zur Pforte des Tempels.

Sommerliche Hitze schlug ihr entgegen, als zwei der Mädchen die hölzerne Tür öffneten – die Luft war flimmernd und staubig, keine Wolke stand am Himmel. Lin blinzelte in den hellen Tag und überlegte, wie sie Ilana aus dem Weg gehen konnte, die ihr jeden Tag die gleiche müßige Frage stellte, wenn sie aus dem Tempel zurückkehrte. »Hat die Göttin zu dir gesprochen?« Lin seufzte stumm. Irgendwann musste auch ihre Mutter einsehen, dass sie nicht zur Hohepriesterin geeignet war.

Menschen eilten am Tempel vorbei, grüßten im Vorbeilaufen, doch sie schienen es heute eiliger zu haben als sonst. Lin stutzte, als sie ihnen hinterhersah. Als zöge sie ein unsichtbares Band Richtung Unterstadt. Sie tauschte einen ratlosen Blick mit Jevana. »Wie eine Herde Falbrinder.«

Jevana kicherte bei dem Vergleich.

»Richte Ilana und Tojar meine Grüße aus«, verabschiedete sich Jevana und verschwand dann mit den anderen Priesterinnen wieder im kühlen Tempel.

Lin hatte es nicht eilig, in den Palast zurückzukehren. Der Nachmittag versprach viel zu heiß zu werden … und ereignislos. *Hör endlich auf, dich selbst zu bemitleiden!*, wies sie sich selber zurecht, schlenderte über den Tempelplatz und stieß mit einer vorbeieilenden Frau zusammen, die ihre kleine Tochter ungeduldig an der Hand hinter sich herzog.

»Tut mir leid«, rief sie, ohne stehen zu bleiben. In Engil wurde auch der Weg einer Königstochter nicht mit Blüten bestreut. Doch die Unachtsamkeit der Menschen an diesem Tag war seltsam. Ehe die Frau weitereilen konnte, hielt Lin sie am Ärmel ihres Gewandes fest. »Warum hast du es so eilig? Was gibt es in der Unterstadt zu sehen?«

Die Frau sah sie verwirrt an. Dann schüttelte sie den Kopf, als wäre sie gerade aus einem Traum erwacht. »Ich … ich weiß nicht. Ich habe keine Eile. Aber alle laufen in die Unterstadt, also bin ich hinterhergelaufen.« Sie lächelte verschämt und errötete.

Lin ließ sie los und schüttelte verständnislos den Kopf. Während die Frau mit ihrer Tochter in einer Traube aus Menschen verschwand, maßregelte sie sich selbst. Warum tat sie immer so erwachsen? Etwas mehr Neugierde hätte ihr sicherlich nicht geschadet. Lin gab sich einen Ruck und lief der Frau und ihrer Tochter hinterher. Vielleicht musste sie sich einfach dazu zwingen, ab und zu von ihren ausgetretenen Pfaden abzuweichen, um wieder Freude am Leben zu haben. Vielleicht gab es wirklich etwas Interessantes zu sehen in der Unterstadt.

Als Lin die Brücke erreichte, die über den Sandfluss führte, war sie verstopft mit Menschen, die allesamt zum Stadttor drängten. Sie tauchte ein in die Masse der wogenden Körper und schloss die Augen. Der Geruch von Schweiß war atemberaubend, aber es tat gut, ein Teil der Menge zu sein und sich mit ihr treiben zu lassen. Sogar der Gestank der Falbrindstallungen, der von der Ostseite der Unterstadt herüberzog, machte ihr nichts aus. In diesem Augenblick spürte sie ein winziges Stückchen der alten Lin in sich durchbrechen. Es gab sie also noch, irgendwo tief in ihr. Sie gönnte sich ein seltenes Lächeln, während sie von der Masse über die Brücke geschoben wurde.

In der Unterstadt ließ das Gedränge nach. Die Menschen gingen nun langsamer, sahen sich um, als suchten sie nach etwas. Schließlich kam die Menge zum Stehen – Männer schüttelten den Kopf, Frauen zogen ihre Kinder an sich und sahen sich irritiert um. Auch Lin verharrte. Sie konnte nichts Aufregendes ausmachen, außer der Tatsache, dass sie alle miteinander dichtgedrängt auf dem Versammlungsplatz vor dem Stadttor standen. Es war, als wären sie gemeinsam in einen Rausch geraten, der abrupt geendet hatte. Die Ersten wandten sich peinlich berührt ab, um zu ihrem Handwerk oder ihrer Familie zurückzukehren. Eine junge Engilianerin schüttelte den Kopf, als wäre sie gerade aufgewacht, aber noch schlaftrunken.

Lin sah zum Stadttor hinüber, durch das ein großgewachsener Fremder mit einem Wanderstab kam. Die Wachen lehnten gelangweilt im steinernen Torgang und bohrten mit ihren Schwertern im Sand. Sie blickten nicht einmal auf, als der Fremde an ihnen vorbeilief.

Das war nicht ungewöhnlich. Händler kamen und gingen, und die Waffenausbildung engilianischer Männer war nicht besonders gründlich. Genau genommen waren sie als Krieger untauglich. Die Engilianer waren noch nie ein wehrhaftes Volk gewesen, liebten stattdessen Sala, Wein und gutes Essen – und sie ließen jeden die Tore Engils passieren, der dies begehrte.

»Schau …«, sagte Lin zu dem Mädchen neben sich. In Engil kannte man fast jedes Gesicht, und so fiel ein Fremder auf. »Kennst du diesen Mann?«

Das Mädchen schüttelte den Kopf. »Nein … den habe ich noch nie gesehen.«

Lin wusste nicht weshalb, aber dieser Mann zog ihre Aufmerksamkeit auf sich. »Was will er wohl? Nach Engil sind schon lange keine Fremden mehr gekommen – nur Händler und die Waldfrauen. Er sieht nicht aus wie ein Händler.«

Das Mädchen bedachte sie mit einem Blick, als hätte sie gefragt, warum das Gras grün und der Himmel blau ist. »Ich weiß nicht. Woher weißt du denn, dass er kein Händler ist, wenn du ihn nicht kennst?« Sie wartete erst gar keine Antwort ab. Die Menschen von Engil mochten es nicht, sich mit unnötigen Grübeleien zu befassen. »Ich glaube, ich gehe nach Hause. Mein Kopf tut weh, und ich bin müde.« Das Mädchen lächelte entschuldigend und schlenderte dann langsam davon.

Lin wandte sich erneut dem Fremden zu, der geradewegs auf sie zukam. Verstohlen sah sie sich um. Sie war die Einzige, die noch herumstand und den Fremden anstarrte. Die Menge hatte sich zerstreut. Lin überlegte, ob sie sich einfach umdrehen und weglaufen sollte, fand diesen Gedanken jedoch albern.

Die Schritte des Fremden waren ausladend, er war jung, seine Glieder steckten nicht in Beinkleidern und Hemd, sondern in einem langen, blau gefärbten Gewand. In der rechten Hand hielt er den Wanderstab, sein Gesicht war gebräunt. Er hätte ein Wanderpriester sein können, doch dafür war er nach Lins Einschätzung zu jung. Seine aufmerksamen Blicke und der Gang passten eher zu einem Krieger. Ein fremder Krieger in Engil! Der Gedanke beunruhigte sie.

Als hätte er ihre Gedanken erraten, hob er in einer beschwichtigenden Geste die Hand zum Gruß. Sie erwiderte den Gruß nicht, sah ihn nur argwöhnisch an. Als der Fremde endlich vor ihr stand, war er etwa einen Kopf größer als sie selbst. Lin nahm den Geruch von Rinde, Wald und Laub an ihm wahr. Offenbar war er durch die Wälder von Isnal gewandert, um nach Engil zu gelangen. Früher hatte Lin den Duft des Isnalwaldes geliebt, doch seit jener Nacht in den Wäldern, als die Geschöpfe des dunklen Gottes sie verfolgt hatten und die Greifin Xiria sie nach Dungun verschleppt hatte, war das anders. Lin verschränkte die Arme vor der Brust und verbarg ihre Abneigung kaum.

Der Fremde ließ sich nicht abschrecken und sah sie ernst, jedoch nicht unfreundlich an. Lin irritierte sein Verhalten. Wie alt mochte er sein? Fünfundzwanzig Jahresumläufe? Sein Gesicht war glatt und wies männliche Konturen auf. Er trug sein Haar lang, aber nach Kriegerart straff mit einem Band aus dem Gesicht. Im Grunde genommen war er recht ansehnlich. Trotzdem fühlte sich Lin in seiner Gegenwart unwohl. Da sie keine Anstalten machte, ihn zu begrüßen, sprach er sie an. »*Belis nani* … kannst du mir sagen, wie ich zum Palast komme?«

Seine Stimme klang selbstbewusst. Lin ärgerte das, obwohl sie nicht wusste, weshalb. Selbstbewusstsein war doch nichts Schlechtes, und etwas mehr davon hätte auch ihr gutgetan. Von irgendwoher hörte sie ein Falbrind brüllen, ein Kind schrie, als seine Mutter ihm eine Ohrfeige verpasste. Der Fremde wartete auf eine Antwort. Unschlüssig scharrte sie mit ihrer Sandale im Sand, bevor sie sich überwand, ihm zu antworten. »In Engil kenne ich jedes Gesicht. Aber deines kenne ich nicht – was willst du im Palast?«

Entschuldigend hob er die Brauen, als hätte er nicht mit dieser schroffen Zurückweisung gerechnet. »Es tut mir leid, wenn ich voreilig bin. Muss sich denn nicht jeder, der sich in Engil ansiedeln will, dem Königspaar vorstellen?«

Lin nickte unwillig. Sein Anliegen schien durchaus ehrenwert, trotzdem widerstrebte es ihr, diesen Fremden zu Ilana und Tojar zu bringen. Es ging etwas von ihm aus, das ihr nicht gefiel. Aber wie konnte sie ihn loswerden? »In drei Tagen feiern wir das Sonnenwendfest für Sala. Du bist zu einem ungünstigen Zeitpunkt gekommen. Ilana und Tojar sind mit den Vorbereitungen beschäftigt und empfangen niemanden.«

Auf seinem Gesicht breiteten sich Enttäuschung und Ratlosigkeit aus. »Dann könnte ich doch bei Salas Hohepriesterin vorsprechen?«

Wieder schüttelte Lin den Kopf, dieses Mal vielleicht etwas zu schnell. »Sicher kannst du dir denken, dass auch die Hohepriesterin zu einer so wichtigen Zeit mit anderen Dingen beschäftigt ist.«

Lin glaubte, dass ihr Gesicht rot anlief wie eine Ogabeere, weil sie so schamlos log. Stumm bat sie Sala um Verzeihung, doch sie konnte nicht anders. Sie wünschte sich inbrünstig, der Fremde würde einfach wieder gehen. Doch das hatte er augenscheinlich nicht vor. Sein Blick wurde unangenehm eindringlich, ganz so, als könne er ihr die Lüge im Gesicht ansehen, dann schlug seine Stimmung überraschend um. Er schenkte Lin ein versöhnliches Lächeln und stützte sich auf seinen Wanderstab. »Dann werde ich warten bis nach dem Fest und mir eine Unterkunft suchen. Ich danke dir für deine Hilfe.«

Lin spürte, dass er gern ihren Namen erfahren hätte, doch sie hatte nicht vor, diesem Fremden irgendetwas über sich zu verraten.

Er sah sie weiter an und machte keinerlei Anstalten zu gehen. »Mein Name ist Elven.«

»Viel Glück, Elven«, antwortete Lin, wandte sich ab und ließ ihn einfach stehen. Erst als sie ein paar Schritte zwischen sich und ihn gebracht hatte, wagte sie einen Blick über ihre Schulter. Seine Aufdringlichkeit ärgerte sie. Wahrscheinlich starrte er ihr noch immer hinterher. Doch zu ihrer Erleichterung war Elven verschwunden. Als sie sich abwandte, nahm sie eine Bewegung in ihrem Augenwinkel wahr – genau dort, wo Elven gerade noch gestanden hatte. Lin sah genauer hin. Plötzlich fröstelte sie trotz des heißen Tages. Dort, wo Elven gestanden hatte, war der Sand schwarz verbrannt, und feine Rauchschwaden stiegen von der Brandstelle auf. Lin schloss die Augen, und als sie sie wieder aufschlug, waren die Rauchschwaden verschwunden, und der Sand war nur noch ganz normaler Sand. Sie verspürte einen leichten Schmerz in den Schläfen und fragte sich, ob mit ihrem Kopf vielleicht etwas nicht stimmte. Ein paar Schritte entfernt spielten ein paar Kinder mit einer Holzkugel. Lin ging zu ihnen und sprach sie an. »Habt ihr die Rauchschwaden und den brennenden Sand gesehen?«

Ein Mädchen und ein Junge schüttelten gleichzeitig den Kopf und starrten sie an, als wäre sie nicht ganz bei Trost.

»Aber er war doch direkt vor euch … den Rauch hättet ihr doch riechen müssen.«

Die Kinder sahen sie mit großen Augen an und wagten kaum noch zu antworten. *Unglückselige Lin, die Rauch sieht, wo es keinen gibt*, ermahnte sie sich selbst, dann lächelte sie entschuldigend: »Dann muss ich mich geirrt haben.«

Sie überließ die Kinder ihren Spielen und fühlte sich noch schlechter als zuvor. Warum sah sie brennenden Sand, der dann einfach verschwand? Lin hatte es plötzlich eilig, die Unterstadt zu verlassen. Sie dachte an den Fremden. Elven würde früh genug auffallen, dass sie ihn angelogen hatte. Wenn er blieb, würde er spätestens bei der Sonnenwendfeier erfahren, dass sie Salas Hohepriesterin war. Lin versuchte, sich zu beruhigen. Vielleicht wäre es dann endlich vorbei mit ihrem Amt als Hohepriesterin. Vor allem eine Priesterin Salas sollte weise und klug handeln und sich auch Fremden gegenüber freundlich zeigen. Doch sie hatte sich gerade alles andere als freundlich benommen. Außerdem sah sie brennenden Sand und Rauch, wo es keinen gab. Was für eine erbärmliche Priesterin sie ihrer Göttin war!

Während sie noch über den verpfuschten Tag nachdachte, verspürte Lin plötzlich einen scharfen Schmerz hinter ihrer Stirn und fasste sich an die Schläfen. Wie aus dem Nichts fühlte sich ihr Kopf an, als würde er von Hunderten unsichtbaren Dolchen traktiert. Sie taumelte und wäre beinahe hingefallen, fing sich dann jedoch am Geländer der Sandflussbrücke ab.

Eine alte Frau griff ihr unter die Arme und fragte, ob es ihr gutgehe. Lin nickte schnell. »Es ist nur so furchtbar heiß heute.« Vor ihr flimmerte das schwarze Wasser des Flusses und begann sich wie ein Strudel zu drehen. Lin wurde schwindelig. Sie konnte sich gerade noch fangen, bevor sie der Länge nach hinfiel.

»Soll ich meine Tochter rufen, damit wir dich in den Palast bringen?« Der Blick der Alten wurde immer besorgter. Lin schüttelte den Kopf. Der Schmerz hinter ihrer Stirn ließ so plötzlich nach, wie er gekommen war. Zweifelnd berührte Lin ihre Stirn und suchte nach einer Erklärung. *Der Rauch des Tempelfeuers hat mich durcheinander gebracht.* Ja, das musste es sein. Sie wollte einfach nicht die seltsame Lin sein ... es reichte ihr schon, dass die Menschen sie als Unglücksbotin sahen. »Danke, es geht mir schon wieder gut«, gab sie der Alten zu verstehen und versicherte ihr noch einmal, dass sie allein zurechtkäme. Der argwöhnische Blick der Frau ärgerte Lin, obwohl sie der anderen ihr Misstrauen kaum verdenken konnte. Sie musste ja seltsam auf die Engilianer wirken, wie sie sich benahm! Vielleicht hatte sie diesem Elven Unrecht getan, und sie selbst war das eigentliche Problem. Sie beschloss, ihn beim Sonnenwendfest um Verzeihung zu bitten, bevor er ihren Eltern von ihrem unfreundlichen Verhalten ihm gegenüber erzählen konnte.

Ilana stand vor der Mauer des Palastgartens und zog den Ast des Baumes mit den schweren Ogafrüchten zu sich hinunter, während die Dienerin die Früchte pflückte und in die mitgebrachten Beutel warf. Zum Sonnenwendfest wurden sie an die Kinder verteilt, und die Bäume des Palastgartens trugen die süßesten Früchte. Ilana wischte sich über die Stirn, ließ den Ast erleichtert los, als die Dienerin ihn abgeerntet hatte, und sah im gleichen Augenblick ihre Tochter den Hügel hinaufkommen. Mit einer knappen Anweisung schickte sie das Mädchen nach Lins Dienerin Vay, eine Schale mit kaltem Fleisch und Früchten für ihre Tochter herzurichten. Wie immer, wenn Lin aus dem Tempel kam, sah sie ausgelaugt aus. Ihr lockiges schwarzes Haar wirkte dann stumpf und hatte den scharfen Geruch nach verkohltem Holz, ebenso wie einst das von Liandra. Ilana war dieser Geruch mittlerweile so verhasst, wie sie ihn früher geliebt hatte. Der Götterdienst machte Lin unglücklich, und sie als ihre Mutter fühlte das Unglück ihrer Tochter, als wäre es ihr eigenes. Doch ihr das Priesteramt zu entziehen, wie es Lins Wunsch war, brachte sie einfach nicht über sich. Die Engilianer, die nicht verstehen konnten, weshalb Lin sich über die Vorfälle vor drei Jahresumläufen in Schweigen hüllte und sich von einem lebenslustigen jungen Mädchen in eine schweigsame junge Frau verwandelt hatte, würden in ihrem Rücktritt als Salas Hohepriesterin ein weiteres Zeichen für ihr ungünstiges Schicksal sehen.

Ilana spürte eine Träne in ihrem Augenwinkel und wischte sie hastig fort, bevor Lin die Mauer des Palastes erreichte. Ihre Tochter brauchte kein Mitleid, sondern Zuversicht.

Als sie Lin am Eingang des Gartens umarmte, kam sie ihr jedoch noch müder vor als in den Tagen zuvor.

»*Belis nani*, Mutter«, war alles, was Lin über die Lippen kam.

Schweigend gingen sie durch den zu dieser Jahreszeit üppig blühenden Garten – Dawons Garten –, in dem der dunkle Greif einige Jahresumläufe gelebt hatte. Ilana schloss für einen kurzen Augenblick die Augen und erlaubte sich, in eine Zeit zurückzureisen, in der sie selbst jung gewesen war und ihre Weggefährtin Nona an ihrer Seite wusste. Ilana zwang sich, in die Wirklichkeit zurückzukehren. Immer zur Sonnenwendzeit, wenn die Sträucher und Bäume des Gartens schwer an ihren Früchten trugen und das Gras saftig und grün war, schmerzte sie der Verlust ihrer einstigen Gefährten besonders stark. Ihr Blick fiel auf Dawons Ast, um den Nona immer einen großen Bogen gemacht hatte – aus Angst, dass

Dawon versuchen würde, sie mit seinem Duft zu verführen. Die Erinnerung daran ließ sie lächeln. Niemals war sie einsam gewesen, trotz der schweren Zeit. Aber damals war sie jung gewesen und Engil kein sicherer und friedlicher Ort. Sie durfte nicht sentimental werden.

Ilana betrachtete Lins verschlossenes Gesicht aus den Augenwinkeln. Sie hatte sich so sehr gewünscht, dass es einen anderen Gefährten für Lin gäbe als Degan ... Drei lange Jahresumläufe trauerte Lin nun bereits um ihn ... und empfand dabei eine Leere, die selbst Ilana niemals hatte erfahren müssen.

»Heute ist etwas Seltsames geschehen ...«, unterbrach Lin die Stille, während ihre Dienerin Vay in der Laube vor dem Wohnpalast erschien und einen Webteppich auf dem Boden entrollte, auf dem sich Mutter und Tochter niederließen. Dawon hatte sich in geschlossenen Räumen nicht wohlgefühlt, so dass Ilana ihre Mahlzeiten oft in den Garten hatte bringen lassen, um ihm Gesellschaft zu leisten; diese Angewohnheit hatte sie auch nach Dawons Verschwinden beibehalten, und auch Lin hatte sich daran gewöhnt, unter freiem Himmel zu essen.

Ilana war froh, dass Lin von sich aus ein Gespräch begann. Manchmal schwieg sie einfach, und ihr bedrücktes Schweigen konnte sich einen ganzen Nachmittag hinziehen.

»Die Menschen liefen zur gleichen Zeit in die Unterstadt, ohne dass es einen besonderen Anlass dafür gab. Als sie schließlich auf dem Platz vor dem Stadttor ankamen, erwachten sie wie aus einem Traum und zerstreuten sich.«

Ilana sah Lin verwundert an, während sie sich zurücklehnte und ihr langes Gewand unter die Knie schlug. »Das hört sich wirklich seltsam an.«

Lin zuckte die Schultern und nahm eine Tonschale mit Schafsfleisch sowie einen Kelch aus Rotmetall von Vay entgegen. Nach einem tiefen Zug vom Wein stellte sie Schale und Kelch beiseite und rieb sich die Schläfen. »Alle zog es auf einmal zur Unterstadt, sogar die Brücke war von Menschen verstopft. Doch in der Unterstadt war nichts. Es war fast wie ein Zauberbann.«

Ilana verstand nicht genau, was Lin damit sagen wollte. »Ein Zauberbann? Waren denn Waldfrauen in Engil? Man sagt, dass die ältesten von ihnen sich auf Lock- oder Bannzauber verstehen. Aber warum sollten sie die Menschen vor das Stadttor locken wollen?«

Wieder schüttelte Lin den Kopf, dieses Mal unwillig. »Da waren keine Waldfrauen.«

»Ist dir denn irgendetwas Ungewöhnliches aufgefallen?«

Der Blick, mit dem Lin sie ansah, ließ Ilana ahnen, dass ihre Tochter irgendetwas verschwieg, denn sie öffnete den Mund, schloss ihn wieder und griff zu einem Stück Fleisch aus ihrer Schale. »Nein, alles war wie immer.«

»Du bist die Hohepriesterin.« Diese Sache schien Lin wirklich zu beschäftigen, und was immer dahintersteckte – ihre Tochter vergaß dadurch vielleicht ein wenig ihr eigenes Unglück. Deshalb wollte Ilana sie ermutigen. »Vielleicht solltest du Salas Feuer befragen … am Sonnenwendfest. Da ist die Verbindung zur Göttin am mächtigsten.«

Lin stellte die Schale mit einer unwirschen Geste zurück auf die Webmatte und stand auf. Sie bedachte ihre Mutter mit einem verletzten Blick. »Du weißt sehr genau, dass Sala sich nicht um mich schert. Das hat sie die letzten Sonnenwendfeiern nicht getan, und sie wird es auch jetzt nicht tun. Warum erlaubst du mir nicht endlich, das Amt der Hohepriesterin an Jevana zu übertragen?«

Ilana seufzte und stand ebenfalls auf. Da war er wieder – der unleidliche Zwist zwischen ihnen. »Lin, bitte – hab nur noch ein wenig Geduld.«

Lin schüttelte den Kopf und verschwand dann über die kleine Steintreppe hinauf in den Palast. »Ich habe Kopfschmerzen und gehe in meine Räume«, rief sie, bevor Ilana ihr Priestergewand in den Schatten des Wohnpalastes verschwinden sah.

Vay, die im Hintergrund gewartet hatte, bückte sich und nahm den Kelch aus Rotmetall sowie die Schale mit dem Fleisch auf. Sie bedachte Ilana mit einem entschuldigenden Lächeln, so als wäre es ihr Versagen, dass Lin ihr Mittagsmahl stehengelassen hatte.

Ilana war nicht sicher, was sie von Lins Dienerin halten sollte. Vay war flink und freundlich, aber schweigsam, und Ilana fand auch, dass sie etwas Störrisches an sich hatte. »Lin hat anscheinend keinen Hunger, Vay. Wenn du möchtest, kannst du das Fleisch selber essen und den Wein austrinken.«

Vay bedankte sich mit einer knappen Verbeugung, schüttelte dann jedoch den Kopf. Ilana meinte nicht zum ersten Mal, einen beleidigten Ausdruck in ihrem Gesicht zu sehen – beinahe so, als empfände sie es als Zumutung, das verschmähte Mahl ihrer Herrin angeboten zu bekommen. »Ich habe auch Kopfschmerzen. Ich glaube, wenn ich etwas esse, kann ich es nicht bei mir behalten.«

Ilana nickte und entließ Vay. Auch ihr war die Lust am Essen vergangen. So einladend die schattige Laube auch war, alleine hatte sie keine Lust hier den Nachmittag zu verbringen. Tojar besprach gerade mit einigen seiner Berater, welches Getreide und Gemüse im nächsten Jahresumlauf auf den Feldern rund um Engil angebaut werden sollte. Es blieb ihr also auch wenig mehr, als den Nachmittag in ihren Räumen zu verbringen. Für etwas anderes war es ohnehin viel zu heiß. Während sie in die angenehme Kühle des Wohnpalastes trat, fuhr sich Ilana durch das Haar und spürte ein leichtes Pochen hinter ihrer Stirn. *Was für ein seltsamer Zufall, auch mir schmerzt der Kopf heute ein wenig.* Sie überlegte, ob sie

Tojar von Lins Beobachtungen erzählen sollte. Ihr Blick fiel auf die cremeweiße Tür aus Bellockholz, hinter der sie Tojar mit seinen engsten Beratern wusste. Sie dachte daran, wie Tojar nach Lins Rückkehr aus Dungun bis zur Erschöpfung die Wälder von Isnal durchstreift hatte auf der Suche nach Kreaturen des dunklen Gottes – nach Greifen und Schjacks. Müde und ausgezehrt war er schließlich nach Engil zurückgekehrt. Es hatte lange gebraucht, bis er dem Frieden getraut hatte.

Ilana beschloss zu warten und ihn vorerst nicht zu beunruhigen. Vielleicht war alles nur ein seltsamer Zufall. In drei Tagen war Salas Fest, und die Göttin wollte, dass es mit leichtem Gemüt und Sorglosigkeit begangen wurde.

Lin hatte ein schlechtes Gewissen, weil sie am vorherigen Abend nicht in Salas Tempel zurückgekehrt war, um bei den Vorbereitungen für das Sonnenwendfest zu helfen. Stattdessen hatte sie bis zum nächsten Morgen geschlafen und der unerklärlichen Erschöpfung ihres Körpers nachgegeben.

Als sie nun ausgeschlafen Salas Tempel betrat, entschuldigte sie sich bei Jevana, die jedoch nur mit den Schultern zuckte. »Es war ohnehin zu früh, die Blumen zu pflücken. Bei dieser Hitze wären sie verwelkt, bevor das Fest überhaupt beginnt. Aber wir haben schon damit angefangen, den Sand aus dem Tempel zu fegen.«

Lin fiel auf, dass der Steinboden frei vom pudrigen Sand war, der sich das ganze Jahr über in den Ecken häufte. Die Priesterinnen hatten ihn durch die bodenhohen schmalen Gitter im hinteren Teil der Tempelwand gekehrt, die als Rauchabzug und Frischluftzufuhr dienten. Nur zu Salas Sonnenwendfesten wurde der Tempel ordentlich ausgekehrt. Es war einfach eine zu mühselige Arbeit, die nach nur wenigen Tagen wieder zunichte war. Der feine Sand von den Straßen fand immer wieder seinen Weg in den Tempel und setzte sich dort hartnäckig in jeden Spalt und jede Fuge. Sie lächelte Jevana dankbar an, die ihr ein Auge kniff. Lin ahnte, dass sie eine Gegenleistung einfordern würde. Tatsächlich wies Jevana zum angefachten Feuer, das in der großen Rotmetallschale vor Salas Statue knisterte. Die Statue selber war bereits mit Blumengebinden geschmückt worden wie jeden Morgen. »Das Orakelfeuer ist bereit, Lin. Willst du es versuchen?«

Lin quälte sich ein Lächeln ab. Nein, das wollte sie nicht! Aber natürlich ließ sie sich mit untergeschlagenen Beinen vor dem Feuer nieder. Lustlos starrte sie in die unruhig züngelnden Flammen. Erwartungsvolles Schweigen legte sich über die Priesterinnen. Immerhin war bald Sonnenwendfeier – da durfte man auf Wunder hoffen.

Lin konzentrierte sich auf die Flammen. Es war wie immer. Das Feuer knisterte, ihr Gesicht wurde heiß, fast meinte sie, die Flammen würden nach ihr greifen, um sie zu sich hin zu ziehen. Aber so sehr sie sich auch bemühte, Lin sah nichts als die unruhig flackernden Flammen – eine undurchdringbare Wand aus Hitze und Glut, die ihr den Zutritt zu Salas Reich verwehrte.

Sie verlagerte ihr Gewicht auf die Fersen. Das angespannte Schweigen der anderen Priesterinnen machte es nicht gerade einfacher für sie. Manchmal starrte sie stundenlang in das Orakelfeuer, nur damit die Mädchen und Jevana sahen, dass sie sich bemühte. Doch heute war sie unruhig, es gelang ihr kaum, still zu sitzen und eine entspannte Haltung zu finden. Als ein Holzscheit zerbarst und glühende Funken in ihr Gesicht stoben, zuckte Lin zurück und wandte sich so ungeschickt ab, dass ihr Gewand Feuer fing. Sie hörte Jevana schreien, dann die anderen Mädchen. »Bei Salas ewigem Licht! Schnell, helft ihr …!«

Lin wurde gepackt, dann zerrten unzählige Hände an ihrer

Priesterinnenrobe. Zunächst verstand sie überhaupt nicht, was geschehen war, bis ihr klar wurde, dass die Mädchen ihr brennendes Gewand mit den Füßen austraten.

Während sie sich aufrappelte, geschah das Wunder. Lin dachte zuerst an eine Sinnestäuschung wie schon am Vortag in der Unterstadt. Doch dann reckten sich die Flammen empor, wurden immer größer und bedrohlicher und schlossen sich schließlich zu einem Ring aus Feuer zusammen, in dessen Mitte sich ein Fenster in eine andere Welt auftat.

Fasziniert von dem, was sie sah, schüttelte Lin die helfenden Hände der Priesterinnen ab, die sie vom Feuer wegzerren wollten, und kroch entschlossen näher an den lodernden Feuerkranz heran. War dies das Tor zu Salas Reich … die Einladung der Göttin, auf die sie so lange gewartet hatte? Ihr Herz raste vor Aufregung, als die Hitze des Flammenkreises sie einhüllte.

»Lin …«, hörte sie Jevanas Stimme wie aus weiter Ferne. »Lin … was ist mit dir?«

Inmitten des brennenden Kreises öffnete sich ein magisches Tor und offenbarte Lin die ersehnten Visionen und Bilder. *Ich sehe … Ich kann sehen!* Sie glaubte, es Jevana laut zuzurufen, doch tatsächlich kam kein einziger Laut über ihre Lippen. Sie schloss die Augen und ließ sich auf die Vision ein, die sich ihr so unverhofft offenbarte.

Ein Schwall aus Hitze erfasste sie, zog sie durch den brennenden Kreis, und obwohl Lin wusste, dass sie noch immer nackt im Tempel kniete, fand sie sich im nächsten Augenblick in einer vollkommen anderen Welt wieder.

Ungläubig sah sie sich um. Wo war sie? Kein Baum, kein Vogel, dafür überall schwarze Asche und verbrannter Sand, so weit das Auge reichte. Am schwefelgelben Himmel klebte eine glühend rote Sonne, die unbarmherzig das ausgezehrte Land versengte. Die Luft brannte in ihren Lungen, und das Atmen fiel ihr schwer.

Lin tat einen Schritt und hörte ein Zischen. Sie sah hinunter auf ihre Füße und erschrak, weil Rauch vom Sand aufstieg. Als ihr klar wurde, dass der Sand, in dem sie stand, glühend heiß war, begann sie zu schreien. Unter ihren Füßen und zwischen ihren Zehen war rote Glut, die ihre Haut versengte.

Trotz ihrer Atemnot und der Schmerzen begann Lin zu laufen, um dem glühenden Sand zu entkommen. Doch überall um sie herum gab es nur Hitze – eine Wüste aus Feuer, wohin sie auch sah! Wohin hatte Sala sie geführt! Warum tat ihr die Göttin das an! Die schwefligen Gase verätzten ihre Lunge. Lin musste husten. Schließlich blieb sie stehen, weil sie fürchtete, in den glühenden Sand zu fallen. Lin ballte die Hände zu Fäusten und wimmerte vor Schmerz und Angst. Sie musste eine Zuflucht finden, einen Baum … doch wie sollte hier ein Baum überleben? Lin bemühte sich, ihren Verstand zu nutzen, solange sie noch dazu in der Lage war. Es musste irgendetwas geben, worauf sie klettern konnte, um dieser Folter zu entkommen. Aus dem Augenwinkel entdeckte sie wie durch ein Wunder einen Felsbrocken, der aus der Asche herausragte. Es kostete sie ihre letzte Kraft, mit den verbrannten Füßen einen Schritt vor den anderen zu setzen. Bei jedem Schritt verschmolzen ihre Zehen mehr zu einem unförmigen Klumpen, und der beißende Geruch verbrannten Fleisches verursachte ihr Übelkeit. Lin schluchzte und ahnte, dass sie für den Rest ihres Lebens verkrüppelt sein würde … falls sie dies hier überlebte! Ihre Füße waren rohes Fleisch, die Reste der Haut mit Brandblasen übersät. Sie würde nie wieder laufen können – nie mehr! *Bitte keine Qualen mehr …* Die Schmerzen hätten ihr die Besinnung rauben müssen – Lin flehte stumm, sie möge endlich ohnmächtig werden.

Doch stattdessen erreichte sie den Felsen und zog sich mit letzter Kraft hinauf. Auch der Stein war heiß, aber seine Hitze war weitaus erträglicher als der glühende Sand. Verzweifelt rang Lin nach Atem und sog die flirrende Luft in ihre Lungen. *Ich werde ersticken!*

Sie konnte kaum noch etwas sehen. Ihre Lider rieben wie Sand über ihre Augen; und doch spürte sie plötzlich, dass sie nicht mehr allein war. Sie blinzelte, nahm jedoch nur verwaschene Farben und Formen wahr. Da war ein großer Schatten, der auf sie zukam! Lin konzentrierte sich auf ihre Ohren. Stampfende Schritte im glühenden Sand; den Geräuschen nach zu urteilen, war das Wesen mindestens so groß und schwer wie zwei Falbrinder.

Lin zwang sich, ihre Schmerzen zu ignorieren. Sie musste Klarheit darüber haben, was es war. Offensichtlich bereitete ihm das Laufen durch dieses Glutmeer keine Schwierigkeiten, denn der Schatten kam immer näher und schien genau auf den Felsen zuzulaufen, auf dem sie kauerte. Lin spürte, dass das Wesen ihr nicht freundlich gesinnt war – und dann erkannte sie doch noch etwas … Die Augen der Gestalt leuchteten groß und feurig rot … rot wie Blut.

»Sala, hilf mir!«, schrie sie entsetzt, während das Wesen näher kam. Sie hatte keinerlei Zweifel daran, dass es böse war … so böse wie dieser Ort. »Sala!«

»Du schuldest es mir!«, vernahm Lin anstelle der Göttin eine grollende Stimme, drohend und voller Unbarmherzigkeit. Das Wesen sprach zu ihr.

»Nein!« Sie rollte sich auf dem Felsen zusammen, den Kopf zwischen den Armen versteckt. Die Angst raubte ihr die letzte Kraft, die sie vielleicht noch hätte aufbringen können, um zu entkommen. »Bitte, geh … ich will dein Gesicht nicht sehen … dein furchtbares Gesicht!«

»Du schuldest es mir!«, grollte das Wesen erneut, dann begann es plötzlich zu laufen, immer schneller, geradewegs auf sie zu. Lin schrie in Todesangst und ließ sich vom Felsen rollen. *Fort … nur fort …* Auf allen vieren kroch sie vorwärts, obwohl sie wusste, dass es aussichtslos war. Der heiße Sand ätzte sich in ihre Beine und ihre Hände, doch sie zog sich weiter, verfolgt von den donnernden Schritten des Wesens. *Es wird mich nicht gehen lassen …* Die Erkenntnis durchfuhr sie gnadenlos und unbarmherzig. Lin hätte geweint, wenn ihre Augen noch Tränen gehabt hätten.

Vor sich erkannte sie einen seltsamen orangeroten Schimmer … einen Kreis … einen Kreis aus Feuer. *Kein Schimmer … das ist der Feuerkreis … das Tor, das mich aus dieser Schreckensvision hinausführt!* Lin nahm ihre letzte Kraft und schleppte sich weiter. Kurz bevor die Kreatur sie erreichte, kroch sie durch den Feuerkreis …

»Lin!«, kreischte Jevana in ihr Ohr, und sie riss die Augen auf. Jevana rüttelte an ihren Schultern, die anderen Mädchen hatten sich die Hände vor die Münder geschlagen und starrten sie an. Noch immer kniete sie nackt vor dem Feuer.

»Lin? Hattest du eine Vision?«

Lin sah verwirrt hinunter auf ihre Füße. Sie waren weder verbrannt, noch starrte die Luft im Tempel vor Hitze. Sie war entkommen! Sie war wieder zurück – sie war der schrecklichen Vision und dem bösen Wesen entkommen. Sala sei Dank! Es war nur ein magisches Gesicht gewesen, wenn auch ein schreckliches. Lin riss sich zusammen, während Jevana sie erwartungsvoll ansah. »Ja … eine Vision!«

Die Panik der zweiten Priesterin ging in ein glückliches Strahlen über, und auch die Mädchen klatschten plötzlich in die Hände und gratulierten ihr überschwänglich.

*Nein!*, wollte sie ausrufen. *Ihr versteht nicht … das war nicht Sala … das war etwas anderes, etwas Böses und Bedrohliches!*

»Sala sei gepriesen!«, sangen sie im Chor, ohne etwas von der Bedrohung zu spüren, welcher sie nur mit Mühe und Not entkommen war. Lin starrte sie an und zwang sich dann zu einem Lächeln, während sie die Glückwünsche entgegennahm. Sie brachte es im Angesicht der glücklichen Gesichter nicht fertig, ihnen von der Vision zu erzählen; schlimm genug, dass Sala nicht zu ihr sprach, doch dass stattdessen etwas Böses Zugang zu Salas Tempel fand, war viel schlimmer. *Unglückselige Lin!* Nein, sie durfte noch nicht einmal Jevana von ihrer Schreckensvision erzählen. Die zweite Priesterin fiel ihr vor Freude um den Hals, ungeachtet dessen, dass Lin noch immer nackt war. Ihre Stimme klang erleichtert. »Jetzt wird alles gut. Ich wusste, dass zur Sonnenwende alles anders wird.«

»Ja …«, war das Einzige, was Lin zu antworten wagte. Die Schreckensvision hallte in ihrem Kopf nach … und die Augen, die blutroten Augen der Kreatur, verfolgten sie.

Braam versteckte sich hinter der Säule des Tempels, als er Lin sah, die aus dem Tempel trat und sich von den anderen Priesterinnen verabschiedete. Sein Mund verzog sich zu einem stummen Fluch, denn immer, wenn er sie sah, stahlen sich die erniedrigenden Erinnerungen in seinen Kopf. Sie hatte ihn verschmäht! Allein ihretwegen war er bei ihrem Vater Tojar in Ungnade gefallen … die glücklose Lin hatte auch ihm schließlich Unglück gebracht. Das nahm Braam ihr besonders übel.

Heimlich folgte er ihr mit den Augen, während sie mit aufreizend wiegenden Hüften den Tempelplatz überquerte und dabei ein paar Kinder ansprach, die sich kreischend mit Sand bewarfen. Ihr Lächeln, das wusste auch Braam, war eine Maske und täuschte über ihre Trübsal hinweg. Auch ihr anziehender Körper war eine Lüge – noch nie hatte sie einen Mann zwischen ihre Schenkel gelassen. Der einzige, den sie wollte, hatte sie für eine andere verschmäht … für ein elendes Greifenweib!

Braam spie auf den Boden vor seine Füße. Lin sah elend und müde aus, als sie den Hügel zum Palast hinaufging. Doch zu ihrer sonstigen Trübsinnigkeit schienen sich heute eine gewisse Unruhe und Gereiztheit gesellt zu haben. Braam verzog den Mund zu einem schadenfrohen Grinsen. Nun, jeder wusste, dass Sala nicht mit ihr sprach, und in zwei Tagen war wieder Sonnenwendfest – eine kleine Genugtuung für ihn.

Braam entspannte sich, als Lin aus seinem Blickfeld verschwunden und die Priesterinnen in den Tempel zurückgekehrt waren. Erst da verließ er sein Versteck hinter der Säule. Seit ihrer Rückkehr aus Dungun vor drei Jahresumläufen hatte er nicht mehr mit ihr gesprochen; doch manchmal trieb er sich hier herum, um seiner Wut auf Lin neue Nahrung zu geben. Sie ahnte nicht, dass er sie heimlich beobachtete. Braam scharrte mit dem Fuß im Sand und zertrat einen Käfer, der das Pech hatte, seinen Weg zu kreuzen. Am liebsten hätte er Lin in einen Sack gesteckt und für viel Silber an einen paarungsbesessenen Greif verkauft – dafür, dass sie ihn für diesen Halbgreifen verschmäht hatte.

Doch die verbliebenen Greife hielten sich verborgen, seit sie damals aus Engil abgezogen waren. Braam seufzte. Das alles waren Wunschträume, die Wahrheit sah anders aus. Sein Vater fristete das Leben eines Falbrindbauern, und er musste sich um die Viecher seines Vaters kümmern. Von dem Handel mit den Rindern konnten sie bescheiden leben. Braam verfluchte den Tag, als die Greife Engil angegriffen und er sich mit seinem Vater offen gegen Tojar und Ilana gestellt hatte.

Eine Handvoll Sand traf ihn am Arm. Braam fuhr herum. Die

Kinder rannten kreischend auseinander und riefen: »Du stinkst, Falbrindbauer ... Warum gehst du nicht zurück zu deinen Stinkeviechern?«

Braam hob einen Stein auf und schleuderte ihn den lachenden Kindern hinterher. Sein Talukblut kochte vor Zorn. Irgendwann würde ihm einer der Dummköpfe in einer dunklen Ecke über den Weg laufen, und dann würde er mit Genuss jeden der kleinen Knochen einzeln brechen. Dann würden sie nie wieder vergessen, wo der Unterschied zwischen einem Falbrindbauern und einem Taluk lag! Unwillig betrachtete er seine schmutzige Bauernkleidung – die speckigen Beinkleider aus Ziegenleder und das Hemd aus kratzigen Bellockfasern, die man eigentlich nur zum Nähen verwendete. Doch für Wolle oder Webstoffe waren er und sein Vater zu arm. Der Tauschhandel mit den Rindern, ihrer Milch und dem Leder versorgte sie gerade mit dem Nötigsten. Weder er noch sein Vater waren in drei Jahresumläufen gute Falbrindzüchter oder Händler geworden. *Bei Sala!* Sie waren Taluk und keine Bauern. Das Leben, das er zu führen gezwungen war, bedeutete die schlimmste Strafe, die er sich hätte vorstellen können! Die Mädchen mieden ihn, wie sie sich ihm früher bereitwillig angeboten hatten. Braam wusste, dass er für seine Zukunft nichts Gutes erwarten konnte.

Missmutig trottete er die Straße zur Unterstadt entlang. Beachtet oder gegrüßt wurde er nicht. Eher machte man einen Bogen um ihn, da er so würzig nach Falbrind roch. Wie jeden Tag streunte er ziellos durch Engil, ohne zu wissen, wie er den Tag hinter sich bringen sollte. Früher war sein Leben anders gewesen, da hatte er Kameraden gehabt, war an den Waffen ausgebildet worden und hatte sich in Wettkämpfen geübt ... gegen die verweichlichten Engilianer hatte er so gut wie immer gewonnen, nur Degan war ein ebenbürtiger Gegner gewesen. Jetzt wurde er sogar von den elenden Bauernsöhnen übersehen und gemieden. Er war ein Nichts!

In der Unterstadt beschloss Braam, sein Leid in einer Schenke mit billigem Wein zu ersäufen. Es gab, so hatte er sich überlegt, genau zwei Möglichkeiten, diesen unerfreulichen Tag hinter sich zu bringen – seinem Vater beim Schlachten einiger Falbrinder zu helfen oder im Rausch des Weines den Erinnerungen an bessere Zeiten nachzuhängen. Letztere Möglichkeit schien ihm reizvoller.

Braam steuerte seine bevorzugte Schenke an, deren Ruf für schlechten Wein und Prügeleien legendär war, und stieß die windschiefe Tür zur *Greifenschwinge* auf. Wie immer musste er über den dämlichen Namen des Saufschuppens grinsen. Der Wirt hatte nach dem Überfall der Greife seine Not zur Tugend gemacht und der Schenke einen makabren Namen verpasst, der Gäste anzog. Entgegen den Voraussagen der anderen Schankwirte hatte der Name sein Geschäft belebt, wenn er auch vor allem den Pöbel und das Gesinde anzog. Braam war hier bekannt – nicht gern gesehen, weil er zu oft Raufereien anfing, aber doch geduldet, da er im Gegenzug mit gutem Rotmetall bezahlte und viel vom schlechten Wein des Wirtes trank.

Er stieß die Tür auf und trat ein. Es waren nur wenige Gäste im düsteren Schankraum, denn kaum ein Engilianer betrank sich bereits am Vormittag. Zwei Bauern, mit denen sein Vater ab und an Rinder tauschte, nickten ihm mürrisch zu und tranken dann weiter ihren Wein. Die unsaubere und dickliche Tochter des Wirtes kniff ihm ein Auge – sie besaß nur noch eines, das andere hatte sie beim Überfall der Greife verloren; das hatte sie ihm auf jeden Fall erzählt. Jetzt klaffte unter ihrer linken Braue ein schwarzes Loch, das sie manchmal mit einem Stofffetzen verdeckte. Heute jedoch nicht. Braam zog irritiert die Brauen hoch, als sie ihn mit ihrem verbliebenen Auge anzüglich anstarrte – wahrscheinlich hatte er sie im Suff bestiegen, doch er konnte sich beim besten Willen nicht daran erinnern ... Sala sei Dank!

Braam wandte sich von ihr ab und ließ einen langgezogenen Furz in ihre Richtung ziehen. Das schien sie zu verstehen, denn er hörte ihr unwilliges Schnauben und dann das Klappern von Bechern, mit denen sie am Ausschank zu hantieren begann. Er grinste zufrieden.

Die Holztische der Schenke waren unbesetzt bis auf den, an welchem die beiden Bauern saßen. Doch Braam hatte seine Rituale, die er verteidigte wie den letzten Rest seines Stolzes. Wie immer steuerte er seinen bevorzugten Tisch in der linken Ecke an, von wo er den Schankraum gut im Blick hatte, und blieb dann wie angewurzelt stehen. *Sein* Tisch war besetzt! Ein junger Mann mit langen, zurückgebundenen Haaren und einem Priestergewand saß dort und trank selbstzufrieden aus einem Kelch. Er winkte den Wirt zu sich heran. Der Mann wusste, dass dieser Tisch stets für ihn freizuhalten war. Bisher hatte er sich daran gehalten.

»Wirt, willst du Ärger mit Braam?«, fuhr er den Alten an, als dieser herbeigeeilt kam. Der Wirt setzte ein noch dümmeres Gesicht auf als seine Tochter und schien nicht zu verstehen, was Braam von ihm wollte. »Herr?«

Wortlos wies er auf seinen Tisch, und tatsächlich schien der Wirt jetzt erst zu begreifen, worin sein Fehler lag. »O ja ...«, stammelte er entschuldigend. »Ich werde ... ich meine, ich könnte ...« Er verstummte und vollführte mit zitternder Hand eine entschuldigende Geste. Braam wurde immer wütender angesichts des hilflos stammelnden Mannes. Der Wirt starrte ihn verängstigt an und zog den Kopf ein, als erwarte er Prügel. »Ich ... ich kann nicht ...« Diese Erkenntnis schien ihn selbst zu überraschen.

Braam spürte, wie eine Welle aus Zorn von ihm Besitz ergriff. Er packte den Alten am Kragen seines Hemdes und zerriss dabei das speckige Schafsleder. Seine Faust wurde zu einem Stein, den er krachend in das Gesicht des Wirtes niederfahren ließ – immer und immer wieder. Das Blut spritzte dem Alten aus der Nase, färbte Braams Faust rot – er schlug weiter. Zwischen die Schläge mischte sich das Kreischen seiner Tochter, die hinter dem Ausschank hervorgeeilt kam und auf Braams breiten Rücken einhämmerte. Braam ließ vom Alten ab und stieß dafür dessen Tochter grob gegen einen der Tische. Er bedachte die beiden mit einem letzten Blick, der ihnen klarmachen sollte, dass sie ihn lieber nicht weiter reizten. Dann stampfte er mit vor Zorn kochendem Blut zu seinem Tisch, genau auf den Fremden zu.

»*Belis nani* …«, kam der Fremde Braams Attacke zuvor und richtete seinen kühlen Blick auf ihn.

Braams eben noch vor Wut gespannte Muskeln erschlafften von einem Augenblick auf den anderen, ohne dass er hätte sagen können, wie ihm geschah. »Du … du sitzt an meinem Tisch«, gelang es ihm noch zu stammeln, bevor der Fremde ihm mit einer knappen Geste anbot, sich zu ihm zu setzen.

»O … ich dachte, dies hier wäre eine Schenke, in der ein freier Tisch denjenigen willkommen heißt, der sich eine Weile an ihm niederlässt.«

»Nicht dieser Tisch … der gehört mir!«, quetschte Braam mühsam hervor und konnte doch nichts daran ändern, dass er sich wie ein folgsamer Hund neben dem Fremden auf einem Schemel niederließ. Was war los mit ihm? In seinen Adern floss Talukblut – er hätte dem Priester mit einem Schlag den Schädel zertrümmern können.

»Aber vielleicht ist es das Schicksal, das uns hier zusammenführt?« Der Fremde musterte ihn interessiert. Grüne Augen, die bis auf den Grund eines verbitterten Herzens vordringen und ihm Geheimnisse entlocken konnten – unangenehm, wie Braam fand, obwohl die großgewachsene Gestalt des Fremden sicherlich Frauen ins Träumen zu bringen vermochte.

»Mir scheint, du trägst eine Last mit dir herum, die dir täglich schwerer erscheint … und ungerechter …«

Braam verschränkte die muskulösen Arme vor der Brust. Das ging eindeutig zu weit. Er hatte nicht vor, dem Fremden seine Gedanken anzuvertrauen. »Was bist du, ein Orakelpriester? Ich brauche dein mitleidiges Geschwafel nicht.«

Der Wirt hatte sich mit Hilfe seiner Tochter aufgerappelt und kam hinkend zum Tisch. Braam bestellte einen großen Kelch Wein. Der Fremde tat so, als hätte Braam nicht soeben den Wirt der Schenke verprügelt und seine Tochter quer durch den Schankraum geschleudert – ebenso wie die anderen beiden Gäste, die Braam lieber nicht in die Quere kamen. Als der Wirt davongeschlurft war, sprach der Fremde weiter.

»Ich schätze, meine Aufmachung ist verwirrend. Ich bin kein Priester, auch wenn ich einige Fähigkeiten besitze, um die Priester mich beneiden würden.« Er lächelte seltsam, und Braam spürte, wie sein erhitztes Blut abkühlte. Das ärgerte ihn. Er wollte sich nicht beruhigen – er wollte den Schönling packen und ihn mit dem Kopf gegen die Wand der Schenke schlagen … Er wollte seine Wut zurück.

»Mein Name ist Elven …«, sprach der Fremde weiter, ohne etwas von Braams abgrundtiefen Gefühlen zu bemerken.

Braam wollte den Fremden möglichst schnell loswerden. »Das interessiert mich nicht … und wenn du ein Priester des dunklen Gottes wärest, würde es mich nicht interessieren!«

Elven lächelte über die schroffen Worte seines Gegenübers. »Ich bin gekommen, um mich in Engil niederzulassen. Bisher bin ich jedoch noch nicht dem Königspaar vorgestellt worden. Ich brauche eine Erlaubnis, um mich hier anzusiedeln.«

Braam riss dem herbeihumpelnden Wirt den Rotmetallkelch aus der Hand und stürzte den sauren Wein fast in einem Zug hinunter. Er rülpste herausfordernd, als er den Wirt nach einem zweiten Kelch schicke. Seine Tochter stieß hinter dem Tresen Flüche in seine Richtung aus. Noch immer blieb Elven gelassen. Auch das ärgerte Braam, da er sich in Gegenwart dieses Fremden tatsächlich immer mehr wie ein dummer Bauerntrampel vorkam.

»Ich habe eine Aufgabe für dich«, stellte Elven klar, ohne auch nur eine Spur Unsicherheit erkennen zu lassen. »Du wirst mich am Sonnenwendfest dem König und der Königin von Engil vorstellen.«

Das sollte doch wohl ein schlechter Scherz sein! Unwillkürlich musste Braam laut lachen. Wer wäre ungeeigneter gewesen als er, der bei Tojar und Ilana in Ungnade gefallen war. Er musterte das Gesicht des Fremden und schob sich die fettigen Haarsträhnen aus dem verschwitzten Nacken. Von Bädern und Waschen hielt er nicht mehr viel, seitdem er inmitten des Gestankes der Falbrinder leben musste. Was hätte es genutzt – den Gestank von Falbrindern wurde man durch Waschen nicht los, wenn man so nah mit ihnen zusammenlebte. Die grünen Augen des Fremden wandten nicht ein einziges Mal den Blick von ihm. Das war ungewöhnlich. Braam war es gewohnt, dass die Menschen den Blickkontakt mit ihm mieden, um sich keinen Ärger einzuhandeln. Dieser Elven war anders; er war selbstbewusst und überzeugt von seinen Worten. Braam spürte, wie sich sein Widerstand langsam, aber sicher in Neugierde verwandelte.

Elven ließ nicht locker. »Vielleicht könnte ich auch etwas für dich tun, wenn du mir diesen Dienst erweist.«

»Was sollte jemand wie du schon für mich tun können?«, zischte Braam. »Ich bin in Ungnade gefallen beim Königspaar. Du suchst dir lieber einen anderen … versuch es bei ihrer hübschen, aber glücklosen Tochter, der Hohepriesterin Salas. Gewinnst du ihr Herz, gewinnst du den Thron von Engil.« Braam grinste und entblößte gelbliche Zähne. »Aber Lin lässt keine Kerle zwischen ihre hochwohlgeborenen Schenkel. Sie trauert ihrem Halbgreifen nach.« Braam hatte gehofft, den Fremden aus der Reserve zu locken, doch er hatte sich getäuscht.

Elven sah ihn nur umso entschlossener an. »Das Königspaar, Braam! Stell mich ihnen vor, und ich werde dir im Gegenzug helfen, deinem Leben wieder Sinn zu geben.«

»Was glaubst du eigentlich, wer du bist?«, knurrte Braam drohend.

Elven antwortete ruhig: »Nur ein Fremder, der nach Engil gekommen ist, um auch seinem Leben wieder einen Sinn zu geben.«

Braam wusste kaum, wie ihm geschah, als er schließlich nickte und sagte: »Also gut, Fremder.«

# Der Blutkreis

Obwohl Lin nicht mehr daran geglaubt hatte, war alles hervorragend gelungen. Salas Tempel war mit neuen Webmatten in leuchtend bunten Farben ausgestattet worden, die Statue der Göttin gewaschen und gesalbt und dann mit duftenden Blütenkränzen geschmückt worden – leuchtendes Gelb von den herzförmigen Blüten des Sonnenstrauches verband sich mit dem Violett der Seetulpe. Sogar die mittlerweile selten gewordene grüne Orchidee war in Salas Blütenschmuck eingeflochten worden. Alles war bereit für das Sonnenwendfest. Lin klatschte in die Hände und lobte Jevana und die Priesterinnen. »Ich glaube, das ist der schönste Tempelschmuck, den wir je bei einem Sonnenwendfest hatten.«

»Es ist auch ein besonderes Sonnenwendfest«, antwortete Jevana schmunzelnd.

Lins gelöste Stimmung fror fast augenblicklich ein, und sie hatte Mühe, dies vor den anderen zu verbergen. Schnell wandte sie sich ab und tat so, als zupfe sie eine welke Blüte aus dem Blumengebinde der Göttin. Es bereitete ihr mehr Gewissensbisse, als sie geglaubt hatte, mit der Lüge ihrer Schreckensvision zu leben. Lin wusste, dass sie Jevana und den Mädchen die Wahrheit sagen musste – irgendwann. Doch dieser Tag war denkbar schlecht für eine solche Offenbarung.

»Hast du noch Aufgaben für uns?« Jevanas Stimme riss sie aus ihren Grübeleien, und Lin schüttelte schnell den Kopf und rang sich ein fröhliches Lachen ab. »Nur, Sala ein Liebesopfer darzubringen.«

Die Priesterinnen kicherten über den anzüglichen Scherz, mit dem Lin sie ermutigte, sich unter die Feiernden zu mischen und einen Gefährten für die Nacht zu finden. Jevana und sie selber beschlossen, eine Runde über den Festplatz zu schlendern, wo die Musikanten ihre Trommeln und Flöten spielten, Wirte den freien Wein des Palastes an jeden ausschenkten, der seinen Becher hob, und einige Schafe sowie im Isnalwald gefangenes Wild über großen Feuern schmorten. Noch war es hell, die Sonne stand orangerot am Himmel, umgeben von rosa gefärbten bauschigen Wolken – ein friedliches Bild.

Jevana zog Lin zu einem alten Mann, der Blumengebinde für das Haar der Frauen verteilte, und reichte Lin einen Kranz aus duftenden roten Waldblumen. »Die stehen dir wunderbar, und ihr Duft ist sinnlich.« Jevana wählte einen Kranz aus rosafarbenen Blüten für sich selbst aus. Ihre Mutter war eine Taluk, deshalb waren ihre Haut und ihr Haar heller als das von Lin. »Für mich sind diese die richtige Wahl … frisch wie der Frühling und herb wie meine Umarmung … es gibt viele Männer, die das mögen.« Sie grinste verheißungsvoll.

Lin betrachtete das Blumengebinde in ihrer Hand und dachte an die früheren Feste für Sala, als die Frauen und Mädchen noch die hauchzarten Stoffe der Lalufrauen getragen hatten. Das war, bevor die Greifin Xiria die Lalufrauen ausgelöscht hatte … und bevor Degan und Xiria sich begegnet waren. Auch sie selbst hatte so ein Gewand aus dem feinen Gespinst des Lalu-Haares getragen; in Salas Tempel, mit Degan, seine Lippen auf den ihren, dann seine Hände, die das Gewand zerrissen … seine rohe Gewalt …

Ein Feuerball zerbarst ohne Vorwarnung neben ihrem Gesicht. Lin sprang zurück und schrie erschrocken auf. Ein junger Mann jonglierte drei brennende Fackeln gleichzeitig und grinste sie herausfordernd an. Seinen nackten Oberkörper hatte er eingeölt und balzte mit seinen Muskeln in eindeutiger Weise vor ihr herum. Jevana packte sie am Arm, während Lin dem frech grinsenden Feuerspeier einen niederschmetternden Blick zuwarf. Die Flamme hatte er ganz offensichtlich mit Absicht in ihre Richtung gespien. Ihr Herz raste, sie spürte wieder die Hitze, die sengende Glut der Wüste …

Jevana zupfte an einer angesengten schwarzen Haarsträhne und schüttelte lachend den Kopf. »Lin, was hast du denn? Sieh ihn doch nicht so böse an, du gefällst ihm eben. Er wollte dich nur beeindrucken.«

»Ich mag diese aufdringlichen Angeber nicht«, verteidigte sie sich störrisch.

Jevana wand eine Strähne ihres eigenen braunen Haares um ihren Finger. Sie war hübsch, mit einem sinnlichen Mund, den sie verheißungsvoll verzog, während sie einen schmachtenden Blick auf den muskulösen Oberkörper des Feuerkünstlers warf. »Mir gefällt er. Sicherlich sucht er eine Gefährtin für die Nacht … und wenn du nicht willst, Lin. Also ich möchte zu Salas Fest nicht ohne Gefährten bleiben … er scheint mir wahrhaft *feurig* zu sein.« Jevana tat einen letzten eindeutigen Augenaufschlag in Richtung des Feuerspeiers, den er kaum missverstehen konnte. Es war ein stummes Versprechen, das er mit einem ebenso eindeutigen Blick erwiderte. Jevana seufzte zufrieden. »Ich liebe Salas Feste. Ich wünschte, du würdest dir auch einen Gefährten wählen.«

Lin schüttelte den Kopf, und Jevana versuchte nicht weiter sie zu überreden. Was dies anging, war Lin unnachgiebig und spröde, das wusste sie mittlerweile.

Langsam schlenderten sie weiter, grüßten hier ein paar Frauen und Mädchen, dort hatten sich bereits Paare zusammengetan, die sich gegenseitig mit Früchten und Wein fütterten. Lin spürte die interessierten Blicke einiger junger Männer – anscheinend hatte sich die Kunde, dass Sala sich ihrer endlich erbarmt hatte, bereits herumgesprochen, so dass sie langsam, aber sicher wieder interessant für aufstiegsbewusste junge Männer wurde. Lin erwiderte keinen der heißblütigen Blicke. Sie würde dem hoffnungsvollen Balzen der Männer bald mit der Wahrheit über ihre Schreckensvision ein Ende setzen.

Jevana stieß sie in die Seite und nickte in Richtung einer kleinen Gruppe. »Dort ist meine Sippe. Ich möchte kurz zu ihnen gehen.«

Lin nickte zum Zeichen ihres Einverständnisses. Insgeheim war sie erleichtert darüber, eine Weile allein sein zu können. »Wir sehen uns nachher vor Salas Tempel, wenn Tojar und Ilana zum Sonnenwendgebet rufen«, rief sie ihrer Freundin zu. Der Duft des über dem Feuer bratenden Wildes zog ihr verlockend in die Nase, ebenso der schwere Blütenduft, den die Mädchen und Frauen aufgelegt hatten. Die schnelle und rhythmische Musik trommelte in ihren Ohren. *Bittersüße Erinnerung!* Früher hätte sie sich treiben lassen und die ganze Nacht getanzt.

Da die düsteren Gedanken einmal mehr drohten, ihr den Abend zu verderben, schlenderte sie zum Rand des Tanzplatzes und sah den wirbelnden Paaren zu, deren Körper sich in anzüglichem Werben aneinanderschmiegten. Ein endloser Reigen der Liebe ... das Ziehen in Lins Bauch wurde schmerzhafter. Sie sah auf ihr weißes Priestergewand und dann auf die bunten Gewänder mit den tiefen Ausschnitten der Mädchen. Für wen hätte sie sich hübsch machen sollen? Der Einzige, den sie wollte, war nicht hier.

Etwas zupfte sie am Ärmel, zart wie ein Vögelchen. Lin wandte den Kopf und sah sich um. Als sie niemanden entdeckte, spürte sie das Zupfen erneut. »Hier unten, Tochter von Engil«, vernahm sie eine krächzende Stimme. Lin entdeckte zwei winzige Äuglein, die sie aus einem runzeligen Gesicht anstarrten. Schlohweißes, dünnes Haar hing der Alten über die Schultern. Ihr ausgemergelter Körper steckte in einem viel zu großen Gewand aus Schafwolle, gegürtet mit einem Leibriemen aus groben Bellockfasern, an dem einige Kräuterbündel befestigt waren. Die ganze Gestalt reichte ihr gerade bis unter die Brust. Eine Waldfrau ... Unvermittelt verspürte Lin einen kalten Schauer. Meist brachten die Waldfrauen unangenehme Botschafen, wenn sie sich die Mühe machten, nach Engil zu kommen. »Was willst du von mir?« Sie verbarg das Misstrauen in ihrer Stimme nicht. Die Waldfrauen waren Verkünderinnen göttlicher Gebote, und im Allgemeinen wurde es als Ehre empfunden, wenn die Götter sich dazu herabließen, einem Menschen eine Botschaft durch die Waldfrauen zu senden. Doch nach den seltsamen Erlebnissen der letzten Tage verspürte Lin wenig Lust auf göttliche Verkündungen ... sierechnete nicht mit etwas Gutem. Wie zum Beweis krächzte die Alte in einem sonoren Singsang: »Priesterin Lin ... Tochter der Macht ... die Zeit ist gekommen, also gib Acht ... Tochter von Engil, die du bist zwei ... meide das Feuer, ruf es nicht herbei.«

Lin starrte sie an, während sie darüber nachdachte, was das Orakel zu bedeuten hatte.

Die Alte wollte ihres Weges gehen – sie war ihre Botschaft losgeworden. Lin hielt sie entschlossen an ihrem knochigen Arm fest. Die Waldfrau stieß ein erbostes Zischen aus. »Lass mich los, Tochter von Engil ...«, geiferte sie.

Lin wusste nicht, woher sie ihren Mut nahm, die mächtige Waldfrau herauszufordern, doch sie hatte genug davon, mit unverständlichen Botschafen und Visionen bedacht zu werden. »Ich habe genug von göttlichen Geheimnissen. Ich hatte eine Vision … eine schreckliche Vision.«

Die Alte gab ihre Gegenwehr auf, verzog ihren fast zahnlosen Mund zu einem Grinsen und meckerte. Um sie herum tanzten noch immer ausgelassen die Menschen, lagen sich in den Armen und prosteten sich zu. Niemand schien die gespannte Stimmung zwischen ihr und der Waldfrau wahrzunehmen. *Wie nah liegen Glück und Unglück manchmal beieinander*, kam es Lin in den Sinn, während die Alte sich zu einer Antwort herabließ. »Tochter von Engil hat keine Geduld, doch es gilt einzulösen eine alte Schuld.« Unverschämterweise streckte sie ihr die knochige Hand entgegen, um sich für die zweite Verkündung entlohnen zu lassen. Lin schnaubte verächtlich und ließ die Alte los.

»Was ist, Tochter von Engil … bist du kleinlich oder gar arm?«, meckerte die Alte vorwurfsvoll.

Lin ärgerte sich über die Gier der Alten, und sie ärgerte sich noch mehr darüber, dass sie tatsächlich einen Ring von ihrem Finger zog und ihn der Waldfrau überließ. Diese beschwerte sich über die, wie sie meinte, geizige Belohnung für ihre wichtige Verkündung. Lin verschränkte die Arme vor der Brust und wandte sich ab, um ihr klarzumachen, dass sie nicht bereit war, ihr mehr zu geben. Sie dachte über das Gesagte nach. Die Waldfrau hatte von einer Schuld gesprochen. *Du bist es mir schuldig!*, erinnerte sie sich an die grollende Stimme in ihrer Vision.

Als Lin sich wieder zu ihr umwandte, war die Alte verschwunden. Irritiert sah sie sich um, konnte die Waldfrau jedoch nirgendwo ausmachen. Sie hatte sich doch nur für einen Augenblick abgewandt. Jemand musste sie bemerkt haben. »Hast du gesehen, wohin die Waldfrau gegangen ist?«, fragte sie einen stark angetrunkenen Mann, der neben ihr stand. Aus glasigen Augen starrte er sie an. »Wellllsche Wallldfrau?«

Lin wandte sich von ihm ab, um seiner feuchten Aussprache und dem säuerlichen Atem zu entkommen. In seinem Zustand hätte ein bunt bemaltes Falbrind vor ihm stehen können und er hätte es nicht bemerkt.

Der Betrunkene wollte jedoch die Gunst der Stunde nicht ungenutzt verstreichen lassen, fasste sie um die Taille und versuchte, sie mit sich auf den Tanzplatz zu ziehen. »Di schöööne betrübbbte Linnn …«, lallte er weinselig.

»Such dir jemand anderen … ich bringe nur Unglück!« Sie riss sich von ihm los und rannte Richtung Tempel, wobei sie sich ihren Weg über den Tanzplatz bahnen musste. Sie konnte all diese Zeichen nicht mehr für sich behalten. Es war Zeit, mit Ilana und Tojar darüber zu sprechen.

Vor dem geschmückten Tempel Salas blieb Lin wie angewurzelt stehen und konnte keinen Schritt weitergehen. Ihr wurde schwindelig, das Blut begann in ihren Ohren zu rauschen, und sie meinte, rot anzulaufen. Die Tempelstufen waren mit Blütenblättern bestreut worden und die Feuerbecken entzündet. Ilana und Tojar saßen auf zwei bereitgestellten Thronen, umgeben von ihren engsten Vertrauten. Natürlich waren sie nicht alleine an so einem Tag, doch die beiden, die bei ihnen standen, ließen Lins größte Alpträume wahr werden. Braam … und der Fremde – Elven! Sie atmete tief durch und zuckte vor dem hysterischen Lachen einer beleibten Engilianerin zurück, die in ihr Ohr kreischte, während ihr Sonnenwendgefährte lachend Wein in ihren üppigen Ausschnitt goss. Lin fuhr herum und wollte hinter dem Rücken der dicken Frau in der Menge untertauchen. Doch da hatte ihr Vater sie schon entdeckt. »Lin … da bist du ja. Ich möchte dir jemanden vorstellen.«

Feine Schweißperlen liefen ihr den Nacken hinunter. Zu spät!

Nun würde alles herauskommen. Langsam wandte sie sich um und ging wie eine Verurteilte auf die Stufen des Tempels zu. Von oberhalb der Treppe blickte das Tribunal ihrer Schuld auf sie herunter; ihr Vater, ihre Mutter und Elven. Braam stand mit Bittermiene im Hintergrund. Gleich würde Elven sie erkennen, und dann würde er rufen: »Du bist die Hohepriesterin von Engil und Tochter des Königspaars? Du hast mich angelogen!« *O Sala* – Lin wollte im Boden versinken. Das alles war ihr furchtbar peinlich.

Doch zu ihrer Überraschung lächelte Elven, als sie die Stufen zum Tempel hinaufging und vor der Gruppe stehen blieb. Braam würdigte sie wie erwartet keines Blickes.

Ihr Vater erhob sich von seinem Thron und küsste Lin auf die Stirn. »Das ist Elven … er möchte sich in Engil niederlassen und uns begrüßen.«

Noch immer gab Elven keinen Anschein, dass er sie verraten wollte. »*Belis nani*, Lin, Tochter von Engil«, sagte er stattdessen den förmlichen Gruß auf, den Lin erwidern musste.

»*Belis nani*, Elven, Sohn von …«, sie stockte, und er lächelte entschuldigend. » … Sohn der Wälder wäre wohl treffend. Ich bin viel gereist, habe als Wanderschmied und Waffenschmied gearbeitet. Doch wer braucht in diesen friedlichen Zeiten noch einen Waffenschmied?«

Tojar und Ilana sahen sich glücklich an. Ilanas Augenfalten waren etwas tiefer geworden in den letzten Jahresumläufen, und Tojars Haar war fast weiß. Er war viele Jahresumläufe älter als Ilana, und Lin wusste, dass er sich insgeheim fragte, wie lange er noch die Kraft zum regieren hätte. »Nun, Elven …«, antwortete er gut gelaunt, » … einen Schmied kann man immer brauchen in Engil … wenn auch nicht für Waffen, dann für die Pflüge und Sicheln der Bauern.«

Braam stand deutlich außerhalb dieses Gesprächs, noch immer

nicht erwünscht, obwohl er es gewesen sein musste, der Elven ihren Eltern vorgestellt hatte. Aber warum musste Elven von allen Menschen in Engil ausgerechnet auf Braam treffen? Eine unangenehme Stille stellte sich zwischen ihnen ein, und Lin sah zu Boden. Ihr Vater war es, der das Schweigen brach. »Lin, warum führst du Elven nicht etwas herum und erklärst ihm unsere Bräuche?«

»Ich … nun …« Sie erkannte Hoffnung in den Augen ihres Vaters, die ihr sofort wie ein Stein im Magen lag. Ein Verkupplungsversuch an Salas Fest der Liebe – offensichtlich hoffte auch er auf ein Wunder zu Salas Sonnenwendfeier. Ihre Mutter stimmte ihm begeistert zu. »Das wäre wirklich schön, Lin.«

Was sollte sie tun? Ihr wurde klar, dass sie sich einem Gespräch stellen musste, und nickte schließlich, während Tojar Braam mit einer Handbewegung zu verstehen gab, dass er sich entfernen durfte. Obwohl sie sein Gesicht nicht sah, als er davonstampfte, war ihr klar, dass er innerlich brodeln musste vor Zorn. Lin wäre am liebsten davongelaufen und hätte sich versteckt.

Elven ließ ihr jedoch keine Zeit zum Nachdenken und schob sie die Stufen des Tempels hinunter – hinein in die taumelnde Menge schwitzender Leiber. Seine Hand lag auf ihrem Rücken – sie war warm … nein, sie glühte fast auf ihrer Haut. Es war ein unangenehmes Gefühl. Lin war davon überzeugt, dass ein flammend roter Abdruck auf ihrem Rücken zurückbleiben würde, wenn Elven seine Hand fortnahm.

Eine Weile schoben sie sich schweigend durch den Tumult, bis sie den Tempelvorhof überquert hatten und die Menge der Feiernden überschaubar wurde. Lin ging neben Elven her, ihr Kopf fühlte sich leer an. Warum sagte er nicht endlich etwas … stellte sie zur Rede? Seine Gegenwart war ihr unangenehm, und sie hätte nur zu gerne eine Gelegenheit genutzt, in der Menschenmenge unterzutauchen. Später konnte sie behaupten, sie hätte ihn aus den

Augen verloren. Doch sie spürte, dass Elven das nicht zulassen würde. Also ging sie weiter neben ihm her.

Nach einer ganzen Weile blieb sie stehen und sah sich um. Sie hatten sich ziemlich weit vom Festplatz entfernt. Mittlerweile war es dunkel geworden, und die Nacht war hereingebrochen.

Ihr Herz setzte aus, als sie erkannte, wohin ihr selbstvergessener Weg sie geführt hatte. »Wir müssen sofort umkehren!« Lin fiel es schwer, ihren Schrecken zu verbergen, während Elven überrascht die Brauen hochzog. »Warum?«

Elven konnte es nicht wissen, doch der leere Platz, auf dem die quadratischen Reste der Mauern standen, die verwitterten Steine, die noch überall herumlagen … alles an diesem Ort strahlte Bedrohlichkeit aus. Sie zog ihn am Arm, damit er den Ernst der Lage verstand. »Wir sollten nicht hier sein!«

Elven blieb jedoch stehen und scharrte, neugierig geworden, mit dem Fuß im Sand, wobei er einen verwitterten Stein mit einer Ziffer freilegte. Stirnrunzelnd sah er sie an. »Warum sollten wir hier nicht sein? Was ist denn das hier?«

Lin sah auf den Stein hinunter, den Elvens Fuß von Sand und Flechten befreit hatte, und erschauderte. Die Haare in ihrem Nacken richteten sich auf angesichts der schrecklichen Vergangenheit, die Elven so unbedacht mit seiner Sandale freigelegt hatte. »Muruks alter Opferkreis …«

Elven hob überrascht den Kopf und sah sie an. Irgendwie machte ihn diese Geste vertrauter. »In Engil wurde der dunkle Gott verehrt?«

Lin schlang die Arme um ihren Leib. Sie wollte endlich fort. »Nein, Engil war immer Salas Stadt, und ich habe auch keine Opferungen mehr für den dunklen Gott in Engil miterlebt. Aber meine Mutter Ilana war eine Königin des Schwesternthrones … die letzte.«

Als fürchte er auf einmal Engils Geschichte, bedeckte Elven den Stein wieder mit Sand.

»Hier stand Muruks Tempel ...«, erklärte sie überflüssigerweise und wies auf das herumliegende Geröll und die verwitterten Steinblöcke.

Unvermittelt nahm Elven ihre Hand, und Lin war einmal mehr überrascht, wie heiß sie sich anfühlte. Plötzlich war er es, der sie weiterzog. »Dann lass uns gehen. An einem solchen Ort sollten wir wirklich nicht sein.«

Sie umrundeten den Opferkreis, schlugen den Weg zurück in Richtung der Lagerhäuser von Salas Tempel ein und setzten sich dann auf einen verwitterten Baumstamm bei den Tempelspeichern. Lin atmete auf; ja, hier war es besser. Dieser Ort gehörte Sala, und die Feiernden tummelten sich in Hörweite vor dem Tempel und auf dem Tanzplatz. Trotzdem waren sie fast allein. Nur einige Jungen und Mädchen, die zu jung für Salas Liebesfest waren, verteilten Fackeln, die sie in den Boden steckten, und entzündeten die vorbereiteten großen Holzfeuer, damit sich kein Betrunkener verlief oder gar stürzte. Lin starrte auf die brennenden Holzstöße, die ihre und Elvens Gestalt in warmes Licht tauchten. *Meide das Feuer, ruf es nicht herbei ...*, hallten die Worte der Waldfrau in ihrem Kopf nach, während sie zusah, wie die Flammen gierig an den Holzscheiten emporzüngelten.

Lin wusste, dass die Zeit für das unausweichliche Gespräch gekommen war. »Ich muss mich bei dir bedanken ... dafür, dass du mich nicht verraten hast bei Tojar und Ilana. Ich war nicht sehr freundlich zu dir.«

Kurz schien Elven über seine Antwort nachzudenken, dann sah er sie stirnrunzelnd an. »Du wirst deine Gründe gehabt haben.«

Ungehalten schüttelte sie den Kopf, so dass ihr der Kranz aus

Waldblumen vor die Füße fiel. »Nein ... ich bin die Hohepriesterin Salas, es gibt keine Entschuldigung ... nicht für mich.«

Er lachte, während er sich nach dem Blumenkranz bückte und ihn ihr wieder aufs Haar setzte. Lin zuckte zusammen, als er ohne Vorwarnung ihre Wange berührte. Diese Berührung war nicht zufällig gewesen! Sie brachte nur ein nervöses Lächeln zustande. Elven sah sie ernst an. Viel zu ernst für ein unverfängliches Gespräch, wie sie fand. »Auch eine Hohepriesterin kann gute Gründe haben.«

Warum sah er sie so an, also wüsste er um ihre tiefsten Geheimnisse? Für einen kurzen Augenblick verspürte Lin das Bedürfnis, Elven von ihrer Vision und ihren Ängsten zu erzählen und ihn bis auf den Grund ihres Herzens sehen zu lassen. Dann besann sie sich und rückte ein Stück von ihm ab. Was war los mit ihr, dass sie sich einem Fremden anvertrauen wollte? Wirkten an diesem Abend Salas Zauberkräfte auf sie? Sie musste diese Spannung lösen, sonst würde sie vielleicht in dieser Nacht einen Fehler begehen. Noch immer sah er sie an ... hoffnungsvoll ... erwartungsvoll?

Lin stand auf und lächelte entschuldigend. »Du solltest dir eine Sonnenwendgefährtin suchen, sonst sind nur noch die Hässlichen übrig«, versuchte sie scherzhaft zu klingen.

Elven schüttelte den Kopf. »Ich bin nicht nach Engil gekommen, um mir Mädchen für ein paar Nächte zu suchen. Ich bin hierher gekommen, um eine Gefährtin zu finden.«

*O Sala!* Das war einfach zu viel. Wie er sie ansah, als er das sagte, war sie sich sicher, dass er auf viel mehr hoffte als eine Nacht mit ihr. Lin fasste sich an den Kopf. »Wie dumm von mir, die Zeit zu vergessen. Ich muss in Salas Tempel, die Zeremonie vorbereiten.« Dann lief sie davon, ohne sich nach ihm umzudrehen.

Das dürfte deutlich genug gewesen sein. Lin spürte ihr Herz

rasen, während sie zum Tempel zurücklief ... begleitet von einer Furcht, die sie sich nicht erklären konnte.

Niwa rieb sich müde über die Augen und gähnte, während sie die abgebrannte Fackel in den Eimer mit Harz tauchte und an einem fast verglimmten Holzstoß entzündete. Welche Stunde war es? Die Opferzeremonie für Sala war längst vorbei, sicherlich ging es bereits auf den Morgen zu. Die Paare hatten sich gefunden und lagen zusammen in versteckten Lagern aus Stroh und Moos, wo sie sich der Liebe unter dem Sternenhimmel hingaben. Die meisten Feuer waren längst heruntergebrannt.

Niwa kniff die Augen zusammen und sah sich um. Sie war müde und hatte sich zu weit vom Festplatz entfernt. Außerdem war es stockfinster. Sie seufzte, als sie kehrtmachte und in die entgegengesetzte Richtung lief. Wenn es nur nicht so dunkel gewesen wäre. Trotz der Fackel in ihrer Hand konnte sie keine fünf Schritte weit sehen.

Wieder schweiften ihre Gedanken ab zu Salas Fest. In diesem Jahresumlauf war sie nach Ansicht ihres Vaters noch zu jung gewesen, doch beim nächsten Sonnenwendfest würden jüngere Mädchen die ungeliebte Arbeit übernehmen und die Holzstöße entzünden; sie würde in den Armen eines jungen Mannes liegen und sich der Liebe hingeben. Zufrieden seufzte sie ein weiteres Mal bei der Vorstellung daran und leuchtete mit der Fackel den Boden ab, während sie weiterlief.

Ein Schaben und Kratzen in der Dunkelheit ließen sie innehalten. Vom Festplatz wehten noch vereinzelt die Lieder der Flötenspieler zu ihr herüber, welche die Liebenden bei ihrem Opfer für Sala begleiten sollten. Sie konnte also nicht allzu weit vom Weg abgekommen sein. Spielten ihre Ohren ihr einen Streich? Doch da war es schon wieder – das Schaben.

Niwa stellte den Eimer mit Harz ab und flüsterte: »Ist da jemand?« Drohend wedelte sie mit der Fackel, als könne sie so die Dunkelheit und das, was darin lauerte, vertreiben. Das Kratzen kam näher. Etwas in ihr mahnte sie, schleunigst zu verschwinden. Aber stattdessen redete sie sich ein, dass wahrscheinlich einer ihrer Brüder ihr wieder einmal einen Streich spielen wollte und sie für die nächsten Mondumläufe als Feigling dastehen würde, wenn sie wie ein aufgescheuchtes Huhn davonlief. Also straffte Niwa die Schultern und ging auf die Stelle zu, von der das Geräusch gekommen war, die flackernde Fackel mit beiden Händen fest umklammernd.

Ein Pfeifen und eigentümliches Klappern, wie wenn alte Knochen zusammenschlugen, drangen an ihr Ohr. Niwa blieb stehen, ihr Herz schlug schneller. Sie hatte schon einmal davon gehört, von dem Pfeifen und Klappern. Doch wo war das gewesen?

Als sie über eine Erhebung im Boden stolperte, stieß sie einen leisen Fluch aus und senkte die Fackel, um zu sehen, was sie aus dem Gleichgewicht gebracht hatte; es war ein Stein, verwittert und mit einer engilianischen Ziffer. Ihre Nackenhaare richteten sich auf, als sie erkannte, dass sie im alten Opferkreis des Blutgottes stand. Vor Schreck hätte sie beinahe ihre Fackel fallen lassen, doch dann umklammerte sie deren Griff noch fester, um sich notfalls mit ihr zu verteidigen. Schauergeschichten fielen ihr ein, mit denen ihre Mutter ihr und ihren Schwestern Angst gemacht hatte, als sie noch klein gewesen waren. *Niwa … wer sich freiwillig in den Blutkreis des Gottes stellt, bietet sich ihm als Opfer an. Nie dürft ihr einen Fuß in den Kreis setzen, immer nur drum herum laufen … denkt daran …*

Mit einem Aufschrei sprang Niwa zurück, bis sie sicher war, nicht mehr im Kreis zu stehen. Wieder fielen ihr die Worte der Mutter ein. *Und der Gott sieht euch durch die Augen seiner*

*Kreaturen ... böse Wesen mit zwei Reihen von spitzen Zähnen, glühenden Augen und einem blutroten Fell. Wenn ihr das Klappern von Knochen und ein Pfeifen hört, dann lauft ... denn dann sind die Kreaturen des Muruk in eurer Nähe ... die Schjacks ...*

Sie wich weiter zurück, darum bemüht, leise zu sein. Keiner ihrer Freunde hatte jemals einen Schjack gesehen, auch nicht ihre Brüder, die einige Jahre älter waren als sie. Sie musste schleunigst zurück zum Festplatz und Hilfe holen.

Das Klappern und Pfeifen kamen näher, dazu das Schaben und Kratzen. Als zwei glühende Augen aus der Dunkelheit auftauchten, wusste Niwa, dass die Geschichten über die Kreaturen des dunklen Gottes keine bloßen Schauermärchen waren, mit denen man Kinder erschreckte. Das Kratzgeräusch kam von den Krallen des Schjacks auf dem harten Boden im Opferkreis. Er knurrte und schnüffelte, nahm ihren Geruch auf ... die Fährte!

*Sala möge mir beistehen ...* Niwa ließ die Fackel fallen und rannte los, ohne darauf zu achten, ob sie etwas sah. Ihre Beine schienen ihr kraftlos, die Angst schnürte ihr die Kehle zu, doch sie zwang sich weiterzulaufen.

»Sala, hilf mir!«, schrie sie, als sie den stinkenden Atem der Kreatur in ihrem Nacken spürte. Etwas traf sie hart am Rücken. Niwa fiel und spürte, wie die Luft aus ihren Lugen gepresst wurde. Sie schloss die Augen und wartete auf die tödlichen Bisse. Doch stattdessen packte der Schjack ihr Bein mit seinen messerscharfen Fängen und schleifte sie mit sich, fort aus der Richtung, in welcher der Festplatz und damit die Rettung gelegen hätte. Niwa starrte auf die Lichter des Festplatzes, die sich immer weiter von ihr entfernten. Obwohl ihr verletztes Bein wie Feuer brannte, krallte sie ihre Finger in den Sand und pflügte ihn, während der Schjack sie fortschleifte. Sie wehrte sich vergeblich – die Kreatur war viel stärker als sie.

Niwa schluchzte und rief nach ihrer Mutter. »Bitte …«, jammerte sie immer wieder.

Der Schjack zerrte sie zurück in den Steinkreis. In Todesangst begann Niwa, um sich zu schlagen; sie hatte die Grenze des Opferkreises überschritten. Dann wurde es still. Nur ihr eigener Atem und der des Schjacks waren zu hören. Langsam öffnete Niwa die Augen, in der Gewissheit, dass die Kreatur keine Gnade kannte. Sie sah das Grauen … zwei glühende Augen und ein weit aufgerissenes Maul voller spitzer Zähne, aus der ihr fauliger Gestank nach verrottetem Fleisch entgegenschlug. Viel furchtbarer als in den Geschichten ihrer Mutter. »Sala …«, flüsterte sie.

Die Kreatur packte ihren Hals, und die spitzen Krallen bohrten sich in ihre Schultern. Ihre Rippenknochen brachen, dann riss der Schjack ihr den Hals auf, als wäre dieser nicht viel mehr als ein zarter Blütenstängel. Das Letzte, was Niwa spürte, war ihr eigenes Blut, das ihr die Kehle hinaufschoss, und ein metallischer Geschmack auf ihrer Zunge …

»Lin, wach auf, es ist etwas geschehen!« Vay rüttelte an ihrer Schulter und zog die warme Decke von ihrem Körper. Lin blinzelte und öffnete die Augen. Vays vor Angst blasses Gesicht war genau vor ihrem. Sofort war Lin hellwach. Normalerweise betrat Vay morgens leise ihren Raum und zog die Webmatten vor den Fensteröffnungen fort. Doch heute ließ Vay ihr noch nicht einmal Zeit zu gähnen, sondern ergriff ihre Hand und zog sie vom Lager. Nachdem Lin am Vortag vor Elven und seiner Brautwerbung geflohen war, hatte sie die Zeremonie in Salas Tempel abgehalten und danach zu viel Wein getrunken. Ihr Schlaf war tief und angenehm gewesen … seit langem das erste Mal. Dementsprechend unwillig stand sie nun neben ihrem Lager, während Vay hastig eines ihrer

Priesterinnengewänder aus der Truhe kramte. »Sie haben etwas gefunden ... im alten Opferkreis.«

Lin spürte, wie sie das Gleichgewicht verlor, und setzte sich schnell auf eine ihrer Kleidertruhen. »Was haben sie gefunden?«, flüsterte sie, als würden sie belauscht.

Vay schüttelte den Kopf. »Ich weiß es nicht, Lin. Du bist Salas erste Priesterin. Du musst es dir ansehen. Deine Eltern sind schon dort.« Vay blickte auf, ihre Augen zeigten einen verängstigten Ausdruck. »So ein Unglück an Salas Ehrenfest. Das ist ein böses Vorzeichen.«

Lin stand auf, darum bemüht, ihre Dienerin zu beruhigen, was nur schwer möglich war. Vay huschte umher, sammelte ihre Kleider vom letzten Abend ein, richtete die Schafwolldecke auf ihrem Bett und war nicht zu beruhigen. Schließlich überließ Lin sie ihrer Aufregung mit dem Versprechen, ihr später zu berichten, was geschehen sei, und machte sich auf den Weg zum alten Opferplatz.

Die meisten Engilianer waren eben erst aufgewacht und schlenderten schlaftrunken zurück zu ihren Häusern. Ihren zufriedenen Gesichtern zufolge wussten sie noch nichts von den jüngsten Ereignissen. Lin bemühte sich um ein sorgloses Lächeln, wenn sie gegrüßt wurde. Vielleicht hielten Ilana und Tojar die Neuigkeiten geheim ... doch warum? Was konnte geschehen sein? Etwas Schreckliches, so viel war klar, sonst wäre Vay nicht so aufgeregt gewesen.

Lin ging schneller. Der Morgen war kühl und das Gras des Hügels mit feuchtem Tau bedeckt. Ein viel zu friedlicher Morgen, um ihn mit schlechten Botschaften zu verderben. Überall lagen die welken Blumenkränze herum, welche die Frauen und Mädchen im Haar getragen hatten. Ihren eigenen Kranz hatte sie irgendwann im Gedränge verloren ... sie war halt nicht für die Liebe bestimmt. Lin meinte, noch den schweren und berauschenden Duft von körperlicher Liebe wahrnehmen zu können – aus dem Gras, hinter jedem Baum, in jedem Gebüsch. Würde auch sie irgendwann wieder lieben können? Sie schüttelte den Kopf und ging weiter.

Tatsächlich hatten Ilana und Tojar den Bereich um Muruks ehemaligen Tempel durch Wachtposten absperren lassen. Nur eine kleine Gruppe, bestehend aus Salas Priesterinnen, angeführt von Jevana, Ilana und Tojar, einigen ihrer engsten Berater und überraschenderweise Elven, stand um den Kreis herum.

Ilana kam ihr entgegen, als sie Lin entdeckte. Ihren Augen sah man an, dass sie kaum geschlafen hatte. Sie trug noch immer die bestickten Festgewänder vom Vorabend. Das Haar wirkte ungekämmt und stumpf. »Es ist schrecklich, Lin … aber die Engilianer sollen noch nichts davon erfahren. Was wir in Engil nicht brauchen, sind Angst und Panik. Zuerst müssen wir wissen, was wirklich geschehen ist.«

Lin hörte die Worte ihrer Mutter kaum. Aus den Augenwinkeln musterte sie Elven, der mit ernster Miene neben ihrem Vater stand, und Jevana, die stumm zu ihr herübersah. Die Gruppe trat für Lin beiseite, so dass sie mit eigenen Augen sehen konnte, wovon Vay gesprochen hatte. Sie musste sich die Hand vor den Mund halten, um nicht überrascht aufzuschreien. Eine eingetrocknete Blutpfütze befand sich nah neben dem siebten Opferstein. »Blut? Blut in Muruks Opferkreis? Von wem ist es?«

Ilana nickte in Richtung der Getreidespeicher, die sich hinter den Ruinen des Tempels befanden. Sie wurden nicht mehr benutzt, doch noch immer lagerte verdorbenes Getreide darin. »Wir haben den Kadaver eines Falbrindes gefunden … in einem der Getreidesilos.«

Lin atmete aus, auch wenn sie sich fragte, wie ein Falbrind in ein Silo gelangen konnte. Jedoch überwog ihre Erleichterung. Ein Falbrind … kein Mensch!

»Lin …«, wandte Ilana ein. »Das hier ist viel zu wenig Blut für ein ganzes Falbrind; und auch der Kadaver im Speicher ist blutleer!« Ihre Mutter zitterte am ganzen Körper, auch wenn sie es zu verbergen versuchte. Ilana hatte die Zeit des Blutgottes noch miterlebt, seine Opfer, seine Grausamkeiten. Sie wusste, wovon sie sprach.

»Mutter … meinst du, dass der dunkle Gott …«

Schnell schüttelte Ilana den Kopf und machte eine wegwischende Bewegung mit der Hand; die Geste sollte böse Geister vertreiben. »Wir dürfen nicht Dinge heraufbeschwören, die nicht ausgesprochen werden sollten.«

Lin bückte sich. Eine im Sand eingetrocknete Blutpfütze von der Größe einer Speiseplatte, ein paar Spritzer, sonst nichts. Ein Falbrind hatte sehr viel mehr Blut in seinem Körper. Wo also war das restliche Blut geblieben? Aber da war noch etwas anderes. Langgezogene Rillen im Boden, die vom Blutkreis wegführten. Lin spreizte ihre Finger und legte sie in die Furchen. »Das sind die Spuren von Fingern … Frauenhänden, der Größe nach zu urteilen!«, stellte sie entsetzt fest. »Die Frau wurde aus dem Opferkreis gezerrt …«

Ilana bückte sich neben sie und flüsterte: »Nein … sie wurde hineingezerrt. Die Spuren beginnen dort hinten.« Sie wies auf einen Punkt außerhalb des Kreises. »Sie wollte fliehen, doch etwas hat sie gepackt und in den Opferkreis geschleift …« Die Königin verstummte.

Lin knetete den Stoff ihres Gewandes mit den Händen, um ihre Angst zu bekämpfen. »Gibt es denn keine anderen Spuren … vom Angreifer?«

Ihre Mutter schüttelte den Kopf. »Der Boden innerhalb des Kreises ist hart. Sie muss sich verzweifelt gewehrt haben ... und der Angreifer muss sehr stark gewesen sein.«

Lin wagte kaum zu fragen: »Aber wo ist die Frau?«

Ilana antwortete: »Wir wissen es nicht.«

Jevana trat zu ihnen und wartete, bis Lin sich wieder erhob. »Du musst dir das Rind ansehen, Lin. Es ist ...« Sie brach ab und blickte ängstlich hinüber zum Getreidespeicher.

Wortlos folgte die Gruppe Lin zum Getreidesilo. Sie stieg die Außentreppe hinauf, atmete tief durch und blickte dann von oben in den Speicherraum. Das Silo war nur halb voll, und auf dem alten, mittlerweile schwarzkörnigen Getreide lag ein ausgeweidetes Falbrind. Ein süßlich-fauliger Gestank zog ihr in die Nase. Fliegen hatten sich auf den Gedärmen niedergelassen, die grau und glänzend aus der aufgerissenen Bauchhöhle hervorquollen. Doch bis auf wenige kleine Blutflecken auf dem Rind selber war nicht zu erkennen, wohin das Blut gesickert war. Mit vorgehaltener Hand kehrte Lin dem grauenvollen Bild den Rücken und ging zurück zu den anderen.

»Das Silo muss geleert, das Getreide und der Kadaver müssen verbrannt werden«, hörte sie Ilana Anweisungen an einige Männer weitergeben.

Jevana hakte sich bei ihr unter und legte ihren Kopf auf ihre Schulter, als wäre sie ein kleines Kind. »Ein schlechtes Omen, dass so etwas zu Salas Fest geschieht.«

Lin nickte und spürte eine weitere Hand auf ihrer Schulter, warm, beinahe heiß. »Oder es war eine Warnung!«

Fast gleichzeitig sahen sie und Jevana in Elvens besorgtes Gesicht. Er hingegen schien nur Augen für Lin zu haben, was ihr unangenehm vor Jevana war. Sie sollte keine falschen Schlüsse ziehen. »Was tust du eigentlich hier?«, versuchte sie von sich abzulenken und stellte fest, dass auch Elven noch immer sein Gewand der letzten Nacht trug.

Elvens Mund umspielte ein bitterer Zug. »Ich habe das hier entdeckt.« Er wies auf den blutigen Steinkreis.

Sichtlich überrascht hob Jevana den Kopf. Das erste Mal schien sie Elven wirklich wahrzunehmen, musterte ihn mit diesem Blick, den Lin so gut kannte. Wenn Jevana jemanden so ansah, misstraute sie ihm. »Was hattest du hier zu suchen ... bei Muruks Opferkreis?«

Lin trat Jevana unmerklich auf den Fuß. »Elven ist gerade erst nach Engil gekommen und kennt sich noch nicht in den Straßen aus.« Sie wusste nicht, warum sie ihn verteidigte, aber es lag doch auf der Hand, dass er auf dem Rückweg von einer Liebesnacht gewesen war, zu der sie selbst ihm sogar geraten hatte. Elven hatte eingesehen, dass er sie nicht haben konnte, und sich, nachdem sie ihn abgewiesen hatte, eine andere Gefährtin gesucht. Tatsächlich nickte Elven, während er Jevana ruhig antwortete: »Genau so ist es, zweite Priesterin der Sala. Ich hatte mich in der Dunkelheit verlaufen. Das zweite Mal an diesem Abend.« Er sah Lin bedeutungsvoll an, doch sie tat, als bemerke sie es nicht.

Jevana gab sich mit der Antwort einstweilig zufrieden. Gemeinsam gingen sie zurück zu Tojar und Ilana und sahen dabei zu, wie einige Männer den Kadaver des Falbrindes an Seilen über den Rand des Getreidespeichers hievten. Kurze Zeit später fiel er mit einem dumpfen Geräusch zu Boden. Langsam traten sie zu dem Kadaver, wobei sie sich die Nasen zuhielten. Das Fleisch verbreitete einen üblen Gestank. Ilana war es, die zuerst mit zitterndem Finger auf die große Fleischwunde an der Kehle des Falbrindes wies. »Die Kehle ist ... aufgetrennt.«

Tojar sah seine Gefährtin an und schüttelte ungläubig den Kopf.

Sein weißes Haar umwehte ihn fast wie Laluhaar und ließ ihn furchtbar alt aussehen.

Alle schwiegen betreten. Die Fleischwunde an der Kehle des Falbrindes ließ keinen Zweifel zu.

«Der dunkle Gott ist zurückgekehrt«, flüsterte Jevana mit zitternder Stimme und fasste damit die Gedanken der anderen in Worte, während Ilana zur Ruhe mahnte. »Noch wissen wir nichts Genaues … es gab keine Zeichen, das ist ungewöhnlich. Vielleicht ist es ein … geschmackloser Scherz?« Ihre Mutter glaubte selbst nicht daran, das wusste Lin.

*Es gab Zeichen!*, widersprach zudem ihr Verstand. *Es gab Visionen und die Verkündung der Waldfrau.* Lin starrte auf ihre Füße. Schuldbewusst betrachtete sie die versteinerten Gesichter der Männer, die besorgten von Tojar und Ilana, die verängstigten Gesichter von Jevana und den Priesterinnen Salas. Zum Schluss musterte sie Elven. Allein in seinen Zügen war nicht zu lesen, was er dachte oder fühlte.

Aufgeregtes Rufen holte sie aus ihren Gedanken. Lin sah über die Schulter und entdeckte Braam und seinen Vater, die wild gestikulierend mit den Wachtposten stritten. Schließlich gab Tojar den Männern die Erlaubnis, Braam durchzulassen.

Lin sah sein verschwitztes Gesicht, seine zu einem verärgerten Strich zusammengepressten Lippen, seine blutunterlaufenen Augen. Braam musste zu Salas Fest ordentlich Wein getrunken haben. Trotzdem wirkte er entschlossen, als er auf Tojar und Ilana zugestapft kam.

»Eines unserer Falbrinder ist gestohlen worden, und unser Nachbar vermisst seine Tochter Niwa … sie war für die Feuer verantwortlich und ist gestern Nacht nicht zurückgekehrt.«

*… meide das Feuer, ruf es nicht herbei …*, dröhnte die Verkündung einmal mehr in Lins Kopf. Warum hatte sie nur nichts ge-

sagt? Warum hatte sie die Zeichen einfach für sich behalten? Das arme Mädchen … was, wenn die Diener des Gottes sie als Opfer fortgeschleppt hatten?

Ilana und Tojar traten zur Seite und gaben den Blick auf den Kadaver des Falbrindes frei. »Dein Rind haben wir gefunden, Braam. Es scheint, dass jemand ein Blutopfer durchgeführt hat … im alten Opferkreis.«

Die Erwähnung des Blutopfers schien ihn kaum zu verstören, aber Braam betrachtete das tote Tier mit einer Mischung aus Ekel und Wut. »Ich sehe kein Blut«, erklärte er und sah dann fragend von einem zum anderen. Es war klar, dass er Ersatz für das Rind forderte. »Und was nun?«

»Ich fürchte, wir müssen zuallererst das Mädchen suchen. Das sind wir seiner Sippe schuldig«, entgegnete Tojar müde.

Elven trat vor. Der Klang seiner Stimme war fest und selbstsicher. »Das könnte ich tun … Ich kenne mich in den Wäldern von Isnal besser aus als jeder andere. Ich verstehe mich auf Spurensuche, den Umgang mit Waffen und natürlich die Jagd.«

Tojar überlegte nicht lange und nickte ihm dankbar zu. Ilana schenkte ihm ein Lächeln voller Wärme. Es war ein Stich ins Herz für Lin, zu sehen, wie sehr ihre Eltern auf Elven, den sie kaum kannten, angewiesen waren. Doch wen hätten sie sonst schicken sollen? Tojar war zu alt, und Lin hatte keinen Gefährten. Früher hätten sie Degan geschickt – den Prinzen von Engil … *Jetzt sind sie auf die Hilfe eines Fremden angewiesen.*

Braam schluckte seinen Ärger hinunter. Es war ihm anzusehen, dass er den Suchtrupp gerne selbst angeführt hätte. Lin begriff, dass ihre Eltern sich in Degan einen Mann wie Elven erhofft hatten – ernst und pflichtbewusst –, und ihr wurde ebenso klar, dass Degan niemals ihren hohen Ansprüchen hätte genügen können … genauso wenig, wie sie selbst den Ansprüchen ihrer Eltern gerecht wurde. Mit einem Mal empfand sie Elven gegenüber Dankbarkeit, da er seine Hilfe anbot und den verängstigten Menschen mit seiner eigenen Selbstsicherheit Vertrauen einflößte.

In Anbetracht der Ereignisse konnte Lin niemandem von ihrer Schreckensvision oder der Verkündung der Waldfrau erzählen. Schlimm genug, dass sie Zeichen des dunklen Gottes empfangen hatte – dass nicht Sala ihr eine Vision geschickt hatte, sondern Muruk!

Sie hatte genug davon, die glücklose und unheilbringende Lin zu sein, die man mied, weil man fürchtete, dass ihre Glücklosigkeit eine ansteckende Seuche oder ein Fluch war, den sie an jene weitergab, die sich um sie scharten. Leider war es die Wahrheit. Sie brachte Unheil mit sich, wohin sie auch ging.

# Im Auge des Bösen

Braam hieb mit seinem Stock auf das Dornengestrüpp und die verkeilten Zweige ein, durch die er sich mit seinen Leidensgenossen bereits seit einem ganzen Tag schlug. Ein stummer Fluch lag auf seinen Lippen. Seine Beine waren bis durch das Leder seiner Kleider zerkratzt, seine Hände von tiefen Schnitten überzogen. Er hatte Hunger und musste pissen – Milliarden von Insekten hatten jede freie Stelle seiner Haut so zerstochen, dass er glaubte, keinen Tropfen Blut mehr im Körper zu haben. Der klebrige Schweiß zog Stechmücken an wie ein Haufen Falbrindscheiße die Fliegen. Braam kratzte sich im Laufen und schlug nach den Bremsen, von denen es immer mehr zu geben schien, je weiter sie in den verfluchten Isnalwald hineinliefen. Er hatte keine Ahnung, wie lange sie bereits gelaufen waren – zu lange … so viel war klar. Die anderen Männer stöhnten vor Erschöpfung, doch niemand wollte um eine Rast bitten.

An der Spitze des Suchtrupps lief Elven ohne eine Spur von Müdigkeit. Braam starrte wütend auf seinen Rücken. Elven schwitzte nicht, und er wurde nicht müde. Er musste anscheinend niemals pissen und wurde auch nicht von den Insekten zerstochen. Braam wischte sich den Schweiß von der Stirn. Eigentlich war es unmöglich, doch Elvens Haut war kaum vom Dornengestrüpp zerkratzt. Zuerst hatte Braam geglaubt, dass sich sogar die Büsche vor Elven teilten und ihm den Weg freigaben. Was natürlich Unsinn war. Erst als er länger und genauer hinsah, erkannte er, dass Elven einfach viel geschickter war als sie alle zusammen und fast jedem Zweig und Dorn auswich. Seine Geschmeidigkeit hatte etwas von einer Katze und erinnerte Braam an Degan, den Halbgreifen.

Braam nahm es dem Fremden übel, dass es ihm so leicht gelungen war, Tojar und Ilana zu beeindrucken. Dieser Suchtrupp wäre eine Gelegenheit für ihn selbst gewesen, seine Schande zu tilgen. Aber sie vertrauten Elven, den sie nicht kannten, mehr. Braam blieb stehen. Er war kein Feigling wie die anderen, doch er brauchte eine Rast. Jetzt! Warum eigentlich die Eile? Wegen eines Mädchens und eines Irren, der es sich in den Kopf gesetzt hatte, den Kult des Blutgottes wiederaufleben zu lassen?

»Wir brauchen eine Rast«, schnauzte Braam und wurde von seinen Leidensgenossen das erste Mal unterstützt. Sie alle nickten, als Elven sich zu ihnen umwandte.

Für einen Moment starrte Elven ihn unentschlossen an. Zunächst glaubte Braam, dass Elven ihn anschnauzen würde, er solle seinen stinkenden Bauernarsch bewegen und sein Maul halten. Dafür hätte er ihn respektieren können. Braams Nackenhaare sträubten sich in Erwartung eines Kräftemessens mit Elven. Er spürte das tiefe Bedürfnis nach einer Prügelei in seine Fäuste kriechen und war sich sicher, dass er Elven mit den Fäusten überlegen war.

Elven enttäuschte ihn. Wortlos ging er zu einem Baum, auf dessen Stamm ein spärlicher Sonnenstrahl fiel, und ritzte die Rinde mit seinem Dolch. »Wenn die Sonne die Markierung erreicht hat, gehen wir weiter.«

Braam schwankte zwischen Erleichterung und Enttäuschung. Es war eine kurze Zeit, die Elven ihnen zum Ausruhen gewährte. Er und die anderen fielen dort, wo sie standen, in das weiche Laub. Erleichtertes Stöhnen war zu hören. Die Männer wollten nur noch schlafen.

Braam aber gönnte sich keinen Schlaf. Obwohl auch er müde war, beobachtete er Elven aus den Augenwinkeln. Ihr sonderbarer Anführer saß mit dem Rücken an einen Baumstamm gelehnt und hatte die Augen geschlossen. Weder ging sein Atem schnell, noch waren Anzeichen von Erschöpfung in seinem Gesicht zu erkennen. Braam konnte es nicht glauben. Wie konnte ein Mensch über solche Kraftreserven verfügen? Elven hatte sich vom duldsamen Narren in einen unbarmherzigen Führer verwandelt. Er trug nun lederne Beinkleider statt seines Priestergewandes und ein Hemd. Sein schlanker, aber durchaus kräftiger Körper kam durch die neue Kleidung gut zur Geltung. Elven vermittelte Braam das Gefühl, ein plumper Mehlsack zu sein. Früher war er ein stolzer Taluk gewesen ... jetzt fühlte er sich fast genauso tölpelhaft wie diese Idioten, die sorglos im Laub herumlagen und schnarchten. Er bekämpfte das zornige Brennen in seiner Kehle. Elven schien kaum der Trottel zu sein, für den er ihn gehalten hatte. Aber was wollte er? Lin zur Gefährtin nehmen und in Engil herrschen?

Seine Blase würde ihm nicht mehr lange gehorchen, also zwang Braam sich aufzustehen. Elven war eingeschlafen, doch seine Hände umklammerten noch immer den geschwungenen Bogen und den Köcher mit Pfeilen. Braam verzog einen Mundwinkel – so schliefen Krieger ... keine Wanderschmiede oder Wanderpriester.

Seine Leidensgenossen schnarchten vor sich hin. *Dummes, unvorsichtiges Pack!* Braam bemühte sich, leise zu sein, während er sich davonmachte, um einen guten Platz zum Pinkeln zu suchen. Seine Füße steckten in viel zu kleinen Lederstiefeln, die ihm ein Engilianer überlassen hatte. Sie hatten seinem Sohn gehört, der sich neue hatte anfertigen lassen. Braam stöhnte, weil seine Füße schmerzten. Wäre er doch in Engil geblieben!

Leise fluchend schlug er sich einen Weg durch Dornenhecken und ließ dabei seiner unterdrückten Wut freien Lauf. »Elender Sohn eines Falbrindes!« Hier konnte er fluchen und Elven verwünschen. Es war düster in diesem Teil des Isnalwaldes. Kaum ein Sonnenstrahl fiel durch das dichte Blätterdach der Bäume, und in der Luft lag der Geruch von Feuchtigkeit und verrottetem Holz.

Braam zwängte sich durch eine letzte Dornenhecke und blieb dann stehen. Vor ihm lag eine Lichtung, von der aus er auf ein Stück blauen Himmel sehen konnte. Der Anblick besänftigte ihn ein wenig ... Licht, Wärme. Mit einem Seufzer trat er in die Sonne, die wie Balsam auf seiner Haut war. Die warmen Strahlen trockneten den Schweiß und das Blut auf seinen Armen und Händen. »Sala sei Dank ...«, flüsterte er müde.

Er ging zu einem Baum, öffnete das Zugband seiner Beinkleider und schlug sein Wasser mit einem erleichterten Grunzen an einem Baumstamm ab. Als er fertig war, setzte er sich in das warme Gras, um die Sonne noch eine Weile zu genießen. Er durfte nur nicht einschlafen. Wenn Elven mit den anderen weiterzog und ihn hier vergaß, wäre er verloren. Allein fände er nie wieder zurück nach Engil. Braam legte sich auf den Bauch und spürte, dass er Schwierigkeiten hatte, nicht einzudösen. Vor seinen Augen flirrten Lichtpunkte.

Am Rand der kleinen Lichtung entdeckte er etwas. Zuerst war er sich nicht sicher, doch schließlich schlich er näher an das Gebüsch heran. *Bei Salas hellem Licht!* Seine übermüdeten Augen hatten ihn nicht getäuscht.

Eine Hand ragte aus dem Dornengestrüpp ... die Hand eines Mädchens! *Niwa!* Er hatte sie gefunden. Ohne zu überlegen, griff Braam nach der Hand und wollte sie aus dem Gebüsch hervorziehen. Der erwartete Widerstand blieb aus. Das Gebüsch gab sie frei.

Der Arm des Mädchens tauchte auf … Dann nichts mehr. Nur ausgefranstes, bläulich rot angelaufenes Fleisch, das teigig und aufgequollen war. Ein Schwarm schillernder Fliegen stob von der Wunde auf und versuchte, sofort wieder darauf zu landen. Braam musste würgen und erkannte gleichzeitig, dass die Fingernägel gelblich-blau verfärbt waren. Knochensplitter ragten aus der Wunde unterhalb des Schultergelenks, wo der Arm vom Körper gerissen worden war.

Fast im selben Augenblick bemerkte Braam den süßlich fauligen Gestank. Mit einem erstickten Schrei ließ er den verwesenden Arm los und übergab sich ins Gras. Aus dem Gebüsch erklangen ein aufgeregtes Klappern und Pfeifen.

Braam spürte die Angst ganz plötzlich wie eine eisige Klaue seine Glieder umklammern. Er versuchte aufzustehen, doch seine Beine waren schwer wie das Mugurgebirge. *Ich lasse dich nicht fort …*, schien seine Angst ihm gehässig zuzuflüstern.

Aus dem Gebüsch tauchte das gefletschte Gebiss eines Schjacks auf. Seine Augen waren auf Braam gerichtet. Der Schjack hob die Nase und witterte in seine Richtung. Zwischen seinen nach innen gebogenen Zähnen hingen noch Fleischfetzen seiner letzten Mahlzeit. Braam wollte nicht darüber nachdenken, was die Kreatur gefressen hatte. Der Schjack musste seine Beute in das Gebüsch gezerrt haben, um sich dort über sie herzumachen – die Beute hatte einen Namen und ein Gesicht gehabt, das er nur allzu gut kannte … Niwa, die Tochter seines Nachbarn, die in der Nacht von Salas Fest verschwunden war … die Kleine, wegen der sie diesen Gewaltmarsch auf sich genommen hatten. *Alles vergeblich!* Sie waren zu spät gekommen. Und er würde die nächste Beute des Schjacks werden.

Braam gelang es, nach Hilfe zu schreien, als das riesige, nach Aas stinkende Vieh zum Sprung ansetzte. Es war vorbei!

Ohne dass er hätte sagen können, woher, tauchte vor seinem Gesichtsfeld ein Paar Beine auf und stellte sich schützend vor ihn. Braam nahm sie wie durch einen Nebel wahr, doch er wusste trotzdem, zu wem sie gehörten – Elven! Braam wich auf dem Hintern sitzend zurück, um Abstand zwischen sich und den Schjack zu bringen, der nun vor Elven kauerte und ihn anknurrte. Woher war Elven so schnell gekommen ... war er ihm gefolgt?

»Du hättest bei den anderen bleiben sollen«, stellte Elven ruhig und bestimmend klar. Angst schien er nicht zu kennen. Dann zog er so schnell seinen Bogen von der Schulter, dass Braams Augen es nicht mitbekamen. Sein Mund klappte auf – ein Pfeil nach dem anderen traf den Schjack, ehe der wusste, wie ihm geschah.

Braam versuchte zu begreifen, was er sah ... Das war doch unmöglich! Es dauerte kaum einen Wimpernschlag lang, und der Schjack brach tot zusammen. Aus seinem Körper ragten etwa zwanzig von Elvens Pfeilen.

»Wie hast du das gemacht?«, krächzte Braam ungläubig.

Elven zog ihn mit unerwarteter Leichtigkeit auf die Beine. Seine Kiefer zeigten eine Spur von Anspannung – das erste Zeichen einer Gefühlsregung, das Braam an ihm zu erkennen meinte.

»Ich sagte dir doch, dass ich Fähigkeiten besitze, um die Priester mich beneiden würden.«

Braam nickte dümmlich. Er spürte den festen Griff an seinem Unterarm und fragte sich, ob Elven allein mit dem Druck seiner Finger Knochen brechen konnte. Elvens Blick ließ keinen Zweifel daran, dass seine Geduld am Ende angelangt war. »Wirst du versuchen, mich zu bekämpfen, oder wirst du in meine Dienste treten?«

Braam schluckte. Elven war der geborene Anführer. Wie hatte er sich derart täuschen können? Sein Widerstand brach wie morsches

Holz. Elven hatte ihm soeben das Leben gerettet. »Ich werde dir dienen«, war das Einzige, was er herausbrachte.

Elven zeigte ein schmales Lächeln. »Dein Leben wird sich bald zum Guten wenden. Ich verspreche es dir.«

Vay hatte ihren Kopf an Lins Schulter gelegt und starrte ängstlich zu Tojar, der neben Ilana auf dem Thronsessel am Ende der großen Halle saß. Der König wirkte verloren inmitten seiner Berater, und die Lehnen aus Bellockholz schienen viel zu groß für ihn. Lin war entsetzt. Ihr Vater schien geschrumpft zu sein in den letzten Stunden. Oder war es nur ihre eigene Angst, die sie dies glauben machen wollte? Sie beobachtete ihre Eltern aus den Augenwinkeln. Sie flüsterten miteinander, und je leiser das Königspaar sprach, desto unruhiger wurde Vay.

Die große Tafel in der Saalmitte, auf der Diener Brote und Früchte sowie Wein und Gebäck aufgetragen hatten, stand noch immer so unberührt da wie am Vorabend. Niemand hatte Hunger, alle warteten gespannt auf die Rückkehr des Suchtrupps. Geschlafen hatten sie dort, wo sie sich gestern niedergelassen hatten, eingehüllt in ihre Umhänge oder in Decken. Niemand wollte allein sein, man suchte Trost und Sicherheit in der Gemeinschaft.

Lin schob Vay sanft von sich. Ihre Dienerin war seit den jüngsten Vorfällen wie ein ängstliches Hündchen. »Du solltest dir eine Decke nehmen und schlafen«, versuchte Lin sie zu überzeugen und erntete ein trotziges Kopfschütteln. »Ich habe zu große Angst. Glaubst du, dass der dunkle Gott nach Engil zurückkehrt?« Vays Augen wurden groß, und sie wagte nur noch zu flüstern. »Ich meine, so wie es zu den Zeiten war, als deine Mutter jung war? Die vielen Mädchen, die geopfert wurden, das viele Blut …«

»Vay!«, versuchte Lin sie zu beruhigen, denn einige ängstliche Augenpaare, die den Gefährtinnen von Tojars Beratern gehörten, sahen bereits zu ihnen herüber. »Hör auf, so zu reden und allen Angst zu machen. Es ist überhaupt nichts sicher ... überhaupt nichts, verstehst du? Vielleicht war es nur ein wildes Tier, das sich nach Engil verirrt hat und durch die Feuer in Panik geraten ist ... und das arme Mädchen kreuzte zufällig seinen Weg.«

Vay schüttelte störrisch den Kopf. »Dann hat ein Tier dem Falbrind die Kehle mit einem Messer durchtrennt und in das Getreidesilo geworfen?« Vay war nie besonders respektvoll gewesen, und der Blick, den sie ihr zuwarf, zeigte Lin, dass sie es ihr übelnahm, von ihr belogen zu werden.

Lin stand langsam auf. Ihre Glieder waren steif vom langen Sitzen. Ohne Vay noch einmal anzusehen, ging sie hinüber zu Tojar und Ilana. Sie achtete nicht auf die fragenden Blicke, die ihr von allen Seiten zugeworfen wurden. Sie war die Hohepriesterin Salas, und sie hatte keine Antworten für sie ... *Glücklose Lin ... Lin mit den dunklen Visionen ...*, flüsterten Stimmen in ihrem Kopf, die eigentlich nicht hätten da sein dürfen. Sie verbarg ihr Gesicht schuldbewusst zwischen dem Vorhang ihrer schwarzen Locken.

Ilana lächelte ihr aufmunternd zu. Sie trug ein goldig schimmerndes Gewand und saß auf dem kleineren Thronsessel neben ihrem Gefährten Tojar. Ihre Mutter wirkte müde, doch der Anblick ihres Vaters bereitete Lin größere Sorge. Auch Tojar war müde, aber es war keine Müdigkeit, der eine Nacht ausgiebigen Schlafes vorgebeugt hätte. Unter seinen Augen lagen tiefe Schatten. Ihr Vater war alt – zu alt für einen Krieg gegen den dunklen Gott und seine Kreaturen. Ohne Zögern streckte er ihr eine Hand entgegen. Sie fühlte sich trocken an und war übersät mit blauen Adern. »Es wird alles gut«, flüsterte er, doch in seinen

Augen spiegelte sich die gleiche Hoffnungslosigkeit wie in den Augen aller.

Lin ließ sich von einem der Diener einen Stuhl bringen und setzte sich zu ihren Eltern. »Ich weiß nicht, was wir tun sollen, wenn Muruk zurückkehrt«, gestand sie ihnen leise.

Ilana bemühte sich um einen zuversichtlichen Klang in der Stimme. »Bestimmt kehrt Elven mit guten Nachrichten zurück … und mit dem verschwundenen Mädchen.«

*Das glauben sie ebenso wenig wie du*, flüsterte Lins Verstand gehässig.

Plötzlich trat in die müden Augen ihres Vaters ein hoffnungsvolles Funkeln. »Du solltest ins Feuer schauen, Lin. Jevana sagt, dass du kurz vor Salas Fest dein erstes Gesicht hattest. Vielleicht wird Sala dir eine Antwort gewähren … jetzt, nachdem sie dich anerkannt hat.«

*Meide das Feuer, ruf es nicht herbei …*, erklangen die mahnenden Worte in ihrem Kopf. Warum hatte Jevana nicht einfach den Mund halten können? »Ich weiß nicht, ob Sala noch einmal zu mir sprechen wird. Außerdem war das, was sie mir sandte, unverständlich.«

Ilana pflichtete Tojar jedoch bei. »Bis du ein beständiges Band zu Sala geknüpft hast, können die Visionen der Göttin verwirrend sein. Aber du solltest es trotzdem versuchen.«

Lin nickte steif. Plötzlich fühlte sie sich in Gegenwart ihrer Eltern nicht mehr wohl. Sie hatte sie angelogen … Alles war viel schlimmer, als sie ahnten. »Natürlich werde ich ins Feuer schauen, wenn ihr das wünscht.« Sie stand auf und fühlte sich wie eine Verräterin, als sie, gefolgt von über zwanzig Augenpaaren, den Thronsaal verließ. Es graute ihr davor, in Salas Tempel zu gehen und ins Feuer zu schauen … es graute ihr vor dem, was sie darin sehen würde.

Der Wald war undurchdringlich und dunkel. Zwischen den dicht an dicht gedrängten Bäumen lag der Geruch von Staub und vertrocknetem Moder. Lins Füße versanken im raschelnden Laub, während sie versuchte herauszufinden, wo sie war. Das letzte Mal hatte das Feuer sie in ein Inferno aus Flammen und Hitze geführt. Diese Vision war deutlich angenehmer, wenn auch nicht weniger unheimlich. Lin blieb stehen und lauschte. War dort etwas gewesen … ein Geräusch? Sie durfte sich nicht von ihrer Angst beherrschen lassen!

Sie erinnerte sich daran, wie sie vor einigen Jahresumläufen auf der Suche nach Degan in den Isnalwald gelaufen war. Auch damals hatte sie Angst gehabt. Bei der Erinnerung daran schlang sie die Arme fest um den Körper und stolperte vorwärts. Sie war in einem Wald … ein Wald war besser als eine Feuerwüste. Sala sei Dank konnte sie zumindest eine Armlänge weit sehen.

»Sala …«, rief sie laut, in der vagen Hoffnung, die Göttin hätte sie dieses Mal hierher geführt.

Ein Scharren vor sich ließ sie wie angewurzelt stehen bleiben. Was war das gewesen? Angestrengt starrte sie in die Dunkelheit. *… das hier ist nicht Salas Reich … es ist zu dunkel dafür … Sala ist eine Lichtgöttin …* Lins Herz begann gegen ihre Rippen zu hämmern, Furcht schnürte ihr von einem Augenblick auf den anderen die Luft ab. Ängstlich versteckte sie sich hinter einem Baumstamm und versuchte, so ruhig wie möglich zu atmen. Was wäre, wenn die Kreatur aus der Feuerwüste hier war? Dieses Wesen, das sie verfolgte, weil es glaubte, sie würde ihm irgendetwas schulden.

Lin spürte, wie ein Ruck durch ihre Glieder ging. Sie trat hinter dem Baum hervor. »Nicht noch einmal!«, sagte sie streng zu sich selbst, wandte sich um und lief den Weg zurück, den sie gekommen war. Sie war sich nicht sicher, was sie da tat. Doch der Vision würde sie erst entkommen, wenn sie den Feuerkreis fand, der sie zurückbrachte.

Hinter sich hörte sie wie aus dem Nichts dumpfe Schritte. *Du wirst dich nicht umdrehen und dieser Vision damit Macht verleihen!*, ermahnte sie sich selbst. Sie wusste ohnehin, was es war. Die Kreatur! Sie folgte ihr. Lin spürte, wie eisige Kälte in ihre Brust kroch. Dann fühlte sie den heißen Atem des Wesens in ihrem Nacken. Mit zitternden Knien ging sie weiter. Die Kreatur war so nah, dass sie Lin hätte berühren können, niederreißen oder zerfleischen. *Sala, bitte, lass es verschwinden …* Ihre Beine schlotterten vor Angst, und die Dunkelheit begann sie wie ein Strudel zu umwirbeln.

»Sieh mich an!«, grollte das Wesen hinter ihr.

Lin hätte sich am liebsten auf den Boden geworfen, den Kopf in den Armen verborgen und sich einer langen Ohnmacht überlassen, doch sie zwang sich weiterzugehen.

»Sieh mich an!«, grollte die Kreatur noch eindringlicher mit einer Stimme, die sich anhörte wie das Knurren eines Raubtiers. »Ich bin hier … ich werde immer nach dir suchen, wo du dich auch versteckst … wegzulaufen nutzt dir nichts …«

»Nein!«, entfuhr es Lin zornig. »Nein!«, rief sie noch einmal bestimmt, und das Wesen hinter ihr begann zu knurren. Etwas streifte sie im Nacken, ein Fingernagel … eine Kralle, die ihre Haut ritzte, dann gab der Boden unter ihr nach, und sie fiel durch einen riesigen Feuerkranz in ein gähnendes schwarzes Loch …

Jevana stützte sie, so gut es ging. Lin fühlte sich schwindlig und hatte furchtbaren Durst. Eines der Mädchen brachte ihr einen Becher mit Wasser, den sie gierig austrank. Lin bedankte sich und schickte die Priesterinnen fort. Nur Jevana blieb bei ihr. Zuerst schwiegen sie eine Weile, und Jevana ließ ihr Zeit, sich zu sammeln. Gemeinsam ließen sie sich neben dem Opferfeuer nieder, gutmütig beäugt von Salas steinerner Statue. Lin warf Blüten in die Flammen, um der Göttin für die gewährte Vision zu danken. Ihre Hände zitterten, während die Blätter im Feuer ihren Duft verströmten. Es war eine Lüge! Die Visionen lagen wie eine schwere Last auf ihr. Lin atmete tief durch. »Ich kann nicht mehr schweigen … wenigstens dir muss ich es sagen.«

Die zweite Priesterin blickte vom Feuer auf und sah sie fragend an. Ohne auf Jevanas Entgegnung zu warten, offenbarte Lin ihr beide Visionen, die erste in der Feuerwüste und die zweite, der sie soeben entkommen war. Jevana hörte ihr zu und unterbrach sie nicht, doch ihr Gesichtsausdruck wechselte zwischen Entsetzen und Besorgnis.

»Es ist nicht Sala, die zu mir spricht«, sprach Lin schließlich ihre schrecklichste Befürchtung aus. »Es ist etwas Bedrohliches und Böses, das mich verfolgt und nach mir sucht; es ist allein meinetwegen nach Engil gekommen.«

Jevana klopfte die Blütenreste von ihren Händen und stand langsam auf. Sie wirkte verstört und unsicher. Eine Weile sagte keine von ihnen etwas, dann flüsterte die zweite Priesterin: »Glaubst du, dass es der dunkle Gott ist, der dir die Visionen schickt … der nach dir sucht?«

Lin erhob sich ebenfalls und starrte in die Flammen. Das Feuer schien ihr auf einmal bedrohlich. Sie hätte es gerne gelöscht, doch das durfte sie nicht. Salas Feuer musste immer brennen – ebenso, wie Salas Licht für immer auf Engil scheinen musste. »Ich weiß es nicht … aber alles deutet darauf hin, dass der dunkle Gott zurückkehrt.«

»Aber was will er von dir?« Jevanas Stimme klang verzweifelt. Sie sah sich im Tempel um, als wäre er kein friedlicher Ort mehr.

Lin spürte, dass sich eine Wand aus Angst zwischen ihre Freundschaft zu schieben begann, und bereute, sich Jevana anvertraut zu haben. »Ich weiß nicht, was er von mir will.«

Jevana packte sie am Arm und wollte sie hinter sich her aus dem Tempel zerren. In ihren Augen stand die nackte Angst. »Du musst es Tojar und Ilana sagen. Die Menschen von Engil müssen gewarnt werden, dass Muruk zurückkehrt.«

Lin schüttelte entschlossen den Kopf. »Das kann ich nicht! Doch nicht jetzt, wo ohnehin alle Angst haben.« Sie nahm Jevanas Hand und sah sie flehend an. »Lass uns warten, bis Elven und die anderen zurückkehren.«

Jevana schüttelte heftig den Kopf »Sie sind längst zurückgekehrt ... während du deine Vision hattest.«

Lin spürte das Blut laut in ihren Ohren rauschen. Sie ahnte, dass sie nicht hören wollte, was Jevana ihr sagen würde.

Die zweite Priesterin sprach mit zitternder Stimme. »Das Mädchen ist tot, von einem Schjack zerrissen ... sie haben den Schjack gesehen. Er hätte beinahe auch Braam zerfleischt. Elven kam ihm im letzten Augenblick zu Hilfe.«

Einen kurzen Augenblick maßen sie ihre Blicke miteinander, dann nickte Lin resigniert. Die Zeichen waren eindeutig – der Blutgott kehrte zurück, wenn die Schjacks das Sumpfland verließen. *O Sala, dieses Mal sind sie sogar bis nach Engil gekommen!* »Ich werde mit Tojar und Ilana sprechen ... aber lass mir wenigstens Zeit bis zum Abend. Ich habe mich heute nicht der zweiten Priesterin anvertraut, sondern meiner Freundin.«

Jevana sah sie vorwurfsvoll an, da Lin ihre Freundschaft ausnutzte, um sich Zeit zu verschaffen. Lin wusste, sie brachte die zweite Priesterin in einen schweren Konflikt mit ihrem Amt. Doch schließlich gab Jevana nach.. »Also gut ... bis heute Abend!«

Lin nickte und fragte sich, ob es wirklich ein guter Gedanke gewesen war, sich Jevana anzuvertrauen. Doch sie brauchte Zeit, um zu überlegen, was sie tun sollte. Was würden die Engilianer denken, wenn sie erfuhren, dass der dunkle Gott die Tochter des Königspaars heimsuchte? Es wäre so einfach, eine einzige Frau für ein gesamtes Volk zu opfern! Sie verbarg das Zittern ihrer Hände, als sie den Tempel verließ.

Als sie hinaus auf den Tempelplatz trat, wurde Lin augenblicklich von einer Menschenmenge umringt. Die Engilianer hatten Stunden vor dem Tempel gewartet, um zu hören, was die Hohepriesterin der Göttin zu sagen hatte. Lin hätte am liebsten kehrtgemacht und wäre zurück in den Tempel gelaufen. Stattdessen suchte sie nach einer Lücke zwischen den Menschen, durch die sie schlüpfen konnte. Doch die Engilianer bedrängten sie von allen Seiten. »Tochter von Engil ... was hast du im Feuer gesehen? Hat Sala zu dir gesprochen? Was will die Göttin von uns? Was sollen wir tun?«

Die Stimmen klangen aufgebracht und waren erfüllt von hilfloser Angst. Hände rissen an ihrem Gewand, so dass Lin versucht war, die Menschen anzuschreien. Doch stattdessen blieb sie ruhig. »Ich muss zuerst die Heimkehrer begrüßen und mit ihnen sprechen.« Sie entwand sich den fordernden Händen, zwängte sich an ihnen vorbei und lief, so schnell sie konnte, den Palasthügel hinauf. Während sie lief, kam ihr ein Gedanke. Es gab vielleicht etwas, was nicht nur Engil vor dem dunklen Gott beschützen konnte, sondern auch sie selbst.

Im Palast eilten die Diener bereits mit Schüsseln und Krügen zwischen dem Thronsaal und den Vorratsräumen hin und her. Wie es die gute Sitte verlangte, wurden die Heimkehrer zuerst bewirtet, bevor man zu wichtigen Gesprächen überging.

Zwei Diener öffneten Lin die Tür zum Thronsaal.

Alle Köpfe wandten sich ihr zu; die Gespräche verstummten, sobald sie die Halle betrat. Lin fühlte die Anspannung erneut wie einen schweren Stein in ihrem Magen. Anscheinend hatte man auch hier schon ungeduldig ihre Rückkehr erwartet. Mittlerweile war die große Tafel nicht mehr unberührt; sowohl ihre Eltern als auch ihr Gefolge und die jungen Männer, die Elven begleitet hatten, schlugen sich die Bäuche mit Fleisch, Früchten und frisch gebackenem Brot voll.

Elven saß nicht zufällig an Tojars linker Seite – dem Ehrenplatz, den ihr Vater besonderen Günstlingen vorbehielt. Ilana winkte Lin zu sich. Langsam und gemessen, damit niemand ihre Unsicherheit bemerkte, ging sie auf den Tisch zu.

Elvens kleiner Trupp am anderen Ende der Tafel sah mitgenommen aus, dreckig und müde. Die Hemden und Beinkleider der Männer hatten Risse, während Elven selbst überhaupt keine Anzeichen von Erschöpfung erkennen ließ. Hatte er sich als Einziger umgezogen, bevor er den Thronsaal betreten hatte, und ihre Eltern warten lassen? Aber auch seine Hände und sein Gesicht wiesen keine einzige Schramme auf – im Gegensatz zu denen, die ihn begleitet hatten. Lin versuchte, nicht allzu beeindruckt zu starren. Ganz offensichtlich war Elven der Held, den Engil in diesen schweren Tagen brauchte.

Braam war ans Ende der Tafel verbannt worden. Lin konnte sehen, dass er sie keinen Augenblick aus den Augen ließ, während er in einer Hand einen Brotfladen, in der anderen ein Stück Fleisch hielt. Irgendetwas war seltsam an ihm – er wirkte selbstbewusster und nicht so verbittert wie sonst. Seine Blicke empfand sie fast schon als unverschämt.

Lin setzte sich Elven gegenüber an die Seite ihrer Mutter und spürte seinen Blick auf sich ruhen. Sein offensichtliches Interesse an ihr verbarg er auch in Gegenwart ihrer Eltern nicht, und ihre

Eltern schienen ihm dies nicht übelzunehmen. Lin gab sich einem kurzen Tagtraum hin – sie stellte sich vor, dass es Degan war, der ihr gegenüber saß, und dass es seine Blicke waren, die auf ihr ruhten.

Da erst einmal nichts Interessantes gesprochen wurde, fuhren die Gäste mit dem Essen fort und beachteten sie nicht weiter. Lin war froh darüber. Auch Elven widmete sich seiner Speiseplatte. Lin beobachtete ihn und fand es angenehm, dass er nicht schlang wie die anderen, sondern langsam aß. Musste er nicht ebenso ausgehungert sein wie seine Gefährten? Elven schien in keiner Lebenslage die Beherrschung zu verlieren.

»Ich hörte, ihr habt Niwa gefunden«, sprach sie ihn an.

»Leider sind unsere schlimmsten Befürchtungen wahr geworden«, antwortete Tojar leise und kam Elven damit zuvor. »Der arme Vater des Mädchens ist weinend zusammengebrochen, als er erfuhr, dass ein Schjack seine Tochter verschleppt und zerrissen hat. Wir konnten ihm ihren Körper nicht zurückbringen, damit er durch Salas Feuer in ihr Reich eingeht … es war ja kaum mehr als ein Arm von ihr übrig.« Tojar fuhr sich mit der Hand über die Augen, ein Zeichen seiner geistigen Erschöpfung. »Doch wir sind Elven sehr dankbar, dass er nach der Kleinen gesucht hat.« Er bedachte Elven mit einem so warmen Blick, wie ein Vater seinen Sohn ansieht. Unwillkürlich musste Lin wieder an Degan denken … und daran, wie Tojar ihm Vorhaltungen gemacht hatte. *Vielleicht wäre Degan geblieben, wenn Tojar ihn so angesehen hätte, wie er in diesem Augenblick Elven ansieht … wie ein Vater seinen Sohn …*

»Hattest du eine Vision?«, wollte Ilana wissen, und Lin verschluckte sich beinahe an einer Scheibe dampfendem Nussbrot.

Die ganze Zeit schon, seit sie Salas Tempel verlassen und sich von Jevana Aufschub erbeten hatte, spielte sie mit einem Gedanken. Das erste Mal sah sie Elven offen in die Augen und wich seinen Blicken nicht aus. Sie hoffte, dass sie das Richtige tat. »Ich habe einen Ratschlag der Göttin erhalten … oder vielmehr eine Weisung.«

Sowohl ihr Vater als auch ihre Mutter sahen sie überrascht an.

Lin atmete tief durch und sprach dann mit deutlicher und überzeugter Stimme: »Sala will, dass ich mich Elven als Gefährtin verbinde.«

# Der Greif

Braam konnte es kaum glauben. Wie hatte Elven das geschafft, was keinem anderen Mann gelungen war? Sich das Königspaar von Engil zu Verbündeten zu machen und das wählerische Herz ihrer Tochter für sich zu gewinnen. Braam verspürte Neid, aber vor allem Bewunderung. Elven hatte außergewöhnliche Fähigkeiten, aber wer hatte ihm diese verliehen? Seit dem Angriff des Schjacks im Wald von Isnal war kein Mondumlauf vergangen. Braam zweifelte nicht länger, die richtige Entscheidung getroffen zu haben – bald würde Elven ihn aus der stinkenden Höhle voller Falbrindscheiße befreien, zu der sein Leben geworden war.

Mit einem Tritt beförderte er den leeren Holzeimer in die Ecke des Stalles. Die hochträchtige Falbrindkuh gab ein erschrockenes Brüllen von sich und trat mit den Hufen gegen die Tür ihres Verschlages. Der Eimer mit fetter Milch, den Braam ihrem von Fliegen umschwärmten Euter abgetrotzt hatte, fiel um und versickerte im sandigen Boden. Braam fluchte. Die ganze Arbeit umsonst. Als verhöhne sie ihn, brüllte die Falbrindkuh noch lauter.

»Halt's Maul, wenn du nicht für das Festmahl des neuen Prinzen geschlachtet werden willst«, maulte er die einfältig glotzende Kuh an.

Kurz darauf flog die Stalltür auf. »Braam!«, donnerte sein Vater wütend. »Erschreck die Kuh nicht! Was, wenn sie ihr Kalb verliert? Den Verlust eines zweiten Rindes können wir uns nicht leisten.«

Braam wurde noch wütender. Sein Vater hielt ihn für einen Versager.

Wie zum Beweis fuhr der Alte ihn weiter an. »Bist schon wieder betrunken und hast nichts Besseres zu tun gehabt, als alles, was wir haben, für billigen Wein einzutauschen, was?«

Braam spie aus, direkt in die Pfütze frischer Milch vor seinen Füßen. »Wenn ich mich betrinke, dann aus Scham! Sieh dich an! Früher warst du ein Taluk und hast Schmuck aus Greifensilber für jeden erschlagenen Feind getragen. Und jetzt …« Angewidert betrachtete er die speckigen Ziegenlederhosen und das vor Schweiß und Schmutz starrende Hemd seines Vaters. »… bist du nur noch ein Bauer … ohne Ehre!«

Mit drei Schritten stand sein Vater vor ihm, zwei Köpfe größer als er selbst. Mit der Faust holte er zum Schlag aus und traf Braam hart am Kiefer. Er taumelte zurück gegen die Stallwand, sah Sterne vor seinen Augen und spuckte Blut. Dann grinste er seinen Vater herausfordernd an.

Der Alte entblößte angriffslustig seine braunen Zahnstummel. »Nur weil mich die Umstände dazu zwingen, wie ein Bauer zu leben, solltest du nicht den Fehler machen, mich zu unterschätzen, du Einfaltspinsel.«

Braam baute sich breitbeinig vor seinem Vater auf. Es war Zeit, ihm die Wendung in seinem Leben zu offenbaren. »Sei darauf gefasst, dass sich einiges ändern wird, und sorg dafür, dass du den Scheißegeruch aus deinen Kleidern bekommst.« Selbstbewusst wischte er sich das Blut von der Nase und drängte sich an seinem Vater vorbei. Ihn hielt nichts mehr im Stall.

»Wohin willst du? Die Kühe müssen gemolken werden, und das Stroh in den Verschlägen muss gewechselt werden.«

Braam stieß die Tür auf. »Kümmere dich selbst um die Kühe! Mich interessieren die Falbrinder nicht mehr.«

»Wie kannst du es wagen, mir zu widersprechen?« Sein Vater machte sich daran, ihm einen zweiten Faustschlag zu versetzen.

Braam blieb unbeeindruckt. »Elven hat mir ein Amt als erster Gefolgsmann in seinem Dienst versprochen, wenn ich mich ihm anschließe – und er scheint sein Versprechen als Prinz von Engil schon bald einlösen zu können.« Zufrieden stellte Braam fest, dass sein Vater die Faust senkte und unsicher wurde.

»Der Prinz ... du hast dich ihm als Gefolgsmann angeschlossen?«

Braam genoss, dass er es war, der nun die Fäden zog. Von nun an würde er die Befehle erteilen, oder der Alte konnte bis ans Ende seiner Tage bei den Viechern bleiben. »Nicht irgendein Gefolgsmann bin ich, sondern sein erster Gefolgsmann!«

Sein Vater hustete und kratzte sich verlegen im Nacken. »Du hast diesen Elven auf Salas Fest dem Königspaar vorgestellt, nicht wahr?« In seine Augen trat endlich so etwas wie Anerkennung. »Ich dachte immer, du wärest zwar stark, aber nicht sonderlich klug.«

»Es ist wohl eher so, dass deine Klugheit nicht ausgereicht hat zu erkennen, wozu ich fähig bin.« Braam gefiel sich immer besser in seiner neuen Rolle. Das war alte Taluk-Art. Wenn zwei Männer ein Problem miteinander zu lösen hatten, beleidigten sie sich so lange, bis sie so zornig auf den anderen waren, dass sie mit Waffen, Zähnen und allem, was sie besaßen, aufeinander losgingen. Doch so weit sollte es heute nicht kommen. Trotzdem verpasste sein Vater ihm einen boshaften Seitenhieb. »Ich hoffe, dein Vertrauen in diesen Elven lohnt sich und er verliert seine Tatkraft nicht auf dem Lager seiner Prinzessin.«

Braams Blut begann zu kochen. Dass Lin ihn abgelehnt hatte, dass sie ihn zu abscheulich fand, ihn zwischen ihre Schenkel zu lassen – das hatte er nie ganz verwinden können. So etwas hätte kein echter Taluk akzeptieren können! Braam schloss die Augen, ballte seine Fäuste und wartete, bis seine Wut verebbt war.

Ohne seinen Vater anzusehen, ging er an ihm vorbei, hinaus aus dem Stall.

»Wo willst du hin?« Die Stimme seines Vaters war kleinlaut geworden. Braam hatte ihr Kräftemessen für sich entschieden. Ab jetzt wäre er derjenige, der die Befehle gab und die Arbeiten einteilte.

Er stellte sich breitbeinig vor den Alten. »Es gibt ein Fest zu feiern, und du tätest gut daran, ein Bad zu nehmen und dich dort sehen zu lassen … nachdem du die Kühe gemolken und die Verschläge vom Mist gesäubert hast.«

Elvens Hand fühlte sich genauso an wie auf Salas Sonnenwendfest, heiß und trocken. Trotzdem fror Lin in ihrem blütengeschmückten Gewand. Der Mann an ihrer Seite war ihr fremd, obwohl sie seine neuen Beinkleider und das Hemd selbst gefertigt hatte. Auf dem zurückgebundenen Haar trug Elven den Stirnreif aus Greifensilber, der ihn zum Prinzen von Engil und somit zu ihrem Gefährten machte.

Verzweifelt versuchte Lin sich auf die Zeremonie zu konzentrieren. Noch immer kam ihr alles vor wie ein Traum. Sie hatte ihre Eltern, die Göttin und auch Elven mit einer falschen Verkündung getäuscht! Tojar und Ilana waren mit ihrer Verbindung wie erwartet mehr als einverstanden. Im Gesicht ihres Vaters las sie Erleichterung darüber, fortan die Bürde seines Amtes nach und nach auf Elven übertragen zu können.

Allein Elvens Gefühle hatte sie nicht erraten können. Wie schon den ganzen letzten Mondumlauf versuchte sie in seinem verschlossenen Gesicht zu lesen. Er hatte nach ihrem Antrag die von Tojar gewährten zwei Tage Bedenkzeit bis zur letzten Stunde eingehalten. Obwohl Lin sich sicher gewesen war, dass er sie als Gefährtin gewollt hatte, hatte sie seine Zurückhaltung verunsichert.

Doch schließlich hatte er zugestimmt – zwei Tage nachdem er aus den Wäldern von Isnal zurückgekehrt war, hatte er sie zu einem Spaziergang durch Engil vom Tempel abgeholt. Lin erinnerte sich an das befangene Gefühl, als er das erste Mal ihre Hand genommen hatte.

Damit war das gegenseitige Versprechen der Gefährtenschaft gegeben. Elven hatte öffentlich ihrer Verbindung zugestimmt. Trotzdem war es kein vertrauter, sondern ein bemühter Spaziergang gewesen, bei dem Lin sich unwohl gefühlt hatte. Elven war ihr fremd.

Jevana hatte sich nicht ein einziges Mal zu ihrer Verbindung geäußert. Sie hatten ein Gespräch darüber vermieden. Es war eine seltsame Situation. Normalerweise trug man jemandem, den man gerade erst kennengelernt hatte, nicht den Wunsch nach einer Gefährtenschaft an. Lin wusste, dass sie es für Engil getan hatte – und gewiss wusste Elven das auch. Dennoch hatten sie kein Wort über ihre aus der Not geborene Gefährtenschaft verloren, während sie gemeinsam durch Engils Straßen gegangen waren.

Erst als er sie am Abend vor ihren Räumen verabschiedete, hatte Elven sein Schweigen gebrochen. Seine Stimme war ruhig und sein Blick ernst gewesen. »Lin … du darfst nicht denken, dass ich dich um Engils willen zur Gefährtin nehme. Vielmehr ist es so, dass ich Engil um deinetwillen als meine Bürde annehme.«

Sie hatte sich bei seinen Worten geschämt – Elven liebte sie, aber sie liebte ihn nicht. Dann hatte Elven sie das erste Mal geküsst. Sie hatte alles erwartet – Schwindel, Angst oder Unwillen. Doch das, was sie empfand, war viel schlimmer. Sie hatte rein gar nichts gefühlt – kein Begehren, keine Anziehung, kein Herzklopfen. Da war nur Taubheit in ihr … und ein Name, der einfach nicht aus ihrem Herz verschwinden wollte. *Degan!* Sie hatte so sehr gehofft, ihn endlich aus ihren Gedanken verdrängen zu können, doch das Gegenteil war der Fall. Elvens Kuss, seine Hand, die sich auf ihren Rücken legte, ja sogar sein Lächeln bewirkte, dass sie noch mehr an Degan dachte als zuvor. Lin konnte nicht anders, als sich vorzustellen, es wären Degans Lippen, die sie küssten, seine Hand, die sie berührte …

Nun stand sie neben Elven in Salas Tempel, geschmückt mit Blumen, um sich ihm als Gefährtin zu verbinden. Kaum einen Mondumlauf hatten sie gewartet. Sie selbst hatte gedrängt. Engil brauchte einen Beschützer, der ein Heer ausheben und die Männer in den Krieg führen konnte, wenn es nötig wurde.

Lin senkte den Blick und lauschte Jevanas Worten. Dann trat sie zusammen mit Elven vor Salas Opferfeuer, wo die zweite Priesterin ihnen ein Mal aus Asche auf die Stirn zeichnete. Feierlich schloss sie die kurze Zeremonie. »Ihr seid nun einander vor Sala verbunden. Allein sie kann diese Verbindung trennen.«

Elven nahm ihre Hand und legte sie auf die Stelle seiner Brust, wo sein Herz schlug. Es war die Geste, mit der ein engilianischer Mann einer Frau zeigte, dass er sich ihr tief verbunden fühlte. Es war furchtbar! Lin sah in seine waldgrünen Augen und in sein glattes Gesicht und entschuldigte sich stumm für ihren Verrat an seiner Liebe. Sie würde es gut machen. Elven würde Engil um ihretwillen lieben … und sie würde einfach lernen, ihm für Engil eine gute Gefährtin zu sein. Niemals durfte er erfahren, dass ihr Herz für einen anderen schlug.

Vay löste Lins gestecktes Haar und zupfte winzige rosa Blüten aus ihren schwarzen Locken. Dann half sie ihr aus dem feinen Gewand, das Ilana ihr mit einem Lächeln am Morgen gebracht hatte. Lin fuhr vorsichtig mit den Fingern über das schillernde Gewebe.

Es war ein fast durchsichtiges Tuch aus Laluhaar. Solche Gewänder, wie sie junge Mädchen und Frauen früher ganz selbstverständlich zu jedem Sonnenwendfest getragen hatten, waren sehr selten geworden, nachdem Xiria und ihr Greifenheer die Lalufrauen im Wiesenland ausgelöscht hatten. Dieses hier war eines der wenigen Tücher aus dem feingesponnenen Haar der Lalufrauen, die es noch gab. Nur die Lalufrau Nona lebte noch irgendwo ... *Nona ... Dawon ... und Degan ...* Lin schloss die Augen, weil der Schmerz des Verlustes sie ohne Vorwarnung traf. Sie musste endlich lernen zu vergessen. Verflucht sollte das Greifenweib sein, welches so viel Unglück über jene, die sie liebte, gebracht hatte!

»Das Bad ist bereit.« Vay holte sie mit einem Lächeln aus ihren düsteren Gedanken. Lin war ausnahmsweise einmal froh darüber. Vorsichtig löste Lin die Bänder ihres Gewandes. Das feine Gewebe glitt wie ein Hauch von ihrem Körper. Dann half Vay ihr in das mit Ölen und Blüten getränkte Badewasser der Rotmetallwanne. Vorsichtig begann sie, Lins Rücken und ihre Arme mit einem weichen Stofftuch zu waschen.

Eine Weile schwiegen sie beide, dann seufzte Vay vernehmlich. »Du hast einen gutaussehenden und starken Gefährten in Elven. Sicherlich wird er dich glücklich machen.« Lin musste lächeln. Ihre Dienerin war noch ein Mädchen und sehr unbedarft. Als Vay nach Engil kam, hatten die Menschen gerade begonnen zu vergessen, was ihnen Schreckliches widerfahren war. Die Engilianer besaßen den Fluch und die Gabe zugleich, schnell zu vergessen. Nur Lin gelang das nicht. Vielleicht war sie anders, unnormal, wie Degan es gewesen war.

Lin erhob sich aus dem Wasser. Sie wollte Vay nicht mit ihren Gedanken belasten. Eine Verbindung zwischen einem zukünftigen Herrscherpaar war etwas Bewundernswertes und Romantisches für sie. Wie es die Art junger Mädchen war, träumte auch Vay den Traum von der großen Liebe. Lin war für sie der Beweis dafür, dass Märchen wahr werden konnten, und Lin fand, dass es zu früh war, ihr diesen Glauben zu nehmen.

Sie ließ sich von Vay in ein trockenes Tuch wickeln. Dann sah sie sich in ihren Räumen um … in jenen Räumen, die ihr fortan nicht mehr Schutz und Rückzug bieten konnten, wenn ihr danach war. Als ihr Gefährte hatte Elven das Recht, zu ihr zu kommen, wann immer er es wünschte.

Ihr Ruhelager aus poliertem Bellockholz mit Intarsien aus Greifensilber … Lin hatte es noch nie mit jemandem geteilt, auch wenn sie sich oft vorgestellt hatte, es mit Degan zu teilen. Nun würde es Elven sein. Sie fröstelte, obwohl es im Raum angenehm warm war.

Vay und die anderen Dienerinnen hatten weiße Blüten auf das Laken gestreut, neue Webteppiche auf den Steinfliesen ausgebreitet und die Feuerbecken angeheizt. *Fürchte das Feuer … ruf es nicht herbei …* Schon wieder hallten die Worte der Waldfrau in ihrem Kopf. Es schien fast so, als sei es unmöglich, ihrer Prophezeiung zu entkommen.

Lin schlang die Arme um ihren Körper, als sie sich mit untergeschlagenen Beinen auf einen der Webteppiche setzte und sich von Vay das Haar kämmen ließ. Vor sich hin summend, rieb ihre Dienerin eine Handvoll Öl der seltenen grünen Orchidee in die einzelnen Strähnen, was sie angenehm duften ließ und zum Glänzen brachte. Dann hielt sie ihr eine polierte Scheibe aus Rotmetall vor das Gesicht. »Du siehst wunderschön aus. Dein Gefährte kann sich glücklich schätzen.« In Vays Stimme klang tiefe Sehnsucht nach einem eigenen Gefährten mit.

»Ich denke, das tut er«, antwortete Lin leise und schob dann Vays Hand mit der Rotmetallscheibe zur Seite. Sie mochte ihr Gesicht nicht ansehen, weil sie fürchtete, dass sie die Lügen darin entdecken würde, auf denen ihre Verbindung zu Elven gebaut war. Stattdessen schickte sie Vay nach zwei Bechern und einem Krug süßen Weins. Als sie die gewünschten Dinge gebracht hatte, entließ Lin ihre Dienerin für den Rest des Abends. Nun konnte sie nur noch eines tun – darauf warten, dass Elven zu ihr kam …

Sie versuchte sich zu entspannen und wurde doch immer nervöser. Ihre Blicke schweiften unruhig im Raum umher. Vor der Fensteröffnung bewegte sich etwas zwischen den Bäumen. Lin hatte es nur kurz aus den Augenwinkeln gesehen. Sie stand auf, ging hinüber und spähte hinaus in den ausklingenden Abend. Auf einen heimlichen Zuschauer konnte sie nun wirklich verzichten. Die untergehende Sonne malte Schlieren von Purpur und einem verwaschenen Orange in den azurblauen Sommerhimmel. Die Blätter der Bäume wiegten sich unter leisem Rauschen, und der Wind streifte ihr Gesicht.

Sie musste sich geirrt haben. Ihre Anspannung wich, so dass sie die Augen schloss und die klare Luft einatmete. Wenn sie Flügel wie die Vögel besäße, so hätte sie einfach fortfliegen können in die Freiheit … fort aus Engil, fort von den besorgten Blicken ihrer Eltern … fort von Elven und ihren Verpflichtungen ihm gegenüber. Als Lin die Augen wieder öffnete, blitzte etwas zwischen den Ästen des Baumes auf … es war weiß und groß und besaß Federn … Flügel? Sie war sich sicher, eine Schwinge erkannt zu haben.

Lin beugte sich aus der Fensteröffnung und suchte nach dem Störenfried. Bestimmt hatten sich Kinder in den Bäumen versteckt, um ihr einen Streich zu spielen. Ihr Nacken kribbelte. Sie spürte nun sehr deutlich, dass sie beobachtet wurde. Ein leichter Windstoß bog die Blätter des Baumes ein wenig auseinander. Lin entfuhr ein leiser Schrei. Sie hatte sich nicht geirrt … Haare, hüftlang und ebenso weiß wie die Schwingen. Zwei blaue Augen beobachteten sie aus dem Geäst des Baumes heraus. Nur einen Arm hätte sie ausstrecken müssen, um die Federn der Schwinge zu berühren oder das weiße Haar und die makellose Haut … und den betörenden Duft einzuatmen, der jede Frau ihre Vorsicht vergessen ließ. Lin sprang von der Fensteröffnung zurück … dort draußen in den Ästen des Baumes saß ein Greif! Ein gefühlloses Wesen, das dem dunklen Gott diente. Es entführte Frauen und schwängerte sie, um seine Brut zu vermehren … und aus irgendeinem Grund lauerte dieser Greif nun vor ihrer Fensteröffnung!

Ein erneuter Windstoß ging durch das Geäst, so dass sie den schlanken und bis auf einen Schurz nackten Körper des Greifen sehen konnte.

Lin stolperte rückwärts in ihren Raum. Beinahe hätte sie eines der Feuerbecken umgestoßen, doch dann beruhigte sie sich. Was immer das Auftauchen des Greifen auch bedeutete – sie musste es Elven sagen. Er war nun der Prinz von Engil, ihr Gefährte und der Beschützer der Stadt.

Nur ein dünnes Tuch um ihren Leib geschlungen, rannte Lin aus ihrem Schlaf- und Wohnraum. Eine Dienerin wartete vor der Tür auf Anweisungen für Botengänge. Als Lin sie fragte, wo Elven sei, wies sie zum Ende des Ganges. Obwohl sie es nicht wollte, spürte sie Unwillen. Dort hatten Degans Gemächer gelegen. Tojar hatte doch nicht Degans Gemächer Elven überlassen? Als sie den von Fackeln und Feuerbecken flankierten Gang bis zum Ende entlanglief, kannte sie die Antwort. *Aber natürlich hat er Elven Degans Gemächer überlassen … was hast du denn geglaubt, welche Räume er beziehen würde? Er ist der Prinz von Engil … alles, was Degan gehörte, gehört nun ihm … sogar du!*

Lin schob den Diener vor Elvens Tür zur Seite und öffnete sie, ohne auf die Einwände des Jungen zu achten. »Elven hat noch einen Besucher.«

»Das ist nicht wichtig … ich muss mit ihm sprechen.« Dann stand sie auch schon in jenen Räumen, die sie eigentlich nie mehr hatte betreten wollen.

Kurz meinte sie, noch immer Degan riechen zu können. *Nein, das ist nicht wahr! Sieh hin … er ist fort … seit drei Jahresumläufen … und er wird nie mehr zurückkehren.*

Elven und sein Besucher standen neben einem Feuerbecken, vertieft in ein leises Gespräch. Als Lin in Elvens Räume stürmte, wandten sich beide Männer zu ihr um – Elven, noch immer in die Beinkleider und das Hemd gekleidet, das sie für ihn gefertigt hatte, und der andere, mit einfacheren, jedoch sauberen Beinkleidern und einem neuen Hemd ausgestattet. Lin verschlug es die Sprache. Sie hätte Braam beinahe nicht erkannt. Woher hatte er die neuen Kleider? Sogar das Haar hatte er sich gewaschen und gestutzt. Plötzlich wurde sie sich bewusst, dass sie nackt bis auf ihr dünnes Tuch war.

Braams Blick fühlte sich schmierig auf ihrer Haut an. Elven bemerkte ihre Verunsicherung, nahm eine Decke von seinem Lager und brachte sie ihr. Offensichtlich war er nicht wütend, nur überrascht, sie hier zu sehen. »Ich wollte gleich zu dir kommen.«

Lin schluckte, und es gelang ihr, ihrer Stimme Festigkeit zu verleihen. »Was macht *er* hier?«

Elven legte einen Arm um ihre Schulter und führte sie hinaus auf den Gang. »Er hat noch einmal bei mir vorgesprochen wegen des Falbrinds, das sein Vater durch den Angriff des Schjacks in Engil verloren hat. Bisher hat Tojar es ihm nicht ersetzt, aber es sollte ihm ersetzt werden, findest du nicht? Wir müssen gerecht sein.«

Sie nickte, war jedoch nicht beruhigt. »Ja, aber ich will Braam nicht in unserer Nähe haben. Mein Vater hatte guten Grund, ihn des Palastes zu verweisen. Ich mag seine Blicke nicht … sie sind respektlos, und er ist ein machtgieriger Mensch. Halte ihn von uns fern, Elven. Bitte!« Lin sah ihm in die Augen und fühlte kurz darauf Elvens Lippen auf ihrem Mund. Sein überfallartiger Kuss erschreckte sie – der rohe Hunger, der von ihm ausging, und sein Begehren. In diesem Fall war er wie alle Männer – wie Braam und die vielen anderen, die sie hatten haben wollen. Nur Degan hatte sie nicht begehrt.

Lin löste sich von ihm. »Ich habe vor meinem Fenster einen Greif gesehen.«

Abrupt ließ Elven sie los und sah sie stirnrunzelnd an. »Bist du dir sicher?«

»Natürlich … sein Haar, seine Schwingen, der nackte Körper … ich weiß, wie sie aussehen … nur zu gut.« Lin konnte sehen, wie sich seine Glieder anspannten, wie er nachdachte und schließlich nickte. »Ich werde mich darum kümmern.« Seine Züge entspannten sich, als er sie ansah. »Aber nicht heute Nacht. Heute ist unsere erste gemeinsame Nacht … und ich werde dich in dieser Nacht nicht alleine lassen.«

Lin gönnte dem gemeinsamen Lager, das Elven bereits vor Sonnenaufgang verlassen hatte, keinen Blick mehr. Sie wich den neugierigen Fragen Vays aus, die einen Anflug von Neid über Lins erste Nacht mit Elven kaum verbergen konnte, und vertröstete Ilana, die im Garten mit ihr das morgendliche Mahl einnehmen wollte. Dann schlüpfte sie ohne Vays Hilfe in ihr Priestergewand. »Ich werde mich jetzt mit der zweiten Priesterin Salas beraten«, gab sie Vay knapp Anweisung, ihrer Mutter mitzuteilen, dann lief sie schon durch den Flur des Palastes, wählte einen Umweg durch jenen Teil des Gartens, in dem sie weder Ilana noch Tojar über den Weg laufen konnte, und rannte den Hügel hinunter bis zu Salas Tempel. Bloß fort von den Fragen und forschenden Blicken Vays und ihrer Mutter!

Hier und da grüßte sie Engilianer, denen ein Grinsen auf den Lippen lag, da sie nichts anderes sahen als eine glückliche Braut, die in der letzten Nacht ihre Jungfernschaft verloren hatte. Lin ließ sie in dem Glauben. Die Menschen vergaßen so leicht! Aber sie hatte nicht vergessen. Der Greif vor ihrer Fensteröffnung war eine weitere Mahnung des dunklen Gottes gewesen, und sie musste mit Jevana sprechen. Wenigstens ihr konnte Lin sich anvertrauen.

Sie fand die zweite Priesterin in den Vorratsräumen des Tempels, wo sie die Geschenke Salas, von den Engilianern jeden Tag aufs Neue überbracht, in Regale ordnete. Stoffe, Werkzeug aus Rotmetall, manchmal auch Schmuck aus Greifensilber vom Palast oder Früchte von einfachen Bauern. Alles fand seinen Platz und seinen Nutzen im Tempel der Göttin.

Als Jevana sie bemerkte, hielt sie in ihrer Arbeit inne und sah Lin an, als hätte sie einen Verstoß gegen die Tempelregeln begangen. Lin war viel zu aufgeregt, um sich über Jevanas schlechte Laune zu wundern. »Gestern Abend habe ich einen Greif vor meiner Fensteröffnung gesehen!«

Jevana zuckte nur die Schultern, wandte sich ab und fuhr damit fort, Salas Geschenke in die Regale zu stapeln. »Hast du mit Tojar und Ilana gesprochen? Hast du ihnen von deinen Visionen erzählt und ihnen gesagt, dass der dunkle Gott dich verfolgt?«

Lin zuckte zusammen. Jevanas Stimme klang ungewohnt hart und mitleidlos. Eigentlich hatte sie versprochen, ihre Visionen nicht für sich zu behalten, doch dann einen anderen Weg gewählt, indem sie Elven zum Gefährten nahm. »Ich habe Elven von dem Greif erzählt«, verteidigte sie sich. »Er ist der Prinz von Engil und wird uns beschützen.«

Jevana ließ einen Tiegel mit grünem Farbpulver fallen und fuhr zu ihr herum. Kurz darauf wandte sie sich wieder ab, so als wolle sie sich selbst verbieten zu sprechen. Schließlich konnte sie ihren Zorn nicht länger verbergen. »Bist du wirklich so blind, Lin? Ein Fremder ist nun der Prinz von Engil; ich verstehe nicht, warum du das zugelassen hast!«

Lin wich erschrocken über die harten Worte zurück und fühlte sich wie vor den Kopf geschlagen. Jevana hatte sich zwar nicht besonders freundlich gegenüber Elven verhalten, aber auch nicht ablehnend. »Ich habe es für Engil getan ... um uns alle zu beschützen. Elven ist ein Anführer.«

»Elven«, antwortete Jevana schneidend, »ist ein Fremder. Niemand weiß etwas Genaues über ihn. Ist dir nie in den Sinn gekommen, dass alles erst mit Elvens Erscheinen begonnen hat – deine Visionen, der Schjack ... und jetzt der Greif!«

Alles Blut wich aus ihrem Gesicht, und Lin begann sich zu schämen. »Warum hast du deine Bedenken gegenüber Elven nicht geäußert und mir abgeraten, ihn zum Gefährten zu nehmen?«

Jevana hob in einer Geste der Überforderung die Hände. »Lin, du bist die Prinzessin von Engil und Salas Hohepriesterin. Du hast niemanden nach seiner Meinung gefragt. Das ist dein Recht, aber somit auch deine alleinige Verantwortung.«

Darauf wusste Lin nichts zu erwidern. Es wäre richtig gewesen, die Meinung der anderen Priesterinnen zu hören, bevor sie sich Elven verband. Aber die Angst hatte sie nur diesen einen Weg sehen lassen. Ihre Stimme wurde dünn. »Willst du sagen, dass Elven ein Diener des dunklen Gottes ist?«

Jevana schüttelte den Kopf. »Das weiß ich nicht, Lin ... aber hast du denn nie daran gedacht, dass es so sein könnte? Bist du nicht misstrauisch? Vielleicht ist der dunkle Gott gar nicht wegen dir hier, sondern wegen ihm.«

»Nein ... daran habe ich nicht gedacht.« Sie spürte, wie ihr die Tränen in die Augen schossen, und fühlte sich dabei wie ein einfältiges Falbrind. Ohne Jevana noch einmal anzusehen, rannte sie aus dem Tempel, gefolgt von den verwirrten Blicken der jüngeren Priesterinnen, die dabei waren, Salas Statue mit dem vom Fest übriggebliebenen Gewürzwein zu waschen.

Lin rannte nicht zurück zum Palast, sondern schlug den Weg zu den Getreidespeichern ein, wo sie ungestört weinen konnte. Dort ließ sie sich hinter einem der Silos in den Sand fallen und schluchzte. Sie dachte an die letzte Nacht, hörte wieder das Knarren der Tür, Elvens Schritte und dann das Rascheln, als er seine Kleider ablegte und zu ihr unter das Laken schlüpfte.

Sein schlanker sehniger Körper an ihrem weichen – und wie immer schien seine Haut vor Hitze zu glühen … unangenehm … Die Erinnerung brach über sie herein wie ein vernichtender Sturm.

… sein Glied drückt sich steif an ihren Bauch, während er sich über sie beugt. Elvens Atem in ihrem Gesicht, angereichert vom gewürzten Wein und süßen Früchten. Sie mag den Festwein nicht, er hat einen seltsamen Geschmack, etwas faulig oder gärig … so faul wie die Lüge ihrer Gefährtenschaft. Doch Elven hat viel von diesem Wein getrunken, ebenso wie die anderen Gäste. Er beugt sich zu ihr hinunter, seine Lippen auf ihrem Mund, seine Zunge, die über ihren Hals fährt, hinunter zu den Brustwarzen … seine Stimme an ihrem Ohr, heiser, begehrend *Lin … nur um deinetwillen fällt Salas Licht auf Engil …* Dann wieder sein Glied, das sich zwischen ihre krampfhaft geschlossenen Schenkel drängt. Sie will es nicht, sie will ihn nicht in ihrem Körper spüren! Er denkt, sie fürchtet sich nur, versucht sie zu beruhigen. Seine Hände zwingen sie schließlich dazu, ihre Schenkel für ihn zu öffnen … Elven atmet schwer, als sein Glied sich in die – wie sie meint – viel zu enge Öffnung ihres Leibes zwängt, unaufhaltsam und fordernd … endlich der schmerzhafte Stich, der den letzten Widerstand zerstört – Lin bleibt stumm, wischt die Tränen von ihrem Gesicht, während

Elven in sie stößt, keucht, atmet und schwitzt … seine Stimme, heiser und wie im Wahn. *Ich werde dich lieben … bis ans Ende aller Tage* … Seine Worte sollen süß klingen – doch das Einzige, was sie fühlt, ist: Leere … eine tiefe und bodenlose Leere, während ihr Gefährte seine Lust an ihrem wunden Fleisch stillt …

Lin fuhr sich mit dem Ärmel ihres Gewandes über die Augen und schniefte ein letztes Mal. Dann stand sie auf und klopfte sich den Sand aus dem Gewand. Sie würde nicht mehr weinen! Was geschehen war, war geschehen, und wie Jevana sagte – sie trug die Verantwortung für ihre Entscheidungen. Niemand hatte sie dazu gezwungen, Elven zum Gefährten zu nehmen. Reue konnte sie sich nicht leisten – sie würde alles noch viel schwerer machen.

Aber Jevana musste sich einfach irren, was Elven anging. Er war kein Diener des dunklen Gottes, und er begehrte Engil nicht. So sicher, wie eine Frau mit dem ihr angeborenen Instinkt für die Lügen eines Mannes nur sein kann, spürte Lin, dass Elven einzig und allein sie wollte. Sie wischte die letzten Tränen fort. Niemand – weder Tojar, Ilana noch Elven – sollten sehen, dass sie geweint hatte.

# Blut im Tempel

Ihre Mutter erwartete Lin bereits im Palast. Ilana strahlte über das ganze Gesicht. Die Sorgenfalten, die sich in der letzten Zeit um Augen und Mund gebildet hatten, waren fast verschwunden. Während die Diener ihr Mittagsmahl in der Gartenlaube auftrugen, konnte Ilana nicht aufhören zu schwärmen. »Mit Elven hast du einen guten Gefährten gewählt, Lin. Ich bin so froh für dich.«

Lin nickte müde. Musste sie für den Rest ihres Lebens eine Maske tragen? *Ja, genau das musst du!*, beantwortete sie sich selbst die Frage, während sie sich ohne Appetit ein Stück Brot nahm. Ihre Mutter sprach fröhlich weiter. »Elven wird erst am Abend zurück sein. Er ist früh aufgestanden und hat dem Vater von Braam ein neues Falbrind gebracht. Danach ist er mit Braam und ein paar der jungen Männer in die Wälder gegangen, um zu jagen.«

Lin glaubte sich verhört zu haben. »Er hat Braam mitgenommen? Ich habe Elven darum gebeten, ihn zu meiden.«

Ilana hob beschwichtigend die Hände. »Elven wird schon wissen, was er tut.« Sie fuhr sich mit dem Handrücken über die Stirn, als bereite dieses Gespräch ihr Kopfschmerzen. »Ich möchte Elven nicht reglementieren.«

»Aber Braam ist doch nicht ohne Grund bestraft worden.« Lin verstand die Sinneswandlung ihrer Mutter nicht. Ilana und Tojar waren sich, was Braam anging, immer einig gewesen. Er musste sich aus dem Palast und von jeglichem Palastgeschehen fernhalten. Wann hatte sich die Meinung ihrer Mutter geändert?

Ilana seufzte und suchte nach einer Erklärung, die Lin zufriedenstellte. »Ich will nicht die gleichen Fehler machen wie damals bei Degan … und Tojar will das auch nicht.«

Die Erwähnung von Degan traf Lin unvorbereitet. Plötzlich schmeckte sogar das Brot in ihrem Mund bitter. »Ich glaube nicht, dass Elven wie Degan ist«, gelang es ihr zu antworten. Ihre Mutter benahm sich eigenartig. Sie schien ihre eigenen Werte und Überzeugungen vergessen zu haben. Lin schüttelte den Kopf. Vielleicht war sie auch einfach nur zu misstrauisch nach Jevanas Rüge. Sie zwang sich, noch ein paar Bissen zu essen und ein belangloses Gespräch über das Wetter und die Ernten mit Ilana zu führen, dann entschuldigte sie sich und zog sich in ihre Räume zurück. Sie würde Elven fragen, warum er ihren Wunsch, sich von Braam fernzuhalten, nicht ernst nahm.

Vay führte Elven in Lins Räume, als er am Abend zurückkehrte. Lin meinte, dass ihre Dienerin schamhaft seinen Blick mied. Innerlich musste sie darüber lächeln. Für Vay war Elven ein Prinz, der einem Traum entsprungen war.

Elven schien Vays Verlegenheit nicht zu bemerken. »Du bist wunderschön«, flüsterte er ernst und sah dabei Lin an. Er zog sie vom Kissenlager hoch, auf dem sie gelegen hatte, und küsste sie stürmisch. Der Griff, mit dem er sie an sich zog, war kraftvoll und bestimmend. »Hattest du einen guten Tag?«, fragte er beiläufig, dann schickte er Vay nach dem Abendessen.

»Du warst heute im Wald von Isnal?«, begann Lin das Gespräch möglichst unverfänglich.

Elven nickte, während er eine ihrer Locken um seinen Finger wickelte. »Wir haben nach dem Greif Ausschau gehalten, aber keine Spur von ihm gefunden.«

Lin fühlte ein unerklärliches Brennen in ihrer Kehle. Vielleicht wäre es besser gewesen, in den ersten Tagen ihres Zusammenseins unangenehme Gespräche zu vermeiden. Doch diese Sache duldete keinen Aufschub. »Braam war heute in deinem Gefolge.«

Elven ließ ihre Locke los, rückte ein Stück von ihr ab und seufzte. Einen kurzen Augenblick lang meinte Lin, dass er gereizt wirkte.

Vay kehrte zurück, in den Händen eine Platte mit dampfenden Brotfladen und einem gebratenen Vogel, der beinahe größer war als sie selbst. Das erste Mal schien Elven die Dienerin wahrzunehmen und lächelte sie an, was Vay so aus der Fassung brachte, dass sie beinahe die Speiseplatte hätte fallen lassen. Im letzten Augenblick fing sie sich und stellte die Platte vor Lin und Elven auf den Boden. Elvens Gereiztheit war verschwunden, als er Lin schließlich antwortete: »Greife haben wir nicht gefunden, dafür aber viel anderes Federvieh.« Er wies auf den Vogel und lächelte.

»Du hast meine Frage nicht beantwortet«, beharrte Lin leise, obwohl ihr Instinkt ihr riet zu schweigen. Seine stoische Freundlichkeit wirkte aufgesetzt.

Elven gab Vay mit einer knappen Handbewegung zu verstehen, dass sie gehen sollte. Als sie fort war, zog er Lin ohne Vorwarnung an sich und küsste sie leidenschaftlich. »Zerstöre es nicht, Lin! Zerstöre nicht unser Glück mit Belanglosigkeiten!«

Sie wollte ihn fortstoßen, doch seinem Überfall war sie nicht gewachsen. Sie erschrak, als Elven seinen Dolch aus dem Waffengurt zog und mit einer fließenden Bewegung, die ihre Augen kaum nachvollziehen konnten, ihr Gewand von oben bis unten aufschlitzte. Ehe sie sich versah, war sie vollkommen nackt, und Elven betrachtete begehrlich ihren Körper. Obwohl sie nicht wusste, weshalb, schien ihr Anblick ihn zu quälen. »Ich habe keinen Hunger … nicht auf Fleisch oder Brot. Ich konnte den ganzen Tag an nichts anderes denken als an dich.« Ohne ihre Angst zu bemerken, warf er den Dolch fort und zog sie mit sich zu Boden, wo er sich zwischen ihre Schenkel drängte. Lin ließ ihn starr vor Angst gewähren. Elven öffnete das Zugband seiner Beinkleider und entledigte sich allem, was ihn störte, bevor er in sie eindrang. Es war etwas Unbeherrschtes an ihm und an der Art, wie er sie nahm. Lin wollte einfach nur, dass es vorbei war.

»Ich will, dass du mir Kinder schenkst … Söhne und Töchter«, raunte Elven an ihrem Ohr, als er eine Weile später befriedigt neben ihr lag.

Dieser Satz war es, der Lin das ganze Ausmaß ihrer Entscheidung vor Augen führte. Kinder … ihr waren in keinem Augenblick Kinder in den Sinn gekommen. Unbehaglich rückte sie ein Stück von ihm ab.

»Was ist mit dir?« Seine Stimme klang wieder leicht gereizt.

Lin suchte nach einer ausweichenden Antwort. »Ich habe immer geglaubt, deine Augen seien grün … aber sie haben die Farbe von Rotmetall.«

Er runzelte die Stirn. »Sie sind grün und manchmal eben braunrot … solche Augen sind allen aus meiner Familie gegeben.«

Lin wandte ihre ganze Kraft auf, um ihn in ein Gespräch zu verwickeln. »Wo ist deine Familie, Elven? Warum kommt sie nicht nach Engil?«

Seine Antwort klang ungewohnt schroff. »Meine Familie ist hier in Engil. Du bist meine Familie, Lin … du und die Kinder, die du mir schenken wirst.«

Sie verbarg ihre Panik hinter einer Maske des Gleichmuts. Er würde es nicht verstehen, dass sie keine Kinder wollte. Wie hätte er das auch verstehen sollen? Sie liebte ihn nicht … ihr blieb nur der heimliche Weg zu den Waldfrauen, wenn sie keine Kinder wollte. Die uralten Frauen kannten Zauber und Tränke, unerwünschte Schwangerschaften zu verhindern.

Sie schenkte Elven ein Lächeln, um ihn in Sicherheit zu wiegen. Gleich morgen würde sie zu den Waldfrauen gehen – und Elven durfte es niemals erfahren.

Vay trödelte herum, seit sie Engil verlassen hatten, während es Lin schwerfiel, ihre Ungeduld zu verbergen. Sie wusste von einer Waldfrau, die nahe an der Grenze des Isnalwaldes lebte, weil sie ab und zu Handel mit Engil trieb. Der Weg zu ihr war relativ sicher, da er am Waldrand entlangführte. Zu ihr wollte Lin gehen und hoffte, dass es nicht die gleiche Alte war, die ihr auf Salas Sonnenwendfest die unglückselige Prophezeiung überbracht hatte.

Vay verstand die Eile nicht. Ihre Angst vor herumstreunenden Schjacks war vergessen. Für sie bot der überraschende Ausflug eine willkommene Abwechslung. Im Wald gab es die unterschiedlichsten Beerensträucher, bei denen sie immer wieder stehen blieb, um ihren mitgenommenen Beutel zu füllen. Lin bemühte sich um Nachsicht – Vay war ja fast noch ein Kind. Außerdem glaubte sie, Lin wolle Heilkräuter bei der Waldfrau tauschen. Ausgelassen erzählte ihr Vay von den Reisen, die sie mit ihrem Vater unternommen hatte, wies auf bunte Vögel und stellte Fragen, ohne eine Antwort zu erwarten.

Schließlich war Lin mit ihrer Geduld am Ende, denn es war bereits später Vormittag. »Ich möchte zurück sein, bevor Elven misstrauisch wird«, fuhr sie ihre Dienerin schärfer an, als sie gewollt hatte, da Vay schon wieder stehen blieb, um irgendetwas zu tun, dessen Sinn sich Lin entzog.

Vay reagierte mit einem Schmollen. »Wie du meinst.« Trotzig ließ sie die gesammelten Beeren fallen und trottete schweigsam hinter Lin her.

Lin genoss die plötzliche Ruhe. Für eine Weile gab es nur das Zwitschern der Vögel und das Rauschen des Sommerwindes in den Blättern. Irgenwann hielt Vay es nicht mehr aus. »Warum soll Elven nicht misstrauisch werden? Darf er denn nicht wissen, dass du zu einer Waldfrau gehst?«

Lin überlegte, Vay anzulügen, ahnte aber, dass sie ihr eine glaubhafte Antwort auftischen musste. Aber was für eine glaubhafte Antwort gab es außer der Wahrheit? Konnte sie Vay vertrauen? Lin blieb stehen und sah das Mädchen lange an, bevor sie antwortete: »Weil ich einen Zauber brauche, um eine Schwangerschaft zu verhindern.«

Vay hob überrascht die Brauen. Es war nichts Ungewöhnliches oder gar Schlimmes daran, dass eine Frau sich dafür entschied, nicht schwanger zu werden. Doch bei Lin sahen das viele der Engilianer anders. Sie war die Prinzessin von Engil und damit verpflichtet, für Nachkommenschaft zu sorgen. So dachte auch Vay. Verlegen suchte sie nach Worten. »Also … aber …«

»Bitte, Vay«, bat Lin sie leise, »… es ist ja nur für eine Weile. Die ganzen Ereignisse des letzten Mondumlaufes. Es ist noch nicht die richtige Zeit.«

Vay nickte steif. »Ich verstehe deine Besorgnis, aber ich bin davon überzeugt, dass Elven dich und eure Kinder zu schützen weiß.« In ihrer Stimme lag eine unterschwellige Schärfe.

Lin hob die Brauen, als sie den deutlichen Vorwurf aus Vays Worten heraus hörte. Ihre Dienerin verschränkte ablehnend die Arme vor der Brust. Vay hatte sich an diesem Tag eine Waldblume hinter das linke Ohr gesteckt. Mit ihren runden Wangen und den offenen Haaren wirkte sie kindlich. Lin brauchte einen Augenblick, um ihr Bild von Vay neu zu ordnen und ihren eigenen Fehler zu erkennen. Sie hätte sich selbst ohrfeigen können, als es ihr klar wurde. Vay war verliebt … in Elven, und sie war eifersüchtig auf

Lin. Es gab nichts Schlimmeres für eine Frau als eine eifersüchtige Rivalin.

»Schwöre bei Salas Licht, dass du mich nicht verrätst.« Lin begriff, dass die Zeit, da sie Vay hatte vertrauen können, vorüber war.

Auch Vay schien zu spüren, dass Lin ihr Geheimnis erraten hatte. Trotzig starrte sie auf ihre Füße und nickte unwillig. »Ich schwöre es bei Sala!«

Für den Rest des Weges war die Stimmung zwischen ihnen wie eingefroren. Am frühen Mittag entdeckte Lin endlich die Hütte der Waldfrau. Sie schnupperte – ein kaum wahrnehmbarer Rauchfaden zog ihr in die Nase, angereichert mit dem starken Duft von Kräutern. Sie musste niesen. Irgendetwas brauten die kauzigen Alten immer auf ihren Feuern zusammen. Von einigen Dingen wollte Lin gar nicht wissen, was sie enthielten und was sie bewirkten.

»Sammele Kräuter, damit wir nicht mit leeren Händen zurückkehren«, wies sie Vay viel strenger als gewöhnlich an.

Ihre Dienerin trottete missmutig davon, während sie selbst auf die mit Moos bewachsene Hütte zuging.

Die Waldfrau saß vor ihrem Haus, die dürren Beine untergeschlagen, einen speckigen Lederbeutel in ihrem Schoß, und schmauchte eine Pfeife aus Wurzelholz, während sie Lin aus ihren kleinen Augen aufmerksam anfunkelte. Lin blieb drei Schritte vor ihr stehen und grüßte mit einem respektvollen *Belis nani.* Sie bemühte sich, nicht noch einmal zu niesen. Ein seltsamer Geruch stieg von der Pfeife der Alten auf. Lin wartete vergeblich auf einen Gegengruß. Die Waldfrau sah sie nur an und schmauchte ihre Pfeife.

So, wie sie dasaß, bekam Lin das seltsame Gefühl, dass die Waldfrau gewusst hatte, dass sie kommen würde. Sie wartete nicht länger auf eine Aufforderung und breitete ein mitgebrachtes Tuch vor den schmutzigen Füßen der Alten aus. Es enthielt Geschenke – ein Geschmeide aus Greifensilber, einen Tiegel mit Falbrindfett und einen kleineren mit duftendem Öl. Dies waren die Dinge, die sie, ohne dass sie vermisst wurden, aus ihren Räumen im Palast hatte mitnehmen können.

»Ich brauche etwas, womit ich eine Schwangerschaft verhindern kann«, flüsterte Lin, als würde sogar der Wald sie belauschen.

Tatsächlich war es ungewöhnlich still auf der kleinen Lichtung. Nicht einmal Vögel waren zu hören, und die Sonne fand kaum ihren Weg durch das Blätterdach. Die Waldfrau griff mit ihren knochigen Fingern nach dem Geschmeide und legte es sich um den mageren Hals. Dann öffnete sie den Tiegel mit dem Rindertalg – und schob ihn enttäuscht beiseite, um den zweiten Tiegel zu öffnen. Als der feine Blütenduft entströmte, begannen ihre rotumränderten Augen zu leuchten wie die eines jungen Mädchens. Sie schien sogar zu vergessen, dass Lin da war. Mit heiserer Stimme begann sie zu singen. »Einst war ich jung und wunderschön, da kam ein Greif, mich anzusehen … er trug mich fort in seinem Arm … neun Monde später ein Knäblein kam … mein Greif, mein Greif, wie war er schön, kalt zwar, doch lieblich anzusehen … und ach sein Duft betörend fein … noch einmal möcht ich jung und die Geliebte eines Greifen sein …«

Verschwenderisch tropfte die Waldfrau das Öl auf ihren fleckigen Überwurf. Mit ihren schmutzigen Fingern fuhr sie sich durch die dünnen Haarsträhnen, als wäre sie ein junges Mädchen. Offenbar hatte sie seit etlichen Jahresumläufen in keinen Rotmetallspiegel mehr gesehen, denn sie benahm sich, als erwarte sie ihren Liebsten.

Lin beobachtete stumm das seltsame Schauspiel. Keine normale Frau hätte sich freiwillig mit einem Greif eingelassen – sah man einmal von Dawon oder Degan ab, der eigentlich nur ein Halbgreif war. Aber diese Waldfrau besang ihren Duft und ihre Manneskraft. Lin zwang sich, ihr Entsetzen zu verbergen. Die alten Weiber waren schrullig und ihre Verkündungen oft unverständlich. Doch sie zu verärgern konnte unangenehme Folgen haben – vor allem, wenn man auf ihre Hilfe angewiesen war.

Endlich schien die Alte zufrieden und besann sich darauf, dass Lin noch immer wartend vor ihr stand. Vorwurfsvoll meckerte sie: »Die Tochter von Engil kam nicht allein, mit ihr führt sie Verrat in mein Heim. Einen Gefährten hat sie erwählt, doch zwischen ihnen Lüge und Dunkelheit steht!«

Lin machte sich bereit, die Alte notfalls anzubetteln, um eine sinnvolle Antwort von ihr zu erhalten. Doch überraschenderweise schob die Waldfrau ihr den speckigen Lederbeutel zu und flüsterte verschwörerisch: »Ein Aufguss aus den Wurzeln der Bellockbäume ist so giftig, dass er den stärksten Samen abzutöten vermag. Bevor dein Gefährte dich besteigt, musst du ein getränktes Tuch in dich einführen. Wenn du es vergisst oder dein Gefährte dich überraschend besucht, muss es geschehen, sobald er wieder von dir runtersteigt. Vergisst du es, geht seine Saat in dir auf!« Sie kicherte, während sie mit ihren Händen einen runden Bauch andeutete.

Lin nahm den Lederbeutel entgegen und nickte. Sie hatte sich nicht geirrt. Die Alte hatte gewusst, dass sie kommen würde. Vielleicht wusste sie auch etwas über Elven … Woher er kam? »Kennst du den Wanderschmied Elven?«

Die Alte vollführte abweisende Bewegungen mit den Händen, wobei sie ihr immer wieder »Ksch, ksch …« zurief, wie einer Katze, die sie verscheuchen wollte. Sie verfiel erneut in ihren Singsang. »Tochter von Engil, die du bist zwei, meide das Feuer, ruf es nicht herbei!«

»Das habe ich schon einmal gehört«, rief Lin aufgebracht und sprang auf. »Sag mir, was das bedeutet!«

Die Alte stemmte sich hoch auf ihre krummen Beine. Sie ächzte und stöhnte. Der Knochenschmuck, den sie als Leibgurt um ihr Gewand geschlungen hatte, klapperte bei jeder ihrer Bewegungen, was Lin sofort einen kalten Schauer über den Rücken laufen ließ. Zu sehr erinnerte sie dieses Geräusch an die Schjacks.

Mit ihrem Finger wies die Waldfrau auf einen Punkt in Lins Rücken. »Nimm dich vor ihr in Acht, ihr Herz ist voller Neid.«

Lin wandte sich um. Versteckt hinter einem Baum stand Vay, den Beutel mit den gesammelten Kräutern in der Hand. Vay hatte sie beobachtet. Wie lange sie bereits dort stand, konnte Lin nicht sagen. Leise raunte sie der Waldfrau zu: »Sie hat einen Schwur geleistet – auf Sala.«

Die Alte lachte und hustete gleichzeitig vom Rauch ihrer Pfeife. Bevor sie in ihrer Hütte verschwand, entblößte sie noch einmal ihre gelben Zahnstummel und grinste. »Einen Schwur auf Sala, sagst du … nun denn, viel Glück, Lin, Tochter von Engil!«

Braam wandte seinen Blick vom Kadaver ab, der von zwei Männern die Stufen von Salas Tempel heruntergezogen wurde. Wie um die Göttin zu verspotten, hinterließ der zerfetzte Körper des Falbrindkalbes eine Blutspur auf den Tempelstufen und wurde von Fliegen umschwärmt, sobald er in der prallen Sonne des Tempelplatzes lag. Salas Priesterinnen, angeführt von Jevana, hielten sich die Hände vor den Mund, als der Kadaver an ihnen vorbeigeschleift wurde.

*Verweichlichte Weiber!* Braam bedachte sie mit einem Grinsen, das er sich nun, da er in Elvens Gunst stand, erlauben konnte. Das Vieh musste sein Vater nun allein versorgen, und Braam wollte, dass es noch eine Weile so blieb. Dann würde er Elven bitten, auch den Alten vom Bauernstand zu erlösen. Doch der süße Geschmack von Macht gehörte ihm allein, und sein Vater sollte das spüren.

Am Rand des Tempelplatzes entdeckte er plötzlich Lins schwarzes Lockenhaar. Auf sie hatte er schon den gesamten Tag gewartet. »Salas erste Priesterin geruht zurückzukehren«, genoss er seinen laut vorgetragenen Spott. Er wies mit dem Finger auf Lin, die ahnungslos auf die Versammlung vor Salas Tempel zugelaufen kam. Hinter ihr trottete die kleine Stechmücke von einer Dienerin. Alle Köpfe wandten sich in Lins Richtung, die mit fragenden Augen in die Runde schaute.

Braam wartete nicht, bis Lin verstand, was vor sich ging. »Während du dich herumgetrieben hast, ist Salas Tempel geschändet worden!«

Sie sah ihn aus großen Augen an, und ihre Sprachlosigkeit war eine Genugtuung für ihn. Er wies einen seiner Untergebenen an, Elven zu holen, der im Palast ungeduldig auf die Rückkehr seiner Gefährtin wartete. Braam verschränkte zufrieden die Hände hinter dem Rücken. Ob Lin bemerkte, dass seine Beinkleider neu und sein Hemd von guter Machart waren? Sah sie, dass er nicht mehr länger der Ausgestoßene war? Braam hoffte auf einen Heulkrampf oder Wutausbruch – irgendetwas Weibisches, was er ihr zum Vorwurf machen konnte. Doch Lin blieb ruhig und schickte stattdessen die verängstigte Vay mit einem Nicken fort. Die kleine Stechmücke ließ sich nicht lange bitten und rannte hinauf zum Palast.

»Wo warst du?«, fragte Braam weiter, in der Hoffnung, Lin zu zermürben.

Ihre Unsicherheit verwandelte sich in Trotz. »Was nimmst du dir heraus?«

Braam genoss sein kleines Spiel. Sie hatte etwas zu verbergen, auch wenn er nicht wusste, was. Aber sie hatte ihre Finger ineinander verschränkt, damit er ihr Zittern nicht sah. So benahmen sich Weiber, die etwas ausgefressen hatten. Seine Augen folgten der Dienerin, die soeben in den Palastgärten verschwand. Zur Not würde er die Wahrheit aus ihr herausquetschen wie den Saft aus einer reifen Frucht. Selbstbewusst wandte er sich wieder Lin zu. Doch die zweite Priesterin kam ihr überraschend zu Hilfe. Fast wie ein Mann stellte Jevana sich neben Lin und sah ihn herausfordernd an. »Du sprichst mit Salas Hohepriesterin, Bauer!«

Braam zuckte zusammen. Offiziell hatte Elven ihn noch nicht vom Bauernstand befreit. Das elende Weib wusste das und war nicht so leicht zu verunsichern wie die sanftmütige Lin. Trotzdem wollte er nicht so schnell aufgeben. »Heute Morgen haben Salas Priesterinnen den Kadaver dieses Falbrindes vor ihrem Abbild gefunden. Der Tempel ist befleckt … Wo war ihre Hohepriesterin? Man hat sie gesucht, doch sie war unauffindbar.«

Lin suchte hilflos den Blick der zweiten Priesterin.

»Er sagt die Wahrheit, Lin«, erklärte Jevana. »Aber wie seltsam, dass es wieder einmal ein Falbrind aus den Ställen seines Vaters ist und dass es schon wieder kaum Blut gibt! Es scheint, als würden ausschließlich Falbrinder aus euren Ställen verschwinden.«

»Willst du mich etwa beschuldigen, Priesterin?«, polterte Braam.

Doch dieses Mal war es Lin, die Jevana beruhigte und ihn mit einem kühlen Blick bedachte. »Wir warten, was Elven sagt.«

Als Elven wenig später mit düsterer Miene zu ihnen trat, verspürte Braam tiefe Zufriedenheit. Mit versteinertem Gesicht fragte er Lin, wo sie gewesen sei.

»Kräuter sammeln im Wald … mit Vay«, antwortete sie ohne Umschweife.

Es war eine Lüge! Braam spürte es sofort, und auch Elven schien ihr nicht zu glauben.

Lin mied den Blick ihres Gefährten. Sie bemühte sich verzweifelt darum, ihre angeschlagene Würde zu wahren. »Warum ist er hier ... Braam ist von meinem Vater verbannt worden. Schick ihn fort!«

Braam hätte ihr gerne eine Ohrfeige verpasst, doch Elvens Antwort entschädigte ihn für seinen unerfüllbaren Wunsch.

»Ich schätze Braam. Sowohl dein Vater als auch deine Mutter lassen mir freie Hand in meinen Entscheidungen. Und Braam ist ein verlässlicher Gefolgsmann.« Elvens Lippen schienen sich kaum zu bewegen, als er leise fortfuhr: »Anders als meine Gefährtin, die heimlich verschwindet, ohne mir zu sagen, wohin sie geht und was sie tut.«

»Ich bin nicht dein Eigentum«, hielt Lin ihm entgegen.

Braam konnte sehen, wie Elvens Hände vor Zorn zu zittern begannen, bevor er sie hinter seinem Rücken verschränkte. »Geh! Wir werden unser Gespräch später fortsetzen.«

Braam grinste, als kurz darauf auch die zweite Priesterin von Elven in die Unterstadt zu ihrer Sippe geschickt wurde. Er sah zu, wie Lin gedemütigt in den Gärten verschwand, ebenso wie ihre Dienerin kurz zuvor. Wenn man es recht bedachte – was unterschied sie eigentlich von der kleinen Stechmücke? Sie war auch nur ein Weib wie all die anderen. Endlich gab es jemanden, der sie behandelte, wie sie es verdient hatte.

Lin wusste nicht mehr, wie sie sich verhalten sollte. Die Art, wie Elven sie fortgeschickt hatte, war demütigend. Sein Verhalten verunsicherte und verärgerte sie gleichermaßen. Er hatte Braam gegen ihren ausdrücklichen Wunsch zu seinem Gefolgsmann berufen. Braam war sich Elvens Rückhalt so sicher, dass er sich ihr gegenüber Frechheiten erlaubte. Elven hatte zudem keinerlei Anstalten gemacht, Braam in seine Schranken zu weisen. Dass er wütend auf sie war, rechtfertigte sein Verhalten nicht.

Als sie den Wohnpalast betrat und die Richtung zum Thronsaal einschlug, kam ihr Vay entgegen. Vays Gesichtsausdruck erinnerte Lin an ein Kind, das in eine saure Frucht gebissen hat. Ihre Dienerin versperrte ihr den Weg und zischte: »Vielleicht ist das tote Falbrind im Tempel eine Mahnung oder Strafe dafür, dass du bei den Waldfrauen warst. Du betrügst nicht nur Elven, sondern auch die Göttin ... du betrügst ganz Engil.«

*Bitte nicht das auch noch!* Lin schob Vay beiseite – eine Geste, die sie große Überwindung kostete. Sie war schon immer zu sanftmütig gewesen, um sich durchzusetzen oder andere in die Schranken zu weisen. Mit Ilana hätte Vay niemals gewagt so zu sprechen. Lin versuchte Vay zu beruhigen. »Du bist sehr jung. Überlasse das Urteilen über mich anderen. Du hast geschworen zu schweigen. Bei Sala!«

»Ich werde schweigen«, antwortete Vay zerknirscht und gab den Weg frei. Lin ahnte, dass sie sich auf Vays Schwur nicht verlassen konnte, und fragte sich, ob es vielleicht klug wäre, sie in die Dienste von jemand anderem zu geben. Doch sie entschied, dass es besser war, wenn Vay vorerst in ihrer Nähe blieb; sich Gedanken über Vay zu machen, dafür wäre später noch Zeit.

Lin schickte Vay mit einer Aufgabe in ihre Räume. Sie wollte mit ihrem Vater sprechen, bevor Elven zurückkehrte. Vielleicht konnte Tojar Elven klarmachen, dass sie nicht sein Eigentum war oder ihm Rechtfertigung für jeden Schritt schuldete, den sie tat.

Lin sah auf den Stundenmesser vor dem Thronsaal – ein Gebilde von drei auf Sockeln übereinander gebauten Steinschalen, von denen die unterste die größte und die oberste die kleinste war.

Die Figur einer Lalufrau stand mit ausgebreiteten Armen über den Schalen, und aus ihren Händen fielen einzelne Wassertropfen in die oberste Schale. Die oberste und die mittlere Schale waren bis zum Rand mit Wasser gefüllt, und die mittlere Schale war kurz vor dem Überlaufen, so dass die letzte und größte – die Nachtschale – bald anfangen würde, sich zu füllen. Wenn dies geschah, war es die Stunde des Abendmahls. Wenn die letzte Schale gefüllt wäre, war die Nacht vorüber, und es war die Stunde, in der die Diener aufstehen mussten. Alle im Palast hielten sich an die ausgeklügelte Stundenmessung dieses Zeitmessers – auch ihr Vater.

Tojar nutzte die Zeit vor dem Abendessen dazu, sich Beschwerden oder Streitfälle der Engilianer anzuhören, so dass Lin sicher war, ihn im Thronsaal anzutreffen. Doch als der Diener ihr die große Tür öffnete, fand Lin den Saal leer vor.

»Wo ist mein Vater? Um diese Zeit bespricht er doch die Belange der Engilianer und richtet über ihre Streitfälle.«

Der Diener sah sie an, als hätte sie sich die letzten Tage in einer Höhle verkrochen. »Am Tag nach eurer Verbindung hat Tojar diese Aufgabe an Elven übertragen.«

»Das hat mir niemand gesagt«, antwortete sie leicht verwirrt.

Der junge Diener zuckte mit den Schultern. Fast meinte Lin, er sähe durch sie hindurch.

Was ging hier eigentlich vor? Sie lief zu den Räumen ihres Vaters und traf ihn dort an. Tojar empfing sie auf seinem Lager, einen feuchten Umschlag auf seiner Stirn. Es roch nach altem Schweiß. Ihr Vater winkte sie heran.

Lin setzte sich auf den Rand seiner Liege und betrachtete ihn mit Sorge. »Vater, hast du Fieber?«

Er schüttelte den Kopf. »Nur Kopfschmerzen. Das Denken fällt mir schwer in der letzten Zeit.«

»Weißt du, was heute in Salas Tempel geschehen ist?« Sie wollte das Gespräch ruhig angehen. Ihr Vater sah geschwächt aus.

Tojar nickte, ohne beunruhigt zu wirken. »Elven hat es mir erzählt. Das Falbrind … ein schlechtes Omen. Schon wieder ein schlechtes Omen.«

Sie atmete durch, bevor sie weitersprach. Wie gerne hätte sie ihm dieses Gespräch erspart! Ihm wieder einmal Sorgen zu bereiten war das Letzte, was sie wollte. Doch nun brauchte sie seine Hilfe.

»Elven verhält sich nicht in allem, was er tut, richtig«, fuhr sie vorsichtig fort. »Er hat Braam in sein Gefolge berufen, obwohl er weiß, dass er von euch ausgeschlossen und bestraft wurde.«

Unwillig sah ihr Vater sie an. »Ich habe mich wegen Braam mit deiner Mutter beraten. Wir haben beschlossen, Elven zu vertrauen. Das solltest du auch tun. Verhältst du dich denn immer in allem, was du tust, richtig?«

Ihr blieben die Worte im Hals stecken. Zuerst ihre Mutter und dann ihr Vater … Es stimmte – sie selbst hatte Fehler gemacht; sie hatte die Visionen verschwiegen, hatte eine falsche Verkündung getan, aber sie verstand ihre sonst so umsichtigen Eltern nicht mehr. Warum vertrauten sie Elven blind, warum wollten sie nicht sehen, was in Engil vor sich ging?

»Elven sorgt sich um dich …«, fuhr Tojar mit einem müden Lächeln fort, ohne etwas von ihren Gedanken zu ahnen. Was er ihr zu sagen hatte, schien ihm wichtig, denn er suchte angestrengt nach den richtigen Worten. »Ich sorge mich auch um dich, Lin. Ich werde bald in Salas Reich eingehen, und auch deine Mutter wird nicht ewig bei dir sein. Was wird dann aus dir? Du hast ein freundliches Wesen, aber die Welt ist nicht freundlich und wird es niemals sein. Die Herzen der Menschen sind wankelmütig. Auch Degans Herz war wankelmütig … und doch kannst du ihn nicht vergessen …« Es klang wie ein Vorwurf.

Lin wollte protestieren, doch ihr Vater bedeutete ihr, dass sie ihm zuhören sollte. »Elvens Herz ist deinem ähnlich … stark und treu … Es wird immer nur für dich schlagen. Er wird dich beschützen, und er wird Engil beschützen.«

In Anbetracht seiner Krankheit brachte Lin es nicht übers Herz, ihrem Vater zu widersprechen. Vielleicht hatte er ja recht, und sie musste noch einmal versuchen, mit Elven zu reden.

Lin wollte nicht warten, bis Elven am Abend in ihre Räume kam, wo Vay und andere Diener ihren Gesprächen lauschten. Als Elvens Dienerschaft sich daranmachte, seine Räume für ihn vorzubereiten, ging sie hinaus in die Gärten, um dort auf ihn zu warten. Ihr Mut sank, als sie sah, dass Braam bei ihm war. Zu ihrer Überraschung schickte Elven ihn fort, als er sie entdeckte, und kam zu ihr.

»Lin«, sagte er leise und wand, wie es ihm zur Gewohnheit geworden war, eine ihrer Locken um seinen Finger. Er wollte sie in seine Arme ziehen, doch sie trat einen Schritt zurück. »Wir müssen reden, Elven.«

Er runzelte die Stirn, und sofort bemerkte sie wieder die leichte Gereiztheit in seiner Stimme. »Das können wir auch beim Abendmahl.«

»Ich möchte aber jetzt reden, hier draußen, ohne die Diener in unserer Nähe. Wir können einen Spaziergang durch die Gärten machen.«

»Wenn es dir hier draußen besser gefällt«, gab er nach und nahm ihre Hand.

Eine Weile gingen sie schweigend nebeneinander her. Wäre es nicht so ein unangenehmer Anlass gewesen – Lin hätte den Zauber des wilden Gartens genossen. In der abendlichen Luft entfaltete er berauschende Düfte; wie den Geruch der Duftschoten, der ein wenig an Honig und Gewürze erinnerte. Lin zog ihre Sandalen aus und spürte die weichen Teppiche aus Moosbällchen unter ihren Füßen kitzeln. Die Wiese roch herb und ein wenig nach Amber … einfach traumhaft. Vielleicht würde ja doch alles gut, und sie und Elven mussten erst Vertrauen zueinander fassen. Sie liebte die Gärten, genau wie Degan sie geliebt hatte … Immer wenn etwas sie quälte, kam sie hierher. Auch Ilana und Tojar taten das.

Elven schien hingegen keinen Blick für die wilde Schönheit der Blüten und Pflanzen zu haben. Je weiter sie gingen, desto unruhiger wurde er. Schließlich blieb er stehen und legte seine Hand auf ihre Schulter. »Also … worüber wolltest du sprechen? Über Braam und dass ich ihn aus meinem Gefolge entlassen soll? Ich sage dir noch einmal, dass ich das nicht tun werde.«

Da war sie wieder, die Unnachgiebigkeit in seiner Stimme. Lin spürte, dass sie anders beginnen musste, um ihn zu erreichen. »Ich wollte darüber sprechen, dass es nicht angebracht ist, mich vor Braam oder irgendjemand anderem zu maßregeln, Elven. Das steht niemandem zu – auch dir nicht. Ich bin Salas Hohepriesterin und die Tochter des Herrschers von Engil.« Es tat gut, auszusprechen, was sie ärgerte und bewegte. Vielleicht war es das, was bisher ihrer Gefährtenschaft gefehlt hatte – offene Worte.

Ohne Vorwarnung umfasste Elven ihr Handgelenk. Wie immer glühte seine Haut vor Hitze; Lin fühlte sich überrumpelt und wollte sich losreißen, doch je mehr sie kämpfte, desto schmerzhafter drückte Elven zu. Seine Stimmung schlug von einem Augenblick auf den anderen um. »Wo warst du heute? Sag es mir!«

Noch immer versuchte sie vergeblich, ihre Hand aus seiner Umklammerung zu befreien. Hatte er überhaupt gehört, was sie gesagt hatte? »Lass mich los! Du weißt, wo ich war, auch wenn ich weder dir noch irgendjemand anderem darüber Rechenschaft ablegen muss.«

»Du weißt nicht, was du da sagst«, flüsterte er mehr zu sich selbst als zu ihr. Seine Augen – nun waren sie erstaunlicherweise wieder grün – waren starr auf sie gerichtet, als suche er nach der Wahrheit in ihrem Gesicht. »Ich kann nicht zulassen, dass du alles zerstörst. Nicht noch einmal.«

Elven zerrte sie an sich. Lin wehrte sich, als er ihr Kinn packte, um sie zu küssen. Mit aller Gewalt kämpfte sie gegen seine Grobheit an. Er ließ sie nicht los, quetschte stattdessen ihren Kiefer so fest, dass sie glaubte, er würde brechen. Mit Gewalt drückte Elven seine Lippen auf ihren Mund. Als er sie endlich losließ, rief sie aufgebracht: »Was glaubst du, wer du bist? Du bist nicht der Herrscher von Engil, das ist noch immer mein Vater! Und du bist auch nicht der Herrscher über seine Tochter … «

Elven sah sie an wie ein Fremder. Lin kam es vor, als hätte sie diesen Mann noch nie zuvor in ihrem Leben gesehen. Ihr Herz begann zu rasen, dieses Mal aus purer Angst. Jevana hatte recht gehabt. Da stand ein Fremder vor ihr – sie kannte den Mann, den sie zum Gefährten genommen hatte, überhaupt nicht. Nichts mehr war von der Liebe zu spüren, die Elven angeblich für sie empfand. Seine Sanftheit war dem Wunsch gewichen, ihr seinen Willen aufzuzwingen.

»Hör mir zu, Lin«, sprach er leise, aber sehr deutlich. »Egal, was du auch tust. Du wirst mich nicht umstimmen. Lass deinen Vater in Ruhe … er ist ein alter kranker Mann. Verdüstere seine letzten Tage nicht mit deinen Beschwerden.« Erneut nahm Elven ihr Handgelenk und zog es an seine Lippen. Sein heißer Atem streifte ihre Haut. Dann ließ er sie endgültig los. »Ich habe heute Entscheidungen getroffen, die du nicht verstehen wirst. Aber du wirst mir vertrauen, denn sie sind nötig.«

»Was für Entscheidungen?« Lin fühlte sich mehr als unbehaglich.

Elven lächelte ein schmales, wie Lin fand, unehrliches Lächeln. In diesem Augenblick verwandelte sich ihre Abneigung in tiefe Abscheu und ihr Unbehagen in nagende Angst. Ihr wurde klar, was sie die ganze Zeit zu verdrängen versucht hatte. Sie war die Gefangene des Mannes, den sie zum Gefährten gewählt hatte.

# Ein Haus von Blut und Asche

Elven hatte nicht übertrieben. Bereits am Morgen nach ihrem Streit in den Gärten verkündete er seine Pläne, die allein Engils Schutz dienen sollten. Zu diesem Zweck hatte er beschlossen, den Tempel des Blutgottes wieder aufbauen zu lassen! Lin hatte ihn angefleht, von diesem unsinnigen Plan abzulassen. Doch Elven hatte nur geheimnisvoll gelächelt und erwidert: »Ich sagte dir, dass du es nicht verstehen würdest.«

Seit einem Mondumlauf trugen die Männer nun schon auf Elvens Geheiß die Steine des alten Bluttempels zusammen, welche sie erst vor weniger als zwanzig Jahresumläufen abgetragen hatten. Jene Steine, die bereits von der Zeit zerstört worden waren, sollten später durch neue ersetzt werden.

Lin hoffte insgeheim, dass Elven bald mit einem Trupp ins Taligebirge aufbrechen würde, um das Schlagen neuer Steine für den Tempel selbst zu überwachen. So gäbe es für sie eine Möglichkeit, noch einmal den Rat der Waldfrauen einzuholen und sie um Hilfe zu bitten, die Errichtung eines neuen Bluttempels für den dunklen Gott zu verhindern.

Bisher begnügte sich Elven allerdings damit, die vorhandenen Steinquader verbauen zu lassen und den Fortgang der Arbeiten in Engil zu beobachten.

Wie um sie zu bestrafen, hatte er Salas Tempel schließen lassen und erlaubte ihren Priesterinnen nicht mehr, ihn zu betreten. Er ließ verbreiten, dass Salas Tempel von Muruk verflucht worden sei

– erst wenn der Zorn des dunklen Gottes gestillt sei, dürfe der Tempel Salas wieder geöffnet und ihr Geschenke dargebracht werden. Allein aus diesem Grund, so versicherte er den verängstigten Engilianern, mussten sie Muruks Tempel wieder aufbauen. Der Gott forderte seinen eigenen Tempel in Engil und einen Platz, an dem er verehrt wurde.

Seit Tagen beobachteten Lin und Jevana besorgt den Fortgang der Arbeiten an Muruks neuem Tempel; meist versteckten sie sich hinter den Getreidespeichern und sahen zu, wie der Bluttempel langsam wuchs.

In ihrem Versteck hinter dem Getreidespeicher stieß die zweite Priesterin Lin in die Seite. Ihre Stimme troff vor Verachtung. »Zweifelst du noch immer daran, dass Elven ein Diener des Blutgottes ist? Ich frage mich, was er als Nächstes tun wird; Salas Tempel niederreißen und die Steine in seinem neuen Bluttempel verbauen?«

Lin fuhr erschrocken zu ihr herum und schüttelte den Kopf. Sie bemühte sich, überzeugt zu klingen, doch es gelang ihr nicht. »Das wird er nicht wagen.«

Jevana rieb sich die Unterarme, als wäre ihr kalt – eine Geste der Hilflosigkeit. Hastig zog sie Lin in den Schatten des Silos, weil eine Gruppe Engilianer mit einem Falbrindkarren vorbeiging. Die Männer schienen sorglos; keinem der Arbeiter schien es etwas auszumachen, dass Elven sie einen Tempel für den dunklen Gott errichten ließ, in dem er Blutopfer ... Menschenopfer ... abzuhalten gedachte.

Lin runzelte die Stirn. Um sie bei Laune zu halten, ließ Elven diesen faulig schmeckenden Gewürzwein unter ihnen verteilen, welchen er die Engilianer gelehrt hatte zu keltern. Sie tranken ihn, als wäre er Wasser. Bei dem Gedanken an das Gebräu verzog Lin angeekelt den Mund. Vielleicht waren die Männer ständig betrunken, dass sie so bereitwillig an Elvens neuem Tempel bauten. Aber das alles schien keine wirkliche Erklärung für das selbstvergessene Verhalten der Männer zu sein. Alle waren sie mit ihren Gedanken ganz woanders, und ihre Blicke schweiften umher, ohne wirklich etwas wahrzunehmen. Sogar einige der Diener im Palast waren ungewohnt fahrig. Sie verrichteten ihre Arbeit und gingen dabei aneinander vorbei, ohne Blicke oder gar Worte zu wechseln. Der Palast war unheimlich still geworden, wo er früher von fröhlichen Stimmen und Lachen erfüllt gewesen war. Erst gestern hatte Ilana lächelnd bekundet, dass es klug von Elven war, dem Gott einen neuen Tempel zu errichten.

Lin war entsetzt gewesen, diese Worte aus dem Mund ihrer Mutter zu hören, da gerade sie die Schrecken des Schwesternthrons und Muruks Blutherrschaft am eigenen Leib erfahren hatte. Lin fühlte sich mittlerweile, als lebe sie im Palast unter Fremden. Elven schlug alle in seinen Bann – nur sie selbst, Jevana und Salas Priesterinnen ließen sich nicht von ihm blenden, und in der Unterstadt bei den Falbrindbauern und einfachen Händlern wurde Elvens Name ebenfalls noch mit Furcht oder mit Groll ausgesprochen.

Aufmerksam sah Lin sich um, während sie hinter dem Silo darauf wartete, dass die Arbeiter aus ihrem Blickfeld verschwanden. Elven ließ sie beobachten … von den Dienern, von Braam … und als ob das nicht genug gewesen wäre, schlich auch Vay ihr heimlich hinterher, als suche sie nach einer Gelegenheit, ihr zu schaden.

Elven schien niemandem zu trauen außer Braam. Er wurde niemals müde und brauchte keine Ruhe. Seinem aufmerksamen Blick entging nichts.

»Lin …«, warnte Jevana sie leise und zog sie weiter zum nächsten Silo.

Braam kam die Anhöhe herauf, direkt auf sie zu – wahrscheinlich um sich hinter den Getreidespeichern zu erleichtern. Er fühlte sich unübersehbar wichtig und zeigte dies durch seinen ausladenden Gang und seine wachsamen Blicke.

Lin nickte Jevana zu und wies in die Richtung, in der Salas Tempel lag. Es war Zeit zu verschwinden. So leise es ging, liefen sie den Hang hinunter, bis sie den verlassenen Tempelbezirk erreichten. Hier fühlten sie sich sicher. Lin seufzte, und Jevana blickte sehnsüchtig zu dem verschlossenen Tempelportal hinüber. »Es ist ein Jammer, dass wir nicht hinein dürfen. Ein Blick in Salas Feuer würde dir vielleicht Elvens wahre Pläne offenbaren.«

Schnell schüttelte Lin den Kopf. »Ich habe kein Bedürfnis danach, die wahren Pläne meines falschen Gefährten zu erfahren. Mir würde es reichen zu wissen, wie ich ihn aus Engil vertreiben kann.« Um nichts in der Welt wollte sie noch einmal eine Vision heraufbeschwören.

Um Jevana von ihren gefährlichen Einfällen abzulenken, hakte Lin sich bei ihr unter. Gemeinsam schlugen sie den Weg zur Unterstadt ein. Je mehr Abstand sie zwischen sich und Elven wusste, desto gelöster fühlte Lin sich. In der Unterstadt, in der Händler, Schankwirte und Bauern lebten, die kaum in Elvens Nähe kamen, waren die Menschen noch nicht in seinen Bann geraten.

Jevana wusste, dass Lin bei den Waldfrauen gewesen war. Diese Tatsache war es gewesen, die sie nach ihrem Streit wieder versöhnt hatte. »Sehr vorausschauend von dir«, hatte Jevana ihr geantwortet. »Denk an Liandra und ihr schreckliches Ende.«

Lin dachte oft an Liandra, doch aus anderen Gründen, als Jevana das tat. Liandra war vor ihr Hohepriesterin der Sala und die Mutter der Greifin Xiria gewesen – jener Greifin, der Degan verfallen war. Als Xiria mit Degans Hilfe aus ihrem Gefängnis hinter dem Tempel entkommen war, hatte sie ein Meer aus Blut hinterlassen, und ihr erstes Opfer war ihre eigene Mutter gewesen. Liandra war beim

Überfall auf Engil in ihrer Jugend von einem Greif vergewaltigt worden und hatte die Schändung verschwiegen. Elven war kein Greif, doch wer wusste schon, welche Art Nachkommen der Samen eines Murukdieners zeugte.

Während sie mit Jevana die Brücke über den Sandfluss überquerte, wurde Lin immer wieder von Menschen angesprochen, die verängstigt fragten, wann Salas Tempel wieder geöffnet werde und warum der Prinz von Engil einen neuen Tempel für Muruk errichten ließ. Lin versuchte, so gut sie es vermochte, die Menschen zu beruhigen. In den meisten Augen lag Furcht, aber auch Ärger, da Lin augenscheinlich nichts gegen diesen Irrsinn unternahm. Es kostete sie große Mühe, Erklärungen für etwas zu finden, was eigentlich unerklärlich war.

Doch Lin und Jevana hatten beschlossen, alles zu tun, um Angst und Panik unter den Engilianern zu vermeiden. Lin hatte keine Ahnung, was Elven tun würde, wenn man offen gegen ihn rebellierte oder die Menschen versuchten, aus Engil zu fliehen. Niemand wusste, wie groß seine Macht wirklich war. Bisher bestand Lins Plan darin, zu den Waldfrauen zu gehen, sobald Elven ins Taligebirge aufbrach, um die fehlenden Steine für den Tempel schlagen zu lassen … falls er nicht Braam schickte und so ihren Plan zunichtemachte.

Jevana zog sie weiter und entschuldigte sich bei den aufgebrachten Menschen mit der Ausrede, dass sie von einer werdenden Mutter erwartet wurden, um für das Neugeborene ein Schutzamulett anzufertigen.

»Alles Reden bringt nichts«, flüsterte sie Lin ins Ohr. »Mittlerweile bin ich selber froh, dass du niemandem von deinen Visionen erzählt hast. Sie würden über dich herfallen wie Schjacks und dir die Schuld an allem geben. So ist der Pöbel nun einmal. Ihr Ärger sucht sich immer das wehrloseste Opfer.«

Lin nickte und war froh, dass sie in Jevana eine Vertraute hatte. Die Menschen um sie herum gaben unwillig den Weg frei. »Hilf uns, Tochter von Engil!«, riefen sie fordernd hinter ihr her. Lin spürte ihre Wut und ihre Angst beinahe körperlich.

Als sie die Unterstadt erreicht hatten, vernahmen sie plötzlich verängstigte Rufe, die vom Stadttor zu ihnen herüberhallten. Lin blieb stehen. »Was ist das?«

Die zweite Priesterin hob die Brauen und sah besorgt in Richtung des Stadttores. »Ich weiß nicht, aber es hört sich nicht gut an.«

Gemeinsam liefen sie zu dem großen Platz vor dem Tor, wo sich ein Ring aus Menschen gebildet hatte. Lin hielt Jevana am Arm fest. Sie schienen etwas oder jemanden in ihrer Mitte eingekesselt zu haben und riefen wild durcheinander. Wut und Gewalt lagen in der Luft. Falbrindbauern hielten ihre Mistgabeln wie Speere und streckten sie dem unsichtbaren Feind in ihrer Mitte entgegen. Einige Männer waren in ihre Häuser gelaufen und kamen mit Schwertern zurück – es waren alte Krieger, Taluk, die noch von Tojar mit ihrer Sippe nach Engil geführt worden waren.

Lin und Jevana tauschten fragende Blicke. Da stand ein rebellischer Haufen, der bereit war, sich und Engil bis zum Tod zu verteidigen. Doch gegen was oder wen? Die Torwachen waren nirgends zu sehen, wahrscheinlich waren sie in Anbetracht der sich aufheizenden Stimmung geflohen.

Plötzlich starrte Jevana mit offenem Mund; sie bekam kaum noch einen Ton heraus. Lin versuchte noch immer, einen Blick in den Ring aus Leibern zu erhaschen. Sie reckte den Kopf, jedoch vergeblich.

Jevana stammelte: »Bei Sala, das ist doch nicht möglich!«

Einige der Männer bemerkten Lin, lösten sich aus dem Belagerungskreis und kamen auf sie zugestürmt. Ihre Stimmen überschlugen sich. »Du musst etwas tun! Sie behaupten, dass der Prinz ihnen erlaubt hat, hier zu sein. Aber das kann nicht sein! Schick sie fort!«

»Wen?«, gelang es Lin zu stammeln, während Jevana auf den Kreis wies. »Lin, was hat das zu bedeuten?«

Endlich öffnete sich der Verteidigungsring der aufgebrachten Menschen. Lin konnte eine Gruppe hochgewachsener Gestalten in dunklen Umhängen erkennen, deren Köpfe von Kapuzen bedeckt waren. Als einer von ihnen den Überwurf zurückschlug, verstand Lin, was die Engilianer und auch Jevana aus der Fassung gebracht hatte. Wahrscheinlich hatte die Gruppe gehofft, sich mit Hilfe der Umhänge unbemerkt nach Engil einschleichen zu können. Sie musste sich beherrschen, nicht laut aufzuschreien. »Warum sind sie hier ... haben sie das gesagt?«

Der Mann neben ihr schüttelte heftig den Kopf. »Sie verlangen, zu Elven gebracht zu werden.« Er sah sie mit vor Angst aufgerissenen Augen an. »Tu etwas, Tochter von Engil!«

Lin winkte denjenigen zu sich, der seine Kapuze abgenommen hatte, obwohl alles in ihr sich dagegen sträubte. Sie musste jetzt unbedingt einen klaren Kopf bewahren. Die Engilianer gaben ihm den Weg frei, während sie seine Gefährten weiter mit ihren Mistgabeln bedrohten und den Ring um sie schnell wieder schlossen. *Als hätte das etwas genutzt ...* Lin spürte ihr eigenes Blut in ihren Ohren rauschen. Der Anführer der Gruppe blieb vor ihr stehen und starrte sie an. Als er zu sprechen begann, klang seine Stimme samtig. »Jayamon ist gekommen, weil der Prinz von Engil ihn gerufen hat.« Er musterte sie mit Augen, so blau wie der Himmel über Engil. Sein weißes, fast hüftlanges Haar rahmte das makellose Gesicht. Er war ein Greif! Nur langsam sickerte die Tragweite dieser Erkenntnis in ihren Verstand. Elven hatte Greife nach Engil gerufen?

Lin trat einen Schritt zurück, um Abstand zwischen sich und Jayamon zu bringen. »Ihr seid in Engil nicht willkommen.«

Jayamon lächelte nicht, war aber auch nicht beleidigt. Ein derartiges Gefühlsbewusstsein besaß ein Greif nicht. Ohne sich aus der Ruhe bringen zu lassen, antwortete er: »Elven hat Jayamon gerufen, weil er Steine für seinen Tempel braucht. Jayamon ist bereit, ihm Steine aus dem Mugurgebirge nach Engil zu bringen. Also führe Jayamon zu Elven, damit er den Handel besiegeln kann.«

Lin überlegte, was sie tun sollte. Um sie herum standen verängstigte Menschen, die hören wollten, dass der Prinz von Engil die Greife nicht gerufen hatte. Auch die sonst selbstbewusste Jevana hatte sich in ihren Arm gekrallt und wagte kaum noch zu atmen. Der Greif starrte Lin an, noch immer geduldig, aber ohne einen einzigen Schritt zurückzuweichen. Ihr kam ein schrecklicher Gedanke. Ihre Stimme klang dünn, obwohl sie versuchte, unerschrocken zu wirken. »Was hat euch der Prinz von Engil als Gegenleistung dafür versprochen, dass ihr ihm Steine für den Tempel bringt?«

Jayamon antwortete bereitwillig. »Dass Jayamon und seine Sippe in Engil an sieben Tagen des Mondumlaufes willkommen sind – zu den Opfertagen des Gottes, und dass sie in Engil Silber gegen Waren eintauschen dürfen.«

Lin wunderte sich über die Kühnheit, mit der sie Jayamon am Arm packte und ein Stück weit mit sich fortzog, so dass Jevana und die anderen sie nicht mehr hören konnten. Überraschenderweise fühlte sich die Haut des Greifen glatt und warm an. War Xirias Haut auch warm gewesen? *Hör endlich damit auf, dir selbst weh zu tun*, wies sie sich selbst zurecht.

Sie blieb stehen und sah dem Greif in die kalten Augen: »Und welche Tauschware begehrt ihr für euer Silber?«

Jayamon musterte sie von oben bis unten. Das erste Mal schien er darüber nachzudenken, weshalb sie ihn ausfragte. »Wer ist diese Menschin, dass sie Jayamon so viele Fragen stellt?«

Lin überlegte fieberhaft. Es widerstrebte ihr zuzugeben, dass sie Elvens Gefährtin und trotzdem machtlos war. Sie warf einen Blick hinüber zu Jevana. »Ich bin die zweite Priesterin Salas, und in Abwesenheit von Lin, der Hohepriesterin und Tochter Engils, dazu berechtigt, dich zu fragen.«

Dem Greif schien ihre Antwort zu genügen, denn er konnte sich nur schwer vorstellen, angelogen zu werden. Greife sahen im Allgemeinen keinen Sinn im Lügen. »Elven hat uns Menschinnen versprochen, um Jayamons Sippe zu vergrößern ... weil der Halbgreif Degan so viele Greife verwandelt hat. Jayamons Sippe braucht Nachkommen. Elven hat uns Menschinnen für Silber und Steine versprochen.« Er sagte es ohne den Anflug eines schlechten Gewissens oder ohne Verständnis der Ungeheuerlichkeit seiner Worte.

Lin wurde übel, als sie daran dachte, dass Elven bereitwillig Frauen an Greife verschacherte. Was für einen Menschen hatte sie da nur zum Gefährten genommen? Warum war sie so blind gewesen! Jayamon schien ihr blasses Gesicht falsch zu deuten, denn er sagte: »Salas Priesterinnen gehören nicht zu dem Handel.«

Braam packte Vay an den Haaren und zog sie hinter den Getreidespeicher. Sie stieß einen Schrei aus und trat nach ihm. Zu seiner Überraschung schwieg sie jedoch, als sie ihn erkannte. Immerhin ein Weib, das wusste, wo sein Platz war! Braam fühlte sich bestätigt und entschloss sich, die Gelegenheit zu nutzen. In eindeutiger Weise griff er Vay an die Brüste und spürte, wie sein Glied hart wurde. Viel zu lange hatte er sich mit Schenkenhuren oder hässlichen Bauerntöchtern begnügen müssen. Es war Zeit, sich etwas Besseres zu gönnen … Lins Dienerin! Mit einem Grunzen drängte er Vay an die Wand des Silos und raffte ihr kurzes Kittelkleid, während er gleichzeitig am Zugband seiner Beinkleider zerrte.

Sie wehrte sich nicht. Stattdessen fauchte sie ihn an: »Wenn du das tust, wirst du auf weitaus größere Freuden verzichten müssen!«

Ihre Furchtlosigkeit überrumpelte ihn. *Doch kein williges Weib, das seinen Platz kennt …* Entweder war die kleine Stechmücke dumm, oder sie hatte wirklich etwas zu bieten, was über den kurzweiligen Genuss ihres Körpers hinausging. Braam beschloss, es herauszufinden. »Kühne Worte«, lockte er sie deshalb, drängte sie dabei jedoch weiter an die Lehmwand des Silos.

Ihre Stimme klang noch immer alles andere als eingeschüchtert. »Ich helfe dir, wenn du mir hilfst!«

Er ließ sie endgültig los und ärgerte sich über ihren respektlosen Blick. Sie musste sich ihrer Sache sehr sicher sein. Was suchte sie überhaupt hier? »Solltest du nicht um diese Zeit bei deiner Herrin sein?«, raunzte er sie an.

»Solltest du nicht bei deinem Herrn sein?«, äffte Vay ihn nach, was ihr eine harte Ohrfeige einbrachte. Ihr Kopf schlug gegen das Silo, und ihre Wange lief feuerrot an. »Sei nicht so unverschämt.« Langsam verlor Braam die Geduld.

Vay bedachte ihn mit einem wütenden Fluch und rieb sich die schmerzende Wange. »Vielleicht interessiert es den Prinzen von Engil, dass er vergeblich auf ein Kind von meiner Herrin hofft!«

Braam horchte auf. Ihm kam der Tag in den Sinn, als sie das tote Falbrindkalb in Salas Tempel gefunden hatten – Vay und Lin waren im Wald von Isnal gewesen, und Lin hatte irgendetwas zu verbergen gehabt. »Rede weiter!«

Zufrieden warf sie den Kopf in den Nacken, sicher, nun seine

Aufmerksamkeit zu besitzen. Dann jedoch verzog sie ihren Mund zu einem verschlagenen Lächeln. »Ich rede nur mit Elven! Geh zu ihm und sag ihm, was ich dir gesagt habe.«

Braam holte mit der flachen Hand aus. Wie konnte die kleine Stechmücke es wagen, so mit ihm zu reden? Sie wich dem Schlag nicht aus, stattdessen hob sie trotzig ihren Kopf und sah ihn herausfordernd an. »Diesen Verrat aufzudecken wird dich in seiner Gunst steigen lassen. Aber ich will auch etwas von dem Wohlwollen des Prinzen für mich.«

Seine Hand verharrte in der Luft. Er glotzte sie an – zuerst ratlos ... und dann wurde ihm klar, worum es Vay wirklich ging. *Dumme Weiber!* Lachend ließ er seine Hand sinken. »Du willst in sein Bett ... seinen Schwanz zwischen deinen Schenkeln.«

Vay lief tiefrot an. Ein Zeichen für Braam, dass er genau richtig lag mit seiner Vermutung.

»Ich liebe ihn«, fuhr sie ihn mit vor Wut zitternden Lippen an, »seit dem ersten Tag, als ich ihn sah, habe ich Elven geliebt; im Gegensatz zu derjenigen, der er vertraut und der er seine Zuneigung schenkt! Aber was versteht ein Bauer schon von der Liebe?«

Braam spürte, wie seine Fäuste sich wie von selbst ballten. Sie ging zu weit – eindeutig!

»Wenn du mich schlägst, sage ich kein Wort«, zischte Vay schnell, als sie erkannte, dass er kurz davor war, die Beherrschung zu verlieren.

Braam hielt sich zurück. »Wie du willst, kleine Stechmücke«, flüsterte er. »Dann sollst du bekommen, wonach es dich so sehr verlangt.«

»Geh hinter ihnen her und beobachte sie. Dann versteck dich bei deiner Sippe in der Unterstadt. Ich komme zu dir, sobald ich mehr weiß.« Lin sah den Männern hinterher, die sich wohl oder übel dazu bereit erklärt hatten, den Greif Jayamon zu Elven zu führen, während sie mit Jevana vor dem Stadttor zurückblieb.

»Was willst du nun tun?«, flüsterte die zweite Priesterin besorgt.

»Ich werde mit Ilana reden. Sie kann nicht einfach dulden, dass Elven den Greifen engilianische Frauen verspricht.« Insgeheim betete Lin dafür, dass diese Neuigkeit den Verstand ihrer Mutter zurück brachte.

Jevana war nicht überzeugt. »Wenn Elven jetzt bereit ist, sein wahres Gesicht zu offenbaren, wird er vielleicht noch zu ganz anderen Dingen fähig sein.«

»Keine Sorge! Er ist ja einstweilen mit Jayamon beschäftigt.« Lin fiel es schwer, den Namen der verhassten Kreatur auszusprechen. Sie versprach Jevana, dass sie auf sich achtgeben würde, und lief los. Sie hatte keine Zeit zu verlieren. Ilana war eine Frau … sie musste einfach verstehen, worum es hier ging.

Lin machte einen großen Bogen um die Tempelstadt, damit sie Elven nicht über den Weg lief – obwohl sie außer Atem war, rannte sie den Palasthügel hinauf, ohne auch nur einmal anzuhalten. Besorgte Blicke folgten ihr, wohin sie auch kam. Bereits jetzt wussten die meisten, dass Greife in der Stadt waren. »Werden die Greife hier bleiben … in Engil?«, rief ihr eine junge Mutter zu, die ihren kleinen Sohn an der Hand hielt.

»Nein!«, antwortete Lin so überzeugt, wie es ihr möglich war. »Das werden Ilana und Tojar niemals zulassen … und ich auch nicht!«

Sie machte sich nicht die Mühe, ihre Sandalen auszuziehen, als sie den Palast betrat. »Wo ist meine Mutter?«, rief sie einer Dienerin im Laufen zu, die nur stumm auf eine verschlossene Tür wies. *In ihrem Räumen … wie immer. Seit Elven hier ist, verlassen meine Eltern ihre Räume kaum noch.* Der Diener ihrer Mutter ließ sie ein. Ilana saß wie eine Puppe auf dem Empfangsstuhl. Sie war blass und wirkte geistesabwesend. In der Hand hielt sie einen Fächer aus Greifenfedern. Obwohl es bereits Mittag war, trug Ilana noch ihr Nachtgewand. Die Federn des Fächers, die sie anstarrte, waren ungewöhnlich lang und dunkel – Lin ahnte, dass sie von Dawon stammen mussten, dem dunklen Greif, der ihrer Mutter lange Zeit ein Freund gewesen war. Ilana reagierte kaum auf sie, als Lin vor sie trat. Trotzdem ließ sie sich nicht beirren. »Mutter, wir müssen etwas tun … Greife sind in Engil. Elven selbst hat sie gerufen.«

Ihre Mutter sah matt von ihrem Fächer auf. Der Blick, mit dem sie Lin ansah, grenzte an Stumpfsinn. Anscheinend war Ilana in ihre Tagträumereien und Erinnerungen vertieft. Langsam fuhr sie mit dem Finger über die Federn des Fächers. »Ich vermisse Dawon sehr. Er war so anders als diese gefühllosen Kreaturen.« Sie seufzte müde. »Meine Kopfschmerzen bringen mich um. Jeden Tag plagen sie mich, so dass ich keinen klaren Gedanken fassen kann. Sie sind wie Nebel, der mich umhüllt. Deshalb bitte ich dich … lass uns über etwas Schönes sprechen … die Vögel, die Blumen oder ein neues Gewand.«

Lin ging vor ihrer Mutter in die Knie, wobei sie aus Versehen Ilanas Silberkelch umstieß. Schwarzer dickflüssiger Gewürzwein sickerte in die Fugen zwischen die Bodenplatten. Sofort stieg ihr der faulig gärige Geruch des Weines in die Nase. Seit ihrem Verbindungsfest tranken alle im Palast diesen furchtbaren Wein, den Lin nicht einmal riechen konnte, ohne dass ihr übel wurde.

»Warum trinkst du dieses ekelhafte Gebräu?«, wollte sie von Ilana wissen und legte ihre Hände auf deren Knie. Ilana starrte den Fächer in ihrer Hand an. Lin wusste, dass sie nicht aufgeben durfte. »Mutter, hast du gehört, was ich gesagt habe? Elven hat Greife nach Engil geholt, damit sie Steine für den Bluttempel bringen. Als Belohnung hat er ihnen Frauen versprochen … engilianische Frauen.«

Tatsächlich schienen die Worte langsam zum Verstand ihrer Mutter durchzudringen. Sie runzelte die Stirn, schüttelte den Kopf und hatte offenbar Mühe, das Gesagte zu verstehen.

Lin nahm die Hände ihrer Mutter in ihre und sprach eindringlich weiter. »Mutter, bitte! Du kannst nicht mehr schweigen. Elven hat uns alle getäuscht.«

Die Hände ihrer Mutter begannen zu zittern. Ilana wollte sie ihr entziehen, doch Lin ließ sie nicht los.

Die Stimme ihrer Mutter war kläglich. »Bitte, Lin, ich will das nicht hören!«

Lins Herz schlug schneller. Ilana schien endlich zu verstehen, also drückte sie die Hände ihrer Mutter noch fester … beinahe schmerzhaft. »Verstehst du, was ich sage?«

Ilanas Augen klärten sich. Wie aus einem langen Schlaf erwacht, sah sie sich in ihren Räumen um. Sie schien unsicher, was mit ihr geschehen war. Erstmals schien sie ihre Tochter wirklich wahrzunehmen. »Lin? Alles war so weit fort. Ich konnte dich hören, aber der Sinn deiner Worte blieb mir verborgen. Ist das alles wirklich wahr?«

Lin nickte und konnte nicht verhindern, dass Tränen aus ihren Augen liefen. Es war an der Zeit, die gesamte Wahrheit zu offenbaren. Jevana hatte recht gehabt. Sie hätte es viel früher tun sollen, anstatt Elven zum Gefährten zu nehmen. Sie erzählte ihrer Mutter von ihren Visionen und der falschen Prophezeiung, mit der sie Elven zum Prinzen von Engil gemacht hatte. Es tat gut, endlich die Wahrheit zu sagen. »Ich habe gelogen. Aus Angst … ich glaubte, wenn ich Elven zum Gefährten nehme, würde das Engil Schutz bringen und ich könnte meine Visionen verheimlichen. Ich bin furchtbar dumm gewesen.«

Ihre Mutter stand auf und warf den Fächer beiseite. Je länger Lin gesprochen hatte, desto wacher war Ilanas Verstand geworden. Der Stumpfsinn war aus ihren Augen verschwunden. Sie ging ein paar Schritte auf und ab und blieb dann stehen. »Meine Kopfschmerzen sind fort, ebenso wie der Nebel, der mich in meinen Tagträumereien gefangen hielt.« Aufgeregt wandte sie sich ihrer Tochter zu. »Vielleicht hast du recht … vielleicht hat Muruk Elven tatsächlich mit Gaben ausgestattet, und Engil liegt unter einem Zauberbann.« Ilana ging zu ihrer Truhe und zerrte ein Gewand hervor. Lin musste ihr beim Ankleiden helfen, während ihre Mutter sich von ihr erzählen ließ, was im letzten Mondumlauf geschehen war. Lin verschwieg auch ihre Angst vor Elven und seine Gewalttätigkeiten ihr gegenüber nicht. »Er verbirgt sein wahres Wesen vor uns allen, aber an diesem Tag im Garten hat er es mir offenbart.«

Während Ilana ihr zuhörte, kämmte sie sich das Haar mit solch zorniger Inbrunst, dass Lin Angst bekam. Schließlich warf sie den Kamm aus geöltem Holz an die Wand, wo er zerbrach. Ilana war zornig. »Ich werde Elven sagen, dass eure Verbindung gelöst ist. Engil gehört nicht ihm. Meine Tochter gehört ihm nicht! Wir brauchen keine Greife, und wir brauchen auch keinen Bluttempel – ich kann mich gut daran erinnern, wie es einst war. Engil ist eine Stadt Salas und steht unter ihrem Schutz. Wie kann er es wagen, Salas Tempel zu schließen und dem Greifenpack Frauen anzubieten?«

Lin versuchte ihre Mutter zu beschwichtigen. »Du kennst Elven nicht. Er ist gefährlich. Ich halte es für falsch, ihm zu drohen. Wir sollten die Waldfrauen um Hilfe bitten – heimlich.«

Ilana schüttelte den Kopf. »Das dauert zu lange. Außerdem kommt keine von uns ungesehen aus Engil heraus, wenn Elven so misstrauisch ist, wie du sagst.« Sie legte Lin die Hand auf die

Schulter und sprach mit fester Stimme. »Ich fürchte, dieses Mal sind wir wirklich auf uns gestellt. Tojar ist alt, Nona und Dawon sind seit vielen Jahresumläufen verschwunden, ebenso wie Degan ... und die Lalufrauen wurden ausgelöscht. Aber wir haben schon schlimmere Bedrohungen erlebt ... das Greifenweib oder der Angriff der Greife unter Sasalor und dem Blutpriester Karok ...« Ilana stemmte die Hände in die Hüften – ein Zeichen dafür, dass sie eine Entscheidung getroffen hatte. »Ich selbst werde die Greife fortschicken und Elven gleich mit ihnen.«

Lin versuchte, es ihr auszureden, doch Ilana wehrte ab. »Keine Sorge. Ich werde Elven nicht ohne eine angemessene Leibwache empfangen.«

Lin war alles andere als überzeugt. »Die Leibwache ist mehr schöner Schein als hilfreich. Das weißt du! Ich bleibe bei dir.«

»Nein!«, entgegnete Ilana streng. »Du gehst in deine Räume und wartest. Verschließe die Tür von innen. Morgen früh ist Elven fort, dann werde ich dich holen.« Sie fuhr Lin über das Haar. »Für heute warst du mutig genug. Vertraue mir ... ich kenne die Ränke des dunklen Gottes zu gut, als dass ich mich noch einmal von ihm blenden lassen würde.« Ilana runzelte die Stirn, ein Zeichen dafür, dass sie nicht ganz so zuversichtlich war, wie sie Lin glauben machen wollte. »Du hast doch noch Salas Schutzkette ... ihre drei Tränen?«

Lin nickte. Sie hatte die Kette, die Degan ihr überlassen hatte, nicht mehr getragen, seit sie aus Dungun zurückgekehrt war, bewahrte sie aber in einer Truhe unter ihren Gewändern auf.

»Leg sie an. Sie wird dich beschützen.«

Lin versprach, sie zu tragen. »Mutter«, sagte sie leise, während Ilana einen letzten Blick in ihren Rotmetallspiegel warf. »Was ist, wenn Elven Engil nicht verlassen will ... was, wenn er sich weigert, mich freizugeben?«

Ilana zog die Brauen hoch und legte den Spiegel beiseite. »Das kann er nicht, Lin. Du bist nicht sein Eigentum.«

Lin schickte die überraschte Vay aus ihren Räumen und verschloss die Tür hinter sich. Lieber wollte sie in dieser Nacht allein bleiben, als eine eifersüchtige Dienerin, die ihr nicht gewogen war, in ihrer Nähe wissen. Sie durchsuchte ihre Truhen, bis sie endlich das Stück Tuch fand, in das sie Salas Tränen eingeschlagen hatte. Langsam fuhr sie mit dem Finger über den roten Stoff. Es war ein Stück von einer Gürtelzier, die sie für Degan angefertigt hatte. Er hätte sie bei ihrer Verbindungsfeier in Salas Tempel tragen sollen. Lin warf den Stoff zurück in die Truhe und legte das zarte Kettengebilde aus Laluhaar um ihren Hals. Vorsichtig befühlte sie die winzigen Tränen der Göttin. Drei Tränen hatte Sala einst für ihre ermordete Tochter Tjama vergossen. Drei Tränen und eine einzige Lalufrau waren alles, was vom Licht der Göttin geblieben war. Und diese winzigen Tränen sollten sie und ganz Engil nun vor Elven schützen?

Lin lauschte angespannt den Dienerinnen und am Abend Elvens Schritten auf dem Gang, als er in den Palast zurückkehrte. Angst kroch ihr ins Herz. Was würde er tun, wenn er ihre Tür verschlossen vorfand? Doch er kam an diesem Abend nicht. Lin wurde unruhig und begann, in ihren Räumen auf und ab zu gehen. Immer wieder legte sie ihr Ohr an die Tür, um etwas zu hören. Doch bis auf die Schritte der Diener, Vays herrische Stimme, die eine jüngere Dienerin zurechtwies, und eine Wache, die laut verkündete, dass die Nachtschale des Stundenmessers halb gefüllt sei und somit die Nachtruhe begonnen habe, geschah nichts.

Lin ging hinüber zur Fensteröffnung und sah hinaus in die ungewöhnlich düstere Nacht. Der Himmel war wolkenverhangen und mondlos, so dass sie nicht bis hinunter zum Tempelplatz sehen konnte. Sie spürte, dass die Greife dort waren. Würde es ihrer Mutter tatsächlich ganz allein auf sich gestellt gelingen, sowohl die Greife als auch Elven aus Engil zu vertreiben? Vielleicht sollte sie einfach zu ihr gehen. Ilana wäre wütend, aber sie würde sich besser fühlen. Lin zögerte, legte sich auf ihr Lager und starrte die Decke ihrer Räume an. Es war die erste Nacht, in der Elven nicht zu ihr kam. War das ein gutes oder ein schlechtes Zeichen? Lin legte eine Hand an ihre Halskette. Sie fühlte sich warm auf ihrer Haut an. *Bitte Sala … hilf Ilana heute Nacht …*

Kurze Zeit später stand sie wieder vom Lager auf – sie konnte nicht mehr warten. Als Lin gerade den Riegel ihrer Tür lösen wollte, klopfte es. Sie erschrak so sehr, dass sie nicht antwortete. Schon rüttelte jemand ungeduldig von außen an der Tür, offensichtlich nicht gewohnt, ausgeschlossen zu werden. Lin lehnte sich mit klopfendem Herzen an die verschlossene Tür. Was sollte sie tun? Öffnen? Fragen, wer dort war? Und wenn es nun Elven war! Das Rütteln wurde noch ungeduldiger. Zitternd legte sie ihre Hand auf das Holz, als könne sie spüren, wer davor stand. Dann plötzlich fiel die Angst von ihr ab. Elven besaß eine fast unmenschliche Kraft. Er hätte den schwachen Hakenriegel längst aus der Verankerung gerissen. Das Rütteln kam von einer Frauenhand! *Mutter …*

Lin hob den Riegel an und öffnete die Tür einen Spalt weit. Sie blickte in das verärgerte Gesicht Vays, die mit wirrem Haar dastand. Ihre Dienerin trat ungeduldig von einem Fuß auf den anderen.

Lin tat, als hätte sie geschlafen. »Was ist los?«

Vay legte die Arme um den Oberkörper, um zu zeigen, dass sie fror und dieser Umstand allein Lins Schuld war. »Du musst mitkommen. Es ist etwas passiert. Warum hast du deine Tür verschlossen? Ich musste hier draußen in der Kälte stehen.«

Lin blieb ihr eine Antwort schuldig und fragte stattdessen: »Was ist denn so wichtig, dass du nachts an meine Tür hämmerst?« Sie hoffte darauf, dass Vay ihr sagen würde, dass Elven verschwunden wäre, unauffindbar, seine Räume leer …

Doch stattdessen gelang es Vay kaum, ihren Neid zu verbergen. »Du bist die Königin von Engil … ist das Grund genug?«

Lin spürte, wie ihr schwindlig wurde. Alle Farbe wich aus ihrem Gesicht, und ihre Hände wurden klamm. »Wie … wie meinst du das?«

Vay kannte kein Erbarmen. Ungerührt zuckte sie mit den Schultern. »Deine Eltern sind tot. Die Diener haben sie auf ihren Lagern gefunden, als sie ihnen ihren Schlaftrunk bringen wollten.« Mit einem Funkeln in den Augen flüsterte Vay: »Lang lebe Lin, Königin von Engil … und Elven, König von Engil!«

Ihre Dienerinnen hatten Ilanas Körper neben dem von Tojar auf seiner Liege aufgebahrt. Die Haut ihrer Eltern war aschfahl und fühlte sich kalt an. Sie mussten bereits einige Zeit tot sein. Lin versuchte zu weinen, doch ihr Entsetzen war zu groß für Tränen. Erst am Vorabend hatte sie noch mit Ilana gesprochen … da war sie voller Tatkraft und Leben gewesen. Jetzt lag sie mit geschlossenen Augen da. Ihre Mutter trug noch immer das mattgrüne Gewand, in das sie ihr geholfen hatte, ihr Vater seinen grausilbernen Umhang über den Nachtkleidern. Sein weißes Haar wirkte fein wie Spinnweben. Die Diener hatten es eilig gehabt, die Toten aufzubahren. Die Hitze der Tage würde es nicht erlauben, sie lange dem reinigenden Feuer Salas vorzuenthalten.

Lin stand vor dem Totenlager ihrer Eltern und konnte weder sprechen noch trauern … jede Faser ihres Körpers und ihrer Seele schien erstarrt, und sie fühlte sich vollkommen leer. *Ilana … Tojar … Mutter … Vater …*

Dienerinnen brachten Feuerschalen und stellten sie an das Fußende der Liege, damit ihre Eltern Licht auf dem Weg zu Sala hätten. Sie verbeugten sich langsam vor Lin – einerseits um ihr Mitgefühl auszudrücken, andererseits da sie nun ihre Königin war. Dann verließen sie auf leisen Sohlen den Raum. Lin blieb alleine zurück in einer Stille, die nie wieder durch Ilanas Lachen oder Tojars dunkle Stimme durchbrochen werden würde … nie wieder!

Hinter ihr öffnete sich erneut die Tür, und jemand trat ein. Wieder eine Dienerin, die irgendetwas brachte, was ihren Eltern nicht mehr helfen würde. Warum hatte sie auf ihre Mutter gehört? Warum hatte sie sich nicht durchgesetzt und sie von ihrem wahnwitzigen Plan abgehalten? Lin machte sich Vorwürfe. Sie wusste, dass es Elven gewesen war! Er hatte ihre Eltern getötet, auch wenn ihre Körper keine Wunden aufwiesen.

Hände legten sich auf ihre Schultern – sie waren heiß. Fast meinte Lin, sie würden ihr durch den Stoff ihres Nachtgewandes die Haut verbrennen. Sie schloss die Augen, um es ertragen zu können.

»Lin … es tut mir sehr leid!«

Die Lüge besaß eine freundliche Stimme und einen Namen: Elven! Er war hier – natürlich war er das. Er war nun der König von Engil und sie seine Königin. Lin trat einen Schritt vor, so dass seine Hände von ihren Schultern glitten. Überraschenderweise blieb sie gefasst. »Ich weiß, dass du es warst.«

»Das ist Unsinn«, vernahm sie ihn leise in ihrem Rücken. »Warum sagst du so etwas? Ich habe geschlafen, genau wie du. Die Diener haben es mir gesagt, und ich bin sofort zu dir gekommen.«

Schon wieder lag seine Hand auf ihrer Schulter; dieses Mal zwang Elven sie dazu, sich umzudrehen und ihn anzusehen. Der düstere Blick seiner Augen passte nicht zu seinen freundlichen Worten. Doch im Angesicht ihrer toten Eltern fehlte ihr jede Angst vor ihm. »Ich weiß nicht, wie du es getan hast … Ich weiß nur, dass du es warst.«

Ihre Anschuldigungen perlten von ihm ab wie Wasser. Stattdessen fuhr seine Hand ihren Hals hinab, dann zuckte er plötzlich zurück. Das erste Mal konnte Lin eine Gefühlsregung in seinem Gesicht lesen – Überraschung?

Sie fuhr mit der Hand über jene Stelle, die ihn abgestoßen hatte, und spürte die drei kleinen Tränen einen kurzen Augenblick glühend heiß auf ihrer Haut. Elven starrte auf die Kette und hielt sich seine schmerzende Hand. Lin spürte, dass es vorbei war mit dem Versteckspiel. »Also ist es wahr. Du bist ein Diener des Muruk, ein Blutpriester, und du hast meine Eltern getötet, um Engil an dich zu reißen!«

Elven machte keine Anstalten zu widersprechen. Er sah sie an, und er hätte schön sein können, wenn nicht alles an ihm Lüge gewesen wäre. *Lüge!* Schließlich veränderte sich sein Gesichtsausdruck, und es war, als würde er seine Maskerade aufgeben. »Lin, du verstehst nicht … Du glaubst, du kennst die Wahrheit, doch du stehst allein in der Dunkelheit. Es ist so viel komplizierter. Mir läuft die Zeit davon, dich von meiner Liebe zu überzeugen.«

»Mir reicht diese eine Wahrheit, Elven!«, widersprach sie voller Abscheu. »Du bist ein Diener des Muruk und der Mörder meiner Eltern. Engil wird dich niemals anerkennen. Ich werde dich niemals anerkennen!«

Er lachte! Nur leise, doch er wagte es, im Angesicht ihrer toten Eltern zu lachen. Lins Knie drohten nachzugeben.

»Wie willst du das beweisen, Lin? Außerdem ist es allein deine Schuld! Hatte ich dir nicht gesagt, du sollst deine Eltern mit deinen Narrheiten verschonen?« Er verschränkte die Arme vor der Brust. »Du hast mir keine Wahl gelassen.«

Lin spürte die Taubheit von sich abfallen und an ihrer Stelle glühenden Hass in ihrem Herzen aufflammen. Gleich darauf vernahm sie eine boshafte Stimme in ihrem Kopf, die Elven recht gab. *Unglückselige Lin!* Sie hatte schon wieder etwas Dummes getan. »Worauf hoffst du, Elven? Dass ich schweige und den Mord an meinen Eltern hinnehme ... dass ich zusehe, wie du engilianische Frauen zwingst, Greifen Nachkommen zu gebären? Was willst du? Eine Stadt, in welcher der Blutgott und die Lichtgöttin einträchtig miteinander leben? Ein Haus von Blut und Asche?«

Elven musterte sie lange, bevor er ernst antwortete: »Es ist der beste Weg für uns alle.«

»Das wird niemals geschehen«, flüsterte Lin. In ihrer Stimme lag so viel Schärfe, dass selbst er erkannte, wie ernst es ihr war. »Ich will deinen Tod ... Ja, wirklich, so weit hast du mein friedliches Gemüt gebracht, dass ich an nichts anderes mehr denken kann als daran, dich tot zu sehen.«

Elvens Blick wurde finster, so finster, dass Lins Angst zurückkehrte. »Ich werde dich nicht freigeben, auch wenn du mich hasst. Ich habe mir Liebe gewünscht, doch wenn dies nicht möglich ist, gebe ich mich mit Hass zufrieden. Auch Hass ist ein starkes Gefühl ... voller Leidenschaft.«

Lin wollte schreien, doch dann fiel ihr Blick auf ihre toten Eltern. Zumindest einmal musste sie stark sein und das Richtige tun. »Ich werde eine Dienerin zur zweiten Priesterin Salas schicken, damit sie mit mir die Gebete für meine Eltern spricht. Da du den Tempel hast schließen lassen, werde ich mit Jevana die Rituale hier vollziehen.«

Elven sah sie mit einem Ausdruck an, den sie wieder einmal

nicht deuten konnte. Belustigte ihn ihr Wunsch etwa? Doch ehe sie es hätte erraten können, wandte er sich ab und sagte: »Wenn es dich glücklich macht, meine Königin.«

Braam starrte hinüber zu den Stundenschalen. Die kleine Schale war übergelaufen, was ihm sagte, dass er schon den gesamten Vormittag hier stand und darauf wartete, dass Lin und die zweite Priesterin ihre Litaneien für das tote Herrscherpaar beendeten. Elven selbst hatte ihn angewiesen, darauf zu achten, dass es keine Schwierigkeiten gab. Braam war nicht gerade begeistert davon, wie ein Wachhund vor der geschlossenen Tür zu warten. Da drin wurden zwei Tote für das reinigende Feuer vorbereitet. Er war wütend, dass nicht einem der Diener diese unwichtige Aufgabe zugeteilt worden war, hatte es jedoch nicht gewagt, dies vor Elven auszusprechen. Nun hoffte er mit jedem Tropfen Wasser aus den Händen der steinernen Lalufrau, dass die beiden hinter der Tür bald fertig wären. Es war heiß und ging auf die Gluthitze des Nachmittags zu. Die Körper der Toten würden anfangen zu riechen. Seit seinem Erlebnis im Wald von Isnal war ihm der Gestank nach Tod unerträglich.

Ungeduldig trat Braam von einem Bein auf das andere. Wie lange waren sie schon da drin und vollzogen die Rituale? Er wusste es nicht. Elven hatte ihm befohlen, vor der geschlossenen Tür zu warten, so lange es eben dauerte.

Nach einer ihm endlos erscheinenden Zeit öffnete sich die Tür, und heraus trat eine Gestalt, gehüllt in einen grauen Kapuzenumhang, der ihr Gesicht bedeckte. Vor sich her trug sie eine Schale mit Wasser. Braam wurde misstrauisch. »Halt!«, wies er die Gestalt an und trat ihr in den Weg. »Was ist das?« Er wies auf die Schale in ihren Händen und nahm gleichzeitig einen süßlich-faulen Geruch wahr. Sofort waren die Bilder wieder da – der Wald, der abgetrennte verwesende Arm …

»Leichenwasser vom Waschen der Toten«, raunte die Gestalt, und Braam wurde klar, weshalb sie verhüllt war. Es war die gefährliche Aufgabe der zweiten Priesterin, das Totenwaschen zu übernehmen, während die Hohepriesterin die Gebete sprach. Sofort wich er einen Schritt zurück. Normalerweise wurden die Toten im Tempel gewaschen und auf ihre Reise zu Sala vorbereitet, um die Lebenden zu schützen. Niemand wollte mit den Gerüchen des Todes in Berührung kommen. Sie konnten einen gesunden Menschen zeichnen, so dass der Tod auf ihn aufmerksam wurde und sich ihm zuwandte.

»Bring das weg!«, blaffte er ungehalten.

Die Gestalt tat eine angedeutete Verbeugung und entfernte sich den Gang hinunter. Braam sah ihr mit gemischten Gefühlen hinterher. Die zweite Priesterin ging ein hohes Risiko ein, indem sie das Leichenwasser entsorgte. Sie musste es aus der Stadt bringen, um ganz sicher zu sein, den Tod nicht in die Stadt zu locken. Braam schnüffelte an seinen Ärmeln und den Händen. Hatte der Hauch des Todes sich bereits an ihm festgesetzt? Erleichtert atmete er auf, als er feststellte, dass dem nicht so war.

Er lehnte sich wieder an die Wand und wartete. Mittlerweile war es noch wärmer geworden – die Luft stand förmlich in den Fluren des Palastes. Sein Blick wanderte erneut zu den Stundenschalen. Tropfen für Tropfen fiel in die zweite Schale, die mittlerweile halbvoll war. Wie lange wollten sie die Leichen noch betrauern? Wenn sie noch länger warteten, würde der Totengeruch in den Räumen haften bleiben und das Unglück anziehen. Braam wurde unruhig – sollte er Elven unterrichten? Aber Elven war auf der Baustelle, um die Arbeiten am neuen Tempel zu überwachen, und wurde dabei nicht gerne gestört.

Eine Weile wartete Braam noch, dann legte er das Ohr an die Tür – kein Laut war durch das Holz zu hören. Ein weiterer Blick auf die Stundenschalen – die zweite Schale war nun zu drei Vierteln gefüllt. Die zweite Priesterin hätte längst zurück sein müssen. Langsam beschlich ihn das ungute Gefühl, dass etwas nicht stimmte.

Er nahm all seinen Mut zusammen und öffnete die Tür zur Totenkammer. Der süßlich-faulige Geruch stieg ihm in die Nase, und er musste ein Würgen unterdrücken. Das Herrscherpaar lag noch immer aufgebahrt. Doch warum trug der König auf dem Totenlager nur ein Nachtgewand? Lin kniete vor dem Lager ihrer Eltern, den Kopf mit einem Trauerschal verhüllt, und rührte sich nicht. Braam wagte sich ein paar Schritte in den Raum hinein. »Du musst zum Ende kommen. Der Gestank hier drin ist unerträglich ... die Körper müssen ins Feuer.«

Lin reagierte nicht auf seine Worte, starrte nur weiter auf die beiden Toten.

»Lin«, sagte er schärfer und ging zu ihr. Ungeduldig packte er ihre Schulter und zog sie hoch. Sie wandte sich zu ihm um und sah ihn an. Braam blieben die Worte im Hals stecken. Sie war nicht Lin! Die Frau, die ihn ansah, war Jevana, die zweite Priesterin. »Wo ist Lin?«

Die Priesterin antwortete ihm nicht, und Braam bemerkte, dass sie Lins Hohepriesterinnengewand trug ... sogar die Kette der Göttin, die Tränen Salas. Sein Verstand brauchte eine Weile, bis er begriff, dann lief er rot an. Sein Blick fiel auf den König im Nachtgewand. Der Umhang! Er hatte sich von den Weibern übertölpeln lassen.

»Wo ist sie?«, knurrte er die zweite Priesterin böse an.

Jevana bedachte ihn mit einem zufriedenen Lächeln. »Fort ... und jetzt kannst du zu deinem Herrn laufen und ihm sagen, dass es keine Gefährtenschaft zwischen der Königin von Engil und einem elenden Diener des Muruk geben wird … und dass sie nicht zurückkehren wird, ehe sie ihn aus Engil vertrieben hat.«

Braam holte aus und schlug die Priesterin ins Gesicht. Sie taumelte rückwärts, fiel jedoch nicht. Die Tränen Salas funkelten an ihrem Hals. Braam spürte plötzlich einen brennend heißen Schmerz in seiner Hand und jaulte auf.

»Salas Tränen schützen mich«, ließ Jevana ihn mit Genugtuung wissen, während der Schmerz in seiner Hand langsam nachließ.

»Das werden wir noch sehen!«, schrie Braam, dann rannte er, so schnell er konnte, davon, um Elven zu unterrichten, dass seine Königin aus Engil geflohen war. Weit konnte sie noch nicht gekommen sein.

# Flucht aus Engil

Lin fiel es schwer, den Umhang mit dem Totengeruch nicht einfach herunterzureißen, doch sie wartete, bis sie die Unterstadt erreicht hatte. Sie durfte ihren waghalsigen Plan nicht im letzten Augenblick durch ihre Zimperlichkeit gefährden. Jevana hatte sie angefleht, zu warten, bis sich eine bessere Gelegenheit bot. Doch Lin ahnte, dass dies vielleicht die einzige Gelegenheit war, die sie bekam, aus Engil zu fliehen … und ihr Entschluss stand fest.

Sie warf den grauen Umhang ihres Vaters in den Sandfluss, als sie die Brücke erreichte, welche die Unterstadt und den Tempelbezirk miteinander verband. *Belis nani, Vater …* Die Trauer um ihre Eltern drohte sie zu überwältigen, als der graue Stoff sich mit Wasser vollsaugte und schließlich unterging. Lin sprach ein stummes Gebet. Mochte der Umhang ihres Vaters fortan die Toten der vielen Schlachten wärmen, die in den Tiefen des schwarzen Wassers die Ewigkeit verbrachten. Dann atmete sie tief durch und wandte sich ab.

Ihr Weg führte sie ins Schenkenviertel der Unterstadt. Sie durfte nicht gehetzt wirken, weil sie sonst zu viel Aufmerksamkeit auf sich gezogen hätte, also schenkte sie jedem, der vorbeikam, ein Lächeln. Bedächtig strich Lin das Gewand der zweiten Priesterin glatt, das wichtig war, damit ihr Plan gelang. Der süßliche Geruch, der an ihr haftete, verflüchtigte sich nur langsam. Hoffentlich erkannte sie niemand oder sprach sie an. Lin suchte einige der Schenken in der Unterstadt auf. In einem heruntergekommenen Wirtshaus fand sie, wonach sie suchte. Sie gab dem Wirt ein Zeichen, der verstand und weiter hantierte, als hätte er sie nicht gesehen. Die Schenke war leer. Nur an einem der Tische saßen fünf Greife und tranken Wein – Jayamons Gefährten. Bald würden mehr von ihnen nach Engil kommen. Sicherlich machte der Wirt kein gutes Geschäft mehr, seit die Greife bei ihm ein und aus gingen. Kein Engilianer wollte mit Muruks Kreaturen im gleichen Raum sitzen und Wein trinken.

Lin verbarg ihren Abscheu und ging zu ihnen. Wie sie erwartet hatte, blieben die Greife aufgrund ihres Priestergewandes zurückhaltend. Trotzdem starrten fünf blaue Augenpaare sie an. »Ich suche Jayamon.«

»Jayamon ist bei den Falbrindbauern, um sich eine Menschin zu erhandeln«, antwortete einer von ihnen.

Lin hätte am liebsten vor Empörung aufgeschrien. »Vielen Dank«, rang sie sich stattdessen ab und verließ die Schenke.

Sie lief zurück in den nördlichen Stadtteil, wo die Falbrindbauern ihre Ställe und Wohnhäuser hatten. Vielleicht gelang es ihr, zumindest eine Frau vor einem grausamen Schicksal zu bewahren. Von weitem vernahm Lin die wütenden Rufe eines Mannes und die verängstigten Schreie einer Frau. Sie beeilte sich. Als sie um eine Ecke bog, sah sie Jayamon, der ein sich nach Leibeskräften wehrendes Mädchen in einem schmutzigen Kittelkleid am Arm packte und von einem älteren Mann fortzuzerren versuchte, der sie verzweifelt festhielt.

Jayamon ließ sich von der Gegenwehr der beiden nicht beeindrucken. Ohne auf die Schreie des Mädchens zu achten, redete er auf den Mann ein. »Jayamon gibt gutes Silber für deine Tochter.«

»Lass mein Kind los, du elende Kreatur«, schnauzte der Bauer zurück, während er todesmutig versuchte, seine Tochter zu befreien.

Der Greif verstand den Zorn des Vaters nicht, denn Gefühlsbindungen waren ihm fremd. Jayamon war zudem fast zwei Köpfe größer als der Bauer. Außer einem Schurz trug er silberne, aufwändig verzierte Beinschienen, Oberarmreife aus Greifensilber in Form von geschwungenen Flügeln und einen Stirnreif über dem weißen Haar.

Lin hielt den Atem an, während sie das Geschehen beobachtete. Der Bauer unterschätzte die Gefahr, die von Jayamon ausging. Es hätte nur einen Hieb mit Jayamons Schwingenklauen gebraucht, um den Mann zum Schweigen zu bringen. Das Mädchen und ihr Vater hatten dem Greif nichts entgegen zu setzen.

»Jayamon!«, rief sie ihm zu und wartete, bis er sie entdeckte. Ihr Herz hämmerte gegen ihre Rippen. Der Greif ließ das Mädchen los und sah sie an. Der Bauer nahm die Hand seiner Tochter und rannte mit ihr in den Stall zu den Falbrindern. Lin war heilfroh, die beiden aus dem Weg zu wissen.

Jayamon hatte das Mädchen schon vergessen. Es gab genügend Auswahl unter den Töchtern der Bauern. Eine war für ihn wie die andere, solange sie gebärfähig war. Lin musste sich zwingen, nicht ebenfalls fortzulaufen, während er auf sie zukam. Gefährlich schön sah er aus mit dem Silberschmuck und den weißen Schwingen, an deren Gelenken die gefährlichen Klauen nur darauf zu warten schienen, sie zu packen.

»Zweite Priesterin Salas«, sagte er ruhig und starrte sie aus seinen kalten Augen an. »Was will die Menschin von Jayamon?«

»Einen Handel«, antwortete Lin so kühn, wie es ihr unter diesen Umständen möglich war.

Der Greif schien nicht sonderlich überrascht. Der Handel mit

Greifensilber lag ihnen im Blut. »Was hat Salas zweite Priesterin Jayamon anzubieten für sein Silber?«

Lin straffte die Schultern und atmete tief durch. »Mich selbst … aber ich will kein Silber als Gegenleistung.«

Er musterte sie ausgiebig. »Salas Priesterinnen dürfen nicht angerührt werden – Elven hat es verboten.«

»Ich bin nicht mehr zweite Priesterin der Sala. Elven hat ihren Tempel schließen lassen.« Wie um die Wahrheit ihrer Worte zu unterstreichen, fügte Lin hinzu: »Mein Name ist Jevana.«

Seine Augen funkelten wie Juwelen. Er fragte sich, ob es stimmte, was sie behauptete. Lin wusste, dass sie sehr vorsichtig vorgehen musste. Er wollte eine Erklärung, und sie durfte nicht auf Gefühlen beruhen, die er nicht verstand. Sie musste logisch sein … verständlich für ein gefühlloses Wesen. »Elven lässt einen neuen Tempel errichten. Engil ist nicht länger Salas Stadt. Bald werden die Blutopfer für Muruk beginnen. Ich will hier nicht mehr bleiben, aber allein finde ich nicht durch den Wald von Isnal. Die Schjacks lauern auf Beute. Wenn du versprichst, mich zu den Waldfrauen zu bringen, werde ich dir dafür Nachkommenschaft schenken.«

Lin spürte, dass Jayamon ihren Körper unter dem Priestergewand mit den Augen abtastete. War sie jung genug, fruchtbar … Abschätzend verharrten seine Blicke auf ihrem Gesicht. Dann schien er überzeugt. »Jevana bietet Jayamon die Paarung an, dafür, dass er sie zu den Waldfrauen bringt?«

Lin musste sich beherrschen, um nicht zurückzuweichen, als er noch näher kam.

»Jevana riecht nach Tod!«, stellte er ernüchtert fest.

Sie verfluchte sich selbst, weil sie den guten Geruchssinn der Greife nicht bedacht hatte. Ihr Plan durfte nicht daran scheitern … nicht jetzt, wo sie bereits so weit gekommen war. »Das

Königspaar von Engil ist gestorben … Ich habe ihre Körper gewaschen, weil es niemanden mehr gibt, der es tun will. Du musst dich nicht sorgen. Es ist ein Tod, der abgewaschen werden kann. Ich bin jung und stark.«

Eine Weile starrte Jayamon sie an, so als überlege er, dann umfasste er ihre Taille. *Vielleicht war das Ganze doch kein guter Einfall*, begehrte ihr Verstand auf. Doch es war zu spät. Lin spürte einen Ruck, als der Greif sich mit ihr in den Himmel erhob und mit ihr zusammen immer höher stieg. Mit flauem Gefühl im Magen sah Lin die Stadt unter sich immer kleiner werden, bis die Häuser und sogar die Tempel wie Spielzeugklötze aussahen. Nun unterlag ihr Leben Jayamons Willen. Lin schluckte. Das war der erste Teil ihres Planes gewesen – er war erschreckend einfach geglückt.

Braam stand kalter Schweiß auf der Stirn. Er versuchte verzweifelt, seinen Würgreiz zu unterdrücken, und wollte die Augen schließen. Doch er konnte es einfach nicht! Seine Füße schienen mit dem Steinboden verwachsen, und sein Blick war auf das Unglaubliche gerichtet, dessen Zeuge er, ohne es zu wollen, wurde. Auf der Schlafliege lag Vay – nackt, mit geöffneten Schenkeln. Elven hatte sich auf sie geworfen.

Wie hätte er das ahnen sollen, als er sie zu ihm gebracht hatte! Braam hatte beschlossen, Vay und ihr Wissen auszuspielen, als er Elven von Lins Flucht berichtete … die er nicht hatte verhindern können. Elven hatte ihm schweigend zugehört und keine Gefühlsregung erahnen lassen.

»Ich bin nicht der Einzige, der sich von Lin hat täuschen lassen. Auch dich hat sie hintergangen. Ihre Dienerin Vay sagt, dass sie Dinge über Lin weiß, die sie dir verschwiegen hat.«

Es hatte funktioniert – Elven hatte ihn nicht bestraft, sondern aufgefordert, Vay am Abend in seine Räume zu bringen.

Braam hatte keine Zeit verloren, Vay zu suchen, und sie an den Kochstellen hinter dem Wohnpalast gefunden, wo sie eine Mahlzeit für Lin vorbereitete. Breitbeinig, um ihr seine Macht zu demonstrieren, hatte er sich vor sie gestellt. »Damit kannst du aufhören. Lin ist aus Engil geflohen. Heute Abend werde ich dich zu Elven bringen, und du erzählst ihm, was du mir erzählt hast.«

Vay hatte gelächelt, und in ihr Gesicht war ein zufriedener Ausdruck getreten. Zumindest sie würde Lin ganz sicher nicht vermissen. »Ich werde dich nicht enttäuschen ... und Elven auch nicht.«

Am Abend hatte er sie in Elvens Räume gebracht. Elven hatte bereits auf sie gewartet. »Ich habe gehört, dass du etwas über die Königin von Engil weißt, das ich ebenfalls wissen sollte.«

Vay hatte genickt und war errötet. Dann hatte sie ohne Umschweife erzählt, dass Lin von den Waldfrauen Kräuter erhalten hatte, die verhinderten, dass sie ein Kind von Elven empfing.

»Warum erzählst du mir erst jetzt davon?«, hatte Elven Vay nach ihrem Bericht gefährlich leise gefragt.

Vays Selbstvertrauen war nach ihrem Bericht gewachsen. Nur Braam spürte, dass dies ein großer Fehler war.

»Sie ließ mich auf Sala schwören! Aber nun ist sie fort, und da sie Sala betrogen hat mit ihrer Flucht, darf ich meinen Schwur ihr gegenüber brechen.«

Braam hatte die Luft angehalten, und Vay hatte Elven erwartungsvoll angelächelt.

Dann war alles ganz schnell gegangen. Elven hatte Vay gepackt und sie auf sein Lager geworfen. Sie wehrte sich nicht. Es schien ihr zu gefallen. Braam war taktvoll in den Schatten der Wand zurückgewichen. Er hatte sich gefreut, dabei zuzusehen, wie Elven das Mädchen nahm. Vay hatte ergeben geseufzt, als Elven ihr mit einem Ruck das Kittelkleid vom Körper riss.

Sie hatte sich aufreizend auf dem Lager geräkelt, und ihr Anblick hatte Braam erregt. Vays Haut hatte die Farbe von Honigmilch, und ihre Brüste waren fest und rund. Beim Anblick ihres nackten Körpers hatte er sich geärgert, sie auf der Baustelle des Tempels nicht genommen zu haben. Vay besaß die unverbrauchte und enthemmte Lust der Jugend, die noch nicht von Enttäuschungen und tiefen Verletzungen geprägt ist. Ihr nackter Körper, der sich auf Elvens Lager wand, war das Schönste, was er seit langem gesehen hatte.

Aber dann ... bei Salas hellem Licht ... dann war alles anders gekommen!

Braam schluckte den klebrigen Speichel hinunter, der sich in seinem Mund gesammelt hatte. Er wagte nicht, sich zu rühren. Das, was sich vor seinen Augen abspielte, erfüllte ihn mit nacktem Grauen!

Vay rührte sich nicht mehr. Neben ihr auf der Liege lag Elvens Dolch, den er kurz zuvor aus seinem Gürtel gezogen hatte. Ein schneller Stich in ihren Hals, dann hatten ihre Beine und Arme hilflos gezuckt, und aus ihrem Mund waren gurgelnde Laute gekommen ... Braam würde diese Geräusche nie mehr vergessen. Das Gurgeln verstummte und wurde von einem Saugen und Schmatzen abgelöst. Diese Bilder würden ihn nachts in seinen Träumen verfolgen, bis er starb.

Wieder musste er einen Schwall Magensäure schlucken, um sich nicht jetzt und gleich zu übergeben. Elven bemerkte seine Qualen nicht. Er war mit Vay beschäftigt. Er trank sie leer ... saugte sie geradezu aus! Er trank ihr noch warmes Blut bis zum letzten Tropfen aus der klaffenden Stichwunde in ihrem Hals. Braam spähte hinüber zur Tür. Was, wenn er einfach die Tür aufstieß und ging. Würde Elven ihn dann auch … aussaugen? Ihm wurde schlecht.

Endlich gab Elven Vays Körper frei. Kurz erhaschte Braam einen Blick in Vays tote Augen. Ihr Körper, gerade noch warm und verlockend, war blutleer und bleich – wie der Arm des Mädchens in den Wäldern von Isnal. Braam fand den Anblick des nackten Leibes so abstoßend, wie er ihn vor wenigen Augenblicken noch erregend gefunden hatte. Er wollte nur noch fort …

Als hätte Elven es gespürt, wandte er sich zu ihm um. Sein Hemd war rot und glänzte von Vays Blut. Kinn und Hals waren ebenfalls besudelt … sein Mund und seine Lippen! Er hatte in ihrem Blut gebadet, während er sich wie ein Egel an ihr festgesaugt hatte. Braam war vollkommen erstarrt. Das Schlimmste waren Elvens Augen … sie hatten die Farbe von Blut angenommen, und sie starrten ihn an!

Braam spürte, wie seine Hände zitterten, als Elven langsam auf ihn zukam. Elven war voller Groll. »Euer Blut ist so dünn, dass es mir kaum Zeit verschafft. Falbrinder reichen nicht … ich brauche mehr … und bald wird all euer Blut nicht mehr ausreichen.« Elvens Gesicht war nun so nah vor seinem, dass Braam Vays Blut in seinem Atem riechen konnte … ihr Blut und etwas anderes … Süßliches … Fauliges … Ekelerregendes. Er hielt die Luft an, als Elven weitersprach. »Wie konntest du Lin fliehen lassen? Ich will sie zurück!«

Braam nickte. *Die beiden Falbrinder!* Stumm verfluchte er sich dafür, Elven die Falbrinder aus den Ställen seines Vaters überlassen zu haben. Er hatte geglaubt, ihr scheinbarer Opfertod sei eine List von Elven gewesen, Lin und ihre Eltern einzuschüchtern, damit sie ihn als Gefährten und Beschützer von Engil in Erwägung zogen. Ein totes Falbrind mit durchtrennter Kehle im ehemaligen Opferkreis und eines in Salas Tempel. Wen hätte das nicht eingeschüchtert! Doch Elven hatte ihr Blut selbst getrunken, weil er es brauchte für … für was? Tiefe Furcht kroch in Braams Eingeweide. *Du wolltest nicht hinsehen – dir war jedes Mittel recht, deinem Elend zu entkommen! Als der Schjack dich angriff, hättest du es ahnen müssen … er ist ein Diener des dunklen Gottes!*

Elven legte eine blutige, unangenehm heiße Hand auf seine Schulter. »Du fürchtest dich doch nicht vor mir, Braam? Du bist noch immer mein erster Gefolgsmann und Vertrauter!«

Braam nickte so heftig, dass er bezweifelte, dass Elven ihm glaubte. »Du …«, stammelte er, wobei er sich bemühte, überzeugend zu klingen, »… du kannst dich auf mich verlassen.«

Elven ließ seine Schulter los. Braam atmete unhörbar aus. Bedächtig fuhr Elven sich mit dem Handrücken über den Mund. Er schien seltsam kraftlos. »Wenn du noch einmal versagst, wirst du ebenso wie die kleine Hure dort erfahren, was es heißt, mich zu hintergehen.«

Er betrachtete seine blutigen Hände. Mit einem Mal schien sein Zorn verraucht. »Ich will meine Königin zurück; und wenn ganz Engil dafür in Blut ertrinkt. Sie muss zu mir zurückkehren. Mir bleibt nicht viel Zeit.«

Braam nahm all seinen Mut zusammen. »Warum willst du unbedingt sie? Was hat sie, was andere Frauen dir nicht geben könnten?«

Elven verzog den Mund zu einem schmalen Lächeln, das Braam die Angst durch die Knochen jagte. »Du kannst die Wahrheit nicht sehen … Ebenso wie Lin bist du blind.«

Hilflos schüttelte Braam den Kopf. Er hatte keine Ahnung, wovon Elven sprach. Elven ging zurück zur Liege und setzte sich neben die tote Vay. Wie nebenher zog er das Laken über sie und bedeckte ihr Gesicht. »Ich habe all das für Lin auf mich genommen.«

Der Augenblick seiner Schwäche war vorüber. Er stand auf, und sein Blick wurde hart. »Bring sie fort und verbrenne ihren Körper nach den Ritualen unseres Gottes. Sie soll in Muruks Reich gehen. Danach bring mir die verräterische zweite Priesterin, die meiner Königin zur Flucht verholfen hat.«

Braam dachte daran, wie er am Nachmittag versucht hatte, Jevana zu entlocken, wohin Lin geflohen war. In ganz Engil hatte er sie suchen lassen, doch ohne Erfolg. Niemand wollte sie gesehen haben. Die Menschen schwiegen wie sture Falbrinder. »Du musst vorsichtig bei der zweiten Priesterin sein. Sie trägt Salas Tränen, die sie schützen, und sie hat den Pöbel auf ihrer Seite.«

Elven verzog die Mundwinkel zu einem spöttischen Lachen. »Das wird ihr nicht helfen. Wenn Lin nicht zu mir zurückkehrt, werde ich ihre Priesterinnen dem dunklen Gott opfern … am Tag, an dem der Tempel Muruks vollendet wird.« Ihm schien der Einfall zu gefallen, denn sein Gesicht hellte sich auf. »Lin muss das erfahren. Also finde sie! Sie muss freiwillig nach Engil zurückkehren.« Mittlerweile war das blutige Rot seiner Augen zu einem Rotbraun abgeklungen. »Nimm dir jede Hilfe, die du brauchst!«

Braam beeilte sich zu nicken. Es war besser, sich den Umständen anzupassen, als sich gegen einen Priester des Blutgottes aufzulehnen. »Ich bringe dir Lin zurück, bevor der Tempel vollendet ist.«

Lin spürte ihre Arme nicht mehr, und ihre Füße schienen zu Eisklumpen gefroren. Sie war fest davon überzeugt, ihre Muskeln und Sehnen würden reißen, während sie sich krampfhaft an Jayamons Körper festzuklammern versuchte. Beim Blick in die Tiefe fragte sie sich, ob der Greif verhindern würde, dass sie abstürzte, falls ihre Kraft sie endgültig verließ.

Zuerst war es entsetzlich gewesen, Jayamon so nah zu sein. Unwillig hatte Lin mit den Armen seinen Oberkörper umschlungen und sich, so gut es ging, an seinen stachelartigen Wirbelknochen festgeklammert. Doch je schwerer ihre Arme wurden, desto mehr war ihr Bedürfnis nach Abstand der panischen Angst gewichen, wie ein Stein in die Tiefe zu stürzen. Mittlerweile hatte sie ihre Scham gänzlich abgelegt – mit ihren Beinen umklammerte sie Jayamons Taille, weil ihre Arme kaum noch Kraft hatten.

Unter ihnen zog das grüne Blätterdach des Isnalwaldes vorüber. Lin hätte geglaubt, dass es so nah bei der Sonne wärmer sein musste. Doch das Gegenteil war der Fall. Nachdem Jayamon sie den gesamten Nachmittag durch die Luft getragen hatte, fror sie erbärmlich.

»Ich brauche eine Rast«, rief sie gegen den Wind. Der Greif machte jedoch keinerlei Anstalten zu landen. Lin war verzweifelt und klammerte sich noch fester an ihn. Ihre Finger waren taub, und sie hatte das Gefühl, jeden Augenblick den Halt zu verlieren. Er musste doch verstehen, dass sie nicht über seine Kraft verfügte. Greife waren sehr viel stärker als Menschen. Lin versuchte erneut, ihn zu erweichen. »Bitte, ich kann mich nicht mehr festhalten.«

Endlich schien Jayamon ein Einsehen zu haben und umfasste ihre Taille. Unwillkürlich hielt sie die Luft an. Er bemerkte es nicht. »Jayamon und Jevana sind fast am Ziel.«

Lin überkam ein ungutes Gefühl. »Unsere Abmachung war, dass du mich zu den Waldfrauen bringst!«

Jayamons Schwingen flappten unermüdlich im Wind. »Jevanas Handel mit Jayamon ist, dass sie ihm Nachkommenschaft gewährt. Erst wenn sie das getan hat, wird Jayamon seinen Teil des Handels erfüllen und sie zu den Waldfrauen bringen.«

Lin versuchte, sich ihre Panik nicht anmerken zu lassen. Sie hätte damit rechnen müssen. Der Greif würde sie nicht zu den Waldfrauen bringen, bevor sie seine Brut ausgetragen hatte. Die Alten kannten Mittel und Wege, ein ungewolltes Kind aus dem Bauch einer Frau zu treiben, das wussten auch die Greife. *Unglückselige Lin* … War sie denn dazu verdammt, für den Rest ihres Lebens Fehler zu begehen?

Lin überlegte, Jayamon zu offenbaren, wer sie war. Doch das wäre nicht klug, solange sie hilflos an ihn geklammert in der Luft hing – entweder würde er sie auf dem kürzesten Weg nach Engil zurückschleppen oder einfach wie einen Stein fallen lassen.

So gut es ging, versuchte sie, ihre steifen Muskeln zu entspannen. *Nur nicht darüber nachdenken!*

Den schneidenden Wind spürte Lin mittlerweile wie Nadelstiche in ihrem Gesicht und am ganzen Körper, denn die Sonne ging bereits unter. Gerade wollte sie Jayamon fragen, wohin er sie brachte, als sie den Waldrand sah.

Das dichte Blätterdach verschwand, stattdessen überflogen sie nun bräunliches Flachland ohne Bäume. Lin war hier schon einmal gewesen – damals hatte sie auch ein Greif in ihrer Gewalt gehabt … Xiria … Lin erschrak. Der Greif schien ihre Angst ebenfalls zu bemerken. »Jayamon wird Jevana sicher über das Sumpfland tragen … kein Schjack wird ihr zu nahe kommen.«

»Wohin bringst du mich?«, rief sie ängstlich.

Er wies auf den Horizont, und Lin folgte seinem Fingerzeig mit den Augen, obwohl sie längst ahnte, wohin Jayamon sie brachte. Am Ende des Sumpflandes gab es nur noch eines – Dungun! Die verlassene Stadt des Blutgottes, wohin auch Xiria sie vor drei Jahresumläufen geschleppt hatte.

»Ich dachte, Dungun wäre verlassen«, versuchte sie Jayamon von seinem Vorhaben abzubringen.

»Dungun ist verlassen, nur Schjacks streunen noch auf der Suche nach Beute in den Straßen herum.«

Lin konnte es nicht fassen. »Du sagtest, du bringst mich an einen sicheren Ort.«

Jayamon nickte. »Ja, Menschin. Jayamon wird Jevana an den sichersten Ort bringen, den es gibt. Kein Schjack kommt dorthin, nur Jayamon.«

Lin war nicht überzeugt, dachte aber daran, dass sie noch immer hilflos wie ein Kind an ihm hing. Versuchen, ihm zu entkommen, konnte sie erst, wenn sie sicheren Boden unter den Füßen hatte. Also zwang sie sich, zu schweigen und sich scheinbar in ihr Schicksal zu fügen.

Lin fiel auf harten Steinboden, als der Greif sie ohne Vorwarnung losließ. Da ihre Gelenke und Gliedmaßen von der Kälte wie abgestorben waren, gelang es ihr nicht rechtzeitig, sich abzurollen.

»Aua!«, rief sie vorwurfsvoll, was Jayamon kaum einen Blick abnötigte.

»Menschin ist sicher in Jayamons Versteck.« Er sah über die steinerne Brüstungsmauer des hohen Wehrturmes, auf dem er sie abgesetzt hatte, wie um sich selbst von seinen Worten zu überzeugen.

Lin rappelte sich auf und humpelte zur Brüstung des Wehrturmes. Hinter der Mauer ging es in die Tiefe. Ihre Angst verwandelte sich in Entsetzen. Sie hätte an so etwas denken müssen – der Turm, auf dem sie festsaß, ähnelte jenem, auf den Xiria damals Degan geschleppt hatte, um sich mit ihm zu paaren. Schwindlig und mit flauem Gefühl im Magen sah sie nach unten und erschrak, als sie Schatten in der Dunkelheit umherhuschen sah. »Schjacks«, flüsterte sie ängstlich.

»Schjacks wittern Jevana, können aber nicht zu ihr«, erklärte

Jayamon ihr überflüssigerweise. Es fehlte nur noch, dass er hinzufügte … *und Jevana kann nicht zu ihnen* … Denn genauso war es doch! Sie saß auf diesem Turm fest, der keine Treppe oder einen anderen Abstieg besaß. Es war ein Greifenturm, einst von den Greifen selbst errichtet, damit sie Dungun im Notfall verteidigen konnten. Ein Greif brauchte keine Treppen. Lin trat von der Brüstung des Wehrturmes zurück. Sie musste einen Weg finden, dem Greif klarzumachen, dass dies kein geeigneter Ort war, sie unterzubringen. »Es ist kalt hier oben. Ich werde erfrieren. Außerdem haben Menschen Angst vor großer Höhe. Bring mich woandershin!«

Jayamon wandte sich ihr zu. Lin bemühte sich, nicht daran zu denken, dass nur sein Schurz und ihr Priesterinnengewand zwischen einer Paarung standen. Kurz schien er über ihre Worte nachzudenken; dann entschied er sich anders. »Jayamon wird Decken bringen, Nahrung und Wasser. Jevana ist sicher in Jayamons Nest.«

*Oh, Sala!* Dies hier war anscheinend sein Brutturm. Er machte einen Schritt auf sie zu, und Lin wich im Gegenzug einen Schritt zurück. Viel Platz blieb ihr nicht auf der Plattform des Turmes. Sie versuchte, Zeit zu gewinnen. »Ich bin müde. Bring mir die Decken und etwas zu essen. Ich muss zuerst schlafen.«

Der Greif schüttelte den Kopf. »Jayamon wird Jevana bringen, was sie braucht, wenn er sich mit ihr gepaart hat.«

Lin wusste nicht mehr, womit sie ihn von seinem Paarungstrieb hätte ablenken können. Jayamon zog sich den Schurz von den Hüften. Nun war er vollkommen nackt bis auf den Silberschmuck und die Beinschienen. Lin wich noch einen Schritt zurück und stieß gegen die steinerne Brüstung.

»Jevana Menschin muss ihr Gewand ablegen.«

»Ja, gleich«, sagte sie schnell, denn sie fürchtete sich vor dem

Greifenduft, den Jayamon einsetzen würde, um ihren Willen zu brechen, wenn er bemerkte, dass sie sich der Paarung verweigerte. Für eine Frau war dies die gefährlichste Waffe der Greife, denn sie brach jeglichen Widerstand in ihr.

Lin tat so, als wolle sie mit einer Hand ihr Gewand abstreifen. Mit der anderen tastete sie hinter ihrem Rücken an der steinernen Brüstung entlang. Ihre Hand fand etwas Raues, Bröckliges ... einen losen Stein im Mauerwerk. Wie von selbst umklammerten ihre Finger den Stein und zerrten so lange daran, bis er nachgab und sich aus der Mauer löste. Er war quadratisch und etwa faustgroß. Eine Waffe! Lins Hände schwitzten, während sie ihn hinter ihrem Rücken fest umklammert hielt. »Ich würde gerne erst schlafen«, versuchte sie ein letztes Mal, den Greif zu überzeugen.

Jayamon trat auf sie zu und begann, ungeduldig an ihrem Gewand zu ziehen. Ihre Bitte rührte ihn nicht. Er wollte nicht mehr warten. »Jevana kann danach schlafen.«

Lin geriet in Panik. Mit einem Schrei zog sie die Hand mit dem Stein hinter dem Rücken hervor und schlug ihn Jayamon an die Schläfe ... einmal, zweimal und dreimal. Sie spürte, wie der dünne Knochen unter ihren Schlägen mit einem leisen Knacken zersplitterte. Jayamon war zu überrascht, um sich gegen die Schläge zu wehren. Beim zweiten Schlag riss die Haut seiner Schläfe. Sofort quoll Blut aus der Wunde. In Rinnsalen lief es über sein Gesicht, und das weiße Haar färbte sich rot. Lin stieß Jayamon von sich und ließ den Stein fallen. Was hatte sie getan? Der Greif taumelte rückwärts und brach vor ihren Füßen zusammen.

Sie schloss die Augen und begann laut zu schluchzen. »Es tut mir leid«, rief sie immer wieder, obwohl sie wusste, dass er ihre Gefühle nicht verstehen würde. Tatsächlich schnellte seine Hand vor und umfasste ihren Fuß. Es gelang ihm jedoch nicht, seine Schwingen zu bewegen. Wie Ballast hingen sie an ihm und behinderten ihn in seinen Bewegungen. Es bestand kein Zweifel daran, dass Jayamon sterben würde. Trotzdem war seine Kraft noch immer groß. »Menschin hat den Handel gebrochen. Jevana wird mit Jayamon sterben.«

»Nein!«, rief Lin vollkommen außer sich und versuchte vergeblich ihren Fuß aus seinem Griff zu befreien. »Hör mir zu, Jayamon!«

Tatsächlich sah er sie aus seinem blutüberströmten Gesicht an. »Ich bin nicht die zweite Priesterin Salas, und mein Name ist auch nicht Jevana. Ich bin Lin, Hohepriesterin der Göttin und Gefährtin deines Herrn Elven. Du hast mir zur Flucht verholfen, und wenn du mich tötest, wird Elven deiner Sippe keine Frauen mehr geben. Nicht für alles Silber, das ihr dem Mugurgebirge abringt.«

Einem fühlenden Wesen wäre diese Offenbarung im Angesicht seines Todes gleichgültig gewesen, doch ein Greif dachte logisch, und die logische Konsequenz, die ihr Tod nach sich gezogen hätte, wäre der Verlust der Paarungsmöglichkeit seiner gesamten Sippe gewesen. Jayamon ließ ihren Fuß los. »Lin hat Jayamon getäuscht …«

Sie konnte nicht verhindern, dass ihr Tränen über die Wangen liefen. Noch nie hatte sie jemanden getötet, noch nicht einmal einen Greif! Es war furchtbar, Jayamon sterben zu sehen.

Der Greif starrte sie aus seinen blauen Augen an. »Warum ist Wasser in Lins Augen?« Seine Stimme war schwach, und sie musste sich anstrengen, zu verstehen, was er sagte.

»Weil … weil es mir leid tut, dass ich dich töten musste.«

»Warum? Jayamon … versteht das nicht …«, waren seine letzten Worte. Sein Körper erschlaffte, und sein Kopf fiel auf den Steinboden, wo sich eine Blutlache bildete.

Lin ging neben ihm in die Knie und überprüfte vorsichtig, ob er wirklich tot war. Sanft legte sie die Hand auf eine Stelle seines langen Haares, die nicht vom Blut verkrustet war. Kurz darauf fuhr sie mit den Fingern über Jayamons Schwingen. Die Federn fühlten sich steif und warm an. Lin fühlte ein tiefes Bedauern. So weich war sein Haar, so schön seine weißen Schwingen. Warum musste ein solch wunderschönes Wesen so leblos sein?

# In der Falle

Unter den gegebenen Umständen hatte Braam beschlossen, dass es an der Zeit war, seinen Vater von seinem Dasein als Falbrindbauer zu erlösen. Er brauchte seine Hilfe, wenn er Lin finden wollte. Zudem spürte Braam, dass sein schneller Aufstieg den Zenit erreicht hatte und jeder falsche Schritt, den er tat, in einen Abgrund führen konnte. Deshalb blieb auch keine Zeit, seinen Vater von Schmutz und Falbrindgestank zu befreien.

Der Alte trug noch immer seine Bauernkleidung, während er mit Braam und zehn weiteren Männern unter den furchtsamen Blicken der Engilianer Richtung Unterstadt marschierte. Braam lief die Zeit davon. Mit knappen Worten hatte er seinem Vater erklärt, was geschehen war. Elvens Gier nach Blut sowie Vays Tod hatte er dabei vorsichtshalber verschwiegen. Es konnte immerhin sein, dass sein Vater im Angesicht der ganzen Wahrheit ein Dasein als Falbrindbauer vorgezogen hätte. *Bei Sala!* Braam wollte diese verdorbene Suppe einfach nicht allein auslöffeln.

»Wohin gehen wir?«, wollte der Alte von ihm wissen.

Braam nickte den zehn Gefolgsmännern zu. »Ihr geht in die Unterstadt und sucht die Sippen von Salas Priesterinnen auf. Treibt die Priesterinnen aus den Häusern und bewacht sie gut! Keine einzige von ihnen darf entkommen!«

Die Männer machten sich auf den Weg. Braam wandte sich wieder seinem Vater zu. »Wir werden uns um die zweite Priesterin

Salas kümmern; Jevana. Lin hat ihr Salas Tränen überlassen, den mächtigen Zauber der Göttin.«

»Was wollen wir dann bei ihr?«, fragte sein Vater mit gerunzelter Stirn.

Braam bemühte sich, ihn nicht anzuschreien. Der Alte sollte nichts von seiner Anspannung bemerken. »Sie muss wissen, wo Lin ist. Sie hat ihr zur Flucht verholfen.«

Der Alte fuhr sich mit einer zackigen Geste durch das fettige Haar. »Dann bin ich jetzt ein Gefolgsmann des Königs von Engil?«

Braam ärgerte sich, dass sein Vater so schnell in sein altes Selbstvertrauen zurückfand. Trotzdem nickte er. »Du unterstehst meinem Befehl wie alle anderen … Unser beider Leben wird nicht lange währen, wenn wir Lin nicht zurückbringen. Elven ist nicht Tojar.« Braam meinte im Gesicht des Alten zu erkennen, dass dieser bereits überlegte, wie er sich an die Spitze von Elvens Gefolge setzen konnte, um ihn zu verdrängen. Sein Vater war niemand, der sich freiwillig in die zweite Reihe stellte. Braam ermahnte sich, ihn genau im Auge zu behalten.

Jeder in seine eigenen Gedanken vertieft, folgten sie den anderen Männern in die Unterstadt.

Als sie dort ankamen, herrschte Aufruhr – seine Männer trieben die jungen Priesterinnen aus den Häusern ihrer Sippen. Einige klammerten sich an ihre Väter, Mütter oder Brüder, die lautstark gegen die Übergriffe protestierten und dafür nicht selten Schläge von Braams Männern erhielten. Engilianer schlugen Engilianer – das hatte es lange nicht mehr gegeben. Braam verdrängte den leicht bitteren Geschmack in seinem Mund. Elven verstand es, Getreue um sich zu scharen und notfalls mit Gewalt über Engil zu herrschen.

Die Bewohner der Unterstadt waren verstört, weil niemand

wusste, was vor sich ging. Die Sippen, welche von den Übergriffen verschont blieben, standen vor ihren Häusern und verfolgten das Geschehen ängstlich flüsternd.

»Lasst sie ruhig weinen und jammern!«, rief Braam seinen Männern zu und wandte sich an diejenigen, die zusahen. »Seht her, Menschen von Engil! Das alles habt ihr Lin zu verdanken, eurer Königin! Sie ist aus Engil geflohen und hat euch eurem Schicksal überlassen ... Die Priesterinnen Salas müssen sterben, wenn sie nicht zurückkehrt.«

Die Menge begann aufgeregt zu raunen. Die Priesterinnen weinten noch lauter, als ihnen ihr Schicksal so unbarmherzig offenbart wurde. Braam fuhr sich zufrieden über den Bart, den er sich wachsen ließ, um furchteinflößender auszusehen. Er musste sie zum Reden bringen. Es konnte nicht sein, dass niemand Lins Flucht aus Engil bemerkt hatte. Irgendjemand musste ihr geholfen haben. Als niemand vortrat, fasste Braam einen neuen Entschluss.

Auch Jevanas Sippe lebte in der Unterstadt. Ihr Vater gehörte zu jenen Taluk, die sich sehr schnell an das bequeme Leben in Engil angepasst hatten und ihr Schwert ohne große Trauer gegen das Leben eines erfolgreichen Händlers eingetauscht hatten. Braam hasste diese Taluk, die ihr Blut und ihren Kriegerstolz so leichtfertig verrieten. Jevanas Vater handelte mit Schalen, Bechern und Platten aus Ton, welche die Frauen seiner Sippe herstellten, außerdem mit Gewürzen und Zierrat, den Frauen mochten. Ein elendes Leben für einen Taluk!

Wie Braam es erwartet hatte, stand auch Jevanas Vater vor seinem Haus und beobachtete das Geschehen. Sein Blick war düster und verschlossen. Er wusste, dass seine Tochter Lin geholfen hatte, und vielleicht wusste er noch mehr. Braam winkte den gebrechlich wirkenden Mann herrisch heran. Jevanas Vater trug ein feines Gewand aus Schafwolle, das mit gefärbten Stoffbändern abgesetzt war. Seine Füße steckten in neuen Ledersandalen, und sein schütteres Haar hatte er mit Öl geglättet. Dieser Familie ging es viel zu gut!

»Die neuen Diener des Muruk«, gab der alte Mann ihm stolz und verächtlich zu verstehen. Er war kleiner als Braam und hatte in seinen Augen nichts mehr von einem Taluk – außer dem Stolz, mit dem er seine Verachtung offen kundtat.

Unter anderen Umständen hätte Braam ihm gezeigt, wer die Macht in den Händen hielt, doch die Dringlichkeit, Lin zu finden, hielt ihn davon ab. »Wir wollen deine Tochter, die zweite Priesterin Salas, sprechen.«

Der Alte verschränkte die Arme vor der Brust und schüttelte störrisch den Kopf. »Sie ist nicht hier!«

»Lüg nicht!«, polterte Braam. »Salas Priesterinnen werden in den Tempel der Göttin gebracht. Elven hat angeordnet, dass sie dem dunklen Gott geopfert werden, sobald sein Tempel errichtet ist.« Er machte eine bedeutsame Pause, da er mutmaßte, dass Jevana sich im Haus versteckt hielt und das Gespräch belauschte. War da nicht eine Bewegung hinter dem Türvorhang gewesen? Braam bemühte sich, lauter zu sprechen. »Die Priesterinnen sollen jedoch verschont werden, wenn Lin sich entschließt zurückzukehren.«

Der Alte öffnete das Maul wie ein Fisch, der nach Luft schnappte. Doch bevor er sprechen konnte, wurde der Webvorhang zur Seite geschoben, und Jevana trat wütend vor das Haus. Sie funkelte Braam an. »So weit geht der elende Diener des Blutgottes also! Zuerst wird Elven die Priesterinnen opfern und dann, wenn ihm ihr Blut nicht mehr ausreicht … Wen wird er dann seinem Blutgott opfern, um ihn zu besänftigen?«

Braam betrachtete die glitzernden Tränen an Jevanas Hals, als wären sie eine gefährliche Waffe. Einen kurzen Augenblick wurde er geblendet und von tiefer Angst gepackt. In seinem Kopf vernahm er deutlich Elvens Stimme. *Irgendwann wird auch euer Blut nicht mehr ausreichen …* Braam verdrängte die Angst, welche die zweite Priesterin in ihm hervorrief. Die Macht der Tränen war groß. Sala war auch seine Göttin gewesen, doch nun diente er einem anderen Herrn. Sogar sein Vater schwieg. Braam straffte die Schultern. Es gab keinen Weg zurück. »Das Blut der Priesterinnen klebt an deinen Händen, wenn du uns nicht sagst, wo Lin ist und wer ihr geholfen hat, aus Engil zu entkommen.«

Jevana starrte trotzig auf ihre staubigen Füße. Sie befand sich offensichtlich in einem inneren Konflikt. Zwei der Priesterinnen riefen schluchzend: »Jevana, bitte! Lass du uns nicht auch im Stich!«

Die zweite Priesterin hob den Kopf und rief: »Lin hat euch nicht vergessen, das dürft ihr nicht glauben.«

Doch die Mädchen schluchzten noch lauter. »Wo ist sie dann? Warum kommt sie nicht, um uns zu helfen?«

Braam spürte, wie Jevana unsicher wurde. Er gab ihr eine Weile Zeit zu überlegen und wandte sich dann zum Gehen. »Also gut«, sagte er an seinen Vater gewandt, der sich bereitmachte, die Priesterinnen Salas in die Tempelstadt zu treiben. »Wie lange wird es dauern, bis der Tempel Muruks vollendet ist? Zwei Mondumläufe … oder drei? Da Lin nicht hier ist, liegt das Schicksal dieser Mädchen nun in der Verantwortung der zweiten Priesterin.«

»Bei Salas Licht … Vater! Was soll ich tun?«, hörte er Jevana flüstern und verkniff sich ein zufriedenes Grinsen. Er war dabei, diese Kraftprobe für sich zu entscheiden.

Langsam ging er weiter, hinter der Horde schluchzender Priesterinnen her. Dann rief Jevana ihm hinterher: »Sag deinem König, dass er den Schuldigen weder unter den Dienerinnen Salas noch den Menschen der Unterstadt findet … Um Engils Mauern ungesehen zu verlassen, braucht es schon ein paar kräftige Schwingen!«

Braam fuhr herum und starrte sie an. *Ein Greif!* Ein Greif hatte ihr geholfen zu entkommen! Das Getuschel der Menschen verwandelte sich in wütende Rufe. »Greifenpack … Der König selbst hat das Übel nach Engil geholt und bestraft nun uns dafür!« Es war fast körperlich zu spüren, wie die Stimmung der Engilianer sich endgültig gegen ihn wandte. Zu allem Überfluss flüsterte sein Vater: »Du bist nicht schlauer als ein Falbrind, Sohn! Hast du denn kein Auge auf die Greife gehabt?«

Braam presste die Lippen zusammen. Wer hätte denn damit gerechnet, dass Lin sich einem Greif an den Hals warf? Er hielt inne und überlegte. Eigentlich kam ihm diese Wendung ganz recht, da sie sein eigenes Versagen milderte. Hatte Elven selbst den Greifen nicht blind vertraut? Voller Verachtung antwortete er seinem Vater: »Wenn ein Greif sie fortgeschleppt hat, dann muss ein Greif sie auch zurückbringen … Sie haben ihren Handel mit Elven gebrochen, und sie werden alles tun, um ihn milde zu stimmen.«

Es war dunkel, aber Lin wusste, dass sie nicht allein war. Das leise Pfeifen und Klappern erinnerten sie daran, dass unten in Dunguns Straßen die Schjacks auf Beute hofften. Lin fror, seit die Nacht hereingebrochen war. Mit dem Rücken an die Brüstungsmauer gelehnt, starrte sie auf den toten Greif. Seit einer Ewigkeit hockte sie hier, die Arme um ihren Körper geschlungen. Sie saß in der Falle … in einer todbringenden Falle. Die Wände des Turmes waren zu glatt, um daran hinunterzuklettern. Selbst wenn sie eine so gute Kletterin wie Degan gewesen wäre – was sie nicht war –, wäre es unmöglich gewesen, ihrem luftigen Gefängnis zu entfliehen; denn unten lauerten die Schjacks auf Beute. *Unglückselige Lin!* Jayamon hatte recht gehabt – der Turm war ein sicheres Versteck ... wenn man Schwingen besaß.

Lin fuhr sich mit dem Handrücken über die tränennassen Augen und sah hinauf in den Himmel, der sich langsam gräulich färbte. Die Nacht war vorüber, bald würde die Sonne den Turm aufheizen und sie selbst mit einem toten Greif hier oben festsitzen – ein kleiner Vorgeschmack darauf, was ihr selbst bevorstand. Sie musste etwas tun, solange sie noch die Kraft dazu besaß.

Mit ungelenken Bewegungen stand sie auf und packte die mittlerweile steifen Arme des Greifs. Sie zog daran, doch Jayamon war einfach zu schwer. Mit zitternden Fingern löste sie die Beinschienen und den übrigen Silberschmuck von seiner kalten Haut. Danach ging es etwas leichter, obwohl sie noch immer all ihre Kraft aufwenden musste. Es gelang ihr, Jayamon bis zum Rand des Wehrturmes zu zerren und ihn halb über die Brüstung zu hieven. Lin stöhnte, als sie unter Aufwendung ihrer schwindenden Kräfte den toten Körper Stück für Stück weiterschob, bis er endlich über die Brüstung rutschte.

Schwer atmend beobachtete sie, wie der Greif in die Tiefe fiel. Alle Anmut war dem leblosen Körper durch den Tod genommen worden. *Es tut mir leid!*, entschuldigte sie sich noch einmal stumm, dann nahm sie die Beinschienen und den Schmuck und warf sie ebenfalls in die Tiefe. Lin wollte nichts bei sich haben, was sie an Jayamon und seinen schrecklichen Tod erinnerte.

Ihre Nackenhaare stellten sich auf, als das aufgeregte Klappern und Pfeifen am Fuß des Turmes lauter wurden, gefolgt von dem knirschenden Geräusch brechender Knochen. Es gab ein Festmahl! Die Schjacks kämpften und rauften um die Beute und teilten den Greif unter sich auf. Lin hielt sich die Ohren zu und dankte Sala dafür, dass es noch zu dunkel war, um etwas zu sehen. Sie schwor sich, nicht einen einzigen Blick in die Tiefe zu werfen, sobald die Sonne aufgegangen war.

Müde kauerte sie sich wieder auf dem Steinboden zusammen. Ihr war kalt, und sie hatte Hunger. Was würde sie tun, wenn der Durst zu groß würde? Besäße sie den Mut, sich vom Turm zu stürzen; in der Hoffnung, bereits tot zu sein, wenn sie auf dem Boden aufschlug und die Schjacks sich auf sie stürzten? Oder würde sie ausharren bis zum letzten Atemzug und an ihrer eigenen aufgequollenen Zunge ersticken? Würde irgendwann jemand ihre Knochen auf diesem Turm finden und sich fragen, was mit ihr geschehen oder wer sie gewesen war? In einigen Jahresumläufen? Oder in Hunderten von Jahresumläufen? Oder würde man sie einfach vergessen? Ihre Eltern waren tot – wer würde sie also vermissen und nach ihr suchen? *Elven!* Lieber wollte sie ihre Knochen auf diesem Turm wissen als in Elvens Nähe. Lin begann zu schluchzen. »Sala … bitte! Ich muss die Waldfrauen finden, damit sie mir helfen, Engil von Elven zu befreien. So darf es einfach nicht enden.«

Ihren Worten folgte eisiges Schweigen, und Lin wusste einmal mehr, dass die Göttin niemals zu ihr sprechen würde. Der Einzige, der ihren Blick erwiderte, war der volle Mond – groß, kalt und bleich.

Lin zog ihre Knie an und umklammerte sie mit den Armen. Sie war furchtbar müde. Vielleicht hätte Sala ein Einsehen und würde sie einfach nicht mehr aufwachen lassen, wenn sie einschlief.

Doch der Tod war nicht gnädig! Lin erwachte Stunden später mit aufgesprungenen Lippen und geschwollener Zunge, während eine fahle Sonne auf sie herabschien. Benommen blinzelte sie in das milchige Licht. In Dungun wurde es niemals richtig hell – das hatte sie vergessen. Trotzdem dörrte auch diese schwache Sonne ihren Körper aus – langsam und stetig. Lin sammelte einen Rest

Spucke in ihrem Mund und hatte Mühe zu schlucken. Sogar die Sonne war in Dungun grausam und böse!

Mit Schrecken stellte sie fest, dass ihre Beine und Arme zitterten, als sie sich an der Brüstung hochzog. Ihr Magen fühlte sich an, als wäre er ein riesiges Loch. Sie mied die Stelle, an der sie Jayamons Körper in die Tiefe geworfen hatte, und zog sich zur anderen Seite des Turmes. Dort wagte sie einen Blick auf Dungun.

Es hatte sich nichts verändert – die dunklen Steingebäude und der verlassene Muruktempel waren noch immer da. Aber die Straßen waren teilweise eingefallen und uneben, weil sie niemand mehr benutzte, und Vögel schienen sich auch nicht nach Dungun zu verirren. Die Stille, die über der verlassenen Stadt lag, war die eines uralten Grabes. Sie schloss die Augen. Nun würde Dungun ihr Grab werden.

Wie ein verletztes Tier suchte Lin sich ein Fleckchen Schatten an der Brüstungsmauer, in dem sie sich zusammenrollen konnte, um auf das Ende zu warten. Vor ihrem inneren Auge sah sie ihre Eltern – tot! Es gelang ihr noch immer nicht zu trauern, zu tief saß der Schock. Ein anderes – angenehmeres – Bild schob sich vor das ihrer toten Eltern. Das gebräunte Gesicht eines jungen Mannes mit starken weißen Zähnen, etwas zu glatt und zu schön für einen Menschen … Degan! Wo sie früher Trauer und Verlust gespürt hatte, war jetzt tiefes Bedauern. Er hatte sie längst vergessen, während sie an ihm festgehalten hatte. Verschwendung von Lebenszeit! Wäre ihr Körper nicht so ausgetrocknet gewesen, Lin hätte vielleicht eine Träne für ihre vergebliche Liebe vergießen können …

Dann erregte etwas anderes ihre Aufmerksamkeit. Vor die Sonne hatte sich ein dunkler Punkt geschoben. Vielleicht begannen ihre Sinne sie zu täuschen, doch er sah aus wie ein Vogel mit riesigen Schwingen. Ein einzelner Vogel, der nach Dungun flog. *Kein Vogel … ein Greif! Elven hat Greife geschickt, mich zu suchen!*

Lin begann, ohne Tränen zu weinen. »Nicht zurück zu Elven«, sagte sie immer wieder zu sich selbst, obwohl dies ihre letzte Möglichkeit gewesen wäre, dem sicheren Tod zu entkommen. Aber Elven war der Tod, und er würde sie einsperren und bewachen lassen, so dass sie ihm niemals mehr davonlaufen konnte.

Ihr Blick fiel auf den faustgroßen Stein. Ihre Mordwaffe! Er lag noch immer, verklebt von Jayamons Blut, neben ihr. Lin nahm ihn in die Hand – ein zweites Mal. Er war ihre letzte Hoffnung.

Der Greif kam näher. Jetzt konnte sie seine Gestalt erkennen und das Flappen seiner Schwingen hören. Mit dem Stein in der Hand duckte sich Lin hinter der Brüstung, als ob diese ihr Schutz hätte bieten können. Der Greif war aus ihrem Blickfeld verschwunden. War er fort? Ihr Herz raste vor Angst.

Sie versuchte sich aufzurichten, indem sie sich an der Brüstung hochzog, doch in diesem Augenblick schoss etwas Dunkles an der gegenüberliegenden Mauer wie ein Pfeil in die Höhe, schlug in der Luft einen Haken und kam dann auf sie zu.

Lin schrie … Ihre Stimme klang wie eingerostet in ihren Ohren. Mit letzter Kraft schleuderte sie den Stein nach dem Greif. Der wich geschickt aus und landete sicher in der Mitte des Turmes. Sie schlug die Hände vor die Augen und wartete darauf, dass er sie packte und hochzerrte. *Vorbei … alles vorbei …*

»Keine freundliche Begrüßung, mit einem Stein beworfen zu werden«, vernahm sie eine gekränkte Stimme. »Beinahe wäre Dawon von hässlichen Schjacks gefressen worden!«

Lin blinzelte durch ihre Finger. Ihr Kopf begann nur langsam zu verarbeiten, was ihre Augen sahen. Vor ihr hockte ein Greif, doch sein Haar war dunkel, ebenso wie seine Schwingen. Sein Gesichtsausdruck schien eine Mischung aus Verletzlichkeit und Besorgnis. Sie stutzte; in seinem Gesicht spiegelten sich tatsächlich Gefühle! Ruckartig setzte sie sich auf und starrte ihn an wie ein vom Himmel gefallenes Wunder. »Der dunkle Greif, der fühlen kann!«

Erfreut darüber, dass sie anscheinend wusste, wer er war, legte Dawon den Kopf schräg und musterte sie ausgiebig. »Lin, Menschin, Tochter von Ilana, ist Dawons Freundin. Dawon ist gekommen, um Lin zu helfen.«

Das war die beste Nachricht, die sie seit langem bekommen hatte. »Aber woher wusstest du überhaupt, dass ich hier bin?«

Dawon lächelte so unbedarft, wie ihre Mutter ihn immer beschrieben hatte. »Nona, Dawons Gefährtin, ist eine Lalufrau, und Lalufrauen können die Rufe der Waldfrauen hören. Und Waldfrauen wissen alles. So hat Nona es erfahren und Dawon geschickt, Lin zu den Waldfrauen zu bringen.« Ohne auf eine Antwort zu warten, kam er näher und reichte ihr die Hand. »Lin muss sich nicht sorgen ... Dawon wird sie fortbringen aus Dungun, fort von stinkenden Schjacks.«

# Die Wahrheit des Feuers

Dawon landete fast lautlos auf einer kleinen Lichtung. Lin war glücklich, endlich wieder festen Boden unter ihren Füßen zu spüren, auch wenn er nach dem langen Flug erheblich zu schwanken schien. Natürlich war es sie selber, die taumelig und zittrig war, doch das änderte nichts an ihrem schwankenden Gang. Während Dawon leichtfüßig über das Gras lief, stolperte sie steifbeinig hinter ihm her. »Warte«, bat sie ihn, und Dawon blieb stehen. »Lin muss Beine und Muskeln bewegen.« Er nahm ihren Arm und führte sie zu den beiden Häuschen auf der Lichtung, die aussahen, als würden sie beim nächsten Windstoß einstürzen. Dawon wies auf die Hütten. »Waldfrauen hier sind sehr alt! Haben Dawon versorgt, als er verletzt war, und auch Nona geholfen.«

Lin fühlte sich zu müde, um zu antworten. Er hatte sie beinahe bis zum Abend durch die Luft getragen, nun wollte sie nur noch schlafen, auch wenn die Hütten eher eng und nicht gerade einladend aussahen; und sie hatte Durst. Einen ganzen Bach hätte sie leer trinken können und ein ausgewachsenes Falbrind verschlingen …

Dawon rief ein freundliches *Belis nani*. Kurz darauf schlurften zwei uralte Waldfrauen unter Ächzen und Stöhnen aus ihren Behausungen, um die Ankömmlinge misstrauisch zu mustern. Lin konnte sich nicht länger auf den Beinen halten und ließ sich ins Gras fallen, während die alten Runzelweiber keinerlei Anstalten machten, die freundliche Begrüßung zu erwidern. Dawon winkte den beiden mit der Unbefangenheit eines Kindes. »Dawon bringt Grüße von seiner Gefährtin Nona, und er bringt Lin, die Tochter von Engil.«

Die beiden Alten sahen sich kurz an, dann schlurfte eine von ihnen mit der Geschwindigkeit einer Schildkröte zurück in ihre Hütte und kam eine gefühlte Ewigkeit später mit einem brennenden Räucherbündel zurück. Lins Gedanken kreisten mittlerweile nur noch um ein warmes Feuer, ein Lager und etwas zu essen. Doch die Waldfrauen schienen andere Pläne zu haben. Gemeinsam begannen sie einen schief klingenden Singsang. »Tochter des Unglücks, Gefährtin des Bluts, verschwinde und nimm mit dir den Fluch!« Ihre Knochengürtel klapperten, und ihre funkelnden Äuglein blickten alles andere als freundlich. Eine der beiden vollzog wegwerfende Handbewegungen in Lins Richtung, während die andere unermüdlich das räuchernde Bündel schwenkte.

Dawon sah dem Ganzen fasziniert, aber ratlos zu. Lin schien er in Anbetracht des spannenden Geschehens vergessen zu haben. Wie ein Kind schlug er mit seiner Schwinge nach einem Rauchfaden, der sich in der Luft zu kräuseln begann. Verträumt verfolgte er den sich verflüchtigenden Rauch mit seinen Augen. Lin spürte, dass Dawon ihr hier keine große Hilfe sein würde. Sie widerstand dem Bedürfnis, der Länge nach ins Gras zu fallen und einfach einzuschlafen, und besann sich auf den Grund, weshalb sie hier war. »Bitte … ich brauche euren Rat … Engil ist in Gefahr. Elven, den ich zum Gefährten nahm, hat meine Eltern ermordet, und jetzt ist er der König von Engil. Er dient dem dunklen Gott.«

Eine der Waldfrauen kicherte, während Dawons Gesichtsausdruck von kindlicher Freude zu Bestürzung wechselte. Der eben noch so spannende Rauchfaden war vergessen. »Ilana ist tot?«, fragte er unglücklich. »Ilana war Dawons Freundin.«

Lin spürte, wie ihr schwindlig wurde. Weder Dawon noch diese verhutzelten Alten erkannten anscheinend den Ernst der Lage. »Ich brauche eure Hilfe – die Menschen von Engil brauchen sie!«

Die beiden Waldfrauen begannen miteinander zu tuscheln. Lin bemühte sich um Geduld. Dawons Aufmerksamkeit wurde von einem Eichhörnchen abgelenkt, das unter einem Busch saß. Er nahm eine Eichel vom Waldboden auf und versuchte, das argwöhnische Eichhörnchen zu locken, das sich wiederum über den seltsamen großen Vogel wunderte, der ihm Futter anbot. *Sala, gib mir Kraft*, betete Lin stumm. Die Tuschelei der Waldfrauen wurde lauter und schwoll schließlich zu einem handfesten Streit an. »Krötengesicht«, vernahm sie eine gezischte Beleidigung zwischen den beiden. Die andere versuchte daraufhin mit dem noch brennenden Räucherbündel, das Gewand ihrer Schwester in Brand zu setzen. Sofort hatte die andere einen Stock zur Hand und schlug nach dem brennenden Bündel. »Du ranzige Waldschabe! Dreihundert Jahresumläufe mit einer alten Krähe wie dir sind mehr als genug!« Sie spie einen braunen Klumpen aus, während die andere von irgendwoher eine Handvoll Erde hatte und sie auf ihre Schwester schleuderte. »Ha, was du nicht sagst … Mooskopf! Die Zeit, als schöne Jünglinge dich aus deiner Hütte herauszulocken versuchten, war lange vor der Geburt der Welt … ich für meinen Teil habe sie immer nur vor dir weglaufen sehen!«

»Das liegt daran, dass dein Kopf und deine Erinnerungen genauso verwelkt sind wie du selbst«, giftete die Beleidigte zurück.

Das Eichhörnchen hatte angesichts des lautstarken Gezänks längst die Flucht ergriffen. Schließlich verschwanden die Waldfrauen in ihren Hütten und schlugen die Türen hinter sich zu. Ratlos starrten Lin und Dawon auf die geschlossenen Türen. »Und was jetzt?« Lin schossen die Tränen in die Augen. »Von diesen boshaften Zankäpfeln habe ich mir Hilfe für Engil erhofft.«

Dawon hockte sich neben sie und tätschelte tröstend ihre Hand.

»Als Dawon mit Nona das letzte Mal hier war, haben sie noch nicht gezankt.«

Lin schüttelte den Kopf. »Sie müssen im Laufe ihres langen Lebens verrückt geworden sein!«

Die Tür der linken Hütte wurde aufgestoßen, ehe Dawon hätte antworten können. Die Waldfrau stemmte die Hände in die knochigen Hüften und funkelte Lin mürrisch an. »Tochter von Engil ... das habe ich gehört. Ich sollte dir einen Mäuseschwanz verpassen oder eine Hakennase in dein hübsches Gesicht wünschen ... nun ja, vielleicht später. Es ist an der Zeit, dass du etwas über dich selbst herausfindest!«

Wie um die Worte der Alten zu bestätigen, flog auch die Tür der anderen Hütte auf, und die zweite Alte kam heraus. Mit einem Finger, so dürr wie ein trockener Zweig, wies sie auf ihre Schwester. »Du fußlahmer Uhu! Die Orakelfeuer zu entfachen ist meine Aufgabe. Unterstehe dich also, es ohne mich zu versuchen ...« Der Streit der beiden brach von neuem los. »Ach, sieh an ... Was kommt denn da für morsches Holz aus seiner Hütte gekrochen? Warum so grätzig, Rindenwurm ... zwickt dich die Astfäule?«

Lin warf einen verzweifelten Blick auf Dawon, der das Gezänk der beiden mit wachsender Hilflosigkeit beobachtete. Sie war am Ende ihrer Geduld. Aufgebracht hämmerte sie mit den Fäusten auf den Waldboden und schrie: »Seid ruhig, ihr Truthennen! Ein Falbrind besitzt mehr Verstand und Weisheit als ihr beide zusammen!«

Von einem Augenblick auf den anderen wurde es ruhig. Die Alten funkelten sie nun einträchtig aus ihren Vogeläuglein an. Es war nicht zu übersehen, dass ihre Beschimpfungen ein neues Ziel gefunden hatten. Schon bereute Lin, nicht einfach den Mund gehalten zu haben. »Es tut mir leid«, flüsterte sie kleinlaut.

»Schjackpisse!«, krächzte die eine, während ihre Schwester Lin mit bösen Flüchen und Verwünschungen bedachte. »Eichelkern und Vogeldreck, schneidet ihr die Zunge weg …«

»… vor der Weisheit tiefem Sinn versteht es nichts, das dumme Ding!«

Lin krallte sich in Dawons Arm und zog sich auf die Beine. Sie war nicht leicht aus der Ruhe zu bringen, doch das Gezänk der beiden war lächerlich. Sie bedachte Dawon mit einem vorwurfsvollen Blick. »Willst du nicht auch etwas dazu sagen?«

Dawon wandte ihr sein bestürzend schönes, aber noch immer ratloses Gesicht zu. Dann erhellte sich seine Miene. Mit einem freundlichen Lächeln wandte er sich den beiden erbosten Alten zu. »Lin Menschin ist müde und hat Hunger und Durst. Die weisen Waldfrauen sollten gar nicht auf ihre Worte hören.«

»Vielen Dank!«, zischte Lin ihm zu. Was hatte ihre Mutter nur an einem derart einfältigen Wesen gefunden … und Nona … Dann wurde ihr klar, dass Dawon immerhin Degans Vater war. Zweifelnd betrachtete sie Dawon von der Seite. Die Götter hatten manchmal wirklich seltsame Einfälle.

Zu allem Überfluss schienen Dawons Worte die Waldfrauen tatsächlich zu besänftigen. Sie grummelten noch eine Weile, dann winkten sie den Greif heran. »Wir erinnern uns an den netten Greif, der unser Dach gerichtet hat. Also gut, du darfst das garstige Weib in die Hütte bringen.«

Lin verkniff sich eine Antwort und ließ es zu, dass Dawon sie auf den Arm nahm und trug. Sie hatte ihre letzte Kraft dabei verbraucht, sich über die beiden Alten aufzuregen. Wie sollten diese beiden ihr helfen, Engil zu retten?

Jevana duckte sich in den Schatten der Dämmerung, als die Wache vorüberging. Der Mann blieb stehen, bohrte ausgiebig in der Nase und ging dann gemächlich zur rückwärtigen Tempelmauer, um sein Wasser abzuschlagen. Jevana hätte ihm zu gerne einen ordentlichen Tritt in sein Hinterteil verpasst – seit Elven seinen Einfluss auf Engil ausübte, benahmen die meisten Engilianer sich respektlos gegenüber Menschen, Tieren und sogar der Göttin! Trotz allem war es Elven nicht gelungen, den Verstand der engilianischen Männer zu schärfen. Der Mann gähnte, schnürte das Zugband seiner Beinkleider fest und kletterte mit einiger Mühe über die hohe Nordwand der Mauer. Jevana erlaubte sich ein spöttisches Lächeln. Nein, gute Krieger waren die engilianischen Männer noch nie gewesen, und die Taluk hatten längst verlernt zu kämpfen. Sie waren leicht zu täuschen.

Jevana trat aus dem Schatten, sobald die Wache weit genug fort war. Der rückwärtige Tempelhof war früher den Priesterinnen Salas vorbehalten gewesen ... hier hatte die Hohepriesterin Liandra ihre Greifentochter Xiria versteckt gehalten. Das kleine Steinhaus war längst abgerissen worden, doch noch immer konnte man sehen, wo es gestanden hatte. All das interessierte Jevana jedoch nicht, als sie zu dem niedrig gelegenen Gitter in der Tempelrückwand huschte. Braam, dieser Einfaltspinsel, hatte den Tempelhof nie betreten, so dass er nichts von dem Gitter wusste, durch das die Priesterinnen zweimal im Jahresumlauf den Sand fegten, den die Füße der Engilianer in den Tempel getragen hatten. Die Mädchen erwarteten sie bereits. Jevana bückte sich und schob kleine Brotlaibe und Früchte durch die Stäbe, die sie hungrig, wie sie waren, sofort aßen. Das Gitter war leider nicht groß, ein Kind hätte sich vielleicht mit Mühe durch das Loch zwängen können, wäre es ihm gelungen, die Stäbe zu entfernen. Für ausgewachsene Frauen war es unmöglich. Trotzdem war Jevana froh, dass sie wenigstens etwas für die Mädchen tun konnte, denn Braam ließ sie hungern.

»Hast du etwas Neues gehört?«, fragte eines der Mädchen ängstlich.

Jevana überlegte, was sie offenbaren konnte, um ihnen nicht noch mehr Angst zu machen. »Braam hat die Greife geschickt, um Lin zu suchen, doch sie sind ohne sie zurückgekehrt. Dafür haben sie Jayamon, den Anführer der Greife, gefunden … oder das, was von ihm noch übrig war. In Dungun, neben einem großen Turm. Die Schjacks haben ihn gefressen. Es scheint so, als hätte Jayamon Lin nach Dungun auf diesen Turm gebracht, um sich mit ihr zu paaren. Dann ist irgendetwas geschehen … ein Gerangel, bei dem Jayamon getötet worden ist.« Jevana atmete tief durch, bevor sie weitersprach. »Von Lin fehlt jede Spur. Es gab Blutspuren auf dem Turm, wahrscheinlich stammen sie aber von Jayamon.«

Schweigen breitete sich hinter dem Gitter aus, bis eine sich wagte zu flüstern: »Glaubst du, dass Lin auch von den Schjacks gefressen worden ist?«

Jevana berührte Salas Tränen und schüttelte den Kopf. »Nein! Ich spüre, dass sie noch lebt. Sie ist entkommen. Jemand hat ihr geholfen.«

»Wer?«, flüsterte das Mädchen.

Jevana zuckte mit den Schultern. Dann fiel ihr ein, dass die Mädchen sie nicht sehen konnten. »Ich weiß es nicht«, sagte sie deshalb. Auch Braam schien vollkommen ahnungslos über Lins Schicksal. Man konnte förmlich zusehen, wie er immer gereizter wurde – er musste Lin finden. Jevana reichte die letzten Früchte durch das Gitter und seufzte. Elven war seit Lins Verschwinden nicht mehr auf der Baustelle seines neuen Tempels gewesen. Er hatte sich in den Palast zurückgezogen und erteilte seine Befehle durch Braam. Doch am Morgen hatte Jevana Elven gesehen, als er neben Braam den Palasthügel herunterkam – noch bevor die Sonne aufgegangen war. Sie hatte sich hinter einem Baum versteckt und war erschrocken, als sie Elven ins Gesicht gesehen hatte. Seine Augen schienen blutrot zu lodern. Braam hatte leise auf ihn eingeredet, es war um Lin gegangen und darum, dass Braam sie endlich finden und zurück nach Engil bringen sollte. Geradezu besessen schien Elven von Lin zu sein.

»Jevana«, unterbrach eine der jungen Priesterinnen ihre Gedanken und streckte ihre schmale Hand durch das Gitter. Jevana ergriff sie und versuchte, Zuversicht auszustrahlen. »Wird Lin zurückkehren? Wird sie uns helfen?«

»Das wird sie«, antwortete Jevana, wie um sich selbst zu überzeugen. »Ich verspreche es euch. Lin wird Engil von Elven und dem Blutgott befreien.«

»Wie?«, hauchte ein anderes Mädchen, und ihre Stimme hinter dem Gitter klang tränenerstickt.

»Ich weiß es nicht«, flüsterte Jevana, und wieder wanderten ihre Hände zu Salas Tränen, die warm und tröstend auf ihrer Haut lagen. »Aber ich weiß, dass sie uns helfen wird!«

Lin hatte fast einen ganzen Tag lang geschlafen und zwei Schalen mit Früchten sowie einen Laib noch warmes Brot gegessen. Danach hatte sie zwar im Schlaf Magenschmerzen gehabt, doch sie war zu erschöpft gewesen, als dass sie davon aufgewacht wäre. Wie ein Tier hatte sie sich neben der warmen Asche des Kochfeuers auf dem Boden zusammengerollt, eine muffige Webdecke über ihren Kopf gezogen und war eingeschlafen. Ihr Schlaf war trotz der winzigen Hütte, in der es nur eine einzige Pritsche gab, auf der die Waldfrau lag und laut schnarchte, erholsam gewesen.

Als Lin am nächsten Morgen aufwachte, hatte sie den Geruch von kalter Asche und Moos in der Nase. Sie reckte sich ausgiebig und sah sich um. Durch die Holzbohlen der Hütte fiel Sonnenlicht, kleine Staubpartikel tanzten in der warmen Luft. An der

Decke hingen Kessel und Kräuterbündel, die Feuerstelle war jedoch kalt und das mit Schaffellen und Webmatten ausgelegte Lager der Waldfrau leer. Lin stand auf und stellte fest, dass sie zwar einen Muskelkater hatte, ihre Arme und Beine aber nicht länger taub waren. Langsam begann sie sich wieder wie ein Mensch zu fühlen. Sie rümpfte die Nase, als sie an ihrem von Asche und Erde fleckigen Gewand schnupperte. *Bei Salas hellem Licht … ich rieche fast genauso schlimm wie ein Schjack!* Sie brauchte etwas Neues zum Anziehen und hoffte, dass die Waldfrauen heute besserer Laune waren.

Vorsichtig öffnete Lin die Tür der Hütte und rief nach Dawon. In der Morgensonne wirkte die Lichtung wie ein verzauberter Ort, an dem die Zeit stillstand.

»Hier oben, Lin, Tochter von Ilana«, rief eine freundliche Stimme zurück. Als Lin den Kopf in den Nacken legte, konnte sie gerade noch sehen, wie Dawon elegant aus der Hocke vom Ast eines Baumes sprang und mit ausgebreiteten Schwingen zu Boden glitt.

Lin ging zu ihm, und Dawon ließ sich mit untergeschlagenen Beinen ins Gras fallen. Anscheinend gefiel es ihm hier. Wie selbstverständlich hielt er ihr ein dünnes Stöckchen entgegen, das sie irritiert annahm. Dawon spreizte die linke Schwinge ab und lächelte. »Würde Lin Dawon helfen? Irgendwo zwischen seinen Federn steckt ein Stein, an den er nicht herankommt und der ihn beim Fliegen stört.«

Er wies auf eine Stelle an der Rückseite seines Flügels. Lin wusste nicht, wie man eine Greifenschwinge richtig behandelte, doch sie begann mit dem Stöckchen seine Federn zu durchkämmen und betrachtete Dawon dabei heimlich. Er war ein Bild von einem Mann, nur dass er Schwingen besaß und das Gemüt eines Kindes. Dawon war schlank und groß, mit Ansätzen von Muskeln, die jedoch weder grob noch plump wirkten. Sein Gesicht war markant, mit eckigem Kinn und hervorstehenden Wangenknochen. Sein Körper war haarlos, und ihm schien kein Bart zu wachsen. Das ungewöhnlich dunkle Greifenhaar fiel ihm bis zur Hüfte über die dornartigen Wirbelknochen. Dawon sah aus wie ein etwa fünfundzwanzigjähriger Mann, doch Lin wusste, dass er älter sein musste. Greife wuchsen in Schüben, weshalb von Greifen vergewaltigte oder verführte Frauen oft erst spät bemerkten, dass sie ein Greifenkind großzogen. Bis zum dritten Jahresumlauf entwickelten sich die Greife körperlich wie ganz normale Kinder. Mit dem ersten schmerzhaften Wachstumsschub im Alter von etwa drei Jahresumläufen brachen die dornartigen Wirbelknochen sowie die Schwingen aus dem Rücken hervor.

Dawon war in jeglicher Hinsicht ein Greif, nur dass sein Haar und seine Schwingen dunkel waren, seine Augen grün und sein Gesicht alle Gefühle widerspiegelte, die auch Menschen besaßen. Dawon war etwas Besonderes. Aber er war kindlich und sehr naiv.

Lins Stöckchen stieß auf einen Widerstand. Kurz darauf löste sich ein Stein, der zwischen zwei der großen Federn eingeklemmt gewesen war, und fiel zu Boden. Dawon seufzte erleichtert und schüttelte die Schwinge. »Ah, jetzt ist es besser.«

Lin warf den Stock fort und setzte sich neben Dawon ins Gras. Sie hatte beschlossen, dass er so harmlos war wie seine Artgenossen gefährlich. Wahrscheinlich hatte er die Nacht auf einem Baum verbracht und von seiner Gefährtin Nona geträumt. Mit ihm hier zu sitzen war angenehm und friedlich; Augenblicke wie diese hatte sie lange vermisst. »Wo sind denn die beiden Streithennen geblieben?«

Dawon wies mit dem Finger auf den Rand der Lichtung. »Waldfrauen sammeln Kräuter für Essen.«

Lin hatte schon wieder Hunger, wusste jedoch, dass es noch dauern würde bis zur nächsten Mahlzeit. Da sie ohnehin schmutzig war, legte sie sich auf den Bauch und ließ die Sonne ihren Rücken wärmen. Dawon tat es ihr gleich. »Siehst du Degan noch?« Sie hatte sich die Frage eigentlich verkneifen wollen, doch sie war ihr einfach herausgerutscht.

Dawon nickte gedankenverloren. »Nona und Dawon sind immer in Degans Nähe. Aber Degan hat entschieden, anders zu sein.«

Lin runzelte die Stirn und bemühte sich um einen gleichgültigen Klang in der Stimme. »Wie meinst du das?«

»Anders«, orakelte Dawon, und ihr kam es so vor, als wolle er nicht mehr dazu sagen. Stattdessen wurde sein Blick traurig. »Ilana ist tot ... und Tojar, ihr Gefährte?«

Lin nickte und fuhr ihm tröstend über die Schwinge, obwohl doch eigentlich sie Trost gebraucht hätte. Ilana und Tojar waren ihre Eltern. Dawon hatte sich hingegen seit Jahresumläufen nicht in Engil blicken lassen. Trotzdem gelang es ihr nicht, böse auf ihn zu sein. Dawons Trauer über den Tod ihrer Eltern war aufrichtig.

»Ilana war Dawons Freundin. Er hätte für sie da sein sollen, aber Nona meinte, es sei für ihn besser, sich von Menschen fernzuhalten.«

Lin spürte, wie brodelnder Groll gegen Nona in ihr aufstieg. Deshalb war Dawon also nie mehr nach Engil zurückgekehrt. Doch ehe sie ihren Ärger darüber kundtun konnte, kamen die beiden Waldfrauen auf die Lichtung geschlurft, die Arme mit Kesseln und einem Netz aus Bellockfasern behängt. Als sie Lin und Dawon im Gras liegen sahen, begannen sie zu meckern. »Faules Kind ... schrecklich träges Mädchen ... kein Wunder, dass sie nichts versteht ... verwöhnte Königin von Engil!«

Die andere nickte in deutlichem Einvernehmen und winkte Dawon herrisch heran. Der Greif sprang auf und lief ohne Zögern zu ihr. Die Waldfrau verzog ihren fast zahnlosen Mund zu einem Grinsen und kniff Dawon in die Wange. »So ein lieber Junge ist unser Dawon … nicht so ein nutzloses und faules Stück wie diese engilianische Königin.«

»Also, das ist ungerecht«, beschwerte sich Lin und sprang ebenfalls auf. Doch die Alten geboten ihr mit einer Handbewegung zu schweigen.

»Wir haben eine Aufgabe für dich, mein Jungchen«, krächzten die beiden und drückten Dawon Netz und Kessel in die Hand. »Etwas tiefer im Wald haben wir einen Waldbienenstock entdeckt. Er hängt hoch in einem Baum … immer deiner empfindlichen Greifennase nach … Du kannst es gar nicht überriechen. Dann gibt es heute Abend für alle süßen Honig.«

Dawon lächelte und bemerkte offenbar nicht, dass die Waldfrauen keine Lust hatten, selbst von Bienen zerstochen zu werden. Lin empfand es als ihre Verpflichtung, ihm beizustehen. »Ich brauche keinen Honig, Dawon.«

Er wandte sich zu ihr um und ließ enttäuscht den Kopf hängen. »Aber Dawon mag Honig!«

Lin hob die Arme zum Zeichen, dass sie sich geschlagen gab. Die Waldfrauen funkelten sie listig an, während Dawon sich mit bester Laune in den Wald aufmachte. Sie würde den beiden boshaften Alten sagen, was sie davon hielt, andere für sich auszunutzen.

Doch kaum war Dawon verschwunden, warfen die Waldfrauen ihre Lahmheit ab und kamen wieselflink zu ihr gelaufen. Jede der beiden packte einen ihrer Arme. Sie zogen mit einer Kraft, die Lin in ihren greisen Körpern nie vermutet hätte.

»Was soll denn das?«, beschwerte sie sich, während sie zur

Hütte gezogen wurde, in der sie die letzte Nacht verbracht hatte.

»Tochter von Engil, die du bist zwei, Schonung und Schweigen sind nun vorbei. Schau in das Feuer, ruf es herbei …«

Beinahe zu spät bemerkte Lin, was die beiden vorhatten. Widerwillig stemmte sie die Füße in den weichen Waldboden und wehrte sich. »Nein, ich schaue nicht ins Feuer. Eure eigene Verkündung hat besagt, dass ich es lassen soll … Seht, was daraus geworden ist, dass ich es doch zweimal getan habe.«

Die Waldfrauen schoben sie durch den niedrigen Eingang der Hütte. In ihren dürren Armen steckte überraschend viel Kraft. Eine verriegelte die Tür und postierte sich mit verschränkten Armen davor, die andere machte sich daran, ein Feuer zu entfachen, wobei sie leise vor sich hin murmelte und Räucherwerk ins Feuer gab, das Lin sofort die Sinne vernebelte. Im Handumdrehen war die Hütte von dickem Qualm erfüllt. Lin musste husten, und ihre Augen begannen zu tränen. Trotzdem verschränkte sie trotzig die Arme und schüttelte den Kopf. »Ich werde nicht in das Feuer schauen.«

»Du wirst!«, befahl diejenige, die sich vor der Tür postiert hatte und deren Gestalt durch den dicken Rauch nur zu erahnen war. »Es ist Zeit, dass du begreifst.«

Die Flammen loderten auf, orange, gelb und schließlich rot. *Blutrot!*, kreischte Lins Verstand. *Die blutroten Augen des Wesens, das mich verfolgt. Ich will nicht in diese blutroten Augen schauen.* Doch ihr blieb nichts anderes übrig; Lin wusste nicht, ob es die Kräuter der Waldfrauen waren oder der dicke Rauch, der ihr die Kraft über ihre eigenen Sinne nahm. Das Feuer zog ihren Geist magisch in seinen Bann, und ohne dass Lin sich hätte wehren können, öffnete sich der Feuerkreis und bildete das Tor, durch das ihr Geist aus ihrem Körper gezogen wurde. Lin schloss die Augen, um es zu verhindern, doch der Kreis war noch immer da … dann trat sie hindurch …

Dunkelheit, Kühle … Ihre Beine bewegten sich schwerfällig, und ihre Füße wirbelten Sandwolken auf, die langsam zu Boden schwebten. Lin hob ihre Hand vor das Gesicht und stellte überrascht fest, dass sie bleich schimmerte. Ihre offenen Haare umwehten ihre Schultern. Lin blieb stehen und atmete aus. Perlende Luftbläschen kamen aus ihrem Mund und trieben aufwärts. Als sie einatmete, füllten sich ihre Lungen mit Wasser. Der Schrecken überkam sie jäh. *Bei Sala!* Sie stand am Grund eines tiefen Gewässers! In Panik wedelte sie mit den Armen und versuchte aufzutauchen, nur um festzustellen, dass es für ihren Körper keinen Auftrieb gab … und dass sie Wasser atmen konnte! Lin beruhigte sich. Zwar fiel es ihr schwer, das Wasser durch ihre Lungen strömen zu lassen, doch sie hatte dabei nicht das Gefühl zu ertrinken.

*Wo bin ich?* Sie konnte nicht sprechen, doch ihre Gedanken trugen sich wie ein Echo durch das Wasser und erhielten eine vielstimmige Antwort.

*Am Grund des Sandflusses, wo die Toten und Gefallenen des Schwesternthrons ausharren müssen.*

*Aber ich sollte hier nicht sein*, antwortete sie den Stimmen aufgebracht und versuchte noch einmal vergeblich aufzutauchen.

*Aber du bist hier, und wen der Sandfluss einmal hat, den gibt er nicht mehr her … du gehörst zu uns.*

Lin erkannte vor sich schemenhafte Gesichter und Körper in der schimmernden Schwärze des Wassers. Es waren Frauen und Männer und sogar Kinder, einige trugen engilianische Kleidung, andere die Waffenröcke Dunguns, Keulen mit Schjackzähnen besetzt, Zierschmuck aus Greifensilber … Es waren Gesichter der Vergangenheit, Schatten und Geister. *Ich gehöre aber nicht zu euch.*

*Er sagt etwas anderes!* Sie wiesen mit wabernden Fingern auf einen Punkt in Lins Rücken. Sie wusste, bevor sie die grollende Stimme vernahm, dass die Kreatur mit den blutroten Augen sie gefunden hatte. Einen kurzen Augenblick war sie versucht zu schreien, dann zwang sie sich zur Ruhe. Sie durfte nicht in Panik geraten. Langsam setzte sie einen Fuß vor den anderen. Dies hier war eine Vision ... ein Gesicht, dem sie entkommen konnte. Es war ihr bereits zweimal gelungen. Die wabernden Gesichter und Gestalten vor ihr – sie würde einfach durch sie hindurchgehen.

»Sieh mich an!«, grollte die tiefe und furchteinflößende Stimme in ihrem Rücken. Lin beachtete sie nicht. »Du schuldest es mir!« Die Kreatur holte auf, wie in jeder ihrer vorangegangenen Visionen. Sie war nun dicht hinter ihr. Lin setzte Schritt vor Schritt, so ruhig es ging. Sie musste das Tor finden, den Kreis aus Feuer, der sie aus der Vision hinausführte. Lin spürte die Klauenhand der Kreatur auf ihrer Schulter und ihren heißen Atem im Nacken. »Dreh dich um ... sieh mich an ... du schuldest es mir!«, grollte das Wesen erneut.

Wo war bloß das Portal? Der aufwirbelnde Sand nahm ihr die Sicht. Plötzlich ahnte Lin, wo das Portal war ... Sie war in die falsche Richtung gelaufen, sie würde sich umdrehen müssen. Das war nicht gut! Dieses Mal gab es keine Möglichkeit, den blutroten Augen zu entkommen. Langsam, so als wolle sie dem Wesen die Möglichkeit geben, im letzten Augenblick zu verschwinden, wandte Lin sich um. Gleich würde sie es sehen ... riesig groß, mit scharfen, nadelartigen Zähnen, glühend roten Augen und einer schwarzen, schuppigen Haut. Atem wie Feuer, seine Berührung wie sengende Glut. Doch wenn sie aus dieser Vision hinausfinden wollte, dann musste sie sich auf sie einlassen. Lin wappnete sich innerlich gegen das Grauen und sah ... *Elven!*

»Meine Königin ... « Er stand vor ihr, in einem der tiefblauen

Gewänder, die auch Tojar gern getragen hatte. Auf seinem Kopf lag die engilianische Krone aus Greifensilber. Er reichte ihr die Hand, doch sie wich vor ihm zurück.

»Du musst zu mir zurückkehren … Du schuldest es mir!«

Hinter ihm sah Lin den Feuerkreis aufleuchten. Nur wenige Schritte war sie vom Tor der Vision entfernt. *Ich bin Lin, du hast die falsche Königin verfolgt …*

»Ich bin Elven und der Blutgott, den die Menschen Muruk nennen! Und du bist Lin, die Tochter von Engil … und du bist Sala, meine Gefährtin, welche die Menschen als Lichtgöttin verehren.«

Lin wollte nichts davon hören. *Nein!* Er sollte aufhören zu sprechen. Alles, was er sagte, war Lüge.

Elvens Augen leuchteten in blutigem Rot. »Zerstöre es nicht!«

Sie schloss die Augen und atmete tief durch. Dies war eine Vision, und auch wenn sie von Elven kam, so hatte er keine Macht über sie, wenn sie es nicht zuließ. Mit geschlossenen Augen machte sie einen Schritt nach vorne … geradewegs durch ihn hindurch …

Lin schrie, als sie in der Hütte erwachte. Sie schlug um sich, während die beiden Waldfrauen sie festhielten. »Ich bin Lin! Ich bin Lin … Ich bin die Tochter von Ilana und Tojar … Ich bin Lin!«

»Ja, ja, das bist du!«, riefen die Alten wie aus einem Munde, während eine von ihnen begann, das Feuer mit einem Eimer Wasser zu löschen, und die andere sie weiter an den Schultern rüttelte, damit sie sich beruhigte.

Lin erkannte sich selber nicht wieder, während sie die Hütte durch ihren Tobsuchtsanfall verwüstete und sich schließlich wie ein Igel auf dem Boden zusammenrollte. Es war, als wäre sie in zwei Hälften gerissen worden. Die Waldfrauen hockten sich neben sie.

»Höre zu, Königin von Engil«, krächzte eine der Alten und versetzte ihr eine Ohrfeige, als Lin sich störrisch die Hände vor die Ohren hielt. »Die Lichtgöttin ist vor langer Zeit ihrem Gefährten, dem dunklen Muruk, davongelaufen und hat sich bei den Menschen versteckt. Und der dunkle Gott ist eifersüchtig … Die Gefühle der Götter sind ewig, ebenso wie ihr Begehren.«

Während die Waldfrauen sie an den Armen hochzogen, beruhigte sich Lin etwas, obwohl sie noch immer nicht verstehen konnte, was die Alten ihr sagen wollten. Sie war Lin! Sie war keine Göttin, die ihrem Gefährten davongelaufen war. Die Waldfrauen seufzten, als sie erkannten, wie wenig sie zu begreifen schien. Eine von ihnen sprach weiter.

»Sala dachte, dass das beste Versteck vor ihrem eifersüchtigen Gefährten bei den Menschen wäre … in einem Menschen, um es genau zu sagen! Sie wusste, dass die besessene Liebe ihres dunklen Gefährten nur sterben kann, wenn sie selber sterblich wird.«

Was sollte das? Was redeten die beiden da? Sie war Lin! Sie kannte die Göttin nicht … Die Göttin sprach ja noch nicht einmal zu ihr. Mit einem Mal erwachte Lin aus ihrer Lethargie und schüttelte die Hände der Waldfrauen ab. Durch den Qualm tastete sie sich hustend zur Tür, um daran zu rütteln. »Lasst mich raus! Ihr seid wahnsinnig. Ich bin nicht Sala. Die Göttin spricht nicht zu mir, ich bin Lin … nur Lin!«

»Pah!«, meckerte eine der Waldfrauen. »Wie sollte Sala zu dir sprechen. Dafür müsstest du Selbstgespräche führen. Glaub es oder nicht … Du bist sie, und sie ist du seit dem Tag deiner Geburt. Du bist sterblich, und sie ist an deine Sterblichkeit gebunden. Sie wollte es so.«

Lin fand den Riegel und schob ihn hoch. Inmitten einer Rauchwolke stolperte sie ins Freie, die Waldfrauen hinter ihr her. »Aber

Elven!«, würgte sie hervor, während sie sich hustend ins Gras fallen ließ.

»Elven!«, meckerten die beiden mit einer Stimme. »Wir kannten einen jungen Mann, der sich Elven nannte. Ein freundlicher Schmied, der zweimal im Jahresumlauf kam, um unsere Messer und Werkzeuge zu richten. Er hat die zweite Hütte für uns gebaut ... Dann, im letzten Sommer, kam er nicht mehr, stattdessen tauchte er in Engil auf. Aber was zu dir nach Engil kam, ist nur die Hülle jenes Mannes, den wir kannten. Elven ist tot. Muruk hat sich seinen Körper genommen. Ihr Menschen habt geglaubt, dass durch die Abwendung der Prophezeiung des Schwesternthrones und die Geburt des Halbgreifen Degan der Fluch von euch genommen ist. Aber euer Verstand ist so endlich, wie jener der Götter unendlich ist. Der dunkle Gott wird seine Wut auf die Menschen nie aufgeben – ebenso wie die Suche nach seiner entflohenen Gefährtin.« Die Waldfrauen hatten sich in Rage geredet. »Durch deinen Blick in Salas Feuer konnte Muruk sie endlich finden ... Er will sie zurück, also musste er dich zuerst gewinnen. Er will, was sie ihm als seine Gefährtin verwehrt hat – Zuneigung und Nachkommenschaft. Er wird niemals aufgeben, es sei denn ... «

Langsam bekam Lin wieder Luft. Sie fühlte sich schrecklich. Wie die Alten sie ansahen ... »Es sei denn ... ?«, wagte sie vorsichtig zu fragen.

»Es sei denn, die Göttin stirbt ... Dann gibt es für den Blutgott keinen Grund mehr, die Menschen heimzusuchen.«

Ehe Lin klar wurde, was die beiden ihr zu sagen versuchten, zog eine von ihnen einen spitzen Dorn aus ihrem Gürtel und hielt ihn ihr dicht vor die Augen. »Das Gift der Bellockwurzel ist ein Segen für Frauen, die keine Kinder wollen, und noch ein wenig mehr davon, direkt ins Herz gestochen, lässt es auf ewig stillstehen. Es geht schnell und ist fast schmerzfrei.«

Lin starrte den Dorn an, als die Alte sich über sie beugte und flüsterte: »Du musstest es erfahren, denn du sollst verstehen, warum wir das tun. Wir wollten das Schicksal von dir abwenden, aber du konntest ja deine hübsche Nase nicht aus Salas Feuer heraushalten. Jetzt kann nur noch Salas Tod die Menschen von Engil retten. Diese Entscheidung ist uns nicht leichtgefallen, wir haben lange gezögert. Willst du dein Volk retten und ihm eine gute Königin sein?«

Lin rutschte auf dem Hinterteil rückwärts und starrte die beiden Alten entsetzt an. Sie wollten die Göttin töten, aber damit auch sie; und sie erwarteten von ihr, dass sie sich freiwillig diesen Giftdorn ins Herz stoßen ließ!

Kurz dachte sie über ihr Schicksal nach – ihre Eltern waren tot, ihre einzige Liebe hatte sie verschmäht ... Sie war die glücklose Lin, und sie war vollkommen allein. Wäre es wirklich ein so großes Opfer zu sterben? Doch dann siegte ihr Überlebenswille. Sie schüttelte den Kopf. »Das ist ungerecht! Ich habe mir das nicht ausgesucht.«

Die beiden Alten gaben sich ein Zeichen aus den Augenwinkeln heraus und schienen sich darauf zu verständigen, dass sie mit Gegenwehr seitens ihres Opfers zu rechnen hatten. Ihre lauernden Blicke brachten Lin in Habachtstellung. Sie sprang auf und rief laut nach Dawon. Der Greif hatte gute Ohren – er musste sie einfach hören.

Die Alten rannten von zwei Seiten auf sie zu, und zwar so schnell, dass Lin beinahe vor Staunen vergessen hätte wegzulaufen. Ihre krummen Beine, die aussahen wie knorrige Ästchen, waren beweglicher, als sie vermuten ließen. Im letzten Augenblick gelang es ihr, von der Lichtung in den Wald zu fliehen. »Dawon ... Sie wollen mich töten!«, rief sie verzweifelt, während ihr Äste ins Gesicht peitschten und die Flüche der Alten sie verfolgten.

»Wurzeldreck und Schneckenschleim – nur einen Stich geritzt ganz fein ins Herz, der Tod wird kommen ohne Schmerz …«

»Haut ab! Lasst mich in Ruhe!«, rief sie außer sich und rannte noch schneller durch das dichte Gebüsch. Diese Götter! Was gab ihnen das Recht, ihre Spiele mit den Menschen zu spielen? Als Lin glaubte, die Waldfrauen abgehängt zu haben, blieb sie stehen und rang nach Atem. Ohne Dawon würde sie niemals aus dem Isnalwald finden, und sie war auch nicht in der Lage, auf sich allein gestellt lange zu überleben. Aufmerksam sah sie sich um, während der Angstschweiß in ihrem Nacken langsam trocknete. Die Bäume standen so dicht, dass kaum ein Sonnenstrahl auf den Waldboden fiel, und eine Richtung sah für sie aus wie die andere. »Dawon!«

Hinter ihr knackte ein Ast. Lin fuhr herum und sah eine der Alten wie eine Katze aus dem Gebüsch direkt auf sie zuspringen. In ihrer Hand hielt sie den vergifteten Dorn. Lin war zu überrascht, als dass sie hätte ausweichen können. Sie starrte wie gelähmt den Giftdorn an, der ihrem Herzen und ihrer Brust immer näher kam.

*Das ist das Ende … deines, Sala, und meines!* Plötzlich wurde ihr der Boden unter den Füßen weggezogen und sie von zwei kräftigen Händen gepackt. Lin kreischte und strampelte mit den Füßen. Ein scharfer Schmerz durchstieß ihren Fuß. Sie starrte hinunter und sah, dass der Giftdorn der Waldfrau darin steckte. Wellen von Übelkeit erfassten sie im gleichen Augenblick. Lin warf den Kopf in den Nacken und erkannte Dawon, der sie mit kräftigen Schlägen seiner Schwingen hinauf in den Himmel trug – fort von den mörderischen Alten, die ihr und der Göttin ans Leben wollten. Sie hörte das Keifen der Waldfrau wie durch eine dicke Nebelwand. »Tochter von Engil, die du warst zwei! Der Fluch sei gebrochen, euer Leben vorbei!«

Ihr Fuß begann zu brennen wie Feuer, und ihre Adern schwollen dick und blau an. Lin spürte den sicheren Tod durch ihr Bein hinauf zu ihrem Herzen kriechen. »Sie hat meinen Fuß mit dem Giftdorn verletzt.«

Dawon packte sie fester und stieß mit ihr durch das Blätterdach des Isnalwaldes in den freien Himmel hinauf. Die Luft war kühl, doch Lin begann zu schwitzen und zu keuchen.

»Dawon bringt Lin zu seiner Gefährtin! Nona kennt das Gift der Waldfrauen. Sie kann helfen.«

Auf Lins Stirn bildete sich kalter Schweiß. Nachdem sie eben noch zu verbrennen geglaubt hatte, begann sie nun zu frieren. Nur ihr Fuß fühlte sich noch immer an, als würde sie in glühender Asche stehen. Sie ahnte – so schnell Dawon auch flog, sie würden zu spät kommen. Das Gift war zu stark. Ihr Kopf begann sich zu drehen, ihr Verstand in die schwarzen Tiefen des Vergessens abzurutschen. Die Waldfrauen hatten gewonnen – sie würde sterben. Lin verlor das Bewusstsein.

# Schwarzes Land

Lin öffnete die Augen und breitete die Arme aus. Alles war herrlich leicht, alle Schwere von ihr abgefallen; sie flog! Sie flog wie ein Vogel durch die Nacht, hoch oben am Himmel. Der kühle Nachtwind berührte ihr Gesicht und zauste ihr Haar. Alles war friedlich und still. Keine zankenden Waldfrauen, und auch keine Angst trübte diesen Frieden. War sie in Salas Reich? Aber warum war es so dunkel? Salas Reich war voller Licht. War das hier vielleicht eine Vision? Doch dann spürte sie das Pochen in ihrem vergifteten Fuß. Der Schmerz holte sie ein. Sie war nicht in Salas Reich, und das hier war auch keine Vision. Sie lebte … und sie flog … nein, sie fiel! Sie stürzte wie ein Stein vom Himmel Richtung Erde!

Sofort schüttelte Lin ihre Benommenheit ab. Mit den Händen griff sie nach etwas, an dem sie sich festhalten konnte, doch da war nichts außer Luft um sie herum. »Dawon!« Ihre Stimme klang erschreckend schwach. Hatte er sie fallen lassen? Hatte er gedacht, sie sei tot? Verzweifelt rief sie immer wieder seinen Namen, obwohl sie nicht viel mehr als ein Flüstern zustande brachte.

Plötzlich tauchten zwei starke Arme aus dem Nichts auf und packten sie. Es gab einen schmerzhaften Ruck, als Lin sich in Todesangst an den muskulösen Körper klammerte. Entsetzt starrte sie in das schöne Gesicht mit den leuchtend blauen Augen. Das war nicht Dawon! Elven hatte die Greife geschickt, sie zu suchen. Dies war das Ende ihrer Flucht.

Der Greif stieg mit ihr hinauf in den sternklaren Himmel –

höher und höher. Seine Schwingen glitten in den Aufwind ... Von der Seite näherte sich ein anderer Greif. Lin erkannte dunkle Schwingen. Es war Dawon, der versuchte, zu ihr zu kommen, doch von einem anderen Greif attackiert wurde, der ihn abzudrängen versuchte. Wie ein Raubvogel fiel er Dawon im Sturzflug an. Die beiden Greife überschlugen sich und wurden zu einer federbesetzten Kugel mit um sich schlagenden Schwingen – schwarzen und weißen.

Immer wieder versuchte der weiße Greif, seine Klauen in Dawon zu schlagen, um dessen Flügel zu zerfetzen. »Dawon, du musst deine Klauen einsetzen, um ihn abzuwehren«, wollte Lin ihm zurufen, doch aus ihrer Kehle kam nur ein leises Wispern. Dawon hatte sie nicht gehört; und wenn er sie gehört hätte, wäre es vergeblich gewesen. Dawon besaß zwar Klauen, kam jedoch überhaupt nicht auf den Gedanken, sie als Waffe zu seiner Verteidigung einzusetzen.

Vor ihren Augen stürzten die beiden Greife in die Tiefe. Dann lösten sie sich voneinander, um wieder ein Stück höher zu steigen. Der weiße Greif griff erneut an. Lin konnte nicht mehr hinsehen. Es kam ihr vor, als würde ein Greifvogel gegen einen Singvogel kämpfen.

»Dawon, pass auf! Seine Klauen!«, schaffte sie es endlich zu rufen, doch ihre Stimme war so schwach, dass sie nicht sicher war, ob er sie gehört hatte.

Der Greif, der sie gepackt hatte, trug sie vom Kampfgeschehen fort, ohne dass Lin sich hätte wehren können oder auch nur Einspruch erheben. Seine mitleidlose Stimme hallte in ihren Ohren: »Arjawon bringt die Königin zurück nach Engil ... Wenn sie nicht freiwillig zurückkehrt, müssen Salas Priesterinnen in Muruks neuem Tempel sterben. An dem Tag, an dem der letzte Stein gesetzt wird. So hat Elven es beschlossen.«

Lin fühlte die Worte des Greifen langsam in ihren Verstand sickern. Elven wollte Salas Priesterinnen opfern … die Mädchen und Jevana! Sie sollten sterben, weil sie geflohen war. Mit letzter Kraft hob Lin ihren Kopf und sah, wie Dawon noch immer verzweifelt versuchte, gegen den viel stärkeren weißen Greif zu bestehen. Sie musste den Tatsachen ins Auge sehen. *Er wird unterliegen.* Dawon besaß nicht die nötige Erfahrung für einen Kampf. Er sollte nicht um ihretwillen sterben – niemand durfte um ihretwillen sterben. Nie mehr!

»Dawon … gib auf!«, rief Lin, so laut sie konnte, und erhaschte einen kurzen Blick auf sein bestürztes Gesicht. Er wusste ebenfalls, dass er nicht als Sieger aus diesem Kampf hervorgehen konnte.

Sie spürte, wie ihre innere Gegenwehr erlahmte. »Ich kehre nach Engil zurück. Aber lasst Dawon in Ruhe!« Dann überließ sie sich dem Greif. Vielleicht wäre sie längst tot, wenn sie in Engil ankamen.

Doch der Greif kam nicht weit. Etwas rammte ihn von der Seite, und zwar so überraschend, dass er sich überschlug und trudelnd der Erde entgegenstürzte. Obwohl Lin nicht gesehen hatte, wer oder was ihn angegriffen hatte, erkannte sie, dass eine seiner Schwingen gebrochen war und in einem seltsam verdrehten Winkel von seinem Rücken abstand. Der Greif wusste, er würde zu Tode stürzen, doch auf seinem Sturzflug hielt er sie noch immer umklammert. Ein weiteres Mal wurden sie angegriffen, dieses Mal von der anderen Seite. Lin schrie, als sie einen riesigen Schnabel und die Schwingen eines Raubvogels vorbeischießen sah. Endlich ließ der Greif sie los. Noch immer fiel sie, wurde jedoch erneut gepackt, dieses Mal von zwei riesigen schuppig-gelben Füßen … Vogelklauen! Sie legten sich wie eine Zwinge um ihre Hüfte, so dass Lin meinte, ihre Knochen würden zerbrechen, als wären sie Strohhalme. Lin nahm ihre letzten Kräfte zusammen und hämmerte mit den Fäusten auf die gelbschuppigen Klauen ein. Ein riesiger Vogel wollte sie in sein Nest schleppen! Vielleicht hatte er Junge – Riesenküken mit aufgerissenen Schlünden, die darauf warteten, gefüttert zu werden! Lin fühlte das Gift ihr Bein hinaufkriechen, und der Schmerz wurde atemberaubend. Sie hörte auf, sich zu wehren. Es gab kein Entkommen. *Hoffentlich ist genügend Gift in meinem Körper, damit ich deine letzte Mahlzeit werde*, dachte sie voller Bitterkeit. »Dawon«, flüsterte sie mehr, als dass sie seinen Namen rief, doch die einzige Antwort, die sie erhielt, war das laute Krächzen des Riesenvogels. *Glücklose, elende Lin!* Dann verlor sie endgültig das Bewusstsein.

Jevana saß stocksteif auf dem ihr zugewiesenen Stuhl und bemühte sich, den Blicken von Elvens blutroten Augen standzuhalten. Ihr Herz schlug hart gegen ihre Rippen, und sie betete zu Sala, dass weder Elven noch Braam ihre Angst spüren konnten. Ihre Hände wanderten zu der zarten Kette um ihren Hals, und sie atmete tief durch. Sie würden sie nicht berühren können – Salas Tränen schützten sie. Doch wie lange noch? Wie lange würde die Macht der Göttin sie vor Elven schützen? Jevana war sich sicher – er war der erste Diener des Muruk … und der Gott hatte ihm besondere Kräfte verliehen.

Unruhig rutschte Jevana auf dem Stuhl hin und her. Sie wusste nicht, warum Elven sie hatte rufen lassen, doch es schien ihr kein gutes Zeichen. So viele Frauen waren in der letzten Zeit zu ihm gerufen worden und dann spurlos verschwunden. Vielleicht endete sein Begehren tödlich … für die Erwählte? *Er kann mich nicht berühren … noch nicht …*

Engil wurde von Greifen überschwemmt, die sich wahllos Frauen nahmen, wenn deren Männer oder Familien sie nicht versteckten. Elven umgab sich mit den gefühllosen Kreaturen, als wären sie Schmuckstücke – eine furchteinflößende Leibgarde mit beeindruckenden Körpern und glänzendem Silberschmuck.

Dann gab es noch die Schjacks … die furchtbaren Raubtiere des dunklen Gottes! Sie streiften um Engil herum und lauerten am Rand des Isnalwaldes auf Opfer. Zwei Kinder, ein Mann und eine Frau waren von ihnen getötet worden, als sie hatten fliehen wollen. Elvens Botschaft an die Engilianer war eindeutig: *Aus Engil kommt niemand hinaus, wenn ich es nicht zulasse!*

»Priesterin …«

Jevana zwang sich, in die blutroten Augen Elvens zu blicken, aus denen das Böse schlechthin sie zu beobachten schien. Als er nach Engil gekommen war, war er ein ansehnlicher Mann gewesen. Jetzt waren Körper und Gesicht aufgedunsen, und die Haut spannte über den Knochen. Elven schien sich zu verändern.

»… gerade sind die Greife zurückgekehrt und haben berichtet, dass sie die Königin von Engil und den dunklen Greif gesehen haben. Viel Zeit bleibt nicht mehr bis zur Vollendung des Tempels. Verrate mir, wohin sie fliehen könnten, und ich verschone die Priesterinnen.« Elven fuhr scheinbar gelassen über den Stoff seines Gewandes. Mittlerweile trug er weite Gewänder in düsteren Farben … vielleicht um seinen aufgedunsenen Körper zu verbergen.

Jevana schwieg störrisch.

Elven seufzte ungeduldig. »Ich weiß, dass du um Salas Tempel herumschleichst und den Priesterinnen Essen bringst. Es wäre einfacher für sie, das Leben loszulassen, wenn es ihnen Entbehrungen abverlangt.«

Jevana sprang auf. Braams Gesicht war wie versteinert, und sie nahm sich einen Augenblick, um ihn zu betrachten. Seine verhärteten Mundwinkel, die zusammengepressten Lippen, der stur geradeaus gerichtete Blick. Braam hatte Angst! Obwohl er der größte Nutznießer dieser Katastrophe war, hatte er Todesangst. Ihr lief ein kalter Schauer über den Rücken. Er wusste etwas, was sie nicht wusste – was keiner von ihnen wusste, vielleicht noch nicht einmal Lin.

Elven bot ihr einen Becher Wein an, doch Jevana schüttelte angewidert den Kopf. Der gärige Gewürzwein, den Elven vor allem an die Bediensteten des Palastes und die Männer auf der Tempelbaustelle verteilen ließ, widerte sie an. Er reichte den Becher Braam, der ihn zur Seite stellte, und verschränkte die Arme hinter dem Rücken. »Vielleicht gibt es eine Möglichkeit, Salas Priesterinnen zu retten, wenn du dich nur ein wenig anstrengst, Jevana. Also noch einmal – wohin könnte der dunkle Greif Lin bringen?«

Jevana zog die Brauen zusammen und verschränkte die Arme vor der Brust. Selbst wenn sie, um das Leben der Priesterinnen zu retten, bereit gewesen wäre, Lin zu verraten – sie wusste nicht, wo die beiden waren.

Elven leckte sich über die roten Lippen, was ihr Schauder und Ekel verursachte. Wie ein vollgefressenes Raubtier sah er aus. Doch sie war entschlossen, sich nicht von ihm einschüchtern zu lassen. »Warum haben die Greife sie nicht nach Engil zurückgebracht? Der dunkle Greif ist wehrlos … ebenso wie Lin wehrlos ist.«

Die Art, wie Elven sich von ihr abwandte, ließ Jevana ahnen, dass er ihr etwas verschwieg. Sie wusste nicht, woher sie den Mut nahm, doch sie spürte, wie ein winziger Hoffnungsschimmer in ihr aufglomm. »Sie hat Hilfe gefunden, oder? Die Waldfrauen helfen ihr.« Sie hatte Ilana oft vom dunklen Greif Dawon sprechen hören. Wie ein Kind war er gewesen, gutherzig und hilflos. Es hätte den Greifen doch ein Leichtes sein müssen, ihn und Lin gefangen zu nehmen.

Elven nickte Braam zu, ohne ihr zu antworten. Jevana wusste, dass ihr Gespräch beendet war. Sie sprang von ihrem Stuhl auf und ging an Braam vorbei zur Tür. Sie wollte nur fort von ihm.

Braam lief hinter ihr, als sie den stillen Palastflur entlangging, der hinaus in die Gärten führte. Früher war es hier fröhlich zugegangen, die Diener hatten gelacht und waren zwischen den Räumen hin und her gelaufen. Jevana sah sich um. Nun lag bedrückende Stille über dem Palast.

Braam hatte noch immer kein Wort gesagt. Als sie hinaus in die Sonne traten, spürte Jevana, wie die Wärme der Strahlen ihr Hoffnung schenkte. Mutig wandte sie sich Braam zu. »Ich habe recht, nicht wahr? Lin hat Verbündete gefunden, und nun hast du Angst. Du hast Angst, dass dein elender Herr stürzt und du mit ihm; denn dieses Mal wird dein Sturz endgültig sein.«

Braam presste die Kiefer aufeinander und ballte die Faust, wagte jedoch nicht, sie zu schlagen. »Geh weiter!«, brummte er leise.

Jevana gehorchte, meinte jedoch, dass die Vögel heute fröhlicher sangen als sonst, die Sonne heller schien und die Göttin an ihrer Seite war.

»Du hast keine Ahnung, wer er ist«, vernahm sie unerwartet Braams Stimme hinter sich, während sie den Palasthügel hinab in die Tempelstadt liefen. Seine Stimme war vor Angst kratzig und zitterte.

Noch immer war Jevana voller Zuversicht. »Er ist ein Diener des Blutgottes … genau wie Karok, der in Dungun sein Priester war, und Sasalor, der in Engil Blutopfer für den dunklen Gott durchführte. Trotzdem wurden beide besiegt. Wir werden auch Elven besiegen.«

Braam schnaubte spöttisch. »Sasalor war ein Mensch, Karok ein Sohn des Muruk, gezeugt mit einer Menschenfrau. Doch Elven ist viel schlimmer.«

Jevana blieb stehen. Sie waren an der Baustelle des Tempels angekommen, und sie erkannte mit Schrecken, dass die Männer bald mit dem Dach beginnen würden. Als er ihren entsetzten Blick sah, begann Braam zu lachen, so laut und so hemmungslos, dass sich einige der Arbeiter zu ihm umwandten und die kalten Augen der Greife ihn aufmerksam musterten. Die Starre fiel von ihm ab. Jevana wusste nicht, was sie von seinem seltsamen Benehmen halten sollte. *Die Angst vor Elven macht ihn tatsächlich verrückt.*

Schließlich trat ein älterer Mann zu ihnen und packte Braam an den Schultern – sein Vater, der erst vor kurzem aus dem Stand eines Falbrindbauern zu Elvens Gefolgsmann erhoben worden war. Als Braam nicht aufhörte zu lachen, zischte sein Vater: »Reiß dich zusammen, du nichtsnutziges Falbrind!«

Jevana wich einen Schritt zurück, denn mit einem Male war Braam wieder bei klarem Verstand und funkelte seinen Vater hasserfüllt an. Die Erkenntnis überrumpelte Jevana. Braam und sein Vater hassten sich! Schließlich schüttelte Braam den Kopf. »Ihr beiden habt keine Ahnung, mit wem ihr es zu tun habt! Aber ich habe ihn gesehen … Ich habe gesehen, was er tut … Die vielen Mädchen, die ich in seine Räume bringe … «

Braam redete sich in Rage, was seinem Vater sichtlich unangenehm war. Er sah sich nervös um, in der Hoffnung, dass weder die Greife noch die Arbeiter mithörten, was Braam redete.

»Die Mädchen sind nicht wichtig«, knurrte er seinen Sohn an. »Sie sind Staub unter seinen Füßen!«

Jevana spürte die Kälte einer sich anbahnenden Erkenntnis langsam durch ihre Adern kriechen. Sie hatte wie alle anderen geglaubt, dass Elven mit den Frauen seinen männlichen Bedürfnissen nachging. Doch da schien mehr zu sein … viel mehr. »Ich will es wissen«, wagte sie deshalb zu flüstern.

Braam grinste beinahe dankbar, so als hätte er ihre Erlaubnis gebraucht, darüber zu sprechen. Seine Stimme zitterte. »Er saugt sie aus … genau wie die beiden Falbrinder, die ich ihm aus unseren Ställen gebracht habe. Ich wusste damals nicht, wofür er sie brauchte … Die Erste war die kleine Dienerin … die Stechmücke. Ihr Name war Vay.«

»Lins Leibdienerin?« Jevana erinnerte sich an das eifersüchtige Mädchen, das Elven geradezu angebetet hatte. Sie hatte Vay seit Lins Verschwinden nicht mehr gesehen.

Braam nickte. »Er hat ihr die Kehle aufgeschnitten und vor meinen Augen ihr Blut gesoffen … Er braucht immer mehr Blut. Er sagt, dass Menschenblut zu dünn ist; und der Wein! Er mischt sein faules Blut in den Wein … das Gift, das ganz Engil in seinen Bann schlagen soll.«

Jevana spürte, wie ihr bittere Galle in den Hals stieg. Ihr kam ein schrecklicher Gedanke. »Er wirkt aufgedunsen.«

Braam nickte kaum merklich. »Darüber habe ich auch nachgedacht. Dieser Körper; ich glaube, dass das, was wir sehen, nur eine Hülle ist.«

»Schweig endlich, du Schafskopf!«, mischte sich sein Vater herrisch ein. »Du bist ein Jammerlappen. Wir verdanken ihm alles. Wenn er Weiber schlachtet und ihr Blut trinkt, dann ist es eben so! Du bist ein jämmerlicher Hund.«

Jevana konnte sehen, wie der Hass zwischen Vater und Sohn sich aufheizte. Wenn sie noch etwas aus Braam herausbekommen wollte, musste sie es schnell versuchen. »Was glaubst du, wer er wirklich ist?«

In seine Augen trat unverhohlene Angst. »*Er* ist es! Der dunkle Gott, der gekommen ist, um die Menschen zu beherrschen.«

Sein Vater machte eine verächtliche Handbewegung. Jevana war nicht mehr in der Lage, auch nur einen Arm zu heben. Alle Kraft, alle Hoffnung verließen sie. Das war nicht möglich. Warum hätte sie Braam glauben sollen? Er war ein Angeber, ein Heißsporn und ein Saufbold. Aber er hatte Angst, und sie hatte noch nie gesehen, dass Braam vor etwas oder jemandem Angst hatte.

»Salas Licht möge uns schützen«, flüsterte sie deshalb. Lin hatte recht; die Göttin hatte sie verlassen. Doch der Blutgott war hier in Engil. Wer konnte ihnen jetzt noch helfen?

Lin hatte den Geschmack von Erde im Mund, als sie die Augen aufschlug. Ihr Kopf fühlte sich an, als läge er auf weiche Wolken gebettet, und ihre Hüfte schmerzte nicht mehr so stark. Vom Himmel schien eine gleißend helle Sonne. Sie versuchte, einen Arm zu heben, fühlte sich aber zu schwach. Als sie den Kopf drehte, sah sie riesige Bäume, Baumriesen … Bellockbäume. Ihr müder Verstand wies sie darauf hin, dass diese Bäume an den Quellen im Isnalwald wuchsen. Kurz darauf entdeckte sie einen See. Seine Oberfläche war tiefschwarz, ebenso wie die sandigen Ufer. Obwohl Lin noch nie bei den Quellen von Isnal gewesen war, wusste sie, dass etwas an diesem Bild falsch war. Bei den Quellen von Isnal gab es keinen schwarzen Sand und auch keinen See. Außerdem schien die Sonne viel zu grell, und es war zu heiß. Aber wenn dies nicht die Quellen von Isnal waren – wohin hatte der Riesenvogel sie gebracht?

Unter Stöhnen setzte Lin sich auf und gab ein überraschtes Quietschen von sich, als der Untergrund, auf dem sie saß, sacht zu Boden segelte. Lin fuhr mit einer Hand über den hauchdünnen Stoff – ein Tuch aus Laluhaar! Nur das nicht erdgebundene Laluhaar besaß diese Zauberkraft – zu schweben und das Gewicht eines Menschen dabei zu tragen. Sie wickelte das Tuch vorsichtig um ihren Körper – sie war nackt … Das schmutzige Priestergewand, das sie getragen hatte, war fort. Der herbe Geschmack von Erde lag ihr noch immer auf der Zunge. Sie spie ein paar Krumen aus und betrachtete sie ratlos. Jemand hatte ihr Erde in den Mund gesteckt, während sie geschlafen hatte! War sie etwa verzaubert worden? Aber von wem? Von den Vögeln, die sie verschleppt hatten, wohl kaum. Immerhin lebte sie noch.

»Lin, Tochter von Ilana – eine Weile haben wir befürchtet, das Gift der Bellockbäume wäre zu stark. Doch du wolltest leben und die Göttin ebenfalls.« Die Stimme klang in ihren Ohren wie perlendes Wasser.

Lin sah auf und erkannte am anderen Ufer des Sees eine schimmernde Gestalt von der Größe eines Kindes. Fast durchscheinend war sie, und das lange Haar umschwebte sie, während die Augen in allen Regenbogenfarben leuchteten und ständig die Farbe zu wechseln schienen. Sie war eine Lalufrau und strahlte im Sonnenlicht.

»Nona?«, rief sie der Gestalt über den See hinweg zu, während sie versuchte, die letzten Erdkrumen auszuspucken.

Wie eine Erscheinung schwebte Nona über den See, zu ihr herüber, ohne mit dem Wasser in Berührung zu kommen. Sie waren wunderschöne Geschöpfe, diese Geistwesen, und Nona war die Letzte von ihnen, weil Xiria die anderen vernichtet hatte. Nona war es gewesen, die ihr damals dazu geraten hatte, Degan zu suchen. Seit dieser Zeit schien Nona ihre Erdgebundenheit noch weiter aufgegeben zu haben.

»Dawon hat dich versorgt, weil ich kein erdgebundenes Wesen berühren kann. Wir mussten dir Erde auf die Zunge legen, damit ihr nicht euren Körper verlasst.«

»Ihr?«, fragte Lin irritiert.

»Die Göttin und du.«

Lin wurde wütend. »Das ist *mein* Körper. Ich habe Sala nicht eingeladen, und ich will, dass sie verschwindet!«

Nona fuhr mit ihrer durchscheinenden Hand über Lins Haar – eine Berührung, die sie als einen kühlen Hauch wahrnahm. Sie fühlte sich schmutzig in Gegenwart eines so reinen Wesens, wie Nona es war.

»Die Kraft der Göttin hat dich das Gift der Waldfrauen überleben lassen. Sie hat dich beschützt – euch beide. Du wirst ihre Kraft noch brauchen – für Engil.«

Lin erinnerte sich ihres Grolls auf Nona und reckte das Kinn. »Und wo warst du, als meine Mutter starb? Warum bist du nicht gekommen, um uns vor Elven zu warnen?«

Entschuldigend hob Nona die Hände. »Weil ich es nicht wusste. Ich habe von Elven und deinem Geheimnis erst erfahren, als es zu spät war … und du aus Engil geflohen bist. Die Waldfrauen haben Muruks Rückkehr gespürt. Sie haben versucht, dich vor dem Blick ins Orakelfeuer zu warnen, durch das der Gott die Göttin finden würde.« Nona schüttelte den Kopf, wobei ihre Haare sie wie Wellen umschwebten. »Aber sie haben einen Fehler gemacht, indem sie dich und die Göttin töten wollten. Es ist ihnen nicht erlaubt, in das Schicksal der Menschen einzugreifen. Sie taten es in gutem Glauben, dass dies die einzige Rettung für Engil wäre. Doch ich glaube das nicht.«

»Meine Eltern könnten noch leben!«, presste Lin hervor und spürte, wie ihr Tränen in die Augen schossen. Endlich konnte sie trauern und wurde dabei von ihren Gefühlen überschwemmt. Sie war wütend auf Nona, und sie hasste die Waldfrauen. Doch noch viel mehr war sie verzweifelt und fühlte sich hilflos. Nona ließ sie eine Weile schluchzen, dann wischte Lin sich die Tränen ab und stand vorsichtig auf. Ihr Bein konnte sie noch nicht richtig bewegen. Doch es gelang ihr, ohne Hilfe zu laufen. Wieder sah sie sich um. »Wo bin ich hier?«

»Dies …«, antwortete Nona, »… ist die Quelle des Sandflusses in der Schwarzen Wüste Melasan. Der Ort, an den Degan und die von ihm befreiten Greife sich zurückgezogen haben. Die Oase bei der Quelle des Sandflusses ist der einzige Ort in der Wüste, an dem ein erdgebundenes Geschöpf überleben kann, und der einzige Ort neben der Quelle von Isnal, wo die Bellockbäume wachsen.« Sie wies in einer fließenden Geste um sich. »Außerhalb dieser Oase gibt es kein Leben, nur die Asche der Gefallenen des Schwesternthrons.«

Lin sah sich mit Unbehagen um. Wie konnte Degan freiwillig hier leben? Hinter den Bäumen, die den schwarzen See umgaben, erstreckte sich tatsächlich nur eine endlose Weite von schwarzem Sand. »Ich war hier schon einmal«, fiel ihr ein. »In meiner ersten Vision … hier hat der dunkle Gott mich gefunden.«

»Ja, aber die Aschewüste ist nur ein Abbild seines Reiches voller Feuer und Qualen.« Nona sah sie an, als trüge sie die gesamte Weisheit der Lalufrauen in ihrem kindlichen Körper.

Lin zuckte die Schultern. »Aber was soll ich hier?«

Nona lächelte geheimnisvoll. »Dich erholen und zu Kräften kommen. Dawon wird dir etwas zu essen bringen und nach dir sehen. Ich kann nicht bleiben … Ich muss weiterziehen.« Sie wandte sich ab, und Lin streckte die Hand nach ihr aus. Natürlich glitt sie durch Nonas glitzernden Lichtkörper hindurch. »Du kannst nicht gehen. Elven will Salas Priesterinnen opfern.«

»Dann denk nach, wie du das verhindern kannst, Königin von Engil.«

Das war nicht gerecht! Verzweifelt rief Lin der Lalufrau hinterher: »Ich habe dieses Schicksal nicht gewollt, ich habe mir nicht gewünscht, meinen Körper mit einer Göttin zu teilen und die Verantwortung für Elvens Taten zu tragen, weil *sie* nicht bei ihm bleiben wollte!«

Nona war im Begriff, sich in dunstige Nebelschwaden aufzulösen, doch noch einmal wandte sie sich um und sah Lin mit ihren Regenbogenaugen an. »Hier gibt es noch einen, der mit seinem

Schicksal hadert.« Sie wies hinauf in die Kronen der Bellockbäume. »Vielleicht kannst du ja Degan zur Besinnung bringen. Sein Greifenheer wäre Elven gewachsen. Immerhin … sie sind Dawon und dir zur Hilfe gekommen und haben dich hierher gebracht.«

Lin folgte Nonas Fingerzeig hinauf in die Baumkronen mit den Augen. Sofort verspürte sie ein Kribbeln in ihrem Bauch. Degan war dort oben? So greifbar und doch unerreichbar für sie. Ein tiefer Schmerz zog ihr das Herz zusammen. Dann machte sich Verbitterung in ihr breit. »Wann hätten meine Worte jemals Gewicht für Degan gehabt?«

Als sie von Nona keine Antwort bekam, wandte Lin sich zu ihr um, um festzustellen, dass sie verschwunden war. »Komm zurück!«, rief sie überflüssigerweise.

Vorsichtig humpelte sie zum Stamm des nächsten Bellockbaumes, den zwanzig Männer mit ihren Armen nicht hätten umfassen können. Irgendwo dort oben war Degan. Aber sie hatte keine Möglichkeit, zu ihm zu gelangen, und er würde ganz sicher nicht zu ihr herunterkommen. Ihr Abschied in Dungun, das hatte Degan damals klargemacht, war endgültig gewesen. Er betrachtete die Menschen nicht mehr als seine Sippe.

Trotzdem hatte er sie und Dawon vor Elvens Greifen gerettet. Lin legte die Hand an das cremeblasse Holz des Baumriesen und schloss die Augen. Sie war noch immer zu erschöpft, um darüber nachzudenken, wie es nun weitergehen sollte.

# Die Toten im Fluss

Es war schon dunkel, als Lin von einem Strahlen geweckt wurde, welches so stark war, dass sie durch ihre geschlossenen Augenlider davon geblendet wurde. Überrascht stellte sie fest, dass das Licht vom See zu kommen schien. Die Schmerzen in ihrer Hüfte waren verschwunden, doch sie fühlte sich steif und unbeweglich. Schwerfällig stand sie auf und ging hinunter zum Ufer. Ohne die sengende Sonne war es in der kleinen Oase angenehm kühl, und es ging ein lauer Wind. Für einen kurzen Moment genoss Lin die milde Nachtluft.

Das strahlende Licht, das sie geweckt hatte, kam vom Grund des Sees. *Salas Licht* … Lin ließ das hauchzarte Tuch, das ihren Körper bedeckte, zu Boden gleiten und tauchte einen Fuß in den See. Das Wasser war kühl, aber nicht kalt. Beherzt tat sie ein paar vorsichtige Schritte, bis sie bis zu den Oberschenkeln im Wasser stand. Es war herrlich! Sie fühlte sich leicht und frei wie lange nicht mehr. Über der Oase strahlten ein blasser Vollmond und Myriaden von Sternen. Doch ihr Funkeln war nichts im Vergleich zu dem intensiven Strahlen, das von der Mitte des Sees ausging. Lin tat ein paar Schwimmzüge, erfüllt von dem tiefen Verlangen, in dem gleißenden Licht ein Bad zu nehmen. Die Verlockung war größer als alles, was sie sich hätte vorstellen können. Sie wollte dieses Licht … Sie brauchte es …

Als sie die Mitte des Sees erreicht hatte, verschwand das unwirkliche Strahlen so schnell, wie es gekommen war. Der

Lichtzauber, der sie eingelullt hatte, verwandelte sich in etwas Düsteres und Fatales. Lin spürte die Gefahr und wusste, dass sie zum Ufer zurückkehren musste, doch sie konnte es nicht. Um sie herum war nur noch Dunkelheit. Sie konnte das Ufer nicht mehr erkennen und noch nicht einmal die Bellockbäume. Es war, als treibe sie in einem uferlosen Meer. Lin kam die dunkle Vergangenheit dieses Ortes wie eine stumme Mahnung in den Sinn. Die Schwarze Wüste war nicht immer totes Land gewesen – in uralten Zeiten hatte das Kriegervolk der Taluk hier gelebt, in riesigen Wäldern und auf fruchtbarer Erde. Bis Ragane, die halb menschliche Tochter der Lichtgöttin, ihre Schwester Tjama in den Wäldern von Mengal in einen Hinterhalt gelockt und sie getötet hatte. Weil die Taluk Tjama nicht beschützt hatten, waren sie von Sala bestraft und in das eisige Taligebirge verbannt worden; die Wälder von Mengal waren von Sala in die Schwarze Wüste Melasan verwandelt worden. Seit diesem Tag hatten in der Schwarzen Wüste die Schlachten des Schwesternthrones stattgefunden. Hier waren unzählige Menschen gestorben!

Lin schwamm mit kräftigen Zügen in die Richtung, in der sie das Ufer vermutete, doch alles, was sie sah, war tiefes schwarzes Wasser. Ihre Angst wurde noch größer. Warum hatte sie sich nur von diesem Lockzauber täuschen lassen? Ihre Arme begannen zu schmerzen, und eine kalte Unterströmung ließ ihre Beine erlahmen. Verzweifelt versuchte sie weiterzuschwimmen – irgendwo musste das Ufer sein. Sie hustete, als sie einen Schwall Wasser schluckte, und begann zu keuchen. Ein eisiger Sog legte sich um ihre Beine und zerrte an ihr. Lin schlug mit den Armen, holte tief Luft und wurde unter Wasser gezogen.

Panisch riss sie die Augen auf. Sie musste sofort an die Wasseroberfläche zurück!

Doch da war er wieder: Ein reiner weißer Lichtstrahl! Angst

und Panik fielen von ihr ab – ihr Herz beruhigte sich. Lin wunderte sich, wie klar das Wasser war und wie weit sie sehen konnte. Das Licht schien geradewegs vom Grund des Sees zu ihr herauf zu strahlen; und keine zehn Schwimmzüge unter ihr schwebten zwei vertraute Gestalten und winkten ihr.

Sie waren durchscheinend, und ihre Gestalten waberten unruhig hin und her. Lin versuchte zu sprechen, wobei Luftperlen nach oben stiegen. *Mutter … Vater!*

Sie streckten ihr die Arme entgegen … Hier unten in der Stille des Sees waren sie wieder lebendig und verhießen ihr Wärme und Geborgenheit. *Lin … Tochter! Komm zu uns, dann bist du nie mehr allein!*

Lin erlag dem Zauber ein weiteres Mal. Warum auch nicht? Er fühlte sich wundervoll echt an. Sie tauchte tiefer. Ihre Eltern kamen näher, streckten die Hände nach ihr aus, doch immer, wenn Lin glaubte, ganz nah bei ihnen zu sein, lösten sie sich auf und tauchten ein Stück tiefer wieder auf. Lin gab nicht auf und folgte ihnen, bis ihre Lungen brannten. Die Wasseroberfläche war nur noch ein ferner Spiegel, aber es war ja nur noch ein kleines Stück. Das würde sie schaffen.

Der kalte Sog kam plötzlich und überraschend zurück. Er packte sie und zog sie tiefer, zerrte an ihr wie Hunderte oder Tausende von Händen. Lin versuchte sich zu befreien, doch die Kraft des Wassers war zu stark. Die freundlich lächelnden Gesichter ihrer Eltern verschwanden endgültig. An deren Stelle traten bleiche Totengesichter – Krieger in den Trachten Engils und Dunguns aus unterschiedlichen Zeiten. Lin wurde schwindlig. Sie hatte die Toten des Sandflusses schon einmal in ihrer Vision gesehen; doch diese hier trugen noch immer die Wunden des Schlachtfelds. Einigen fehlte ein Arm, anderen hingen Gedärme aus den aufgeschlitzten Bäuchen, wieder anderen klaffte ein riesiges Loch im zertrümmerten Schädel, eine tödliche Verletzung, wie sie nur eine mit Schjackzähnen besetzte Kriegskeule geschlagen haben konnte. Mit weit aufgerissenen Augen und Mündern starrten die Toten ihr vom Grund des Sees entgegen und versuchten, sie zu sich hinabzuziehen. *Komm … komm zu uns, Lin! Hier unten ist der Tod still und ewig, und wen der Sandfluss einmal hat, den gibt er nie wieder her … Du bist unsere Göttin … Sala, für dich sind wir gestorben … Bleib bei uns und leiste uns Gesellschaft in der Ewigkeit.*

Lin versuchte zu schreien, wobei sie die restliche Luft aus ihren Lungen presste. Luftbläschen stiegen zur Oberfläche. Sie sah ihnen hinterher. So weit war sie getaucht? So tief! Ihr wurde klar, dass sie es nicht mehr schaffen würde aufzutauchen. Lin quälte das schmerzhafte Bedürfnis zu atmen. *Lasst mich gehen … Ich bin Lin … Ich gehöre nicht in euer Grab.*

*Du bist die Göttin … Um deinetwillen haben wir den Tod in tausend Schlachten gefunden und uns gegenseitig entleibt! Du gehörst uns … Komm und leiste uns in der Ewigkeit des Todes Gesellschaft …*

*Neiiiiiin!* Verzweifelt ruderte Lin mit den Armen, doch je mehr sie um sich schlug, desto stärker wurde der Sog, der sie zum Grund des Sees zog. Ihre Arme erschlafften, und sie hörte auf zu verkrampfen und gegen das Ertrinken anzukämpfen.

Während sie den Mund öffnete und das kalte Wasser in ihre Lungen strömte, sah sie, dass hoch über ihr etwas durch die Wasseroberfläche stieß. Die Stimmen vom Grund des Sees wurden schrill und zornig. *Sie ist unser … Sie gehört uns!*

Mit weit geöffneten Augen starrte Lin dem Wesen entgegen, das ebenso gut tauchte, wie es flog. Sie hatte es schon einmal gesehen! In ihrem Giftwahn hatte sie geglaubt, es sei ein riesiger Vogel gewesen, doch nun erkannte sie, dass es etwas anderes war. Das Wesen besaß Schwingen und einen Kopf mit einem großen gebogenen Schnabel, dazu vier vogelartige Klauenfüße. Doch sein restlicher Körper war der eines Raubtieres mit Fell, und zudem besaß es einen langen Schweif. Lin konnte die Augen nicht von ihm lassen, während sie von einer unsichtbaren Kraft immer weiter zum Grund des Sees gezogen wurde.

Im letzten Augenblick packte das seltsame Geschöpf sie wie schon über den Wäldern von Isnal. Mit kräftigen Schwimmbewegungen, für das es seine Schwingen nutzte, tauchte es immer höher. Lin hörte die Schreie der Toten in der Tiefe verhallen, dann durchstieß sie die Wasseroberfläche und spürte die kühle Nachtluft auf ihrer Haut.

Das Wesen ließ sie wie einen Sack Mehl in den Ufersand fallen. Lin hustete und spuckte einen Schwall Wasser. Dann sog sie gierig Luft in ihre Lungen. Sie lebte! Ein paar Schritte von ihr entfernt schüttelte die seltsame Kreatur sich das Wasser von Kopf, Fell und Gefieder. Lin keuchte noch eine Weile, dann beobachtete sie zitternd das riesige Ding, das sie seinerseits neugierig zu betrachten schien. Sie ahnte, was es war.

»Du bist einer der Greife, die Degan in ihre ursprüngliche Gestalt verwandelt hat!«, krächzte sie, da ihre Stimme vom Wasser noch immer angeschlagen war. »Einer derer, von denen der Fluch genommen wurde, mit dem Sala euch belegt hat!«

Lin stand auf und ging langsam auf ihn zu.

Der Greif richtete sich auf seine Hinterklauen auf und krächzte in imponierender Haltung, während er drohend mit den Schwingen schlug. *Bleib, wo du bist!*, schienen seine Augen ihr zu sagen. Er konnte sie nicht leiden. Lin blieb stehen und hob beruhigend die Hände. Aber warum hatte er sie gerettet? Die Erkenntnis traf sie unvorbereitet. *Degan hat ihn geschickt!* Ob dieser Greif verstand, was sie sagte? Lin streckte vorsichtig die Hand nach ihm aus. Der Greif hackte mit seinem scharfen Schnabel nach ihr, so dass Lin sie schnell wieder zurückzog. Mehr aus Schreck denn aus Mut fuhr sie ihn an. »Das ist nicht nett von dir! Ich habe dir nichts getan.« Sie fühlte sich dumm, sobald sie die Worte ausgesprochen hatte. Sie sprach mit einem Tier. Trotzdem hackte der Greif nicht mehr nach ihr, sondern starrte sie an, als erwarte er irgendetwas.

»Ich bin Lin«, versuchte sie es erneut. Sie erinnerte sich der bitteren Wurzeln, die noch immer auf dem Blatt lagen, wo Dawon sie heute morgen abgelegt hatte. Beruhigend hob sie die Hände, um dem Greif zu zeigen, dass sie nichts Schlimmes tat, und holte die mittlerweile von der Sonne trockenen Stängel. Vorsichtig bot Lin sie dem Greif an, der sie bei allem, was sie tat, misstrauisch mit den Augen verfolgte. »Hast du vielleicht Hunger?«

Der Greif krächzte und machte keinerlei Anstalten, ihr kümmerliches Geschenk anzunehmen. Stattdessen begann er, mit dem Schnabel sein Gefieder zu putzen. Lin warf die Wurzeln beiseite. Greife schienen, in welcher Gestalt auch immer, ein ausgeprägtes Bedürfnis nach Schwingenpflege zu haben. Als er fertig war, ließ er sich auf sein Hinterteil fallen, legte die Schwingen an und begann, mit einer Klaue im Sand zu scharren. Lin überlegte fieberhaft. Dieser Greif war der einzige Weg, der sie zu Degan führen konnte, aber er verstand sie nicht. Doch vielleicht war er ja zumindest etwas klüger als ein Tier? Immerhin war sein Kopf ziemlich groß. Lin versuchte es mit einem freundlichen Lächeln. »Ich danke dir, dass du mir geholfen hast. Vielleicht könntest du mich zu Degan bringen?«

Degans Namen schien er zu verstehen, denn er ließ ein lautes Krächzen hören, dann breitete er die Schwingen aus und war mit ein paar kräftigen Flügelschlägen hinter dem Stamm des Bellockbaumes verschwunden. Lin sah ihm hinterher. Da flog er davon, ihr einziger Weg, der zu Degan geführt hätte.

»Glücklose und selten dumme Lin!«, sagte sie zu sich selbst, bevor sie sich in ihr Tuch wickelte und begann, das Wasser aus ihrem Haar zu wringen.

Elven bot ein seltsames Bild, wie er inmitten seiner Greife auf dem Thron im Empfangssaal saß. Es war derselbe Thron, auf dem Tojar gesessen hatte. Doch so eingefallen und verloren, wie Tojar in seinen letzten Tagen auf dem mächtigen Thronsessel gewirkt hatte, so schien er für Elven zu klein.

Braam verbeugte sich und wartete darauf, dass Elven ihn zu sich heranwinkte. Der kleinere Thron neben Elven war leer – ein schmerzliches Zeichen dafür, dass Lin, von der er besessen schien, noch immer nicht zurückgekehrt war. Elven wurde zusehends unzufriedener und grausamer. Fast jeden Abend ließ er sich ein junges Mädchen in seine Räume bringen, dessen ausgebluteten Körper Braam dann verschwinden lassen musste. Längst wurde auch in der Unterstadt darüber gerätselt, was Elven mit den jungen Frauen tat und warum sie nicht mehr zu ihren Sippen zurückkehrten. Die Menschen von Engil hatten Angst. Vor den Stadttoren lauerten die Schjacks, und in der Stadt wurden sie von den Greifen bewacht. Jeder war bemüht, sich möglichst unauffällig zu verhalten und ein Versteck für die Frauen seiner Sippe zu finden, in dem die Greife sie nicht fanden.

Braam stand der Schweiß auf der Stirn, während er darauf wartete, dass Elven endlich etwas sagte. Auch er hatte Angst vor Elven, so große, dass er sich fast in die Beinkleider schiss.

Elven entging seine Unruhe nicht. »Warum habe ich den Eindruck, dass du in letzter Zeit meine Nähe meidest?«

Braam bemühte sich um Haltung und versuchte, selbstbewusst zu klingen. Er ahnte, dass seine Angst Elven misstrauisch machen würde. Also stemmte er die Hände in die Hüften und sah ihm offen in die Augen, als wäre nichts Ungewöhnliches an Elvens

Veränderung. Wenn es nur seine Augen gewesen wären … doch tatsächlich ließ Elvens aufgedunsenes Gesicht kaum noch etwas von seiner einstigen Ansehnlichkeit erahnen.

Er gab Braam mit seinem aufgequollenen Finger ein Zeichen, näher zu kommen. Erneut verbarg Braam sein Grauen. Elvens Greife, die um den Thron herumstanden, beäugten ihn. Einer von ihnen trug eine Peitsche aus Silberketten. Er war der neue Anführer, und Braam mochte ihn noch weniger als seinen Vorgäner Jayamon. Seine Blicke waren so … eindringlich. Vor allem die Silberpeitsche des Greifenführers machte ihn misstrauisch. Sie war ein Einzelstück – was ungewöhnlich war. Greife verspürten normalerweise nicht das Bedürfnis, sich in irgendeiner Form von den anderen ihrer Sippe zu unterscheiden oder abzuheben. Sie trugen den gleichen Schmuck, die gleichen Harnische und die gleichen Beinschienen. Doch der neue Greifenführer Suragon schien durchaus ein Interesse daran zu haben.

»Braam? Meidest du meine Nähe?« Elvens Stimme durchtrennte den Faden seiner Gedanken.

Braam zuckte zusammen und wappnete sich zur Verteidigung. »Nein! Ich habe viel damit zu tun, die Vollendung des neuen Tempels zu überwachen.« Er blieb drei Schritte entfernt von Elven stehen, doch noch immer winkte dieser ihn näher heran. Braam überwand sich und konzentrierte sich darauf, nur durch den Mund zu atmen, als sein Gesicht kaum noch eine Handlänge von Elvens entfernt war. Nun konnte er den Verfall deutlich sehen – die gespannte Haut, die zwar an der Oberfläche rosig, aber unter dieser Fassade grünlich aussah, von einem feinen Netz blauer Adern durchzogen – und den Schweiß, der Elven auf der Stirn stand. Braam musste sich beherrschen, nicht zu würgen. Es waren Bluttropfen! Elvens Körper schwitzte das Blut aus, das er den Mädchen aus der geöffneten Kehle saugte. Doch noch viel schlimmer als Elvens Anblick war sein Geruch. Er war süßlich und faulig, so als verwese er bei lebendigem Leib. Braam war sich ganz sicher – dieser Körper war nur eine Hülle, unter der sich etwas viel Schrecklicheres verbarg, und ihm blieb nicht mehr viel Zeit.

»Braam …« Elvens fauliger Atem streifte seine Nase. Braam hustete, um seinen Würgreiz zu unterdrücken. »… ich kann deine Angst riechen, und du hast allen Grund, mich zu fürchten. Du solltest auf meine Königin achtgeben und hast sie aus Engil entkommen lassen.« Trotz seines aufgeschwemmten Körpers besaß Elven noch immer die Schnelligkeit, die er im Isnalwald gezeigt hatte. Er packte Braams Hand, der meinte, die Hitze von Elvens Haut würde ihm die Hand versengen. Seine Stimme wurde schneidend, und eine dicke blaue Ader trat an seiner Stirn hervor. »Spürst du das, Braam? Dieser Körper zerfällt und verfault, und ich bin darin eingesperrt. Um *ihretwillen* habe ich das auf mich genommen und einen großen Teil meiner Kräfte eingebüßt. Ich will Lin zurück. Dann verschone ich Engil … Doch wenn nicht … « Er sprang von seinem Thronsessel auf und schrie mit einer Stimme wie Gewitterdonner: »… werde ich ein Opferfest veranstalten, das Engil noch nicht gesehen hat!«

Braam stolperte rückwärts und fiel. Er spürte den Aufschlag auf dem harten Steinboden des Thronsaales schmerzhaft in seinem Rücken, konnte seinen Blick jedoch nicht von der zum Platzen gespannten Ader an Elvens Stirn abwenden. *Bitte nicht … lass die faulige Haut über der Ader halten*, betete er, um sich von seiner Angst abzulenken. Die Greife traten geschlossen einen Schritt auf ihn zu. Doch Elven hob die Hand, und sie zogen sich wieder hinter den Thron zurück. Braams Herz hämmerte gegen seine Rippen. *Wir werden alle sterben … Er wird nicht einen von uns leben lassen.*

Wie um seine Worte zu bestätigen, sprach Elven weiter. »Du

hast mich enttäuscht. Ich habe dich aus deinem Schicksal als Falbrindbauer befreit, aber du hast versagt. Ich hatte dir aufgetragen, Lin zurückzuholen, und wieder versagst du! Also frage ich dich ein letztes Mal: Wo kann der dunkle Greif sie hingebracht haben?«

Braam spürte, dass er kurz davor war, sich vor Angst zu bepissen. Er brauchte eine Antwort, die ihm Aufschub gewährte. Fieberhaft überlegte er, dann gelang es ihm zu stottern: »Er könnte sie zu Degan gebracht haben … Der dunkle Greif ist sein Vater, und Lin war Degan versprochen …«

Elvens Augen füllten sich überraschend mit Tränen von Blut, die ihm die Wangen hinunterliefen. Es waren keine Tränen der Trauer, sondern der Wut. »Sie betrügt mich mit dem Halbgreif!«, rief er und hämmerte mit den Fäusten auf die Armlehnen seines Thrones.

Braam wich kriechend zur Wand zurück und betete, dass Elven ihn in seiner Raserei vergaß. Doch natürlich tat er das nicht. Als er sich beruhigt hatte, wies Elven mit anklagend ausgestrecktem Arm auf ihn und flüsterte gefährlich leise: »Du hast mir das verschwiegen. Die ganze Zeit!«

»Degan hatte noch nie Interesse an Lin. Er wollte nur sein Greifenweib«, versuchte Braam sich mit dünner Stimme zu verteidigen.

Elven machte eine abwehrende Handbewegung. »Geh jetzt! Du hattest deinen Aufstieg … Kehre nun zurück in den Dreck!«

Braam rappelte sich auf und rannte zur Tür. Nie hätte er geglaubt, dass er einmal froh darüber sein würde, aus dem Palast fortgejagt zu werden.

»Eines noch …«, rief Elven ihm hinterher. »Schick mir deinen Vater! Vielleicht vermag er ja das zu schaffen, was dem Sohn nicht gelingt, und mir meine Gefährtin zurückzubringen.«

Dawon breitete ein zusammengerolltes Blatt vor Lin aus, das so lang wie ihr Bein und so breit wie ihr gesamter Arm war. Es konnte nur von einem der Bellockbäume stammen. Darauf lagen Nüsse, Beeren und ein paar Wurzeln, die aussahen, als bräuchte sie den gesamten Tag, um sie weich zu kauen. Lin bemühte sich, ihre Enttäuschung über die karge Mahlzeit nicht zu zeigen, und nahm sich die Beeren. Sie waren immerhin süß und saftig.

Dawon hockte vor ihr und beobachtete sie, als wäre es ein Wunder, dass sie imstande war, ohne fremde Hilfe zu essen. Lin konnte es ihm nicht verübeln. Sie hatte gelernt, in einem Palast und einer befestigten Stadt zu leben, aber nicht in einem Wald, einer Oase oder sonst wo in der Wildnis. Wahrscheinlich hatte er mit Nona darüber gesprochen, was mit ihr geschehen solle, da sie nicht nach Engil zurückkehren konnte und sogar die Waldfrauen ihr nach dem Leben trachteten.

»Nona sagt, Lin soll sich Zeit nehmen, gesund zu werden. Dawon wird ihr jeden Tag Essen bringen.«

Lin verschluckte sich beinahe am letzten Bissen ihrer Beerenmahlzeit. Wie sollte sie mit ein paar Beeren, Nüssen und Wurzeln lange überleben? Dawon schien von solchen Sorgen jedoch weit entfernt. Er spreizte eine Schwinge und begann, sich ausgiebig das Gefieder zu säubern.

Mit einem Stein machte Lin sich daran, die Schalen der Nüsse aufzuschlagen. Das Schweigen zwischen ihnen wurde unangenehm. Nach einer Weile schob sie das Blatt zur Seite und sah verstohlen hinüber zu den Bellockbäumen. »Gestern habe ich einen der Greife gesehen, die Degan verwandelt hat.«

Dawon ließ von seiner Schwinge ab. »Er ist zu Lin gekommen?« Dawon schien ehrlich überrascht. Lin fühlte sich verpflichtet, ihm eine Erklärung zu geben. Allerdings hatte sie keine Lust, von ihrem nächtlichen Erlebnis im See zu erzählen, um nicht Gefahr zu laufen, dass er sie für noch hilfloser hielt, als er es ohnehin schon tat.

»Er kam von dort oben …«, sie wies hinauf in den Baum, »… und ich frage mich, was ihn dazu bewogen hat.«

Ihre Erklärung beruhigte Dawon keineswegs. »Lin darf Greifen nicht zu nahe kommen! Greife sind wild und verjagen sogar Dawon, wenn er versucht, zu Degan zu kommen.« Um seine Aufregung zu zeigen, schlug er ein paar Mal mit den Schwingen. Dann wies er auf eine längliche Narbe auf seiner Schulter. »Das haben Degans Greife getan.«

Lin spürte, das vielleicht jetzt die einzige Gelegenheit war, ihm Fragen zu stellen. »Und Degan? Warum lässt er das zu?«

Dawon schlug die Arme um die Knie und begann vor und zurück zu wippen, wie ein überfordertes Kind, das nicht weiß, wie es mit seinen Gefühlen umgehen soll. Fast tat es Lin leid, ihn gefragt zu haben. »Dawon weiß es nicht. Greife lassen ihn nicht zu Degan.« Er wies auf die harten Wurzeln, die Lin bisher nicht angerührt hatte. »Nona sagt, Lin muss Wurzeln essen. Sie geben Kraft und verbrennen das Gift der Bellockwurzel in Lins Fuß.«

Ehe Lin weitere Fragen stellen konnte, sprang Dawon auf und lächelte wieder, als hätte er ihr Gespräch bereits vergessen. »Morgen kommt Dawon zurück und bringt mehr Essen.«

Sie musste Dawon versprechen, die harten Wurzeln zu kauen. Bevor er sich in die Luft erhob, wies er auf die spiegelnde Oberfläche des Sees. »Lin darf niemals und überhaupt nicht im See baden; im See warten Tote vieler Schlachten auf Opfer, die sie in die Tiefe locken können.«

Lin nickte und mied seinen Blick. Immerhin schien es Dawon nicht aufgefallen zu sein, dass der Schmutz von ihrer Haut gewaschen war – und ein anderes Gewässer als den Quellsee des Sandflusses gab es hier nicht. »Ich verspreche, nicht im See zu baden.«

Dawon lächelte zufrieden und erhob sich mit kräftigen Schlägen seiner Schwingen in die Luft. Lin seufzte. Es war frustrierend zu sehen, wie er am Horizont verschwand. Ihr begann die Stille der Oase langsam, aber sicher aufs Gemüt zu schlagen. Sie war es nicht gewöhnt, allein zu sein. Immer waren ihre Eltern, Diener oder die Priesterinnen Salas um sie herum gewesen. *Salas Priesterinnen!* Der Gedanke daran, ihnen nicht helfen zu können, saß wie ein Stachel in ihrem Herzen.

Sie stand langsam auf und schirmte die Augen mit der Hand ab. Die Sonne stand schon wieder brütend heiß am Himmel. Die flirrende Luft war schwer zu atmen. Erschöpft ging sie hinüber zu den Bäumen und suchte sich einen schattigen Platz. Dann starrte sie auf den so harmlos wirkenden See. Dawon hatte ihr geraten, sich Wasser vom Uferrand zu holen, wenn sie durstig war. Das Wasser spiegelte einladend die Mittagssonne. Es war eine grausame Folter! Da gab es einen kühlen See inmitten dieser Hitze, in dem man nicht baden durfte. Lustlos nahm sie eine der harten Wurzeln und kaute darauf herum. Wie erwartet waren sie leicht bitter, was jedoch den Speichelfluss anregte und so die Hitze etwas erträglicher machte.

In ihre Gedanken vertieft starrte Lin weiter auf den See und schreckte auf, als ihr ein schrecklicher Gedanke kam. Was, wenn Elven schon damit begonnen hatte, die Priesterinnen zu opfern?

Mit einem Mal hilflos vor Zorn, sprang sie auf und begann gegen den Stamm des Bellockbaumes zu hämmern. Sie rief so laut sie konnte: »Hörst du mich, Degan? Wenn die Priesterinnen sterben, ist es deine Schuld, weil du auf einem Baum hockst und dich versteckst! Ich brauche deine Hilfe!«

Angespannt lauschte sie in die Stille. Noch nicht mal das Rauschen von Blättern oder das Knacken von Ästen war zu hören. Lin kam sich vor wie eine Maus, die versuchte, die Aufmerksamkeit eines Greifvogels auf sich zu ziehen. Nach ein paar weiteren erfolglosen Versuchen gab sie auf und begann zu schluchzen. Wenn Degan ihr nicht helfen wollte, waren Jevana und die anderen Priesterinnen verloren. Ganz Engil … und ihre Eltern waren umsonst gestorben.

Mit einem Wutschrei trat sie gegen den Stamm des Baumes und bereute es sofort, weil ihr verletztes Bein sich bemerkbar machte. Lin stolperte und fiel rückwärts in den Schatten, wo sie sich zusammenkauerte. Sie dachte an die Toten im Fluss … So viele waren schon gestorben und mussten dort unten die Ewigkeit verbringen … alles um der Götter willen. Wie viele mussten noch sterben!

»Ich hasse dich, Sala! Ich hasse die Götter!«, flüsterte sie.

# Der Greif, der sie liebte

Ein lautes Krächzen schreckte Lin auf. Sie hatte geschlafen, aber es war kein erholsamer Schlaf gewesen. Stattdessen hatte sie geträumt – von Blut, von Feuer und von den glühenden Augen des dunklen Gottes.

Wieder vernahm sie das Krächzen und verhaltenes Scharren. Lin öffnete die Augen und blinzelte. Es war dunkel, und ihr Magen verlangte mit lautem Knurren nach etwas Essbarem.

Sie vergaß ihren Hunger, als sie in große Vogelaugen blickte, die sie neugierig ansahen. Der Greif, der sie aus dem See gezogen hatte, stand keine zwei Schritte von ihr entfernt. Lin hätte jubeln können, blieb aber ruhig, um ihn nicht zu erschrecken. Hatte Degan sie gehört und den Greif zu ihr zurückgeschickt? Sie stand etwas zu schnell auf, so dass die scheue Kreatur mit einem empörten Krächzen vor ihr zurückwich.

»Schon gut«, beruhigte sie ihn. »Bist du gekommen, um mich zu Degan zu bringen?«

Vor lauter Freude bildete sie sich ein, dass sein Krächzen ein Ja bedeutete.

Langsam ging sie auf ihn zu, während der Greif unruhig den Kopf hin und her wiegte. Sie durfte nun keinen Fehler machen. Wenn sie sich in seinen Absichten irrte, würde er sie mit seinem Schnabel zerhacken oder mit den Klauen zerreißen. Wer wusste schon, was in den Köpfen solcher Wesen, halb Vogel, halb Raubtier, vor sich ging? Doch der Greif machte keine Anstalten zu fliehen, was Lin ermutigte, einen Schritt weiterzugehen.

Mit zitternder Hand berührte sie seinen gefiederten Hals und den fellbedeckten Körper. Er fühlte sich warm an, recht angenehm. Dann senkte er seinen Kopf. Es schien ihn Überwindung zu kosten. Lin versuchte ihn zu beruhigen. »Du brauchst keine Angst vor mir zu haben. Ich bin harmlos … Du bist doch viel größer und stärker als ich.«

Dem Greif schien der beruhigende Klang ihrer Stimme zu gefallen. Er senkte seinen Kopf noch tiefer, damit sie ihn kraulen konnte. Lin spürte, dass sie gesiegt hatte. »Bringst du mich zu Degan?«

Er ging in die Knie, was einer Einladung gleichkam. Vorsichtig griff Lin in sein Fell und zog sich auf seinen Rücken. Es war ein eigenartiges Gefühl, rittlings auf dem Rücken eines Greifen zu sitzen. Lin verlor beinahe das Gleichgewicht, als der Greif wie ein Speer mit ihr hinauf in den Himmel stieß.

»Nicht so wild!«, rief sie ihm zu und klammerte sich an sein Rückenfell. Diese Greife waren viel ungezähmter als diejenigen, die in einem menschlichen Körper steckten. Lin spürte die Kraft seiner Muskeln und seine Freude an Flug und Bewegung. Obwohl ihr schwindlig wurde, war es ein einmaliges Gefühl, von ihm durch die Nachtluft getragen zu werden. Der Greif umkreiste den Stamm und die Krone eines Bellockbaumes. Dann stieg er so weit in den Himmel hinauf, dass Lin die Oase unter sich nicht mehr sehen konnte. Erstmals verstand sie, wie groß die Baumriesen tatsächlich waren. Allein die Blätter im oberen Drittel der Bellockbäume waren fast so groß wie sie selbst.

Sie musste sich tief auf seinen Rücken ducken, als der Greif durch das dichte Geäst eines Baumes stieß, damit sie nicht von einem Ast getroffen wurde.

Kurz darauf landete er elegant auf einem der breiten Astarme und ging in die Knie, damit Lin von seinem Rücken herunterklettern konnte. Ihre Bewegungen waren zittrig nach dem wilden Flug, doch der Ast war so breit, dass fünf von ihr darauf Platz gefunden hätten. Lin sah sich vorsichtig um. Es war dunkel, und selbst als ihre Augen sich an die Dunkelheit zu gewöhnen begannen, konnte sie nicht weiter als eine Armlänge sehen.

»Degan?«, flüsterte sie in die Stille hinein, erhielt jedoch keine Antwort. Sie versuchte es lauter. Von mehreren Seiten kamen verärgertes Krächzen und Rascheln. Erschrocken legte sie die Hände vor den Mund. Anscheinend hatte sie die anderen Greife aufgeweckt, die auf den Ästen schliefen. Sie wandte sich zu ihrem Greif um, der noch immer da wartete, wo er sie abgesetzt hatte. »Wo ist er?«

Er krächzte und senkte den Kopf. Offensichtlich wollte er wieder gekrault werden. *Wundervoll, Lin!*, schimpfte sie stumm mit sich selbst. Dieses arme Wesen hatte gar nicht verstanden, was sie wollte. Vielleicht war es wie ein Hund, der Gefallen an kraulenden Menschenhänden gefunden hatte. Und nun saß sie hier fest und musste ihm für den Rest ihres Lebens den Nacken kraulen. »Degan?« Langsam verwandelte sich ihr mulmiges Gefühl in Panik. Die Greife waren nicht erfreut über den Störenfried in ihren Reihen. Schwingen flappten; einige von ihnen machten sich offenbar bereit, den Eindringling, also sie, zu vertreiben.

Lin tastete sich auf dem breiten Stamm vorwärts. In ihrer Angst stolperte sie und fiel auf die Knie. Doch etwas griff nach ihrem Arm und zog sie hoch … ruppig und unsanft – eine Hand … eine menschliche Hand!

»Degan!«, stieß sie erleichtert hervor und vernahm kurz darauf unwilliges Stöhnen.

»Lin? Was bei Salas heißen Tränen tust du hier?«

Süße Sünde, es war tatsächlich seine Stimme, die sie so lange nicht mehr gehört hatte. Lin schluckte ihren Wortschwall und ihre Glücksgefühle hinunter. Er schien alles andere als begeistert über ihr Wiedersehen. Sie wurde unsicher. »Du hast doch den Greif geschickt, mich zu dir zu bringen.«

»Nein!« Seine empörte Antwort klang abweisend. Lin vernahm ein Rascheln, dann geflüsterte Flüche. Kurz darauf leuchtete eine grelle Flamme in der Dunkelheit auf. Zumindest hatte er hier oben Feuerkraut und Fackeln. Lin blinzelte, um ihre Augen an die plötzliche Helligkeit zu gewöhnen. Sie brachte keinen Ton heraus, als sie Degan endlich sah. Alles war wieder da … *ihr Schmerz über seine Abweisung … und seine Liebe zu IHR, die es niemals hätte geben dürfen. Xiria!* Fast wurde sie von ihren Gefühlen überwältigt. Doch etwas anderes war noch schlimmer als ihre schmerzvolle Erinnerung. Sie hatte in Dungun von einem Menschen Abschied genommen, von dem jedoch nicht mehr viel übrig war. Degan hatte sich das Haar nach Greifenart lang wachsen lassen. Sein Gesicht und seine Haut waren schmutzig von Erde. Das Haar war verfilzt, weil er sich vermutlich selten wusch. Seine Augen waren so … wild! Sie wanderten unstet umher wie die der Greife; in seinen Blicken lag nichts von der Vertrautheit, die er einst für sie empfunden hatte. Vertrautheit, wenn schon keine Liebe! Lin wurde das Herz schwer. Es bestand kein Zweifel daran, dass Degan sich entschieden hatte, was er sein wollte – kein Mensch! Zudem war er vollkommen nackt, was ihn nicht zu stören schien, ihr jedoch die Schamesröte ins Gesicht trieb.

Als wäre allein ihr Anblick zu viel für ihn, wich Degan zwei Schritte zurück. »Nun?«

Lin nahm all ihren Mut zusammen und sah ihm in die Augen. »Ich brauche deine Hilfe. Engil braucht deine Hilfe. Deshalb hat der Greif mich zu dir gebracht.«

Degan gab einen zornigen Laut von sich, der wie das empörte Kreischen eines Vogels klang, und musterte Lin von oben bis unten. »Ich kann mir vorstellen, wer von ihnen es war.« Er rief zornig einen Namen. »Belamon!«

Die Antwort war ein Krächzen. Lin runzelte die Stirn. Klang es schuldbewusst? Doch wie sollte es! Degan drückte sich an ihr vorbei und stellte sich dann breitbeinig vor den Greif, der sie zu ihm gebracht hatte. Lin stolperte hinter ihm her, während Degan Belamon mit einem zischenden Laut bedachte, der den Greif zusammenzucken ließ. »War er es?«

Lin nickte stumm. Belamon legte sich flach auf den Stamm und bettete seinen Kopf auf die Vorderklauen, als wolle er Degan damit seine Unterlegenheit zeigen.

»Ich hätte es wissen müssen.«

Wieder antwortete der Greif mit einem Krächzen. Lin konnte es nicht mehr mitansehen. Sie ging an Degan vorbei und stellte sich schützend vor das verängstigte Tier. Es tat ihr leid, und sie fand es schrecklich, wie Degan ihm Angst machte. Fast kam er ihr wilder vor als dieser Greif. »Hör auf! Er wollte mir nur helfen.«

Degan lachte spöttisch– die erste menschliche Reaktion, seit sie miteinander sprachen. »Immer noch die gutgläubige Lin.« Er hielt ihr die Fackel unangenehm nah vor das Gesicht.

*Meide das Feuer, ruf es nicht herbei …* Bestimmt schob Lin seinen Arm ein Stück weit von sich. Degan zuckte zurück, als ertrüge er es nicht, von ihr berührt zu werden. »Belamon …«, er sah auf den Greif hinunter, der sich noch platter zu machen schien, »… kann schönen Frauen nicht widerstehen. Vor allem nicht, wenn sie nackt sind und er sie aus einem See rettet!«

Lin brauchte einen Augenblick, um zu verstehen. Der See … Sie hatte das Tuch am Ufer zurückgelassen. Sie war die ganze Zeit nackt gewesen, als sie mit Belamon das erste Mal gesprochen hatte. Aber sie war ja auch davon ausgegangen, mit einem Tier zu sprechen, für das ihr Körper uninteressant war. Ihr Gesicht lief so rot an wie eine Ogabeere. »Das … Ich meine, er ist doch … ein Greif. Ich meine, ein richtiger Greif mit einem Greifenkörper.«

»Der bis vor kurzem noch einen menschlichen Körper besaß und sich mit Frauen paarte. Es ist sehr schwer, alte Gewohnheiten und Vorlieben aufzugeben.« Degans Gesicht bekam einen spöttischen Ausdruck. »Aber dir muss ich das ja nicht erklären.«

Seine Anspielung auf ihre unglückliche Liebe kränkte Lin. Ihre Scham verwandelte sich in Wut. Verwahrlosung hin oder her – überheblich war er noch immer! Sie hatte sich ihm in keiner Art und Weise an den Hals geworfen. Aus diesem Grund war sie nicht gekommen.

»Du bist ungerecht!«, fuhr sie ihn an. »Vielleicht interessiert es dich wenigstens, dass unsere Eltern tot sind?«

Er verschränkte die Arme vor der Brust. »Sie sind nicht meine Eltern. Nona und Dawon sind meine Eltern.«

Lin konnte sich nicht mehr beherrschen. »… die du ebenso wenig an dich heranlässt wie alle anderen. Nur dieses mordende Greifenweib hat dich interessiert!«

Funken des Zornes und der Wut loderten in Degans Augen auf. Lin hätte nicht sagen können, ob es der Schein der Fackel war, der sich in seinen Pupillen spiegelte, oder ob tatsächlich Flammen aus seinen Augen schlugen. Auch an seinem Jähzorn hatte sich offenbar nichts geändert. Mit geballter Faust machte er einen Schritt auf sie zu. »Wage es nicht, über *sie* zu sprechen!«

Lin wich zurück und fühlte im gleichen Augenblick etwas Felliges in ihrem Rücken. Belamon war aufgestanden und krächzte Degan warnend an.

»Du drohst mir?«, fragte Degan den Greif, als erwarte er tatsächlich eine verständliche Antwort. »Du verteidigst sie, aber ich rate dir, nicht zu vergessen, wer du bist. Sonst kannst du nach Engil fliegen und schauen, ob die Menschen dich dort freundlich aufnehmen!«

»Hör endlich auf mit diesem Getue!«, fuhr Lin ihn an.

Degan schüttelte den Kopf, beruhigte sich aber etwas. »Sag das ihm! Er spricht seit zwei Tagen von nichts anderem als von dir und deinen Brüsten.«

Lin sah Belamon fragend an. Der Greif ließ reumütig den Kopf hängen. »Er ... spricht?«

Degan wurde ungeduldig. »Was hast du denn gedacht? Dass nur sinnloses Gekrächze aus seinem Schnabel kommt?«

Lin schüttelte den Kopf, obwohl sie genau das geglaubt hatte. Hätte sie auch nur geahnt, in welche Richtung Belamons Gedanken gegangen waren, wäre sie sicherlich nicht auf seinen Rücken gestiegen. Trotzdem war es für sie nicht denkbar, dass Belamons Verliebtheit ernst gemeint war. »Gibt es denn keine ... Greifenfrauen?«

Degan zuckte die Schultern. »Nein! Wer weiß, vielleicht gab es mal welche ... bevor Sala sie verflucht hat. Aber seit vielen Jahrhunderten sind Greife männlich und kennen nur Menschenfrauen. Es gab nur einen weiblichen Greif ...« Kurz flammte der tiefe Verlustschmerz in seinen Augen auf, dann fuhr Degan fort: »Das alles haben Sala und der Blutgott angerichtet!« Er schlug mit der Fackel gegen den Ast. Lin konnte seine Wut auf die Götter fast körperlich spüren.

Sie fragte sich, wie viel Degan von dem wusste, was in Engil vor sich ging – und ob er von ihr und Elven wusste. Doch ein tiefes Gefühl warnte sie, dass jetzt und hier nicht der richtige Zeitpunkt war, das herauszufinden. Stattdessen lenkte sie das Gespräch in eine andere, wie sie hoffte, unverfänglichere Richtung. »Könntest du dir etwas anziehen?«

Degan zog die Brauen hoch, ohne Anstalten zu machen, ihrem Wunsch nachzukommen. Schamgefühl schien ihm fremd zu sein. Das, so erinnerte sich Lin, war es allerdings auch schon in Engil gewesen, wo er mit jeder Frau geschlafen hatte, die ihm gefiel, bis Xiria in sein Leben getreten war. *Ja, mit jeder … nur nicht mit dir! Dumme, unglückselige Lin …*

»Dies hier ist meine Welt«, entgegnete Degan missmutig. »Du bist hier nur Gast und keine Prinzessin oder Hohepriesterin. Also wirst du wohl oder übel mit dem Anblick meiner Nacktheit leben müssen.« Selbstgefällig verzog er die Mundwinkel. »Ich kann mich an Zeiten erinnern, als dieser Anblick dir sehr angenehm gewesen wäre.«

Lin öffnete den Mund zu einer Entgegnung, ohne jedoch einen einzigen Ton herauszubekommen. Degan ließ sie stehen und kletterte flink auf einen höher gelegenen Ast, von dem er annehmen konnte, dass sie ihn aus eigener Kraft nicht erreichte. »Such dir einen Schlafplatz!«, rief er ihr zu. »Morgen kann Belamon dich zurück in die Oase bringen.«

Sie sah ihm nach. Was war nur mit ihm geschehen? Früher war Degan überheblich gewesen, jetzt war er ein gefühlskaltes Ekel. Sie wandte sich zu Belamon um, der sie schuldbewusst ansah. Jetzt, da sie wusste, dass er sie sehr wohl verstand, sprach sie ihn an. »Wie hältst du es nur mit ihm aus?«

Belamons Krächzen klang schicksalsergeben. Lin schüttelte den Kopf, während sie sich schnell ein paar Tränen aus den Augen wischte. Ein tiefes Gefühl der Verzweiflung überkam sie. »Ach, Belamon. Wärest du doch er.«

Wieder krächzte der Greif, und dieses Mal klang es wehmütig.

Jevana presste die Faust zusammen, in der sie das Siegel des ersten Wachhabenden Taron hielt; den Pfand, der sie eine halbe Nacht mit dem dicklichen Mann gekostet hatte. Aber das war es wert gewesen – vorausgesetzt, ihr Plan gelang und sie konnte die Priesterinnen befreien. Ein Blick hinauf in den Himmel zeigte ihr, dass es noch dauern würde, bis der Morgen anbrach. Trotzdem musste sie schnell handeln.

Als sie den Tempelvorhof erreichte, straffte Jevana die Schultern und fiel in einen forschen Gang. Die beiden Wachen, die vor der verschlossenen Tempelpforte standen, rückten ein Stück näher zusammen, als sie die zweite Priesterin erkannten.

Jevana wusste, dass ihre einzige Hoffnung darin lag, dass Elven nach Lins Flucht den Greifen nicht mehr genug vertraute und deshalb engilianische Wachen für die Mädchen im Tempel ausgewählt hatte. Die waren ihm hörig, wie mittlerweile halb Engil, doch das machte sie nicht aufmerksamer.

Ohne zu zögern, hielt Jevana ihnen das Siegel aus Greifensilber vor die Augen. »Taron schickt mich, die Priesterinnen zu holen. Ich muss sie in den Palast bringen.«

Die beiden Männer sahen sich ratlos an. Sie hatten Anweisungen, die zweite Priesterin nicht zu den Mädchen zu lassen, doch ebenfalls strikte Anweisung, jeden Befehl, der mit dem Siegel ihres Anführers Taron überbracht wurde, zu befolgen.

Jevana gab sich selbstsicher, obwohl ihr das Herz bis zum Hals schlug. »Ich habe nicht die ganze Nacht Zeit, hier zu stehen. Schlimm genug, dass ich diesen Auftrag ausführen muss!« Sie wollte ihnen keine Zeit für tiefergehende Überlegungen lassen. Ihre Worte schienen die beiden Wachen zu überzeugen. Einer der Männer schob den Außenriegel zur Seite und öffnete die Tempelpforte.

Verängstigte Augenpaare starrten Jevana aus der Dunkelheit heraus an. Als die Mädchen sie erkannten, gaben ein paar von ihnen Laute der Erleichterung von sich. Schnell hob Jevana das

Siegel und streckte es ihnen entgegen. »Ich muss euch in den Palast bringen. Es tut mir leid.«

Erleichterung verwandelte sich in Angstwimmern und leise Schluchzer. Es brach Jevana das Herz, die Mädchen zu belügen, doch sie musste überzeugend wirken. Rasch winkte sie die Priesterinnen aus dem Tempel und wies die Wachen an, den Tempel wieder zu verschließen. Dann schlug sie, die weinenden Mädchen wie eine Schar Gänse vor sich hertreibend, den Weg zum Palast ein.

Sobald sie jedoch außer Sichtweite der Wachen waren, wandte sich Jevana zu ihnen um und legte einen Finger auf die Lippen. »Wir werden aus Engil fliehen! Ich habe mit Taron geschlafen und ihn betrunken gemacht. Deshalb habe ich sein Siegel. Wir müssen fort sein, bevor er aufwacht und es bemerkt.«

Die Mädchen, verwirrt durch die neue Situation, sahen sich an, dann endlich flüsterte eine von ihnen: »Aber außerhalb von Engil lauern die Schjacks!«

Jevana blieb ungerührt. »Und in Engil lauern Elven und sein fast vollendeter Tempel, für dessen Einweihung man euch als Blutopfer vorgesehen hat. Wir müssen zu den Waldfrauen fliehen. Sie können uns vor den Greifen, den Schjacks und vor Elven beschützen. Dann suchen wir Lin. Ich weiß, sie hat uns nicht vergessen.«

Die Mädchen tuschelten ängstlich miteinander und berieten sich. Jevana wartete, bis sich das Gemurmel gelegt hatte, dann wies sie die Mädchen an, bis zur Unterstadt im Schatten der Häuser zu bleiben. Sie versuchte, die aufgebrachten Mädchen zu beruhigen. »Ich werde mir eine Ausrede einfallen lassen, sollte jemand Fragen stellen, wohin wir gehen.«

»Und wenn man dir nicht glaubt? Was wird Elven mit uns tun, wenn er erfährt, dass wir versucht haben zu fliehen?«, gab eines der Mädchen zu bedenken.

Es kostete Jevana Überwindung, so hart und mitleidlos antworten zu müssen. »Er wird das mit euch tun, was er ohnehin vorhat, und euch seinem Blutgott opfern. In Engil gibt es keine Rettung für euch.«

Das allgemeine Schweigen zeigte Jevana, dass die Mädchen verstanden hatten. Ihre Hoffnung, aus Engil zu entkommen, war gering, aber außer dieser winzigen Hoffnung blieb ihnen nichts.

Sie schlichen an den Getreidesilos des Tempels vorbei, huschten einzeln über die Sandflussbrücke, welche die Tempelstadt von der Unterstadt trennte. Als ihnen jemand entgegenkam, gab Jevana ihnen ein Zeichen, und die Mädchen versteckten sich. Alles schien gutzugehen, sie liefen keinem einzigen von Elvens Greifen über den Weg. Die hatten ihre Vorliebe fürs Saufen entdeckt und verbrachten die Nächte in den Schenken der Unterstadt. Jevana war es recht. Sollten die elenden Kreaturen sich zu Tode saufen! Das war besser, als wenn sie über Frauen herfielen und sie vergewaltigten. Doch sie konnte nicht alle Frauen Engils retten – nur die Priesterinnen.

Das Stadttor kam in Sicht. *Wir haben es fast geschafft*, frohlockte Jevana. Sie hielt das Siegel des Wachhabenden in der Hand und gab den Mädchen ein Zeichen, ihr leise zu folgen. Niemand stellte sich ihnen in den Weg, die Wachen starrten nur irritiert auf das Siegel. »Ich habe einen Auftrag von Taron, über den ich nicht sprechen darf. Er sagte, ihr würdet wissen, was zu tun ist, wenn ihr sein Siegel seht.«

Unsicher traten die beiden zur Seite. Jevana dankte Sala für die Arglosigkeit der engilianischen Männer. Sie sah den Weg vor sich, der hinaus aus Engil und hinein in die Wälder von Isnal führte. Es waren nur noch wenige Schritte bis in die Freiheit. Was sie gegen die Schjacks ausrichten konnte, darüber wollte sie erst nachdenken, wenn sie Engil sicher verlassen hatten. Jevana musste sich ebenso wie die Mädchen beherrschen, nicht einfach loszulaufen.

Sie durchschritten den Torbogen langsam und gemessen, wie es sich für Priesterinnen der Göttin geziemte, und es war so still, dass sie sich gegenseitig atmen hören konnten.

»Halt!«

Javanas Nackenhaare sträubten sich beim Klang der Stimme. Langsam wandte sie sich um und sah in Braams Gesicht. Er hatte getrunken; sie sah es an seinen blutunterlaufenen Augen. Leider war Braam nicht so betrunken, dass er die Situation hätte missverstehen können.

Er schnauzte die Wachen an. »Die zweite Priesterin versucht, ihre Herde zu retten, und ihr Trottel steht dabei und seht zu.« Seine Stimme klang schleppend, doch Jevana entging nicht der schneidende Unterton. Sie wusste, dass es nichts nützen würde zu lügen – nicht bei ihm. Das Siegel Tarons war wertlos.

»Bitte …«, flüsterte sie deshalb nur, und kurz meinte sie tatsächlich so etwas wie Schuldgefühle in seinen Augen zu sehen. Er betrachtete die verängstigten Mädchen lange. Braam rang mit sich. Dann überlegte er es sich anders und winkte die Wachen heran. »Bringt die Priesterinnen zurück in Salas Tempel! Um die zweite Priesterin kümmere ich mich selbst.«

Die Mädchen weinten, als die beiden Wachen sie in ihre Mitte nahmen und vom Stadttor wegführten. Alles war vergebens gewesen. Jevana wollte ihnen hinterherlaufen, doch Braam stellte sich ihr in den Weg.

»Bei Salas strahlendem Licht … auf eine solche Gelegenheit konnte ich kaum hoffen.« Er zog ein Schwert aus Rotmetall und hielt sie damit auf Abstand. »Ich kann dich nicht berühren, weil du Salas Tränen trägst, doch abstechen kann ich dich!«

Jevana warf einen letzten sehnsüchtigen Blick auf das Stadttor und wandte sich dann um, während Braam sie mit seinem Schwert zurück zur Sandflussbrücke dirigierte.

»Ich habe zu viele Fehler gemacht«, raunte er mit schwerer Zunge. »Aber nun werde ich wieder in Elvens Ansehen steigen.«

Jevana blieb stehen und sah ihn voller Verachtung an. »Du bist nicht nur ein Verräter, sondern auch ein Feigling. Er wird uns alle töten ... nach und nach. Das weißt du so gut wie ich.«

Braam schlug die flache Seite seines Schwertes gegen ihre Hüfte, als wäre sie eines seiner Falbrinder. »Ja, das wird er wohl«, raunzte er sie an. »Aber ich hänge an jedem Tag meines Lebens und bin lieber ein lebendiger Feigling als ein toter Held.« Wieder stieß er sie mit dem Schwert an. Jevana blieb nichts anderes übrig, als den Weg zu gehen, den sie gekommen war – zurück in die Tempelstadt, hinauf in den Palast, in dem Elven darauf wartete, seinen Tempel mit einem Schlachtfest einzuweihen.

# Der Sandsturm

Der Gestank im Thronsaal war unerträglich. Jevana atmete flach durch den Mund und vermied den Blick in die milchig verfärbten Augen von Elven. Er war blind … Sein Körper verfaulte und zerfiel von einem Tag auf den anderen mehr. Die schwammige, von blauen Adern durchzogene Haut war schlaff, die gelb-fauligen Zähne waren ihm bis auf wenige ausgefallen. Einzelne Haarsträhnen klebten noch an seinem Kopf, ansonsten war er kahl. Für Jevana bot Elven ein Bild des Grauens, und es wunderte sie nicht, dass er den Palast nicht mehr verließ.

Elven selbst schienen ihr Ekel und ihre Angst zu belustigen. »Ich *sehe* dein Entsetzen, Priesterin. Du glaubst, dass ich blind bin; doch das stimmt nicht. Nur das Augenlicht dieses Körpers ist erloschen. Nun *sehe* ich endlich wieder mit meinen eigenen Augen.«

Jevana wagte nicht zu fragen, was er damit meinte, wunderte sich aber, dass die Greife es in diesem Gestank aushielten. Sie bewachten ihren Herrn auch in der Nacht, als sei er eine Kostbarkeit und nicht ein stinkender Haufen faulenden Fleisches.

Braam räusperte sich und schob sie weiter Richtung Thron. »Sie wollte fliehen und hatte Tarons Siegel.« Er hielt das runde Abzeichen in die Höhe wie eine Siegestrophäe. Sein Vater, der seine Stelle an Elvens Seite eingenommen hatte, schien nicht begeistert über den Versuch seines Sohnes, wieder in Elvens Gunst zu steigen. Er warf seinem Sohn einen drohenden Blick zu.

Elven hob die Hand, um Braam zu bedeuten, dass er schweigen sollte. »Priesterin«, sprach er, an Jevana gewandt, »ich weiß, dass Lin bei dem Halbgreifen ist, dem sie einmal versprochen war. Aber ich weiß nicht, wo sich die beiden verstecken.« Er beugte sich vor, so dass Jevana einen Schritt zurückwich und gegen Braam prallte, der hinter ihr stand. Elvens Stimme klang lockend. »Aber du weißt, wo sie sind.«

»Nein, das weiß ich nicht«, gab sie wahrheitsgemäß, aber störrisch zur Antwort.

Elven wies auf die Kette an ihrem Hals. »Du weißt es, weil du die Tränen Salas trägst. Die Tränen kennen die Antwort, und ich muss jetzt in deinen Kopf *sehen*.«

Er winkte sie zu sich heran. Jevana erschrak, als sie bemerkte, dass sie sich gegen ihren Willen in Bewegung setzte. Salas Tränen glühten auf ihrer Haut und leisteten Widerstand gegen seine Macht, doch sie vermochten sie nicht vor Elvens Willen zu schützen. Sie wurden schwächer … Ihre Macht schwand langsam, aber sicher. *Er ist der dunkle Gott!*

Todesangst kroch in ihre Adern, während Jevana weiter auf ihn zuging. Zwei Schritte vor ihm blieb sie stehen. Der Leichengestank raubte ihr den Atem. Sie versuchte, wieder ein paar Schritte Abstand zwischen ihn und sich selbst zu bringen, doch er ließ es nicht zu.

Elven lachte. »Gefällt dir mein Geruch nicht, Priesterin? Mir gefällt er auch nicht! Würdest du lieber ein wenig Greifenduft in der Nase haben?«

Schnell schüttelte sie den Kopf.

Elvens trübe Augen wurden ernst. »Vielleicht würde dir der strahlende Anblick eines Gottes mehr zusagen, Priesterin.«

»Nein!« Ihre Stimme klang schrill. Auf keinen Fall wollte sie ihn in seiner wahren Gestalt sehen. Plötzlich hämmerte etwas schmerzhaft gegen ihre Stirn. Jevana fasste sich an den Kopf und schrie, weil es sich anfühlte, als würde ein glühender Dolch geradewegs durch ihren Schädel gestoßen werden. Sie ahnte, dass Elven sich durch ihren Schädelknochen in ihren Verstand zu bohren versuchte. … *wie einst Sasalor und Karok es mit den Menschen gemacht haben!* Sie versuchte dagegen anzukämpfen, konnte jedoch nicht verhindern, dass er von der Innenseite ihres Schädels in ihre Augen schlüpfte. Salas Tränen glühten immer heißer auf ihrer Haut.

*Schließe die Augen, Priesterin!*, hallten Elvens Worte in ihrem Kopf. Jevana tat, was er sagte. Bisher hatten Salas Tränen sie beschützt, doch nun war sie ihm ebenso ausgeliefert wie alle anderen Engilianer. Salas Tränen wurden schwächer, während seine Macht erstarkte.

Bildfetzen leuchteten in ihrem Kopf auf, als sähe sie mit den Augen eines anderen: die Baumkronen des Isnalwaldes, dann die Waldgrenze und eine Oase, ein See mit fast schwarzem Wasser. Die Bilder folgten immer schneller aufeinander und für Jevana unzusammenhängend. Geisterhafte Fratzen, Luftblasen, die durch das Wasser an die Oberfläche stiegen, ein riesiger Vogelkopf und dann wieder nur Dunkelheit. Die regenbogenfarbenen Augen einer durchscheinenden Gestalt, das glatte Gesicht eines jungen Mannes mit langem dunklen Haar … Er war nackt! Ein Name, ein Gefühl, so stark und zerreißend, dass Jevana wusste, dass es nur Lin gehören konnte. Degan … und so viel Trauer und Liebe im Herzen …

Plötzlich zog Elven sich aus ihrem Kopf zurück und gab sie frei. Jevana schlug erschrocken mit den Armen um sich und riss die Augen auf.

Elven saß vornübergebeugt auf seinem Thronstuhl und hatte den zahnlosen Mund zu einem verzerrten Schrei geöffnet. Sie hielt die Luft an, als seine schwarzblau verfärbte Zunge wie ein fetter Egel aus seiner Mundhöhle hervorschnellte. Etwas hatte Elven furchtbar aufgeregt, er wollte vom Thron aufspringen. Sala sei Dank gelang es ihm nicht. Sein verfaultes Fleisch klebte wie eine fette Made auf dem Holz. Schließlich stammelte er: »Ihre Liebe gehört noch immer dem Halbgreif!«

Es war eine Feststellung, doch die Kälte, mit der Elven sie aussprach, ließ Jevana ahnen, wie sehr ihn diese Erkenntnis traf. Sie hatte Lins starke Gefühle für Degan selbst gespürt, und sie hatte immer um diese Gefühle gewusst. Wovon sie aber nichts geahnt hatte, waren die Tiefe und Endgültigkeit von Lins Gefühlen für Degan.

Braam hatte die gesamte Zeit im Hintergrund gestanden, und sein Vater hatte nicht gewagt, sich zu bewegen. Aber Jevana wollte Gewissheit. »Was kann dir Lin bedeuten, wo du doch ein Gott bist?«

Elvens blinde Augen starrten sie an. Fast war ihr die blutrote Farbe seiner Pupillen lieber gewesen als dieser milchig-tote Blick. Seine Stimme wurde leise und klang überraschenderweise leidvoll. »Weißt du es denn nicht, kluge zweite Priesterin?« Er wies auf die Kette an ihrem Hals.

Jevana kam ein Gedanke, der so ungeheuerlich war, dass sie nicht wagte, ihn in Worte zu fassen: Lins Andersartigkeit, ihre tiefe Liebe zu Degan, die fruchtlosen Versuche, mit der Göttin zu sprechen … *Sie ist die Göttin, aber wie kann das sein?*

»Ich werde nicht zulassen, dass der Halbgreif sie mir fortnimmt.« Elvens Stimme klang nun gefasst. »Sie verstecken sich an der Quelle des Sandflusses. Dort, wo die Toten der Schlachten die Ewigkeit verbringen. Ich werde Lin daran erinnern, zu wem sie gehört … und ich werde die Priesterinnen opfern … in einem Mondumlauf.«

Lin wurde von einem ohrenbetäubenden Rauschen geweckt und suchte instinktiv nach etwas, woran sie sich festhalten konnte. Jemand versuchte, sie in die Tiefe zu ziehen. »Was geht hier vor?«, gelang es ihr noch zu rufen, dann verlor sie das Gleichgewicht und wurde zum Rand des Astes gezerrt. In ihrer Panik ließ sie sich flach auf den Bauch fallen und krallte ihre Fingernägel in die Rinde des Baumes. Kurz darauf brach ein Ast von oben durch das Blätterdach und stürzte auf sie zu. Im letzten Augenblick rollte Lin zur Seite und verlor endgültig den Halt. Sie ruderte mit den Armen und schrie aus Leibeskräften: »Degan … Belamon!«

Jemand ergriff ihren Arm und verhinderte, dass sie in die Tiefe stürzte. Lin hob den Kopf und erkannte Degan. Er hielt sie, während er sich mit dem anderen Arm an einen überhängenden Ast klammerte.

»Ein gewaltiger Sturm treibt eine schwarze Sandwolke von der Wüste her auf uns zu!«, rief er gegen das Heulen und Rauschen des Windes. »Dieser Sturm ist so stark, dass sogar die großen Äste der Baumriesen brechen. Wir müssen Schutz suchen.«

Lin sah sich panisch um. Um sie herum brach das Chaos los. Blätter wurden zu gefährlichen Geschossen, Äste knarrten, und einige barsten, als wären sie dürre Zweige. Zwischen all dem sah Lin die Schwingen der fliehenden Greife. Schlagartig wurde ihr klar, dass sie und Degan die Einzigen waren, die nicht einfach von diesem Baum fliehen konnten. Aufgeregt rief sie Degan zu: »Die Greife lassen uns allein, sie fliegen einfach davon!«

Degan zerrte sie in eine Nische zwischen zwei Ästen, in der sie ein wenig vor dem Sturm geschützt waren. Lin musste schreien, damit ihre Stimme überhaupt gegen den Wind ankam. »Ruf die Greife zurück! Ohne sie sind wir verloren.«

Degan schüttelte den Kopf. »Sie sind wild. Selbst ich kann sie nicht dazu bewegen zurückzukehren. Sie suchen Schutz.«

Angst kroch ihr den Nacken hinauf. »Ohne die Greife ist der Baum eine Falle für uns!«

Ein lautes Krächzen ertönte vom anderen Ende des Astes. Lin fuhr herum und sah, wie Belamon sich geduckt auf ihre Astnische zuschob. Der Greif hatte sichtbar damit zu kämpfen, nicht vom Sturmwind fortgerissen zu werden. Seine Klauen hatte er tief in das Holz des Astes geschlagen, während er sich Stück für Stück voranzog. Er war der einzige der Greife, der nicht geflohen war. Lin winkte ihm, während Degan rief: »Belamon, beeil dich! Wir müssen von diesem Baum herunter.«

Lin wurde klar, was das bedeutete, während der Greif sich langsam weiterzog. Sich bei diesem Sturm auf Belamons Rücken zu halten war unmöglich! Sie schluckte ihre Angst hinunter und redete sich gut zu. *Wir werden es schaffen … alle drei!*

Der Greif war vor ihrer Astnische angekommen. Lin streckte ihre Hand aus und strich über seinen Schnabel. So viel Zeit musste sein – Belamon war geblieben, während alle anderen geflohen waren. Degan machte sich nicht die Mühe, Belamon zu danken, griff stattdessen in sein Fell und zog sich auf seinen Rücken. Danach half er Lin hinauf, zog sie vor sich und schrie: »Halte dich gut fest!«

Lin brachte keinen Ton heraus und nickte nur.

Belamon ließ sich seitlich vom Ast fallen, sobald Degan und Lin auf seinem Rücken saßen. Fast augenblicklich wurden sie von einer schwarzen Sandwolke erfasst. Die feinen Körner setzten sich in Lins Nasenlöcher und ihre Ohren. Mit Gewalt presste sie ihre Lippen aufeinander und hielt die Augen geschlossen. Das Atmen in diesem Inferno aus Sand wurde immer schwerer. Sie dachte an Belamon. Wie sollte der Greif es schaffen, sie alle sicher zum Boden zu bringen? Sie duckte sich tief in sein Fell und suchte dort Schutz, während Degan sich an sie presste. Lin spürte die Wärme seiner Haut an ihrem Rücken. Er war ihr in diesem Augenblick so nah wie nie zuvor.

»Ich kann mich nicht mehr halten«, rief sie verzweifelt gegen das Heulen des Sturmes. Längst hatte auch Belamon die Kontrolle über seinen Flug verloren und ließ es einfach geschehen, dass der Wind sie herumschleuderte.

»So einen Sturm habe ich noch nie erlebt. Mir kommt er fast zornig vor!«, schrie Degan in ihr Ohr.

Lin ahnte, dass dies kein normaler Sandsturm war. Elven hatte ihn geschickt … Elven hatte herausgefunden, wo sie war. Er wusste, dass sie bei Degan war, und das machte ihn furchtbar wütend. Sie wollte Degan eine Warnung zurufen, doch sobald sie den Mund öffnete, war er voller Sand.

Der Boden kam näher, und Belamon begann wieder zu kämpfen. Mit aller Kraft versuchte der Greif, Kontrolle über seinen Flug zu bekommen. Eine seltsame Ruhe legte sich über Lins Gemüt. *Dann stürzen wir eben gemeinsam in den Tod.* Sie schloss die Augen und wartete …

Degan rüttelte an ihrer Schulter, als wären Schjacks hinter ihnen her. Benommen schlug Lin die Augen auf, spuckte Sand und bewegte dann vorsichtig Arme und Beine. Nichts war gebrochen, und sie lebte noch. Nur ein Wunder konnte sie gerettet haben.

Als sie sich aufsetzte, erkannte Lin, dass dieses Wunder der Wald von Isnal war. Der Sturm hatte das abgerissene Laub der Bäume zu riesigen Haufen aufgeworfen und wie Wanderdünen vor sich her geschoben. In eine dieser Laubdünen waren sie gestürzt. Glück im Unglück. Lin sah sich um und zupfte dabei Ästchen und Zweige aus ihrem Haar. Der Sturm war vorüber, aber er hatte fast alle Bäume entwurzelt. Ihre Kehle fühlte sich trocken an, und sie war durstig.

Degan rüttelte noch immer ungeduldig an ihrer Schulter. »Komm, wir müssen weiter. Belamon hat sich eine Schwinge gebrochen.«

Noch etwas unsicher stand Lin auf und sah Belamon am Fuß der Düne, wie er sich mit hängender Schwinge aus dem Laubhaufen befreite. Sie verspürte Mitleid und Dankbarkeit für den tapferen Greif. Leider war sein Fall nicht so weich gewesen wie ihrer.

Degan packte grob ihren Arm und zog sie hinter sich her, da sie zu langsam den Laubhaufen hinunterkletterte. Wieder fiel Lin auf, dass er nackt war, und sie hielt Ausschau nach großen Bellockblättern oder irgendetwas, das man als Kleidung verwenden konnte. Leider hatte der Sturm fast alles zu Kleinholz verarbeitet.

»Wartet!«, rief sie hinter Degan her.

Gereizt zog Degan die Brauen zusammen. Lin ärgerte sich über seine Ungeduld. Die Art, wie er sie ansah, machte ihr deutlich, dass er sie als Last empfand ... sie war ihm sogar lästiger als Belamon mit seiner gebrochenen Schwinge.

»Komm jetzt endlich!«, schnauzte er. »Wir müssen die Waldfrauen finden. Sie müssen Belamons Schwinge schienen.«

Lin beachtete den Laubhaufen nicht weiter. Sie glaubte, sich verhört zu haben. »Aber ... die Waldfrauen haben versucht, mich umzubringen! Wir können Nona und Dawon suchen oder die anderen Greife.«

Der Umstand, dass die Waldfrauen versucht hatten, sie zu töten, war ihm entweder nicht neu oder gleichgültig. Ihre Einwände prallten von ihm ab. »Wenn jemand weiß, wo Nona und Dawon sind, dann die Waldfrauen, und wenn jemand die Greife finden kann, dann Belamon. Aber dafür muss er fliegen können, und nur die Waldfrauen können seine Schwinge heilen.«

Lin schüttelte störrisch den Kopf. Er sprach mit ihr wie mit einem kleinen Mädchen. Verärgert darüber verzog sie die Mundwinkel, was er jedoch fälschlicherweise als Ängstlichkeit deutete. »Keine Sorge, ich bin nicht hilflos wie Dawon. Ich werde aufpassen, dass sie dich in Ruhe lassen.«

»Mein Held!«, gab sie ihm spöttisch zu verstehen. »Ich gehe auf keinen Fall zu diesen Meuchelweibern zurück!«

Degan wurde wütend. »Belamon braucht ihre Hilfe! Er hat dir geholfen, und jetzt willst du ihm Hilfe versagen?« Voller Verachtung schüttelte er den Kopf. »Aber was hätte man anderes erwarten sollen von der verwöhnten Lin!«

»Das ist ungerecht!«, fauchte sie ihn schärfer an, als sie es hatte tun wollen. »Hör endlich auf, mich zu behandeln, als wäre ich ein Kind.«

»Dann hör endlich auf, dich wie eines zu benehmen«, erwiderte Degan wütend und wandte sich Belamon und seiner verletzten Schwinge zu.

Lin beschloss, die Demütigung nicht auf sich sitzen zu lassen, und machte sich scheinbar heilkundig an Belamons Schwinge zu schaffen. Der Greif krächzte leidvoll. Sie bemühte sich um einen überlegenen Tonfall: »Ich soll mich nicht wie ein Kind benehmen! Und das sagt mir einer, der nackt herumläuft, in einem Baum lebt und stinkt wie ein Schjack!«

»Da sind wir dann schon zwei«, gab Degan unbeeindruckt zurück.

Lin stellte mit hochrotem Kopf fest, dass ihr hauchzartes Tuchkleid aus Laluhaar den Sturm nicht überstanden hatte und wie ein durchlöcherter Fetzen an ihr herunterhing. »Großartig!«, fuhr sie Degan an, als könne er etwas dafür. »Also zu den Waldfrauen. Vielleicht haben sie ja etwas zum Anziehen! Ich bin es nämlich im Gegensatz zu dir nicht gewohnt, nackt herumzulaufen. Außerdem ist es zu kalt dafür.«

Degan verdrehte die Augen, als hätte sie nach ihrer Dienerin und einem Fächer verlangt. Lin ignorierte ihn und trottete stumm neben Belamon her, der seinen Kopf fast ebenso traurig hängen ließ wie seine Schwinge.

Der Sand hatte eine dicke Ascheschicht in der Luft zurückgelassen, so dass es nicht richtig hell werden wollte, was auf ihre und Belamons Stimmung drückte. Lin kraulte ihn hin und wieder am Kopf, während sie durch den verwüsteten Wald liefen. Immer wieder sah sie verstohlen zu Degan hinüber und wünschte sich, dass wenigstens ihr Haar so lang gewesen wäre wie seines. Dann hätte sie damit ihre Brüste bedecken können.

»Können wir vielleicht etwas langsamer gehen?«, wagte sie am Nachmittag zu fragen und erhielt keine Antwort von Degan. Es blieb ihr nichts anderes übrig, als Schritt zu halten. Degan schenkte ihr den gesamten Weg über nicht einen einzigen Blick und schwieg störrisch. Sie war einerseits froh darüber, andererseits versetzte ihr seine Ablehnung einmal mehr einen Stich ins Herz.

Lin wusste nicht, wie lange sie gelaufen waren; ihre Füße waren voller Blasen, und ihr ganzer Körper war von Insekten zerstochen. Doch irgendwann blieb Degan stehen. Lin wäre fast auf seinen Rücken geprallt. Sie humpelte mehr, als dass sie noch lief, und hatte ihren Verstand ausgeschaltet.

Wenige Schritte vor ihnen endete die Schneise der Verwüstung, die der Sturm in den Wald von Isnal geschlagen hatte. Lin erkannte unversehrte Bäume mit grünem Laub und sogar ein paar Sonnenstrahlen, die auf den Boden fielen. Erleichtert atmete sie auf. Sie hatten den verwüsteten Teil des Waldes hinter sich gelassen. Bald würde es ein Feuer, eine warme Mahlzeit und Decken geben … ein Bad … Seifenkraut … Salbe für die Blasen auf ihren Füßen … einen Kamm! Lin schwelgte in Vorfreude.

Degan jedoch zerstörte ihre Träume. »Heute werden wir die Waldfrauen nicht mehr finden. Am besten schlafen wir hier.«

Lin glaubte, sich verhört zu haben. »Wo … hier?«

Er wies auf den Boden. Lin folgte seinem Fingerzeig und sah sich suchend um. Hier gab es nur Laub und erdigen Waldboden. »Aber hier ist doch nichts.«

Belamon war weniger zimperlich und rollte sich auf der Stelle dort zusammen, wo er gestanden hatte. Er war erschöpft. Lin konnte ihm ansehen, dass seine Schwinge schmerzte. Seinen Kopf legte er auf seine Vorderklauen und war fast augenblicklich eingeschlafen. Degan nickte ihr zu. »Wir werden uns einfach von Belamon wärmen lassen.«

Sie spürte Entsetzen und Panik in sich aufsteigen. Das würde sie nicht ertragen, Degan so nahe zu sein und doch keine Nähe mit ihm teilen zu können. Schnell suchte sie nach einer Ausrede. »Wir können nicht einfach auf dem Boden schlafen. Die Schjacks durchstreifen den Wald. Ganz davon abgesehen, dass sie Beute machen wollen, sieht Elven alles, was sie sehen. Und wenn er uns hier findet … «

Degan gähnte ausgiebig zum Zeichen, dass er keine Lust hatte, mit ihr zu diskutieren, und machte es sich dann an Belamons Bauchfell bequem. Ihre Einwände perlten von ihm ab wie Wasser, und Belamon wachte noch nicht einmal davon auf. Degan streckte sich voller Wohlbehagen. »Belamon kommt mit der gebrochenen Schwinge auf keinen Baum. Du kannst dich also entscheiden. Entweder du verbringst allein eine sehr kalte Nacht, oder wir wärmen uns gegenseitig, auch wenn ich stinke wie ein Schjack.«

Bei Salas Tränen – was sollte sie jetzt tun? Ungelenk quetschte sich Lin schließlich in Belamons Bauchfell und musste sich eingestehen, dass die Wärme ihr guttat.

Degan rückte näher an sie heran und presste sich ohne einen Hauch von Leidenschaft gegen ihren Rücken. Er schlief fast unverzüglich ein. Lin wagte kaum zu atmen. *Ich werde kein Auge zutun können*, dachte sie verzweifelt, während Degans Atem in ihrem Nacken immer ruhiger wurde. Ihn quälten offensichtlich keine Gefühlsangelegenheiten. Lin wartete, bis er fest schlief, und erlaubte sich die lange zurückgehaltenen Tränen über ihre unerwiderte Liebe.

Lin wusste nicht, wie lange sie schon wach lag und die Sterne anstarrte. Der Mond wanderte langsam am Himmel entlang. Mittlerweile waren ihre Tränen versiegt und einer dumpfen Hoffnungslosigkeit gewichen. Sie versuchte, sich selbst zu trösten. Sie musste sich endlich damit abfinden. Ihre Eltern waren tot, ihr Gefährte der dunkle Gott – und Degan würde sie niemals ansehen, wie er Xiria angesehen hatte, niemals begehren, wie er die Greifin begehrt hatte, und niemals lieben, wie er sie geliebt hatte. *Reiß dich zusammen!* Doch so sehr Lin sich auch bemühte, ihrem Herzen Frieden zu geben – es gelang ihr einfach nicht.

Stattdessen begann die dumpfe Hoffnungslosigkeit langsam, aber sicher einer grollenden Wut zu weichen. Neue Empfindungen voller Bitterkeit fraßen sich in ihre Gedanken. Das Leben war ungerecht, da es in jeder Hinsicht nur üble Fügungen für sie bereitzuhalten schien!

Lin blinzelte in die sternklare Nacht, die ebenso kalt war, wie ihr Herz sich anfühlte. »Ihr Sterne …«, flüsterte sie. »Was gibt den Göttern das Recht, in unser Leben einzugreifen, uns zu lenken und zu benutzen, wie es ihnen gefällt? Warum lassen sie uns nicht in Ruhe und kümmern sich um ihre Angelegenheiten?«

Sie hatte nicht mit einer Antwort gerechnet, und doch kam sie in Form eines heiseren Pfeifens. Zuerst erschrak sie, da sie glaubte, der Sturm würde zurückkehren. Dann tauchten aus der Dunkelheit des Waldes zwei glühend rote Augen auf. Ein fauliger Gestank zog ihr in die Nase, und kurz darauf starrte sie in ein aufgerissenes Maul mit zwei hintereinanderstehenden Zahnreihen. Der Schjack kam ihr so nahe, dass Lin seinen üblen Atem riechen konnte. Doch anstatt sie anzugreifen, sah er sie an.

»Bitte nicht«, flüsterte sie mit zitternder Stimme, und die Kreatur gab ein leises Pfeifen von sich. Lin wusste, dass Elven ebenso wie seine Priester in der Lage war, durch die Augen der Schjacks zu sehen; und was dieser Schjack sah, musste unmissverständlich für ihn sein: Degan und sie, nackt aneinandergeschmiegt an Belamons Fell. Eine böse innere Stimme raunte ihr zu: *Soll er es doch glauben!* Er hatte ihre Eltern umgebracht, er war ein Monstrum. Ihre Angst verwandelte sich in Genugtuung.

Der Schjack begann unruhig hin und her zu laufen. Offenbar spürte er die Wut seines Herrn. Lin flüsterte ihm zu: »Wenn deine Bestie ihm oder Belamon etwas antut, wirst du mich niemals wiedersehen.« Die Worte glitten ihr über die Zunge, geschmeidig wie gut ausbalancierte Pfeile mit messerscharfen Spitzen. Sie wusste, dass Elven jedes Wort hörte. »Lass die Priesterinnen und die Menschen von Engil in Ruhe, sonst gehe ich mit Degan!« Sie warf einen Blick auf Belamon, aber der Greif schlief tief und fest, ebenso wie Degan.

Das aufgeregte Klappern des Schjacks zeigte Lin, dass ihre Botschaft bei Elven angekommen war. Der Schjack scharrte mit den Pfoten den Waldboden auf, drehte sich zweimal um die eigene Achse und hob dann ein Bein, um in hohem Bogen gegen einen Baum zu pinkeln. Sofort machte sich scharfer Uringeruch breit, der Lin in der Nase brannte. Eine eindeutige Antwort, die zeigte, was Elven von ihrer Drohung hielt. Trotzdem befahl er seiner Kreatur nicht, sie anzugreifen. Der Schjack machte kehrt und lief zurück in den Wald.

Lin atmete auf. Es tat so gut, sich zu wehren! Kurz darauf breitete sich endlich die Müdigkeit wie eine warme Decke über ihr aus.

# Wahrheit und Lüge

Elven schäumte vor Zorn, und Braam hätte sich nur allzu gerne irgendwo versteckt, bis seine Wut und Raserei sich gelegt hatten. Wenn ein Gott zornig war, hielt man sich besser von ihm fern. Wie in der letzten Zeit immer öfter, dankte Braam Sala dafür, dass Elven in diesem verfallenden Körper gefangen war. Denn er war dazu verdammt, mit seinem schwammigen Fleisch auf dem Thronsessel zu hocken. Obwohl Elven ihn wieder in seine Reihen aufgenommen hatte, war es noch immer sein Vater, der die Befehle von Elven entgegennahm und ihm überbrachte. Doch nicht an diesem Tag!

»Braam!«, rief Elven mit einer Stimme, die zwischen Weinerlichkeit und Jähzorn schwankte.

Braam trat so nahe an den Thron heran, wie es ihm möglich war, ohne vor Ekel kotzen zu müssen. »Ja, Elven …«

»Schick die Greife aus! Meine Königin ist mit dem Halbgreif zusammen. Sie sollen mir seinen Kopf bringen; aber Lin soll davon nichts wissen. Sie muss nach Engil gebracht werden, und es ist wichtig, dass sie freiwillig zurückkehrt.« Er lehnte sich im Thronstuhl zurück, und seine milchigen Augen starrten ins Leere. »Drohe ihr mit dem Tod der Priesterinnen, und wenn sie sich weiterhin weigert zurückzukehren, lass dir irgendetwas einfallen.« Er winkte ihm, dass er gehen sollte.

Braam fing den missgünstigen Blick seines Vaters auf und kalte Blicke aus blauen Augenpaaren, die ihm zu sagen schienen: *Wir beobachten dich … nur ein Fehler … nur ein einziges Versagen.* Er musste sich immer wieder in Erinnerung rufen, dass dieses verwesende Stück Fleisch auf dem Thron von Engil ein Gott war. Mit einer angedeuteten Verbeugung machte Braam, dass er aus dem Thronsaal kam.

Im Garten des Palastes atmete er tief durch und erfreute sich an dem Duft der reifen Ogabeeren und vielen Blüten. Niemals hätte er gedacht, dass etwas schlimmer riechen konnte als Falbrindscheiße – wie sehr er sich doch geirrt hatte. Der gesamte Palast stank schrecklicher als hundert Falbrinder. Lin würde sofort den Verstand verlieren, wenn man sie zu ihrem einstmals so ansehnlichen Gefährten brachte. Ob sie wusste, wer ihr Gefährte war?

Braam dachte an die zweite Priesterin. Jevana hatte von Elven wissen wollen, warum Lin einem Gott so viel bedeuten konnte; wenn er länger darüber nachdachte, fand er die Frage durchaus gerechtfertigt. Wusste Jevana etwas, was er nicht wusste?

Braam machte sich auf in den Tempelbezirk, wo er den neuen Anführer der Greife wusste, den mit der Silberpeitsche – Suragon.

Als er die Baustelle erreichte, ließ er das Bild kurz auf sich wirken. Der Tempel war fast vollendet. Sogar der Opferkreis war von Moos und Verwitterung befreit worden – ein eindeutiges Zeichen, dass es bald wieder Blutopfer in Engil geben würde. Er schüttelte sich bei dem Gedanken daran, doch redete sich gleichzeitig gut zu. *Lieber mit den Schjacks laufen, als von ihnen gefressen zu werden!* Als der Anführer der Greife ihn sah, ließ er seine gefürchtete Peitsche mit den Silberketten einmal klirrend über die Steine fahren, und die arbeitenden Männer zogen ihre Köpfe ein. Das Geräusch der Silberketten war unverkennbar und hatte dem neuen Greifenführer einen gewissen Ruhm in Engil eingebracht. Man fürchtete ihn, weil die Silberketten seiner Peitsche mit Schjackzähnen besetzt waren und schon zwei Männer das Leben gekostet hatten.

Braam musste zugeben, dass Suragon eine beeindruckende Erscheinung war. Äußerlich unterschied ihn nichts von anderen seiner Art: Er war groß, mit einem geschmeidig muskulösen Körper, langen weißen Silberhaaren und dem typischen Schmuck eines Anführers: Stirnreif, Oberarmspangen und Beinschienen. Es waren jedoch Kleinigkeiten, mit denen Suragon sich von seinen Artgenossen absetzte. Diesen Greif trieb etwas anderes an als das Gemeinschaftsdenken seiner Sippe. Nicht, dass er grausamer gewesen wäre. Es war etwas, über das sich Braam Gedanken machte, seit Elven ihn zum neuen Anführer der Greife berufen hatte. Als er die Peitsche mit den Silberketten betrachtete, wurde ihm endlich klar, was Suragon von anderen seiner Art unterschied – eine höhere Gewaltbereitschaft.

Suragon wartete darauf, dass Braam ihn ansprach. Schnell verwarf Braam seine Grübeleien. Er wollte nicht, dass Suragon ihn durchschaute. »Elven schickt mich«, sagte er stattdessen.

»Lin versteckt sich mit dem Halbgreif Degan im Isnalwald. Ihr sollt sie finden, zurückbringen und Degan töten. Elven will seinen Kopf. Aber Lin darf von seinem Tod nichts wissen.«

Suragon rollte seine Peitsche auf und steckte sie in seinen Schurz. »Der Halbgreif ist gefährlich. Suragon und seine Sippe kennen ihn. Er verwandelt Greife in Tiere!«

»Sag das Elven!«, blaffte Braam ungeduldig, fügte jedoch hinzu: »Elven hat nichts von tierähnlichen Greifenkreaturen erwähnt. Der Halbgreif und die Königin von Engil sind allein.«

Noch immer reagierte Suragon nicht – noch eine Seltsamkeit, die ihn von den anderen unterschied. Er war zu eigenen Gedankengängen fähig. Während Greife in der Regel akzeptierten, was ihnen aufgetragen wurde, schien Suragon zu eigennützigen Entscheidungen und Überlegungen fähig zu sein. Umso erstaunlicher, dass Elven ihm die Kontrolle über sein Greifenheer anvertraute.

Schließlich nickte er und antwortete: »Suragon wird Elven seine Königin sowie den Kopf des Halbgreifen bringen. Sag ihm das!«

*Beizeiten werde ich mich in seine stinkende Gegenwart begeben*, dachte Braam angewidert, … *aber bestimmt nicht heute noch einmal.* Trotzdem nickte er dem Greif zu.

Er wartete, bis er Suragon und ein paar seiner Greife von der Unterstadt aus in den Himmel steigen sah. Sie boten ein beeindruckendes Bild, denn die Spannweite ihrer Schwingen war groß. Leise fluchend wandte Braam sich ab. Hätte er doch auch fortfliegen können aus dieser verdammten Stadt!

Braam machte sich auf in die Unterstadt und fand das Haus mit dem bunten Webvorhang vor der Tür schnell wieder. Es gehörte dem Vater der zweiten Priesterin Jevana.

Scham, ungebeten ein Haus zu betreten, besaß er nicht. Immerhin war er wieder in Gnade bei Elven aufgenommen worden; auch wenn diese Gnade vielleicht nicht lange andauern würde. Doch er hatte mittlerweile so viel Grauen gesehen, dass er abgestumpft war.

Der alte Mann hinter seinem Verkaufstisch im Vorraum des Hauses erkannte ihn sofort als denjenigen, der die Priesterinnen zusammengetrieben und seine Tochter bedroht hatte. Mit verschlossener Miene trat er ihm in den Weg und postierte sich wie ein Wächter vor der Tür, die in seine Wohnräume führte. »Was willst du hier? Wir haben nichts, was von Interesse für dich oder deinen Herrn wäre.«

Der Alte hatte Mut, das musste Braam ihm lassen. Als besäße er alle Zeit der Welt, sah er sich in dem kleinen Verkaufsraum um, öffnete ein paar der Tiegel, nur um sie dann zurück in die Regale zu stellen. Schließlich, nach angemessener Zeit, wandte er sich dem wartenden Alten zu. »Deine Tochter – wo ist sie? Ich will mit ihr reden.«

»Sie ist nicht hier«, erwiderte der Alte noch immer nicht freundlicher. Die Art und Weise, wie er die Tür in seinem Rücken abschirmte, zeigte Braam jedoch, dass er log. Mit einem einzigen Schlag seiner Hand stieß er den alten Mann in eines seiner Regale. Tiegel mit unterschiedlichem Inhalt fielen auf ihn, und das laute Poltern von zerbrechendem Ton begleitete seine Flüche. »Ich habe keine Zeit«, gab Braam ihm zu verstehen, dann schob er sich durch die Tür an ihm vorbei.

Im Raum hinter dem Laden starrten ihn vier verängstigte Augenpaare an. Eine ältere Frau, wahrscheinlich Jevanas Mutter, und zwei junge Mädchen, ihre Schwestern, sowie ein kleiner Junge saßen auf Kissen in Hausarbeiten vertieft. Der Junge ließ ein rotes Garnknäuel fallen, das Braam vor die Füße rollte, und musterte ihn mit ängstlich geöffnetem Mund. Braam beachtete das Garnknäuel nicht weiter.

»Wo ist die zweite Priesterin Salas?«, sprach er die ältere Frau an.

Mit zitterndem Finger wies sie auf den Hof hinter dem Haus.

Braam bedankte sich nicht und trat durch die Hintertür nach draußen.

Die Luft im Hof war von Kräuterduft erfüllt. Jevana saß inmitten eines kleinen Beetes und jätete Unkraut. Sie trug nicht das Gewand der zweiten Priesterin, sondern ein einfaches Kittelkleid. Doch die Kette mit Salas Tränen lag um ihren Hals. Als sie ihn sah, verschlossen sich ihre Gesichtszüge. »Was willst du hier?«

»Antworten!«

Jevana richtete sich auf und sah hinauf in den klaren Himmel, als stünden die Antworten, welche er suchte, dort geschrieben. Dann seufzte sie traurig. »Es hätte ein schöner Tag sein können. Die Luft ist angenehm, die Sonne brennt nicht zu heiß, ein kühler Wind weht.«

Braam wurde ungeduldig. Was er an Frauen und besonders an Priesterinnen nicht mochte, war ihr geheimnisvolles Gehabe. »Lin ist zusammen mit Degan in den Wäldern von Isnal gesehen worden.« Er konnte sehen, wie ein Funken Hoffnung in Jevanas Augen aufglomm, als sie ihren Blick vom Himmel abwandte und ihn ansah. »Geht es ihnen gut?«

»Noch … Elven hat seine Greife geschickt, Lin zu ihm zurückzubringen und Degan zu töten. Von ihm will er nur seinen Kopf.«

Sie legte erschrocken die Hände vor den Mund. »Sie müssen gewarnt werden!«

Braam wusste, dies war seine Gelegenheit, endlich etwas aus Jevana herauszubekommen. »Warum? Weil sie deine Freundin ist oder die Königin? Was ist Besonderes an ihr, dass sie nicht einfach durch eine andere Königin ersetzt werden kann? Elven benimmt sich wie ein Narr, was sie angeht.«

Sie verschränkte die Arme hinter dem Rücken und runzelte die Stirn. »Wenn ich es dir sage, wirst du ihr dann helfen?«

Braam zuckte die Schultern. »Selbst wenn ich es wollte, wie sollte ich das tun?«

Eine Weile überlegte Jevana, dann nickte sie. Ihre Hoffnung hatte sich in Bitterkeit verwandelt. »Ich sage es dir trotzdem. Ich sage es dir, damit du den Rest deines Lebens Zeit hast, dich schuldig zu fühlen an allem Übel, das über Engil hereingebrochen ist. Denn letztlich warst du es, der Elven den Weg zu ihr bereitet hat.« Sie sah ihm fest in die Augen. »Sie ist die Göttin, die uns allen das Licht hätte bringen können. Sie ist Sala.«

Braam starrte die Priesterin an, als wäre sie verrückt geworden. Dann brach er in lautes Gelächter aus. Wer konnte es ihr verübeln nach allem, was um sie herum geschah? Weiber waren so – sie drehten durch, wenn man ihrem Geist zu viel zumutete. Die zweite Priesterin redete wirr; und doch ließ ihr Blick keinerlei

Zweifel daran, dass sie selbst glaubte, was sie sagte. »Du glaubst mir nicht!«, stellte sie kühl, jedoch ohne Empörung fest.

Braam wich ein paar Schritte von ihr zurück und bekam plötzlich ein flaues Gefühl im Magen. Das konnte doch nicht sein. Wenn Lin die Göttin war, dann musste er ein Falbrind sein. Es war nicht möglich … doch irgendetwas an dem, was Jevana sagte, berührte Braam tief in seinem Innern, in Gefilden, in die er noch nie vorgedrungen war.

Sie legte eine Hand auf Salas Tränen. »Sie und Degan waren die letzte Hoffnung für Engil.«

»Das ist Unsinn!«, polterte er. *Sie ist keine Göttin, nur ein Weib, das mich zurückgewiesen hat für diesen Angeber Degan … sie hat mich zurückgewiesen!* Braam ließ Jevana stehen und ging zurück in das Haus, vorbei an den Frauen und dem Jungen, die ihm mit ängstlichen Blicken hinterhersahen. Der Alte hatte sich mittlerweile aufgerappelt und damit begonnen, seine durcheinandergeratenen Waren zu ordnen. Erneut stieß Braam ihn zur Seite und rannte dann zur Tür hinaus. Ihm war auf einmal, als ersticke er.

Ein paar Schritte vom Haus entfernt lehnte er sich an einen Baum und legte die Hände vor das Gesicht. Plötzlich interessierten ihn die neugierigen Blicke der Menschen nicht mehr, und es kümmerte ihn auch nicht, dass sie ihn in einem Augenblick der Schwäche sahen. Die Wahrheit brach über ihn herein wie ein tosender Sturm. »All das habe ich nur getan, weil ich es nicht ertragen konnte, von Lin zurückgewiesen worden zu sein. Ganz Engil wird untergehen, weil ich es nicht ertragen konnte!«

Als sie am Nachmittag des nächsten Tages endlich auf eine Waldfrau stießen, war Lin am Ende ihrer Kräfte. Sie hatte Hunger, war steif wie eine alte Katze und fühlte sich schmutzig wie selten zuvor. Wo Elvens magischer Sturm gewütet hatte, waren weder Wasser noch etwas Essbares zu finden gewesen.

Am Morgen hatte sie zwar ein paar Beeren und bittere Wurzeln gefunden, doch sie hatten sie nur noch hungriger gemacht.

Degan, der Entbehrungen gewohnt war, schlug sich um einiges besser, und sogar Belamon schleppte seine gebrochene Schwinge tapfer hinter sich her, obwohl sich ein Greif so gut wie nie auf lange Fußmärsche einließ und das Fliegen bevorzugte. Lin hatte Degan immer wieder bitten müssen, langsamer zu gehen, was er mit einem unzufriedenen Schnauben getan hatte, nur um kurze Zeit später wieder in einen zügigen Schritt zu fallen. Irgendwann hatte sie es aufgegeben, ihn immer wieder daran zu erinnern, und war stattdessen einfach hinter ihm her gehumpelt.

Trotz der Tortur und des langen Fußmarsches fühlte Lin sich am späten Nachmittag noch nicht so abgestumpft, dass der Anblick einer Waldfrau ihr nicht einen kalten Schauer über den Rücken laufen ließ. Sie drückte sich, so gut es ging, an Belamons gesunde Schwinge, um sich zu verstecken. Doch die Alte hatte sie längst entdeckt. Mit knotigem Finger wies sie auf Lin und begann ihren Singsang: »Die da bringt uns Lüge und Leid, zu heilen den Greif bin ich bereit, doch schick sie fort, sie bringt Gefahr, ihr folgt des Gottes Greifenschar!«

Lin lief unter all ihrem Schmutz rot an. Sie hatte nicht damit gerechnet, dass die Waldfrau von ihrer Begegnung mit dem Schjack erfahren hatte. Diese Alten wussten einfach alles! Auf keinen Fall wollte sie Degan noch mehr verärgern oder ihm einen Grund liefern, sie loszuwerden. Sie brauchte seine Hilfe, um Engil von Elven zu befreien. »Was für ein Unsinn«, murmelte sie vor sich hin und hoffte, Degan würde das Gerede der Alten überhören.

»Was meint sie damit?«, fragte Degan jedoch prompt.

Lin schüttelte etwas zu schnell den Kopf. »Das weiß ich doch nicht! Sie haben versucht, mich umzubringen. Sie erzählen üble Dinge über mich. Ihre Worte sind giftige Lügen!«

Die Alte stützte sich auf einen knorrigen Ast, den sie als Krückstock benutzte, und kam langsam auf sie zu. Lin drückte sich noch tiefer in Belamons fellige Seite, und der Greif fing an, mit dem Schnabel nach der Alten zu hacken, um die offensichtlich verängstigte Lin zu beschützen. Die Waldfrau zischte empört über den liebestollen Greif.

Lin fühlte sich dumm und hätte am liebsten alles zugegeben. *Ja, ich habe Elven vorgespielt, Degan und ich seien Liebende, ich wollte ihn verletzen und mich für den Tod meiner Eltern an ihm rächen!*

Belamon verteidigte sie so kompromisslos, dass er die Heilung seiner Schwinge aufs Spiel setzte. *Unglückselige Lin!*

Die Waldfrau hatte sich an Belamons Schnabel vorbeigeschoben und stach Lin mit dem Ende ihrer Astkrücke in den nackten Bauch. »Der Name eures Verfolgers ist Suragon, und er ist der neue Anführer der Greife. Er ist gefährlicher als alle seine Vorgänger. Elven hat ihn mit etwas ausgestattet, was Jayamon, den du in Dungun vom Turm gestürzt hast, nicht besaß. Suragon wirst du nicht überlisten können, Tochter von Engil!« Sie wandte sich Degan zu. »Sie hat den Schjack benutzt, um dem Gott Dinge zu zeigen, die sie sich wünscht, aber die es nicht gibt … und jetzt rast er vor Zorn und Eifersucht.«

Degan begriff noch immer nicht, doch die Alte klärte ihn auf. »Der Gott glaubt, dass ihr Liebende seid!«

Der Blick, mit dem Degan sie bedachte, war so vernichtend, dass Lin am liebsten im Erdboden versunken wäre oder sich für immer unter Belamons Schwinge versteckt hätte. Was Degan dachte, brauchte er nicht auszusprechen. Es stand unübersehbar in seinen Augen geschrieben. *Du und ich … wie absurd …*

»Er hat meine Eltern getötet«, versuchte Lin sich kleinlaut zu verteidigen.

Degan murmelte Flüche vor sich hin, die unverkennbar ihr galten. Also beschloss sie einen Gegenangriff zu wagen und wies mit dem Finger auf die Waldfrau. »Die alte Waldhenne macht mir Vorwürfe … aber sie wollten *mich* kaltblütig umbringen!«

Die Waldfrau zog ihre Astkrücke zurück und schüttelte heftig den Kopf. »Zwei aus meiner Sippe haben falsch gehandelt, doch sie taten es nicht aus kleinmütigen Rachegedanken! Sie sind ein wenig zu alt geworden … ein wenig verdreht im Kopf …« Die Alte machte eine kreisende Bewegung mit der Hand. »Nona und Dawon haben mit ihnen gesprochen. Es tut ihnen leid, dass sie versucht haben, dich umzubringen.«

»Wie schön«, rief Lin wütend, während Degan sich einmischte. »Wo sind Nona und Dawon?«

Die Waldfrau hob abwehrend die Hände. »Alles zu seiner Zeit, junger Halbgreif. Deinen Eltern geht es gut, sie werden bald hier sein … bis dahin …« Sie bedachte den wehrhaften Belamon mit einem funkelnden Blick. »… haben wir Zeit, uns um diesen verliebten Jungspund hier zu kümmern.«

»Wir haben keine Zeit«, rief Lin aufgebracht und erntete dafür sowohl von der Waldfrau als auch von Degan vernichtende Blicke. Anstatt ihr zu antworten, wandten ihr beide den Rücken zu und ließen sie stehen; selbst Belamon trottete anstandslos hinter ihnen her.

Von einem Augenblick auf den anderen stand Lin allein auf der Lichtung. Plötzlich meinte sie Blicke in ihrem Rücken zu spüren und fuhr herum. Doch da war nichts, nur die Bäume am Rand der Lichtung. Was hatte die Waldfrau gesagt, wie der neue Greifenführer hieß? Suragon! Aber das war absurd. Selbst wenn Suragon sie verfolgte, würde er sich nicht in die Nähe einer Waldfrau wagen oder in Degans Nähe. Lin ballte die Hände zu Fäusten und sah sich noch einmal um. Dann lief sie den anderen hinterher.

Suragon hatte Lin von einem Baum am Rande der Lichtung aus beobachtet. Obwohl ihr Körper schmutzig war, musste er gegen seinen Vermehrungstrieb ankämpfen. Sie duftete verlockend. Aber sie war nicht für ihn! Diese Menschin gehörte seinem Herrn.

Elven hatte ihm etwas geschenkt, als er ihn nachts in den Thronsaal gerufen hatte, der so erbärmlich nach Tod stank, dass selbst Suragons Greifenduft nicht vermocht hatte, den Gestank zu übertünchen. Und doch war es ein großzügiges Geschenk gewesen, das Elven ihm gewährte. Bedächtig hatte er die Haut seines blauschwarz verfärbten Armes mit einem Dolch geöffnet und das schwarze Blut aus seinen Adern in einen Silberbecher fließen lassen. Dann hatte Elven ihm den Becher gereicht. »Ich mache dich zum Anführer der Greife, und ich werde dich besser machen als die anderen deiner Sippe – du sollst klüger sein als dein Vorgänger Jayamon.«

Suragon hatte nicht verstanden, was Elven ihm sagen wollte, denn bis dahin hatte er gedacht wie alle anderen und war ein untrennbarer Teil von ihnen gewesen.

»Willst du deine Sippe anführen?«, hatte Elven mit schleppender Zunge und zahnlosem Mund geflüstert und auf das dickflüssige Blut in dem Silberbecher gewiesen. »Dann trink und verstehe.«

Suragon hatte getrunken und das Brennen kaum ertragen, das mit dem ersten Schluck seine Kehle versengt hatte. Röchelnd war er vor Elven zusammengebrochen. Er hatte geglaubt, der dunkle Gott hätte ihn getötet, doch wie durch ein Wunder war das nicht geschehen. Stattdessen hatte Elvens Blut etwas anderes bei ihm bewirkt. Suragon hatte angefangen, sich selbst wahrzunehmen; nicht als ein Teil seiner Sippe, sondern als ihr überlegen; ganz plötzlich waren Gedanken in seinem Kopf gewesen, die sich von denen der anderen unterschieden.

Elven hatte gewartet, bis Suragon aufstand und sich im Thronsaal umsah, wie ein Kind, das die Welt um sich herum entdeckt. Dann hatte der dunkle Gott ihm zugeflüstert: »Ich habe dir keine Liebe gegeben und auch keine Weisheit ... das alles brauchst du nicht. Ich habe dir etwas anderes gegeben. Etwas, das dich stärker als deinesgleichen macht. Ich gab dir Ehrgeiz!«

Suragon hatte das erste Mal verstanden, welche Bedeutung hinter diesem Wort steckte.

Als er jetzt die Menschin aus seinem Versteck im Baum heraus beobachtete, strich er langsam mit den Fingern über den Griff seiner silbernen Peitsche. Ehrgeiz – er hatte die anderen Greife, mit denen er aufgebrochen war, fortgeschickt. Sollten sie sich Frauen suchen und sich mit ihnen paaren. Er – Suragon – würde den Halbgreifen töten und die Gefährtin seines Herrn zurück nach Engil bringen – er allein!

Die Lichtung wagte er zwar nicht zu betreten, denn die Waldfrauen waren zu mächtig. Sie waren Verkünderinnen und Heilerinnen und standen außerhalb der Macht von Licht und Schatten. Also musste er auf einen geeigneten Augenblick warten. Dann würde er die Königin von Engil gefangen nehmen, sie in einem Baum verstecken und einfach warten, bis der Halbgreif nach ihr zu suchen begann. Leise zog Suragon sich in den Schatten der Blätter zurück. Er wusste, dass er vorsichtig sein musste. Der Halbgreif konnte auch ihn in eines dieser Tiere verwandeln – in so eines wie die Kreatur mit der gebrochenen Schwinge. Suragon musste sehr gut planen, wenn er ihn töten wollte.

Doch er konnte warten und eine Weile in diesem Baum ausharren – denn er besaß den notwendigen Ehrgeiz dazu.

Belamon hatte sich hinter der Hütte zusammengerollt und schlief. Die Waldfrau hatte seine Schwinge geschient und ihm dann ein Gebräu eingeflößt, das so furchtbar gerochen hatte, dass Lin und Degan die Flucht ins Innere der Hütte angetreten hatten, während Belamon sich laut kreischend über den bitteren Trunk beschwert hatte.

In der Hütte der Waldfrau gab es Decken, einen Brei aus Getreide und fetten Fleischbrocken und ein warmes Feuer. Lin fürchtete noch immer die Flammen und setzte sich beim Essen seitlich, so dass Degan fragend die Brauen hochzog.

»Vorhin hast du noch gefroren, und jetzt wendest du dich vom Feuer ab. Das soll einer verstehen.«

»Ich habe gelernt, das Feuer zu fürchten und den Blick in die Flammen zu meiden«, war das Einzige, was Lin zwischen zwei Löffeln Getreidebrei zur Antwort gab. Noch immer hatte sie keine Ahung, wie viel Degan von ihr und Sala wusste. Waren sie sich denn so unähnlich? Sie war halb Mensch, halb Göttin, er halb Greif, halb Mensch. *Sei nicht dumm!*, maßregelte sie sich stumm, während sie ihren Brei löffelte. *Er spürt sein Greifenerbe, aber du fühlst dich nicht anders als vorher.* Oder doch? Vielleicht empfand sie sich selber nicht als ungewöhnlich – immerhin war die Göttin stets ein Teil von ihr gewesen. Lin stellte ihre Schale beiseite und wickelte sich fester in die Decke, während Degan noch eine zweite Schale des reichhaltigen Breis aus dem Kessel über dem Feuer nahm. Lin fand, dass der richtige Zeitpunkt für ein Gespräch gekommen war. »Warum hast du Hilfe geschickt, als Elvens Greife mich zurück nach Engil schleppen wollten?«

Degans Blick wurde düster und ablehnend. Es war nicht zu übersehen, dass er keine große Lust auf ein Gespräch mit ihr hatte. Überhaupt machte er den Eindruck, als hätte er lieber im Kreise seiner Greife in einem Baum gehockt als mit ihr an einem warmen Feuer. »Elvens Greife wollten meinen Vater töten. Also kam Nona zu mir und bat mich, Dawon zu helfen. Das habe ich getan, nicht mehr und nicht weniger. Dass du bei ihm warst, wusste ich gar nicht.«

In Lin zerbrach etwas, wie die Stäbchen eines Fünfholzspiels. Sie hätte es wissen müssen, doch es aus Degans Mund zu hören tat weh. Noch immer liebte sie ihn gegen alle Regeln der Vernunft; dabei war es ihm nur um Dawon gegangen. Was mit ihr geschah, war ihm gleichgültig. Sie bohrte weiter. »Und … hat Nona etwas gesagt … über mich?«

Er löffelte ohne Unterlass seinen Brei und sah sie dabei nicht einmal an. »Sie kam zu mir, als du in der Oase gegen das Gift der Waldfrauen gekämpft hast. Sie sagte, dass du den dunklen Gott zum Gefährten genommen hast und er deine Eltern getötet hat, als du ihn verlassen wolltest … und jetzt seist du auf der Flucht vor ihm.« Seine Worte klangen unbeteiligt.

Lins Hoffnung, dass Degan ihr helfen würde, schwand langsam, aber sicher dahin. »Wirst du mir helfen, Engil von ihm zu befreien?«

Degan stellte die Schale beiseite, wischte sich mit der schmutzigen Hand über den Mund und sah sie kalt an. »Nein! Die Menschen kümmern mich nicht. Denn auch die Menschen kümmert nur ihre eigene Art.«

»Ein Teil von dir ist auch menschlich«, versuchte Lin ihn zu überzeugen.

Degan schüttelte wütend den Kopf. »Hör auf, mich überreden zu wollen. Ich habe mich längst entschieden, was ich bin.«

Lin stand auf und stieß dabei ihre leere Schüssel mit dem Fuß um. Die Reste des fettigen Breis liefen in die Flammen und ließen sie knistern. Sie war wütend, sie war verzweifelt, und sie wusste nicht mehr, was sie noch tun sollte. War denn letztendlich alles vergeblich gewesen?

»Du kannst nicht alles in dir verleugnen, was einmal menschlich war, nur wegen *ihr*!«, fuhr sie ihn an. »Xiria war ein Monster ohne Mitleid für andere! Sie ist seit über drei Jahresumläufen tot! Dieses Greifenweib – wird es niemals aus deinem Kopf verschwinden?« Sie hatte sich derart in Rage geredet, dass selbst Degan zu überrascht war, sie zu unterbrechen. Doch seine Blicke wurden düster ... so düster, dass Lin spürte, dass sie zu weit gegangen war. Was, wenn sein Jähzorn durchbrach? Sie erinnerte sich an seine Raserei damals im Tempel, bei der er sie beinahe vergewaltigt hatte. Mit einem Mal erkannte sie die Gefahr. Sie musste raus aus der Hütte!

So schnell sie konnte fuhr sie herum und lief zur Tür. Die Waldfrau war bei Belamon hinter der Hütte. Sicherlich hatte sie ihren Streit gehört. Als sich ihre Hand auf die grobe Holztür legte, um sie aufzustoßen, war Degan jedoch schon hinter ihr und riss sie von der Tür fort. Mit einem wütenden Schnauben presste er sie an die Holzbohlenwand. In seinen Augen flammte rasender Zorn. »Warum hast du *sie* nicht gerettet? Du hättest Xiria retten können, du bist die Göttin! Aber du hast zugelassen, dass ich Xiria getötet habe, weil ich glaubte, ich hätte keine andere Wahl. Du wolltest sie aus dem Weg haben! Nona hat mir erzählt, dass Sala und du eins seid.«

Er raste vor Schmerz und Zorn, und in diesem Augenblick wünschte er sich mehr als alles andere, dass er sie damals hätte sterben lassen anstatt Xiria. Degan glaubte allen Ernstes, sie hätte sich gegen Xiria verteidigen können. Aufgeregt versuchte sie ihn vom Gegenteil zu überzeugen. »Das stimmt nicht, Degan. Ich habe keinerlei Macht ...« In seinem Gesicht suchte sie nach irgendeinem Zeichen von Verständnis, fand jedoch keines.

Degans Hand legte sich um ihren Hals und drückte zu. Lin kämpfte um ihr Leben. Degan verlor die Kontrolle über sich, und ihre Versuche, sich von ihm freizukämpfen, führten nur dazu, dass er immer stärker ihre Kehle zuquetschte. Wo war nur die Waldfrau, wenn man sie brauchte? Schließlich gelang es Lin mit letzter Kraft, ihn von sich zu stoßen. Gierig sog sie Luft in ihre Lungen, dann schrie sie: »Deshalb behandelst du mich so … und deshalb verachtest du mich?« Sie spürte, wie ihr Tränen der Enttäuschung in die Augen schossen. Sie wischte sie fort und fasste sich. Mit ruhiger Stimme sprach sie weiter. »Du hast schon immer geglaubt, du bist der Einzige, dem Unrecht widerfährt, der Einzige, der leidet, und der Einzige, der ein Recht auf Freiheit hat!« Sie schlug sich mit der Faust gegen die Brust. »Aber was ist mit mir? Hat mich jemand gefragt, ob ich das, was das Schicksal für mich vorgesehen hat, will? Ich weiß nichts von der Göttin, nur, dass sie sich in mir verbirgt; und auch das weiß ich erst seit wenigen Tagen. Ich habe keine Fähigkeiten oder Kräfte. Sala spricht ja nicht mal zu mir.« Mit zitternden Händen riss sie die Tür auf. Degan starrte düster vor sich hin. Ihre Verzweiflung wuchs. Er verstand sie nicht! Er glaubte ihr kein einziges Wort! »Ich bin Lin, einfach nur Lin. Ich konnte gar nichts ändern. Nicht an *ihrem* Schicksal, nicht an deinem und schon gar nicht an meinem.«

Sie wandte sich endgültig ab und rannte über die Lichtung, wobei sie spürte, wie ihre unsinnige Liebe zu Degan schwer wie ein Felsbrocken auf ihrem Herz lastete. Dies war die einzige Fähigkeit, welche die Göttin ihr überlassen hatte – ewige und unzerstörbare Liebe zu empfinden. Genau wie für Elven war die Unsterblichkeit ihrer Liebe für sie zum Fluch geworden.

# Götterfluch(t)

Braam torkelte durch die Nacht und suchte Streit mit jedem, der ihm zufällig über den Weg lief. Leider vergebens – die Menschen zogen die Köpfe ein und wichen ihm aus. Wer wollte sich schon mit Elvens Gefolgsmann anlegen? Sein Verstand drehte sich vom billigen Wein. Der Wirt hatte den dünnen Fusel Wein des Vergessens genannt, doch er war ein Lügner. Braam konnte einfach nicht vergessen. Sosehr er es auch versuchte; immer wieder musste er daran denken, dass er es gewesen war, der Elven dem Königspaar vorgestellt und damit ganz Engil dem Blutgott ausgeliefert hatte.

Lange hatte er die Wahrheit verdrängt, doch nun holte sie ihn umso grausamer ein.

Er würde sterben, ebenso wie sein Vater und wie alle Menschen in Engil … Er wusste es, wie er wusste, dass die Sterne ewig waren. Was bedeuteten Elven die Menschen? Überhaupt nichts. Wenn Lin nach Engil zurückkehrte, würde der Blutgott seine Opfer fordern … und er würde Rache an den Menschen nehmen, weil Sala ihn für die Menschen verlassen hatte. *Lin ist die Göttin!* Stimmen schrien in Braams Kopf durcheinander, vorwurfsvoll und schrill. Sie wollten nicht mehr verstummen.

Ohne auf die teils ängstlichen, teils verächtlichen Blicke der Engilianer zu achten, stolperte er über die Brücke zurück Richtung Tempelstadt. Mittlerweile hatte er von jenen, die noch nicht Elvens Bann unterlagen, einen Namen erhalten – Bluthund des Königs.

Braam hasste den Namen, weil er ihn so treffend beschrieb. Er schnüffelte herum, bis er seine Beute gefunden hatte, und warf sie dann seinem Herrn vor die Füße.

Während er mit seinem Schicksal haderte, stieß er mit seinem Vater auf der Brücke zusammen. Braam fluchte; dem Alten über den Weg zu laufen war das Letzte, was er brauchte. Im Gegensatz zu ihm trug sein Vater saubere Beinkleider und ein Hemd aus Leder, Schmuck aus Greifensilber und einen verzierten Schwertgurt. Trotzdem haftete der Totengeruch aus Elvens Thronsaal noch an ihm. Braam wollte sich grußlos davonmachen, doch sein Vater hielt ihn am Arm fest. »Warum besäufst du dich, anstatt dich in der Nähe deines Königs aufzuhalten? In letzter Zeit bist du nicht du selbst. Du bringst uns in Gefahr. Die Greife sehen alles und berichten Elven davon.«

Braam sah seinem Vater in die Augen und dachte daran, dass der Alte nun den Posten an Elvens Seite hatte, der eigentlich seiner gewesen war. »Du armer Narr! Er wird uns alle töten«, lallte er und erbrach sich im nächsten Augenblick über das steinerne Brückengeländer in den Fluss.

Danach wurde sein Kopf etwas klarer. Er wandte sich erneut seinem Vater zu, der ihn mit steinharter Miene ansah. »Du verstehst überhaupt nichts«, flüsterte Braam resignierend.

»Nein«, gab der Alte zur Antwort, sein Blick war stolz wie der eines Talukkriegers. »Ich verstehe nicht, wie ich einen so schwachen und nutzlosen Sohn zeugen konnte. Es muss zu viel vom Blut deiner Mutter in deinen Adern fließen. Du bist eine Schande für mich.«

Braam lachte, obwohl ihn die Worte trafen. Er war nicht schwach, und das würde er beweisen.

Sein Vater bedachte ihn mit zweifelnden Blicken. »Halte dich heute Nacht besser vom Palast fern, damit die Greife dich nicht sehen.«

Braam rülpste herausfordernd. »Ich habe genug Wein für diese Nacht gehabt.«

»Eine weise Erkenntnis«, spottete sein Vater und wünschte ihm eine gute Nacht. Braam sah ihm hinterher und kam nicht umhin, die Selbstherrlichkeit des Alten zu bewundern. Er setzte seinen Weg fort und sah sich nicht noch einmal nach ihm um. Ihre Wege führten sie von nun an in zwei verschiedene Richtungen.

Der Tempel des Blutgottes war beinahe fertig. Ein paar Steine mussten noch bearbeitet werden, bevor sie ihren Platz im Mauerwerk fanden. Die Greife hatten die fehlenden Steinquader aus dem Mugurgebirge herangeschafft. Braam betrachtete das fast fertige Bauwerk mit zusammengebissenen Zähnen. Er würde seinen Fehler wiedergutmachen!

Kaum hatte er sich entschieden, überkamen ihn Zweifel. Er setzte sich auf einen der Steine und legte den Kopf in den Nacken. Die Nacht war kalt und klar, die Sterne funkelten am Himmel. Erstmals in seinem Leben dachte Braam darüber nach, wie schön ein Nachthimmel sein konnte, wenn man sich die Zeit nahm, ihn zu betrachten. Er hatte in seinem Leben zu wenig auf solche Dinge geachtet und sie als Weiberkram abgetan – und er bereute es. In Muruks Reich gab es keinen Nachthimmel mit Sternen – nur flammendes Feuer, Schmerz und niemals endende Qualen. *Lin ist die Göttin*, flüsterten die Stimmen in seinem Kopf und zwangen ihn dazu, aufzustehen und seinen Blick endgültig vom Himmel abzuwenden.

Während er den Hügel zum Palast hinauflief, berührte er den Griff seines Schwertes, wie um zu prüfen, ob es noch da war. Der kühle, mit Leder umwickelte Griff schenkte ihm Ruhe und Sicherheit. Er wusste, was zu tun war.

Im Garten des Palastes begegnete er Dienerinnen und Dienern, die müde an ihm vorbeiliefen und kaum den Kopf hoben, als sie ihn sahen. Sie waren froh, wieder eine Nacht überlebt zu haben, denn wer im Palast diente und jung war, wusste nie, wann Elvens Auge auf ihn fiel. Viele der Mädchen wuschen sich nicht mehr, schwärzten sich die Zähne mit Asche und bemühten sich um Hässlichkeit. Meistens nutzte es ihnen jedoch nichts. Elven wählte seine Opfer willkürlich unter ihnen aus.

Sobald Braam den Flur des Palastes betreten hatte, konnte er Elven riechen. Diejenigen, die tagtäglich im Palast ihren Dienst verrichteten, mochten sich an den ständigen Geruch nach Tod und Verwesung gewöhnt haben, doch ihm war das nie gelungen. Leichengestank zog den Tod an, der wiederum alle jene mit sich riss, an denen der Geruch des Todes haftete. Braam stieß die Luft durch die Nase und atmete dann flach durch den Mund ein. Alle Menschen hier waren verflucht!

Vor den großen Türflügeln des Thronsaales blieb er stehen und wartete, bis sein Herz einigermaßen ruhig schlug. Die letzte und größte Schale des Stundenmessers war bereits halb voll. Das bedeutete, dass es an der Zeit war, Engil *Belis nani* zu sagen. Dies war die Stunde seines Todes. Sein Tod war der Preis, den er zahlen musste, um sein Gewissen reinzuwaschen.

Leise öffnete Braam einen Flügel der Tür und trat ein. Nur wenige Feuerbecken beleuchteten den Raum, und der Gestank war unerträglich. Elven saß auf seinem Thron, es war totenstill. Die Greife seiner Leibwache hockten auf den Stufen vor dem Thron und hatten ihren Kopf unter eine Schwinge gesteckt. Sie schliefen. Als Braam langsam auf den Thron zuging, erkannte er, dass Elvens Haut schwarz war und sich von den Knochen zu schälen begann. Seine blinden Augen beobachteten ihn.

Braam schüttelte seine letzten Zweifel ab und trat vor den Thron.

»Hast du meine Königin gefunden?«, flüsterte Elven mit heiserer Stimme. Das Sprechen fiel ihm schwer.

»Ja«, war die einzige Antwort, die Braam zustande brachte.

»Und wo ist sie?«

»Ich muss dir zuerst etwas Wichtiges sagen. Es geht um den Greifenführer Suragon.«

Elven nickte kaum merklich und winkte ihn näher heran. Jeder, der es nicht besser wusste, hätte ihn für einen Greis gehalten. Als Braam nur noch zwei Schritte von ihm entfernt stand, konnte er sehen, dass Elvens Kopf nur noch aus einem Schädel mit fauligen Hautfetzen bestand. Erneut spürte Braam, wie er schwach zu werden drohte und darüber nachdachte, Elven eine Lüge ins Ohr zu träufeln. Noch wäre Zeit dazu, noch konnte er sein Leben retten!

Ein heiseres Lachen kam unerwartet von dem grinsenden Schädelgesicht. »Deine Gedanken sind viel zu laut, als dass ich sie überhören könnte, Braam.«

Er bemerkte einen unangenehmen Druck auf seiner Stirn und erschrak. Elven wusste längst, weshalb er gekommen war.

»Du bist hier, um mich zu töten.«

Braam antwortete nicht. Die Greife hoben die Köpfe und spreizten ihre klauenbewehrten Schwingen. Blaue Augenpaare starrten ihn an, bereit, ihren Herrn zu verteidigen.

Braam erkannte, dass er nicht entkommen würde, egal, welche Ausrede er sich einfallen ließ. In einer einzigen gleitenden Bewegung zog er sein Schwert und stieß es in Elvens aufgequollenen Leib – einmal, zweimal … fünfmal. Schwarzes Blut spritzte ihm ins Gesicht, und der Gestank der fauligen Gedärme ließ ihn würgen, doch Braam stieß sein Schwert immer wieder in das matschige Fleisch. Solange der Blutgott in einem menschlichen Körper steckte, war er verletzbar und konnte getötet werden!

Einer der Greife packte ihn mit seinen Klauen und stieß sie tief in Braams Schultern. Ein heißer Schmerz machte sich in seinem

Brustkorb breit. Seine Schulternknochen knirschten und gaben unter dem Druck der scharfen Klauen nach. Kurz darauf spritzte ihm sein eigenes Blut ins Gesicht.

Vom Thron, auf dem die erschlaffte Gestalt Elvens mit seinem Schwert im Leib zusammengesunken saß, kam ein leises Lachen. Elvens Stimme war nur noch ein Hauch, doch Braam vernahm sie so deutlich wie sein Herz, das nicht aufhören wollte, das Blut aus seinem sterbenden Körper zu pumpen.

»Du bist ein Narr, Braam. Du hast mich von diesem Körper befreit. Ich muss dir dafür danken!«

Braam hob seinen Kopf und öffnete den Mund, ohne jedoch einen Ton herauszubringen. Sein Schrei erstickte in der Kehle, stattdessen spie er einen Schwall Blut aus. Als handele es sich nicht um seinen eigenen Körper, starrte Braam auf seinen Bauch und die Klaue des Greifen, die darin steckte und ihm bei lebendigem Leib die Eingeweide herausriss; zuerst die Gedärme, dann folgte der Magen – der Greif weidete ihn aus. Seltsamerweise spürte er dabei keinen Schmerz. Braam schloss die Augen. *Es tut mir leid, Lin, es tut mir leid, Sala*. Seine Beine gaben nach, und der Thronsaal um ihn herum verschwand. Es wurde schwarz und still …

Als er die Augen öffnete, stand er unter einem flammend roten Himmel. Braam wusste: Das, was vor ihm lag, war seine Ewigkeit. Glühende Asche unter einer brennenden Sonne – ein Schlachtfeld der Jahrtausende … Er hatte seine letzte Reise angetreten – in das Reich des Blutgottes.

Lin lief auf den Waldrand zu und ignorierte die warnenden Rufe der Waldfrau, die hinter der Hütte hervorgekommen war, wo sie Belamon versorgt hatte. Sie wollte nichts hören – keine Vorwürfe, keine Prophezeiungen … einfach gar nichts! Die Alte gab jedoch nicht auf und verfiel in kreischendes Gereime. Im Laufen legte Lin die Hände auf die Ohren. Sie wollte jetzt einfach eine Weile allein sein, war das denn nirgendwo möglich?

Erst nachdem sie ein Stück weit in den Wald gelaufen war, blieb sie stehen und nahm die Hände wieder herunter. Aufmerksam lauschte sie – die Waldfrau war ihr nicht gefolgt. Lin wischte die letzten Tränen fort und ging langsam weiter. Das raschelnde Laub hatte etwas Tröstliches, und ganz in der Nähe hörte sie einen Bach plätschern. *Waschen … ein Bad*, flehten sofort alle Stimmen in ihrem Kopf.

Sie musste nur ein paar Schritte gehen, um den Bach zu finden. Sein Wasser war kalt, aber klar. Lin warf die Decke ab und stieg hinein. Der Bach war nur knietief, doch nach ihrem alptraumhaften Erlebnis in der Oase war ihr das mehr als recht. Ausgiebig fing sie an, sich zu schrubben, und nahm einen Stein zur Hilfe. Unter all dem Schmutz kam endlich wieder die Farbe ihrer Haut zum Vorschein – ein warmes Honiggold. Lin hatte geglaubt, schon nicht mehr zu wissen, welche Farbe ihre Haut hatte.

Als sie sich halbwegs sauber fühlte und nahe daran war, im kalten Bach zu erfrieren, stieg sie aus dem Wasser und wickelte sich wieder in ihre Decke. Erleichtert ließ Lin sich ins Gras fallen. Warum Degan Reinlichkeit ablehnte, konnte sie nicht verstehen. Sogar Belamon war sauberer als er! Lin zog die Knie an und umschlang sie mit den Armen. Sie konnte jetzt nicht zurück zur Hütte gehen und Degan unter die Augen treten. Seine Vorwürfe hatten sie schlimmer verletzt als der giftige Dorn der Waldfrauen.

Aus den Augenwinkeln sah sie etwas aufblitzen. Träge wandte sie den Kopf, um zu sehen, ob jemand kam, doch es war zu spät. Lin war auf einmal wie erstarrt. Ein Greif war lautlos nur einige Schritte von ihr entfernt gelandet und kam auf sie zu.

Viel zu spät gelang es ihr aufzuspringen. Doch sie stolperte über ihre Decke und fiel erneut ins Gras. »Degan … Belamon … helft mir«, war alles, was sie herausbrachte, obwohl sie wusste, dass es sinnlos war, nach ihnen zu rufen. Sie hatte sich zu weit von der Lichtung entfernt. Sogar die ausgeprägten Ohren der Greife konnten sie hier nicht hören.

Der Greif war mit wenigen Schritten bei ihr, zog sie hoch und legte ihr einen Arm um die Taille. Seine andere Hand drückte er auf ihren Mund. Lins Schreie erstickten, ohne dass sie die Kraft aufbrachte, sich gegen den Greif zu wehren. Sein Duft stieg ihr in die Nase und machte sie willenlos, so dass sie schlaff in seinen Armen hing.

*Er ist wunderschön … ich begehre ihn …*, dachte sie unsinnigerweise und war zu keinem anderen Gedanken mehr fähig.

»Die Königin von Engil ist unvorsichtig. Suragon musste nicht lange auf eine Gelegenheit warten.« Er zerrte ihr die Decke vom Körper, und sein betörender Duft sorgte dafür, dass Lin alles bereitwillig mit sich geschehen ließ. *Liebe mich!*, verlangte ihr Körper inbrünstig.

Doch zu ihrer Überraschung wollte Suragon nur die Decke, um sie zurück ins Gras zu werfen. »Der Halbgreif wird Lin suchen, und Suragon wird ihn erwarten.«

Sie wollte etwas sagen. Trotz ihres betäubten Verstandes erinnerte sie sich an den Namen, den die Waldfrau ihr genannt hatte – Suragon. Etwas war mit diesem Greif, er war gefährlich, weil … Lin versuchte sich zu erinnern, während er sie mit kräftigem Flügelschlagen hinauf in einen Baum trug. Langsam ließ die Taubheit ihres Verstandes nach. In seinem Schurz steckte eine Peitsche mit silbernen Ketten, die mit Schjackzähnen besetzt waren; Lin fand diese Peitsche ungewöhnlich.

»Wohin bringst du mich?«,wollte sie von Suragon wissen.

»In Sicherheit!«, war das Einzige, das er ihr zur Antwort gab. Dann setzte er sie noch oben in einem Baum ab, von dem sie alleine nicht wieder herunterkommen würde. Er betrachtete sie kühl. »Lin muss sich entscheiden. Will sie die Priesterinnen retten oder sterben lassen?«

Ihr Kopf war wieder klar, und ihr kamen die Worte der Waldfrau über Suragon in den Sinn. *Diesen Greif wirst du nicht täuschen können.*

»Ich will sie retten«, antwortete sie leise.

»Suragon ist bald zurück«, versprach er.

Ehe Lin etwas hätte tun können, stürzte er sich vom Ast, spreizte die Schwingen und flog davon.

Degan verschwand leise fluchend im Wald, während er das Gekeife der Waldfrau in seinem Rücken ignorierte. Nachdem Lin fortgelaufen war, hatte die Alte ihm im Befehlston mitgeteilt, dass er sie zurückholen müsse. Seiner eher spöttischen Frage, warum er das *müsse*, war eine Schimpftirade auf seine Überheblichkeit, seine Verbitterung und seine Nutzlosigkeit gefolgt. Mehr um dem Gezeter der Alten zu entgehen als aus echten Schuldgefühlen war Degan aufgestanden und hatte sich auf den Weg gemacht.

Lin! Immer ging es nur um sie! Schon damals in Engil war es so gewesen. Immer wurde er dazu gedrängt, sie zu beschützen. Aber was konnte er dafür, dass sie ihn so verzweifelt liebte, dass sie, naiv, wie sie war, dem dunklen Gott in die Falle gegangen war; was konnte er dafür, dass Elven ihre Eltern getötet hatte? Degan hob einen Stein vom Boden auf und schleuderte ihn weit von sich. Was, bei Salas Tränen, konnte er dafür, dass Lin mit der Lichtgöttin verschmolzen war? *Und was kann sie dafür?*, wisperte zaghaft eine Stimme in seinem Kopf. Degan gebot ihr unmissverständlich, still zu sein und sich aus seiner Wut herauszuhalten.

Er sah sich um. Immerhin war er so die Waldschnepfe fürs Erste los! Sollte sie Belamon und seine gebrochene Schwinge ruhig eine

Weile quälen, anstatt ihm Vorhaltungen zu machen. Schließlich war der verliebte Junggreif schuld daran, dass Lin wie Falbrindspucke an seinen Fersen klebte. Wenn er sie fand, würde er ihr ein paar unfreundliche Worte an den Kopf werfen und sie in die Hütte der Waldfrau sperren, wo sie für sich selbst und für andere keine Gefahr darstellte.

An einem kleinen Bach fand er Lins Decke, hob sie auf und schnupperte daran. Sie duftete nach Seifenkraut – wahrscheinlich hatte Lin ein Bad genommen. Unwillkürlich nahm Degan seinen eigenen strengen Geruch wahr. Über ein Bad konnte er ja mal nachdenken; das letzte war wirklich schon eine ganze Weile her. Man vergaß so etwas, wenn man die meiste Zeit auf einem Baum lebte. Wieder schnupperte er an Lins Decke. Da war noch ein anderer Geruch neben dem Seifenkraut und dem ihrer Haut. Er war ihm vertraut und doch fremd. Degan sah sich um und rief Lins Namen. Natürlich erhielt er keine Antwort. Wahrscheinlich versteckte sie sich hinter einem Baum wie ein trotziges Kind und beobachtete ihn, wie er hier herumlief und nach ihr suchte. Das Gras neben dem Bach war platt getreten, ein weiteres Zeichen, dass sie hier gewesen sein musste. Aber warum ließ sie ihre Decke zurück? Lin hasste es, nackt zu sein. Dabei musste sie ihren Körper nun wirklich nicht verstecken; sie war eine schöne Frau, wenn auch zu verhätschelt.

Degan seufzte. Warum konnte sie sich nicht in einen Mann verlieben und glücklich werden? Sie hätte jeden haben können – warum musste sie unbedingt ihn lieben?

Konzentriert lauschte er auf Geräusche und rief noch einmal nach ihr – diesmal deutlich wütender: »Lin! Bei Salas Tränen, komm endlich! Die alte Kröte lässt mir keine Ruhe, bis ich dich zurückgebracht habe!«

Wieder antwortete sie nicht, und das machte ihn richtig wütend.

Ihre kindischen Spielchen konnte sie mit Belamon spielen, aber nicht mit ihm. Degan bekämpfte das aufkommende Schuldgefühl in sich, das ihm seine menschliche Seite einzureden versuchte. Xiria war tot, und Lin lebte. Er hatte seine Geliebte getötet, um ihr Leben zu retten. War das nicht ein guter Grund, sie leiden zu lassen? *Du bist ungerecht!*, wies ihn die Stimme in seinem Kopf zurecht. Seit Lin in der Oase aufgetaucht war, wollte sein menschliches Erbe nicht mehr schweigen, was ihn ganz besonders ärgerte. Menschliche Gefühlsduseleien und Ablenkungen waren das Letzte, was er brauchte.

Degan ließ den Kopf hängen, um seine Gedanken zu klären und sich wieder auf seinen Greifeninstinkt zu fokussieren. In letzter Zeit mischte sich seine menschliche Seite viel zu oft in seine Gedanken, so dass er die Gefahr zu spät bemerkte. Ein Windhauch streifte sein Ohr, gefolgt von einem leisen Sirren.

Degan sprang zur Seite, doch kurz darauf legte sich etwas um seine Brust und riss ihn mit Gewalt von den Füßen. Er landete hart auf dem Rücken und japste nach Luft. *Verdammtes Menschenblut!* Benommen blinzelte er und entdeckte eine silberne Kette, die fest um seinen Brustkorb geschlungen war. Unter der Kette quoll Blut hervor – sein Blut! Erst bei genauem Hinsehen erkannte er, dass nicht die Kette ihm Schnittwunden zugefügt hatte, sondern die Schjackzähne, welche an ihr befestigt waren und wie Widerhaken in seiner Brust steckten.

Degan rollte zur Seite und versuchte, sich von der Kette zu befreien. Die Schjackzähne hatten sich derart tief in seine Haut gegraben, dass es eine schmerzhafte Angelegenheit war. Schließlich gelang es ihm, und kurz darauf stand er schwankend auf seinen eigenen Beinen. Was war überhaupt geschehen? Bevor er seine Sinne ordnen konnte, musste er schon einem weiteren Angriff der Silberketten ausweichen. Aus dem Augenwinkel heraus entdeckte er einen Greif, der die gefährliche Waffe schwang – eine Peitsche aus Silberketten!

Degan war nicht so verletzt, dass er hilflos war. Er wusste, sollte er nah genug an den Greif herankommen, um ihm Muruks dunkles Gift zu nehmen, würde er seine wirkliche Gestalt zurückerhalten und werden wie Belamon und die anderen. Etwas, das, wie er festgestellt hatte, viele der verfluchten Greife nicht wollten. Sie hatten sich zu sehr an ihre menschlichen Körper gewöhnt. In der Regel riskierten sie es deshalb nicht, ihm zu nahe zu kommen. Seine Fähigkeit, Greifen ihre ursprüngliche Gestalt zurückzugeben, hatte sich herumgesprochen. Dieser Greif war mutig.

Der Greif ließ die Peitsche sinken und musterte ihn ausgiebig. »Suragon wird Elven den Kopf des Halbgreifen bringen.«

»Wo ist Lin?«, wollte Degan wissen, ohne sich von Suragons Drohungen beeindruckt zu zeigen.

Der Greif wies hinauf in einen Baum. Er wusste, dass Degan ihm seine Beute nicht fortnehmen konnte. Wieder einmal stieß Degan der Umstand, keine Schwingen zu haben, bitter auf. Er hatte sich daran gewöhnt, dass Belamon oder die anderen seine Schwingen waren, doch in diesem Augenblick fühlte er sich unvollkommen; auch Suragon empfand ihn so, das zeigte er ihm deutlich. »Degan kann die Menschin nicht bekommen … Elven will sie zurück.«

»Lin will aber nicht zu ihm zurück«, grollte Degan und spürte, wie Jähzorn seine Selbstkontrolle zu zerstören drohte. Dies war ein gefährlicher Augenblick, der ihn alle Vorsicht vergessen ließ. Mochte Suragon auch mutiger sein als die anderen seiner Art – um einen Greif zu überwältigen, brauchte er weder Belamon noch die anderen.

Blind vor Zorn sprang er aus dem Stand heraus auf Suragon zu, bereit, ihm das Gift des Gottes aus seinem Herzen zu ziehen.

Suragon machte einen Schritt zur Seite, öffnete seine Schwingen und hieb seine Klauen in Degans Rücken, als dieser an ihm vorbeistürmte. Degan schrie auf, während er zu Boden ging und ein glühender Schmerz die Luft aus seinen Lungen presste. Hilflos ruderte er mit den Armen, doch Suragons scharfe Klauen hatten sich fest in seinen Rücken gekrallt, so dass Degan ihn nicht mehr abschütteln konnte.

»Elven will den Kopf des Halbgreifen!«

Mit Schrecken erkannte Degan, dass es dem Greif aus dieser Position ein Leichtes wäre, ihm das Genick zu brechen.

Degan ließ sich nach vorn ins Gras fallen und landete auf dem Bauch. Der Schmerz des Aufpralls war so groß, dass er darum kämpfte, nicht das Bewusstsein zu verlieren. Doch wie er gehofft hatte, verlor Suragon beim Aufprall das Gleichgewicht. Seine großen Schwingen behinderten ihn am Boden so sehr, wie sie ihn in der Luft zu einem wendigen Gegner machten.

Dies war seine einzige Gelegenheit, Suragon zu entkommen. Obwohl es gefährlich war, rollte Degan sich auf den Rücken und entdeckte zwei schwarze Schwingen am Himmel ... Dawon!

Während Suragon unbeholfen aufstand, streckte Dawon seinem Sohn die Arme entgegen und stieß im Sturzflug zu ihm hinab. Degan kam mit einem Sprung auf die Beine. »Vater!«, rief er, so laut er konnte.

Kurz bevor er in vollem Flug auf die Erde stürzte, schlug Dawon einen Haken, ergriff Degan unter den Achseln und stieg gemeinsam mit ihm in den Himmel. Suragon sah ihnen nach, folgte ihnen jedoch nicht. Stattdessen wandte er sich nun, da er einen anderen Greif in der Nähe wusste, dem Wald zu, in dem er seine Beute – Lin – festgesetzt hatte. Degan wusste, sie hätten ihm folgen sollen, doch da war Suragon auch schon zwischen den Baumkronen verschwunden.

Degan lag auf dem Bauch und ließ die keifende Waldfrau seine Wunden mit getrockneten Kräutern und Salben versorgen. Ihre Vorwürfe ertrug er mit stoischem Schweigen. Sein Vater hockte vor ihm und beobachtete das Geschehen mit der unbedarften Neugierde, die ihm zu eigen war. »Degan war sehr unvorsichtig«, pflichtete Dawon der Alten bei, was Degan dazu veranlasste, sich am unvermeidlichen Gespräch zu beteiligen. »Suragon bringt Lin zurück nach Engil.« Das leuchtende Schimmern, das plötzlich und ohne Vorwarnung die Hütte erfüllte, ließ ihn aufseufzen. Es war ein untrügliches Zeichen, dass seine Mutter Nona erschienen war.

Fand Degan schon zu seinem Vater keinen rechten Zugang, so war ihm die Lalufrau, die ihn als Menschenfrau geboren hatte, erst recht fremd. Er hätte ebenso gut eine Waise sein können; Degan war sich sicher, es hätte sich nicht anders angefühlt. Trotzdem riss er sich zusammen. Dawon hatte ihn vor dem sicheren Tod gerettet.

Als Nona ihn mit ihrer durchscheinenden Hand berührte, zuckte er zusammen und richtete sich auf. Die Verletzungen der Peitsche waren nicht allzu schlimm, doch sie hatte tiefe Wunden in seine Selbstachtung geschlagen. Degan vermied es, seine Mutter anzusehen. Stattdessen betrachtete er Dawon, der, die Arme um die Knie geschlungen, neben dem Feuer hockte und eine Schale Nüsse verspeiste. Sein Vater hatte eigentlich immer Hunger – und wurde von der Waldfrau gefüttert wie ein kuscheliges Haustier. *Hier gehörst du nicht hin, Degan!* »Sobald Belamons Schwinge verheilt ist, werden wir die anderen Greife suchen und in die Oase zurückkehren.«

Die Äuglein der Waldfrau funkelten voller Verachtung. »… und ganz Engil einer Schreckensherrschaft überlassen?«

Degan wappnete sich. Dieses Mal würde sie ihn nicht überreden können! Er war nun wieder ganz Greif, seine menschlichen Gefühlsanwandlungen hatte er zurückgedrängt. »Was kümmert es euch? Ihr Waldfrauen habt euch immer aus allem herausgehalten und den Wald von Isnal als freies Land gesehen.«

Die Alte kam ächzend hoch und stellte die Salbe, mit der sie seinen Rücken behandelt hatte, in ein schiefes Bretterregal zurück. »Aber das ist vorbei. Die Grenzen sind verschwommen, und selbst Muruks Geschöpfe beachten sie nicht mehr. Du musst es einsehen, Halbgreif: Es geht nicht mehr um Lin, sondern um die Göttin. Wenn *er* über sie triumphiert, dann wird *er* Engil beherrschen und die Menschen … und uns ebenfalls.«

Degan fühlte sich in die Enge getrieben und wollte raus aus dieser Hütte, in der ihn sein naiver Vater, seinc seltsame Mutter und die alte Waldkröte bedrängten. »Das ist nicht mein Problem!«

Ohne eine Antwort abzuwarten, stand er auf, öffnete die Tür und trat hinaus in den aufziehenden Abend. Er floh hinter die Hütte, wo Belamon im Gras lag und seine Wunden ausheilen ließ. Wenigstens einer, der wie er war und enge Räume nicht ertragen konnte – Degan beschloss bei Belamon zu bleiben, solange sie hier nicht fortkonnten.

Als der Greif ihn sah, krächzte er unglücklich. Seine verletzte Schwinge war gestreckt und geschient worden und von der Waldfrau auf einen hölzernen Rahmen gespannt. Die Konstruktion behinderte ihn daran, eine bequeme Liegeposition einzunehmen. Belamon hatte seinen Kopf auf die Klauenfüße gelegt und sah Degan resigniert an. Ein verwandelter Greif war zu wild und zu frei, um bewegungslos auf der Erde gefesselt zu sein. Dies war nicht sein natürlicher Lebensraum, und auch Degan hatte sich daran gewöhnt, auf einem Baum zu leben. Hier auf der Erde fühlte er sich genauso unwohl und angreifbar wie Belamon.

Mit einem Seufzen setzte er sich neben Belamon und klopfte dem verletzten Greif beruhigend auf die Schulter. »Wenn deine

Schwinge verheilt ist, suchen wir die anderen und kehren zurück in die Oase.«

Belamon hob den Kopf und krächzte. Für jeden anderen waren Belamons Laute die eines Tieres, doch Degan hatte sehr bald festgestellt, dass sein Greifenerbe ihm erlaubte, in den Lauten Worte zu erkennen. Jetzt klangen sie eindeutig vorwurfsvoll, was ihm überhaupt nicht gefiel. Er wich dem Blick des jungen Greifen aus, als er ihm auf seine Frage antwortete: »Suragon hat Lin zurück nach Engil gebracht. Sie ist nicht mehr unser Problem.«

Das nächste Krächzen klang so vorwurfsvoll, dass Degan wütend wurde. War denn jeder gegen ihn? Er sprang auf. »Du kannst sie ja suchen und sehen, ob sie es dir dankt. Zum letzten Mal: Ich werde in die Oase zurückkehren! Mich gehen dieser Götterkrieg und die Menschen nichts an.«

Belamon bedachte ihn mit einem verständnislosen Blick. Degan stapfte davon, wobei er einen großen Bogen um die Hütte machte, in der er seine Eltern und die Waldfrau wusste. Er würde nicht nachgeben, dieses Mal ganz sicher nicht. Es blieb dabei – dieser Krieg würde ohne ihn stattfinden!

# Im Bann des dunklen Gottes

Lin hatte es aufgegeben, sich nach Degan umzusehen. Er würde nicht kommen, um sie zu retten – dieses Mal nicht. Ohne ihr auch nur eine einzige Rast zu gönnen, trug Suragon sie über die Baumkronen des Isnalwaldes immer weiter Richtung Engil und fort von der Lichtung der Waldfrau.

Am späten Abend setzte er sie auf einem so hoch gelegenen Ast eines Baumes ab, dass es ihr niemals aus eigener Kraft gelungen wäre, hinunterzuklettern und zu fliehen. Wieder einmal war sie die Gefangene eines Greifen. Lin verbrachte die Nacht nackt und frierend auf dem Ast, in ständiger Angst, im Schlaf hinabzustürzen oder von Suragon geschändet zu werden. Der Greif schien jedoch im Gegensatz zu seinen Artgenossen seinen Paarungstrieb unterdrücken zu können. Seinen Duft hatte er nur eingesetzt, um sie gefügig zu machen.

Am nächsten Morgen verlor Suragon keine Zeit aufzubrechen, packte sie um die Taille, und gegen Mittag erkannte Lin von weitem das Stadttor von Engil. Ihr war, als streife eine kalte Klauenhand ihren Nacken. Die Heimkehr hätte glücklich sein können, wäre sie an der Seite von Degan und seinen Greifen und nicht als Gefangene von Suragon nach Engil zurückgekehrt.

Als Suragon sie über Engils Mauern trug, wirkte die Stadt friedlich und durchflutet von Sonnenschein – sogar Salas Tempelhügel war in strahlendes Sonnenlicht getaucht.

Als der Greif sie vor Salas Tempel absetzte, wusste Lin jedoch, dass all ihre Versuche, Engil zu retten, umsonst gewesen waren. Ihre waghalsige Flucht, die sie über Dungun zu den Waldfrauen und schließlich zur Quelle des Sandflusses in die Schwarze Wüste Melasan geführt hatte, war vergeblich gewesen.

Sie fand sich inmitten einer Menge von stumpfsinnig blickenden engilianischen Männern und Greifen wieder, die Lins Nacktheit unruhig machte. Seltsamerweise war der Umstand, dass sie keine Kleidung trug, Lins geringstes Problem. Nach allem, was sie erlebt hatte, war sie nicht mehr dazu fähig, angemessene Scham zu empfinden; sie machte sich nicht einmal die Mühe, ihre Arme vor der Brust zu verschränken. Stattdessen wandte sie sich an Suragon, der neben ihr stand. »Und was jetzt? Willst du warten, bis deine gesamte Sippe über mich herfällt?«

Suragon schien angesichts seiner durch Lins Anblick in Versuchung gebrachten Artgenossen nervös zu werden. Mit schneidender Stimme rief er: »Wo ist der Mensch, den sie Braam nennen? Suragon hat die Königin von Engil zurückgebracht, wie er es befohlen hat.«

Lautes Gemurmel wurde laut, die Greife wichen zurück – auf Lin wirkten die Engilianer, als besäßen sie keinen eigenen Willen mehr. Ihre Blicke waren stumpf wie die von Falbrindern. Lin schauderte. Sie hatte solch verlorene Blicke schon einmal gesehen – in den Augen ihrer Mutter Ilana kurz vor deren Tod. Nur wenige schienen Elvens Einfluss widerstehen zu können.

Durch die Reihen der Menge schob sich eine Gestalt und kam direkt auf sie zu. Ein großer Mann mit einem Waffengürtel aus Greifensilber, der ihn als Elvens ersten Gefolgsmann auswies. Sie kannte diesen Gürtel. Er hatte Braam gehört; zu Lins Überraschung war es jedoch nicht Braam, sondern sein Vater, der ihn trug. Gewichtig blieb er vor ihnen stehen und musterte zuerst Suragon. Dann starrte er sie unverhohlen an und ließ dabei keine

Stelle ihres Körpers aus. »Lin ... du bist also zurück.« Er sprach mit ihr, wie man zu einem kleinen Kind gesprochen hätte, und sie spürte, dass er sie mit jedem Wort verspottete. »Leider kam dein Einsehen zu spät. Salas Priesterinnen müssen geopfert werden!« Er hob den Finger und wies in den Himmel. »Genau sieben Mal wird die Sonne noch aufgehen, bevor ihr Blut den Opferkreis weiht. Der neue Tempel ist fertig.«

Lin spürte, wie ihre Beine nachzugeben drohten. Nun war wirklich alles umsonst gewesen. Sie konnte weder die Dienerinnen Salas vor ihrem Schicksal bewahren noch ihr Volk von Elvens Schreckensherrschaft befreien. *Unglückselige Lin!* Das gemeine Grinsen des Taluk würde sie in ihren Träumen verfolgen, wenn das Blut der Mädchen längst vergossen war. »Wo ist Elven?« Vielleicht gab es doch noch ein Wunder, und sie konnte ihn durch ihre Rückkehr dazu bewegen, wenigstens die Priesterinnen zu verschonen.

»Du musst dich bis zur Einweihung gedulden. Seine Zeit ist ausgefüllt.«

»Und Braam?« Lin spürte, dass irgendetwas nicht stimmte, und das kurze Zucken der Mundwinkel ihres Gegenübers bestätigte ihr ungutes Gefühl.

Plötzlich bahnte sich eine weitere Gestalt ihren Weg durch die gaffende Menge. Die junge Frau zeigte weder Angst, noch war ihr Blick stumpfsinnig. Um ihren Hals lag die Kette mit den drei durchscheinenden Tränen der Göttin. Lins Herz machte einen Satz vor Freude und Erleichterung. Jevana! Obwohl die zweite Priesterin ihr zur Flucht verholfen hatte, schien es ihr gutzugehen. Über dem Arm trug Jevana eine Decke, die sie Lin um die Schultern legte, sobald sie vor ihr stand. Dann sah sie Braams Vater verächtlich an. »Ja, Taluk und erster Gefolgsmann des Königs – sag uns doch, wo dein Sohn ist! Hast du ihn geopfert, um seinen Platz einzunehmen? Und wo ist Elven? Scheut er sich, der Königin von

Engil sein wahres Antlitz zu zeigen, weil es so furchtbar ist? Vielleicht hat deinen Sohn dieser Anblick das Leben gekostet.«

»Schweig!«, brüllte er zurück.

Lin war sich mehr als sicher, dass die zweite Priesterin Salas mit ihren Fragen und Vorwürfen sehr nah an die Wahrheit herangekommen war. Der Taluk nickte Suragon zu. »Die Königin von Engil war nur ein Teil deiner Aufgabe.«

»Der Halbgreif ist entkommen«, antwortete Suragon wahrheitsgemäß.

»Wie konnte das passieren? Ihr wart so viele, und er war allein!« Elvens neuer Gefolgsmann sah sich um und suchte dann den Himmel mit den Augen ab. »Wo sind die Greife, welche mit dir nach ihm gesucht haben? Und die Königin: Hast du sie angerührt?«

Suragon starrte den Taluk eine Weile an, als wolle er sich mit ihm messen, dann senkte er den Blick. »Suragon hat die Königin nicht angerührt, und die Greife hat er fortgeschickt. Er wollte den Halbgreifen alleine töten.«

Der Taluk machte ein verächtliches Geräusch und spie auf den Boden. Ganz offensichtlich schien er nicht davon überzeugt, dass Elvens Einfluss auf Suragon besonders stark war. »Es wird sich zeigen, ob deine Ernennung zum Anführer deiner Sippe klug war.« Er nickte dem Greif zu und gab Suragon damit zu verstehen, dass er gehen konnte.

Jevana nutzte die Ablenkung durch Suragon und zog Lin fort. Doch Elvens neuer Gefolgsmann stellte sich den beiden in den Weg. »Was soll das, Priesterin? Wohin willst du mit ihr?«

Lin beneidete Jevana nicht das erste Mal um ihren Mut. Sie war sich sicher, die zweite Priesterin hätte noch die Ruhe bewahrt, wenn Elven selbst vor ihr gestanden hätte. »Was glaubst du denn?«, fuhr Jevana ihn an, als wäre es selbstverständlich, Elvens erstem Gefolgsmann die Stirn zu bieten. »Soll die Königin von Engil etwa in den verseuchten Palast zurückkehren, der nach faulem Fleisch stinkt? Ich bringe sie in Salas Tempel. Dort ist sie auch sicher vor dem Greifenpack. Das ist doch im Sinne des Königs? Da er selbst ja verhindert zu sein scheint, die Königin vor seinen Kreaturen zu beschützen.«

In Jevanas Worten hatte deutlicher Spott gelegen. Trotzdem trat der Taluk zur Seite und nickte, ohne auch nur einen einzigen Einwand zu erheben. *Er weiß Dinge, von denen ich nicht einmal etwas ahne*, wurde Lin klar, als sie untergehakt an Jevanas Arm die Stufen zum Tempel hinaufstieg. »Was ist hier los?«, flüsterte sie Jevana zu, die leise antwortete. »Ich weiß es nicht genau. Braam ist seit einigen Tagen verschwunden, ebenso wie Elven. Ich habe beobachtet, wie sie etwas in der Nacht von Braams und Elvens Verschwinden in den neuen Muruktempel getragen haben. Es lag auf einer Tragebahre und war mit dunklen Tüchern verhüllt.« Jevana zog den Riegel der Tempelpforte hoch und schob Lin ins Innere. »Ich weiß noch nicht, was in sieben Tagen geschehen wird – aber in Salas Tempel ist es am sichersten für dich.«

Die Erleichterung der Mädchen, sie endlich wiederzusehen, wich einem unglücklichen Schweigen, als Lin zugeben musste, dass es keine Hilfe für Engil geben würde. Zuerst riefen die Mädchen noch aufgebracht durcheinander. *Wird Degan denn nicht mit seinen Greifen kommen, um gegen Elvens Geschöpfe zu kämpfen? Was sagt Nona, und was sagen die Waldfrauen? Wird denn wirklich niemand kommen, um uns zu helfen?* Lin musste all diese Fragen mit einem Kopfschütteln beantworten. Zuletzt schwiegen alle bedrückt.

Nach einer Weile erzählten die Mädchen ihr, dass sie seit Lins Flucht aus Engil in Salas Tempel eingesperrt waren und auf den Tag ihrer Opferung warteten. Lin schluckte die Tränen ihres

Schuldgefühls hinunter, als die Jüngste ihr erklärte, dass es Jevana gewesen war, die niemals den Glauben verloren hatte, dass Lin zurückkehren und Engil befreien würde. »Jevana kommt jeden Abend heimlich und bringt uns Essen. Das, was Elvens Männer uns zugestehen, würde uns an den Rand des Hungertodes treiben.«

Eine andere schüttelte verbittert den Kopf. »Vielleicht wäre es einfacher, den Tod zu akzeptieren, wenn wir halb verhungert wären.«

Sie waren verzweifelt, und Lin wusste nicht mehr, wie sie ihnen hätte Trost spenden können.

Salas Statue wurde von einem einzigen Feuerbecken beleuchtet. Ihr steinernes Gesicht lächelte gütig auf die Schar ihrer Priesterinnen hinab und versprach trügerischen Schutz. Lin wandte sich von der Statue ab. Wenn die Mädchen die Wahrheit geahnt hätten ... Sie warf den Priesterinnen, die sich unter der Statue der Göttin zusammengekauert hatten, verstohlene Blicke zu. Wie viel wussten sie ... von ihr ... und von Sala? Davon, dass die Göttin unter ihnen war, aber diese Tatsache sie nicht retten würde? Waren ihre Blicke vorwurfsvoll? Lin glaubte bald, in jeder einzelnen Geste zu erkennen, dass die Priesterinnen ihr Geheimnis kannten.

Erst im Laufe des Nachmittags wurde ihr klar, dass keine von ihnen ahnte, welches Geheimnis sie in sich trug, und sie beruhigte sich. Es hätte die Mädchen ohnehin nur falsche Hoffnung schöpfen lassen. Sie fühlte sich weder wie eine Göttin, noch besaß sie Fähigkeiten, mit denen sie etwas an der Lage der Mädchen oder an ihrer eigenen hätte ändern können.

Am frühen Abend brachte Jevana Brot und Früchte. Sie reichte alles durch das Bodengitter in der Tempelwand. Als Lin an der Reihe war und ihren Arm durch das Gitter streckte, hörte sie Jevana flüstern: »Ich komme noch einmal, wenn die Mädchen schlafen. Wir müssen reden.« Dann hörte Lin, wie ihre Schritte sich entfernten.

Sie wartete lange und kämpfte gegen ihre Müdigkeit, doch Jevana kehrte nicht zurück. Immer wieder war sie versucht einzuschlafen, und die langen Nachtstunden flossen zäh dahin. Obwohl sie nicht genau wusste, welche Stunde es war, musste es bereits auf den Morgen zugehen, als sie Schritte hörte.

Als sie Jevanas Stimme erkannte, schob Lin ihre Hand durch das Gitter, und die zweite Priesterin nahm sie in ihre. Lin konnte ihre Tränen nicht länger zurückhalten. »Jevana … ich habe nichts erreicht. Meine Flucht war umsonst. Es tut mir so leid.«

»Lin«, flüsterte Jevana. »Ich weiß, wer du bist; ich weiß, dass die Göttin sich in dir verbirgt.«

Vor Schreck wollte Lin ihre Hand zurückziehen, doch die Freundin hielt sie fest. »Du kannst uns retten!«

»Nein!«, zischte Lin. »Sala hat mir nichts von sich überlassen … überhaupt nichts.«

»Da muss etwas sein«, hörte sie Jevana auf der anderen Seite des Gitters flüstern. »Salas Tränen beschützen mich vor Elven und den Greifen. Niemand wagt es, mich anzurühren, und weder ich noch die Priesterinnen Salas geraten in Elvens Bann, obwohl sie sogar einige von uns gezwungen haben, diesen widerlichen Wein zu trinken. Alle, die ihn trinken, verlieren ihren freien Willen … nur wir nicht. Salas Macht beschützt uns.«

»Aber ich habe rein gar nichts damit zu tun, Jevana. Das wüsste ich doch.«

»Vielleicht strahlen Salas Kräfte nur nicht so stark nach außen, wie Elvens Kräfte das tun. Vielleicht bemerkst du sie gar nicht, weil du nicht an sie glaubst«, überlegte Jevana leise.

Lin schloss die Augen und fühlte sich schwindlig. Wie sollte sie ihr klarmachen, dass es keine Hoffnung gab? Sie besaß keine besonderen Fähigkeiten; sonst hätte sie Degan davon überzeugen können, ihr zu helfen; sie hätte ihre Eltern retten können, ihre Mutter ... Lin dachte an den Tag, als sie Ilana das letzte Mal in ihren Räumen aufgesucht und um Hilfe gebeten hatte. Sie erinnerte sich an den übelriechenden Wein in Ilanas Silberkelch. Auch Ilana hatte unter Elvens Bann gestanden, doch sie hatte die Hände ihrer Mutter genommen und sie angefleht, ihr zu helfen. Ilana hatte über Kopfschmerzen geklagt, und kurz darauf waren sie einfach verschwunden. Lin biss sich auf die Lippen und sah sich noch einmal vor ihrer Mutter knien und deren Hände halten. Warum hatte ihre Mutter sich von Elvens Bann befreien können? *Nicht sie selbst hat sich befreien können ... du warst es ... deine Hände ...* In ihrer Erinnerung sah Lin, wie sie die Hand ihrer Mutter in ihre nahm. War das möglich?

Da Lin nichts sagte, flüsterte Jevana: »Bist du noch wach?«

»Vielleicht«, gab Lin zu, ohne auf ihre Frage einzugehen, »gibt es Kräfte in mir. Aber ich weiß nicht, wie sie uns oder den Priesterinnen helfen könnten ... und ich bin mir nicht sicher, ob sie überhaupt da sind.«

»Welcher Art sind diese Kräfte?«, wollte Jevana aufgeregt wissen.

Lin überlegte, wie sie Jevana erklären sollte, woran sie selbst zweifelte. Sie fasste einen Entschluss. Es war gefährlich, es zu versuchen, aber es würde endgültig Klarheit bringen. »Kannst du mir jemanden bringen, der in Elvens Bann steht? Hierhin? Ich muss seine Hand in meine nehmen.«

»Das ist schwierig«, antwortete Jevana zögernd, »aber ich werde es versuchen, wenn es uns hilft.«

*Ich hoffe, dass es uns hilft*, dachte Lin noch immer zweifelnd, dann war Jevana fort.

Sie versuchte, sich zu beruhigen. Eine Weile beobachtete sie die schlafenden Mädchen, die sich vor Salas Statue aneinandergekuschelt hatten. Dann wurde ihr klar, dass sie die Priesterinnen und vor allem Jevana in große Gefahr brachte mit ihrem waghalsigen Einfall. Es verstörte sie zutiefst, dass die Mädchen glaubten, die Göttin könnte sie beschützen.

Eine Weile saß Lin an die Wand gelehnt da und dachte an ihre Eltern, an Degan und an ihren unverzeihlichen Fehler, Elven zum Gefährten genommen zu haben. So viel hatte sie falsch gemacht und dadurch so viel verloren … so viel … *Unglückselige Lin!*

»Lin, ich habe dir den Schmied gebracht. Er wird dir den Armreif fertigen, den du am Opfertag tragen willst. Aber du musst deine Hand durch das Gitter stecken, damit er Maß nehmen kann.«

Sie schrak aus ihren Gedanken auf, als sie Jevanas Stimme so unverhofft am Gitter vernahm. Jevana war zurück? Jetzt schon? Einen Augenblick war Lin verwirrt, dann erkannte sie, wie klug ihre einzige Vertraute war. Vor dem Gitter überlegte ein Mann laut, dass Elven sicher nicht einverstanden wäre, dass er mit der Königin von Engil sprach.

Lin verlor keine Zeit und schob ihre Hand durch das Gitter, ehe der Mann es sich anders überlegte. »Ich danke dir, Schmied!«, flüsterte sie.

Er grummelte etwas, dann spürte sie, wie er ihr Handgelenk ergriff, um Maß für den vermeintlichen Armreif zu nehmen.

Lin packte zu und hielt die Hand des Schmieds, so fest sie konnte. Sofort tat er einen überraschten Aufschrei und versuchte, ihr die Hand zu entziehen. »Was soll das? Warum hältst du meine Hand fest?«

Er hatte Kraft, doch Lin ließ ihn nicht los. Der Schmied zerrte stärker, um sich aus ihrem Griff zu befreien, doch je mehr er sich zu befreien versuchte, desto fester wurde der Griff ihrer Hand.

Lin stöhnte vor Schmerz. Er hatte ihren Arm durch das Gitter gezogen, so dass ihr Schultergelenk zum Reißen gespannt war. *Sala, gib mir Kraft*, flehte sie stumm die Göttin und damit sich selbst an. Er würde ihr den Arm brechen.

Lin schloss die Augen und spürte, wie Wärme aus ihrem Herzen in ihre Arme und durch ihre Hand in seine floss. Die Spannung in ihrem Schultergelenk ließ nach, und die Gegenwehr des Schmieds wurde schwächer, bis sie plötzlich ganz erstarb und seine Hand schlaff in der ihren lag.

Sie konnte hören, wie Jevana ihn ansprach. Verwirrt antwortete der Schmied: »Ich weiß nicht, was geschehen ist. Ich war gefangen in einem Traum.«

Nach ein paar leise gewechselten Worten hörte Lin, dass er langsam davonging.

»Was ist?« Lins Herz schlug hart gegen ihre Rippen, als Jevana flüsterte: »Der Bann ist von ihm genommen! Ich wusste, dass die Göttin uns nicht verlassen hat.«

Lin atmete tief durch. Ihr blieben noch sieben Tage. Nein, sieben Nächte. Am Tag wäre es zu gefährlich, jemanden in ihre Nähe zu bringen. *Die Zeit wird nicht ausreichen … zu viele stehen unter Elvens Bann.* Trotzdem glomm der Funke einer leisen Hoffnung in ihr auf, der nach und nach zu einem Gedanken der Rebellion anwuchs. Besser sie versuchten es, als dazusitzen und einfach abzuwarten, bis Elven halb Engil abschlachtete. »Bring mir so viele wie möglich. Vor allem Männer, die kämpfen können.«

»Das werde ich«, hörte sie Jevana auf der anderen Seite der Mauer aufgeregt flüstern, dann verabschiedeten sie sich voneinander. Der Morgen graute, und wenn sie entdeckt wurden, wäre alles vorbei.

Lin betrachtete ihre Hände und konnte nichts Außergewöhnliches an ihnen finden. Es waren ganz normale Frauenhände, mit schlanken Fingern und nach ihrer Zeit in der Wildnis nicht mehr ganz so sauberen Nägeln. Wie sollten allein diese Hände Engil retten?

Degan erwachte schweißgebadet. Etwas hatte ihn aufgeweckt, und er wusste, ohne weiter darüber nachzudenken, dass es sein schlechtes Gewissen war. Den Abend zuvor war er in den Bach gestiegen und hatte ein Bad genommen. Dinge, an die er lange Zeit keinen Gedanken verschwendet hatte, begannen nun, ihn zu stören. Degan fühlte sich elend ... Er wollte sein wildes und unberührbares Herz zurück.

Die Nacht hatte er allein auf einem Baum verbracht, wo er den vorwurfsvollen Blicken von Belamon, Nona und der Waldfrau nicht ausgesetzt war. Aber wohin er auch floh – sie verfolgten ihn in seinen Träumen.

Vor ihm knackte ein Ast, so dass Degan in Lauerstellung ging. Seine Ohren waren empfindlich für Gefahr und Geräusche geworden, seit er mit den Greifen lebte. Immerhin – sein Greifeninstinkt für Gefahr schlug noch an. Fast hatte er schon begonnen, wie ein wildes Tier zu fühlen, und dieses freie Leben gefiel ihm. Doch dann war Lin aufgetaucht und hatte all seine Sinne durcheinandergebracht. In ihm kämpfte der wilde Greif gegen den zahmen Menschen, und jeder wollte die Oberhand gewinnen. Degan spürte, wie er mehr und mehr zu Unvorsichtigkeit neigte – eine sehr menschliche Eigenschaft. Früher hätte Suragon ihn nicht überrumpeln können.

Es war schon fast hell, und als Degan die vermeintliche Gefahr entdeckte, wurde er furchtbar wütend. Keine drei Schritte vor ihm hockte Dawon, eine Schale mit Früchten in den Händen, die er ihm entgegenstreckte. »Degan muss essen.«

Das Ganze war schon fast peinlich. Belamon hätte ihn ausgelacht! Doch die Wut über seine Unaufmerksamkeit bekam Dawon ab. »Was willst du hier? Haben Nona und die Waldkrähe dich geschickt?« Degan war nicht nach Höflichkeiten zumute. Dawon trampelte wie ein Falbrind auf dem Ast herum, und trotzdem war es ihm gelungen, bis auf drei Schritte an ihn heranzukommen, ohne dass er es bemerkt hatte. Degan spürte mit wachsender Angst, dass er die Wildheit verlor, die ihn seit Xirias Tod davor schützte, sich mit Schmerz, Kummer und Verlust auseinanderzusetzen. Nun kehrten all diese unerwünschten Gefühle zurück und schlugen wie riesige Wogen über ihm zusammen.

Dawon schien seinen inneren Kampf zu spüren, schüttelte den Kopf und musterte ihn traurig. »Dawon wollte bei Degan sein, bevor die Greife ihn nicht mehr zu ihm lassen.«

Bei Sala! Jetzt würde er sich auch noch gegenüber Dawon für seine Art zu leben rechtfertigen müssen. Sein Vater war ein seltsames Wesen, das er nie wirklich verstanden hatte. Er besaß das leidende und mitfühlende Herz eines Menschen, der nur lieben, jedoch nicht hassen konnte, und den Drang nach Freiheit, den alle Greife verspürten – ein furchtbares Schicksal, wie Degan fand. Müde fuhr er sich über das Gesicht. »Also, was willst du von mir?«

Dawon sah ihn so gekränkt an, als hätte Degan ihm gerade seine Faust in den Magen gerammt. »Bei Degan sein, Dawon will nichts weiter.«

»Also schön«, seufzte er und nahm die Schale mit den Früchten entgegen. Er würde ihm also den Gefallen tun und eine Weile mit ihm zusammen auf diesem Baum herumsitzen. *Mitleid!* Noch so ein überflüssiges Gefühl, das er überwunden zu haben geglaubt hatte. Menschliche Gefühle bedeuteten wenig Freude und viel Schmerz.

»Degan ist allein, weil er einzigartig ist … wie Nona und Dawon. Aber Nona und Dawon haben einander, Degan hat niemanden«, plapperte Dawon auf ihn ein, während Degan die Früchte aß. »Nona, die letzte Lalufrau, Dawon, der einzige dunkle Greif, und Degan – der einzige Halbgreif.«

Er tat so, als würde er gar nicht zuhören. Doch Dawon schien das nicht weiter zu kümmern. Er schlang die Arme um seine Knie und sah Degan aus seinen mitfühlenden Augen an. »Lin muss auch sehr allein sein … sicher eine sehr schwere Bürde für Lin, die Göttin zu sein.«

Das letzte Fruchtstück lag Degan bitter auf der Zunge und wollte beim Schlucken nicht so recht den Hals hinunterrutschen. Wundervoll! Dawon konnte man einfach nicht entkommen. Er bohrte sich geradewegs in jedes noch so versteinerte Herz.

Degan stellte die Schale beiseite und schüttelte den Kopf. »Die Greife sind in alle Himmelsrichtungen zerstreut. Belamon ist verletzt. Ich könnte Lin nicht helfen, selbst wenn ich es wollte.«

»Dawon weiß, wo Degans Greife sind«, erklärte sein Vater und strahlte wie die Sonne. »Dawon kann Degan zu ihnen bringen.«

»Nein, das geht nicht.« Er hob abwehrend die Hände. Die Greife würden seinen Vater zerreißen, wenn sie ihn zusammen mit ihm sahen. Diesen Befehl hatte er ihnen selbst gegeben, was ihm nun peinlich war. Er hatte den Greifen befohlen, wenn es nötig würde, seinen eigenen Vater zu töten. Dawon wäre nicht viel mehr als eine Art zahmes Haustier für sie. Er bemühte sich, es seinem Vater möglichst schonend zu erklären; doch der dunkle Greif bestand weiter darauf, es zu versuchen – auch alleine, wenn Degan nicht mit ihm kommen wollte. *Soll er doch*, versuchte Degan sich einzureden und erntete dafür einen empörten Verweis von seinem Gewissen. *Er ist dein Vater!*

Schließlich seufzte er und gab sich geschlagen. »Also gut! Ich werde die Greife bitten, mir zu helfen. Sie werden es – wenn überhaupt – für mich tun, nicht für die Menschen«, stellte Degan klar.

Dawon stand auf und reichte ihm die Hand. »Nona sagt, noch sieben Tage, dann wird Engil dem Gott gehören … und Lin muss in das Reich des Gottes gehen und seine Gefährtin sein; und die Menschen von Engil werden nur noch Dunkelheit kennen. Degan muss sich beeilen.«

# Das Greifenheer

Degan hätte sich weitaus wohler auf Belamons Rücken gefühlt, anstatt wie ein Kleinkind von Dawon durch die Luft getragen zu werden. Doch Belamon lag noch immer mit verletzter Schwinge hinter der Hütte und hatte ihm nur unglücklich hinterherschauen können. Degan beruhigte sich mit dem Wissen, dass Greife sehr gutes Heilfleisch besaßen. Mit Hilfe der Waldfrauen würde Belamons Schwinge schnell verheilen. In ein paar Tagen wäre er mit etwas Glück schon wieder flugfähig. Doch im Augenblick bewachte die alte Waldkröte ihn wie einen bissigen Köter und sorgte dafür, dass der Greif seine Schwinge schonte. *Zumindest entkomme ich der schrecklichen Alten*, dachte Degan, während er in unrühmlicher Haltung von Dawon über den Isnalwald getragen wurde.

Die Laune seines Vaters war wie zu erwarten heiter bis unbekümmert. Sobald er sich in den Himmel erhoben hatte, redete er ununterbrochen, so dass Degan sich wie eine Maus in den Klauen eines Raubvogels fühlte – nur dass dieser Raubvogel nicht vorhatte, ihn zu fressen, sondern ihn tot zu schwafeln.

Degan beschränkte sich darauf zuzuhören, ohne zu antworten, was Dawon recht zu sein schien.

Erst als sie die Grenze des Isnalwaldes überflogen und sich die eisigen Gebirgskappen des Taligebirges vor ihnen erstreckten, beendete Degan sein Schweigen. »Wohin bringst du mich?«, rief er Dawon gegen den Wind zu.

»Nona hat Degans Greife ins Wiesenland geschickt, als der Sturm des dunklen Gottes über die Wälder von Isnal und die Schwarze Wüste kam.«

»Heißt das – du hast die ganze Zeit gewusst, wo die Greife sind?«

Dawon schüttelte arglos den Kopf, sich keiner Schuld bewusst. »Nona hat es gewusst. Dawon hat es erst heute von ihr erfahren.«

Degan kämpfte seine Wut auf ein erträgliches Maß herunter. Nona! Er würde sie niemals verstehen – ihre Geheimnistuerei, ihre unterschwellige Art, andere zu bevormunden und zu lenken.

Dawon umflog das seit vielen Jahresumläufen unbewohnte Taligebirge. Seit Tojar die Taluk nach Engil geführt und dort angesiedelt hatte, lebte kein Mensch mehr freiwillig im ewigen Eis. Degan war ebenfalls froh, dass sie das kalte Gebirge zu ihrer Linken ließen und Dawon stattdessen den Sandfluss überflog. Am frühen Abend erreichten sie das angenehm warme Wiesenland mit seinen weitgestreckten baumlosen Ebenen. Der Flug war ohne Zwischenfälle verlaufen. Kein einziger Greif war ihnen begegnet. Noch nicht einmal Suragon hatte sie verfolgt. Degan fand diesen Umstand beinahe beunruhigend.

Als Dawon landete, war Degan froh, endlich wieder auf seinen eigenen Füßen zu stehen. Trotzdem blieb sein ungutes Gefühl. »Warum sind wir nicht angegriffen worden? Elven will meinen Tod. Das wäre eine gute Gelegenheit gewesen.«

Dawon hockte sich ins Gras und begann, ausgiebig seine Schwingen zu strecken und zu spreizen. Er schien nicht gerade besorgt. »Greife bleiben in Engil. Nona sagt, dass etwas geschehen ist mit Elven.«

»Was ist mit ihm geschehen?«

Dawon zuckte mit den Schultern und stand auf. Er schien nicht daran interessiert, dieses Mysterium weiter zu ergründen. Dann wies er mit dem Finger auf die weite Ebene, die sich vor ihnen erstreckte. »Degans Greife warten am See.«

Es wurde bereits dunkel, als sie den die untergehende Sonne spiegelnden See erreichten. Degan hatte darauf bestanden, dass sie den letzten Weg zu Fuß zurücklegten. Insgeheim fürchtete er, dass die Greife Dawon attackieren würden, wenn er sich ihnen im Flug näherte. Immer wieder musterte er seinen Vater aus den Augenwinkeln. Dawon war sich der Gefahr, in der er schwebte, nicht bewusst. Nach wie vor fiel es Degan schwer, Dawon in seinen Gefühlen einen Platz einzuräumen. Wie ein Vater benahm er sich nicht, eher wie ein kleiner Bruder. Aber von dem ließ man sich nicht retten oder durch die Luft tragen. Dawon blieb ein unlösbares Rätsel für ihn. Sein Vater schnupperte an den blühenden Wiesenblumen, die am Ufer des Sees wuchsen, und pflügte mit seinem nackten Fuß das Gras, damit es an seinen Fußsohlen kitzelte. Aufgeregt wies er auf die bauschigen Wolken, die langsam am Himmel vorbeizogen. »Wiesenland ist schön, nicht wahr? War noch viel schöner, als Lalufrauen noch hier lebten.«

Degan sah hinauf in die Bäume und suchte den Horizont ab. Doch obwohl seine Augen sehr gut waren, entdeckte er nirgendwo einen Greif. »Sie sind nicht hier«, stellte er fest und wusste nicht, ob er darüber erleichtert sein sollte oder beunruhigt. Wenn er die Greife nicht fand, gab es keinen Grund, nach Engil zu gehen.

Dawon teilte seine düsteren Gedanken offensichtlich nicht, tauchte stattdessen seinen Fuß in den See und lächelte über die Kreise im Wasser, während Degan auf die Knie ging und mit den Händen Trinkwasser schöpfte.

»Ein schöner Ort«, sinnierte sein Vater wehmütig.

Degan schüttelte den Kopf. Solche Sorgen hätte er auch gerne gehabt! Als Dawon ihm erklärte, dass die Blätter der Bäume am See genießbar waren, brach er einen niedrig hängenden Zweig ab und begann, sich die Blätter in den Mund zu stopfen. Sie schmeckten leicht süß und waren saftig. Kein Festmahl, aber auch nicht unangenehm. Kurze Zeit später ließ Degan sich gesättigt ins Gras fallen. Dawon hockte sich neben ihn und runzelte die Stirn. »Hier hat Dawon Xiria getroffen und ihr versucht beizubringen, was gut und was schlecht ist. Aber Xiria hat es nicht verstanden.«

Degan schluckte die letzten Blätter fast unzerkaut hinunter. Plötzlich lagen sie ihm wie Steine im Magen. Er wollte nicht über Xiria sprechen. Sie hatte Dawon mit ihren Klauen schlimm zugerichtet. Aber das war ein Missverständnis gewesen. »Schluss damit!«, sagte er gepresst.

Dawon sah ihn unglücklich an. »Dawon tut es leid. Er mochte Xiria, aber ihr Hass war zu groß.«

Degan spürte, wie Wut ihm brodelnd vom Herz hinauf in den Kopf stieg. Gleich würde er die Kontrolle verlieren! Genau wie Xiria die Kontrolle verloren hatte … *und wirst auch du dann Dawon angreifen oder gar töten … aus Wut?*

Ein durchdringender Schrei rettete ihn vor seinem Jähzorn, doch er kam nicht von Dawon. Degan legte den Kopf in den Nacken und entdeckte vor der untergehenden Sonne unzählige schwarze Flecken, die am Himmel kreisten. Kurz darauf drang das Rauschen von Flügeln an sein Ohr. Seine Greife waren zurückgekehrt! Es waren so viele, denen er seit Xirias Tod ihre wahre Gestalt zurückgegeben hatte … Sie waren sein ganzer Stolz … seine Sippe … seine Gefährten. Ihr aufgeregtes Schreien schwoll gefährlich an, als die Greife näher kamen und Dawon bei ihm entdeckten.

Zu spät erkannte Degan, dass sie zum Sturzflug auf Dawon ansetzten, der aufgestanden war und ihnen freundlich zuwinkte.

Degan war wie erstarrt. Was sollte er tun? Er selbst hatte ihnen befohlen, seinen Vater zu töten, sollte er ihn anrühren.

Dawon erkannte die Gefahr noch immer nicht und betrachtete den Sturzflug der Greife fasziniert.

Im letzten Augenblick gelang es Degan, sich vor Dawon zu stellen und zu rufen: »Tut ihm nichts!«

Doch sie schienen ihn nicht zu hören oder in ihrer Aufregung nicht verstehen zu können. Für sie hatte Dawon ihren Anführer verschleppt. Degan gelang es, Dawon zur Seite zu stoßen, dann packte ein Greif ihn bei den Schultern und zog ihn mit sich hinauf in den Himmel. Auch Dawon wurde von den Greifen gepackt. Der dunkle Greif begriff kaum, wie ihm geschah, und war dem Zorn der Greife hilflos ausgeliefert.

»Hört mir zu!«, versuchte Degan die Greife zu erreichen. Das erste Mal seit langer Zeit spürte Degan etwas, das er vergessen und tot geglaubt hatte. Angst! Sie schnürte ihm die Kehle zu und ließ Sterne vor seinen Augen bersten. »Tut ihm nichts!«, schrie er immer wieder, während die Greife Dawon von ihm fortschleppten. Seine Stimme versagte. Als Degan die Augen schloss, sah er Xiria vor sich, so deutlich, dass er glaubte, nur die Arme ausstrecken zu müssen, um sie berühren zu können – er sah eine schöne junge Frau mit silberweißem Haar, die sich mit wutverzerrtem Gesicht auf Dawon stürzte und ihn mit ihren Klauen attackierte, um ihn zu töten. »Xiria ... tu ihm nichts«, flüsterte Degan mit erstickter Stimme. Da wandte sie ihm ihr Gesicht zu und lächelte, als wäre dies alles nur ein harmloses Spiel. Sie hatte ihn nicht verstanden.

Die Greife kamen in der Nacht und zerrten die Priesterinnen vor ihren Augen aus dem Tempel. Lin konnte nichts dagegen tun, obwohl sie es versuchte. Mit aller Kraft warf sie sich gegen denjenigen, der das jüngste der Mädchen am langen Haar packte, so dass es aufschrie. Der Greif schüttelte Lin ab wie ein lästiges Insekt.

»Wohin bringt ihr sie?«, schrie sie den Greifen wütend hinterher, erhielt jedoch keine Antwort. Die Mädchen sandten Stoßgebete zu Sala und weinten, während die Greife sie vor sich hertrieben.

Mit den Fäusten schlug Lin immer wieder gegen die Tempelpforte, doch sie öffnete sich nicht noch einmal. Sie blieb allein zurück.

Durch das Gitter hörte sie plötzlich Jevanas Stimme flüstern. »Sie bringen die Mädchen zum Muruktempel, aber sie werden sie nicht vor Sonnenaufgang opfern.«

Jevanas Hand schob sich durch das Gitter und suchte nach der ihren. »Lin, du darfst nicht aufgeben!«

»Und warum nicht?«, schluchzte sie. »Wie viele konnte ich von Elvens Bann befreien? Dreißig oder vierzig? Das sind nicht genug – nicht gegen Elvens Greife, die Schjacks und ihn selbst. Wir sind verloren, und wenn wir uns gegen Elven auflehnen, wird er ganz Engil dafür bestrafen.«

Jevana antwortete bestimmt. »Fünfzig Männer warten darauf, für dich zu kämpfen und notfalls auch zu sterben. Für dich und für Sala, für Engil … für die Hoffnung! Was soll ich ihnen sagen, was sie tun sollen, wenn morgen früh die Sonne aufgeht und die Priesterinnen in den Opferkreis geführt werden? Sollen sie einfach zusehen?«

Lin schloss die Augen und holte tief Luft. »Was sagen die Männer dazu?«

»Sie wollen auf keinen Fall leben wie die Menschen damals in Dungun – jeden Tag Blutopfer, Gewalt und Tod. Lin, wir alle würden lieber sterben, als so zu leben!«

Ein langes Schweigen stellte sich zwischen ihnen ein, in dem Lin nur ihren eigenen Atem hörte. Schließlich fasste sie sich. »Dann sollen sie kämpfen und ihr Bestes geben. Auch ich werde kämpfen und ihnen helfen, so gut ich kann.«

»Wie meinst du das?« Jevana klang beunruhigt, doch Lin hatte nicht vor, ihr mehr zu verraten. »Bleib in der Nähe der Mädchen, wenn sie morgen ihren schwersten Gang gehen müssen. Lass sie nicht alleine.«

Jevanas Stimme wurde wieder weich. »Das verspreche ich dir.«

Sie drückten sich zum Abschied die Hände, dann lauschte Lin Jevanas sich entfernenden Schritten – ein letztes Mal. Sie wusste nicht, was der nächste Morgen bringen oder ob sie Jevana noch einmal wiedersehen würde.

Müde ging sie zu Salas Statue und sah der Göttin ins steinerne Gesicht. Die Flammen des Feuerbeckens leuchteten in warmem Orange und flackerndem Gelb. *Meide das Feuer, ruf es nicht herbei!*, erklangen mahnend die Worte der Waldfrau in ihrem Kopf; aber Lin wusste, dass es für sie kein Entkommen mehr vor dem Feuer gab.

Jevana stand in der ersten Reihe um den Opferkreis und starrte hinauf in den morgengrauen Himmel. Es fiel ihr schwer, doch sie hatte es Lin versprochen. Allein Salas Tränen schützten sie vor dem Schicksal, das den anderen Mädchen bevorstand. Bald würde die Sonne aufgehen. Jede einzelne der Priesterinnen hatte gebadet und sich in ein weißes Gewand gekleidet. Ihre Blicke, als sie noch im Fackelschein in den Opferkreis vor dem Bluttempel geführt worden waren, hatten ihre Angst verraten, auch wenn sie gefasst und aufgeräumt wirkten. Nun standen sie hier und warteten. Sogar Suragon war erschienen und hielt seine Silberpeitsche wie eine Warnung in der Hand – Flucht war zwecklos!

Der neue Tempel des Blutgottes überschattete den Opferkreis und die versammelte Menge bedrohlich und wartete darauf, mit frischem Blut geweiht zu werden.

Braams Vater, mittlerweile Elvens erster Gefolgsmann und frisch ernannter Opferpriester des Blutgottes, stand inmitten der Priesterinnen und drehte gedankenverloren einen dreischneidigen Dolch hinter seinem Rücken. Seine Klingenfassung war mit dem aus Rotmetall gehämmerten Kopf eines Schjacks verziert, aus dessen weit aufgerissenem Maul die etwa unterarmlange Silberklinge herausragte.

Jevana schüttelte sich beim Anblick des Opferdolches und dankte Sala dafür, dass die Mädchen ihn noch nicht entdeckt hatten. Elven, so viel stand für Jevana fest, hatte einen neuen Schlächter und Blutpriester gefunden.

Auf der linken Seite des Opferkreises standen Elvens Greife, angetan in ihrem Silberschmuck, abwartend und aufmerksam; auf der rechten Seite die engilianischen Männer aus Elvens Gefolge. Jevana warf einen unauffälligen Blick auf diejenigen, die sich unter sie gemischt hatten, um sich gegen Elven aufzulehnen – ein klägliches Häuflein, wie nun auch sie einsehen musste.

Sie hatten sich einzeln oder zu zweit unter Elvens Gefolge verteilt, anstatt auf einem Fleck zu stehen und von einer Seite anzugreifen. Jevana spürte, wie ihr Mut immer mehr sank. Es waren so wenige, dass ihr Überraschungsangriff schon niedergeschlagen würde, bevor er überhaupt begonnen hätte. Aber alle waren entschlossen zu kämpfen.

Ihr fiel auf, dass Frauen und Kinder fehlten – sie blieben in ihren Häusern wegen der Greife. Dieser Tage war man als Frau nicht sicher in Engil. Unter all den Wartenden fiel das Fehlen eines Einzelnen besonders auf: Elven, König und Verantwortlicher dieses Schlachtfestes, war nicht erschienen. Ein Blick zur verschlossenen

Tempelpforte trieb Jevana einen Schauer über den Rücken. Sie spürte, dass Elven im Innern des Tempels wartete.

Ohne Vorwarnung brach der erste Sonnenstrahl durch die Wolkendecke und fiel wie ein Zeichen in die Mitte des Opferkreises, genau vor die Füße des neuen Opferpriesters. Die Mädchen erschraken ebenso wie Jevana; sogar der Taluk schien überrumpelt. Durch die Menge ging ein Raunen. Unsicher sah Elvens neuer Blutpriester hinüber zum Tempel, als erwarte er, dass sich die Tore öffneten und Elven doch noch im letzten Augenblick die steinerne Treppe herunterschritt.

Doch nichts geschah. Schließlich straffte er die Schultern und nickte den Greifen zu, bevor er sich an die wartenden Engilianer wandte und mit lauter Stimme zu sprechen begann. »Heute wird eine neue Zeit beginnen, und wir wollen sie mit einem angemessenen Opfer begrüßen.«

Jevana vernahm den hohen Schrei, der vom Himmel auf sie herabzufallen schien, als Erste – vielleicht, weil alle anderen zu gebannt auf den Opferdolch starrten, den der Schlächter hinter seinem Rücken hervorzog und feierlich in die Höhe hielt. Ein zweiter Schrei, noch höher und zorniger als der erste, folgte, und dieses Mal vernahmen ihn auch die Umstehenden.

Immer mehr Sonnenstrahlen brachen durch die Wolkendecke, und mit ihnen offenbarte der Himmel einen seltsamen Anblick – Hunderte von geflügelten Kreaturen mit dem Kopf eines Vogels und dem Leib eines Raubtiers kreisten über ihnen. Jevana konnte es kaum glauben – es waren so viele!

»Das sind Greife … verwandelte Greife!«, rief einer der engilianischen Männer laut. Auch die Priesterinnen hoben ihre Köpfe und begannen Mut zu schöpfen. Beim Anblick des Greifenheeres riefen sie laut durcheinander. »Degan kommt! Lin hat es geschafft! Degan und seine Greife kommen, um Engil zu retten!«

Der Taluk warf einen verunsicherten Blick in die Runde, dann nickte er den wartenden Greifen zu. »Haltet sie auf und lasst die Schjacks in die Stadt!«

Ohne zu zögern, stiegen die Greife, angetan mit ihrem Silberschmuck und den Waffengürteln, in den Himmel. Jevana wusste jedoch, dass sie in dieser Schlacht nicht mit ihren Schwertern kämpfen würden. Ihre gefährlichsten Waffen waren die scharfen Klauen an ihren Schwingengelenken.

Erst als die Greife am Himmel schreiend und kreischend aufeinander zustürzten, wandte sich der Blutpriester wieder seiner eigentlichen Aufgabe zu und stellte mit fester Stimme klar: »Das Opfer muss trotzdem durchgeführt werden!«

Ein warmer Tropfen traf Jevana auf der Wange. Sie wischte ihn fort, und er hinterließ eine rote Schmierspur auf ihrem Handrücken. Verwundert runzelte sie die Stirn. Dann fielen immer mehr rote Tropfen vom Himmel. Es war ein Regen, dem niemand entging – ein Regen aus Blut und ausgerissenen Federn. Die Gewänder der Priesterinnen, ihr Haar und ihre Gesichter waren mit roten Spritzern und Federresten übersät. Der Anblick des Blutregens lähmte jeden einzelnen der Anwesenden. Es war das Blut der verletzten Greife beider Seiten – jeder wusste, dass am Himmel über ihnen ein erbitterter Kampf tobte.

Einer von Elvens Greifen stürzte vom Himmel genau in den Opferkreis, wo er in seltsam verdrehter Stellung liegen blieb – sein Kopf war halb von einem Schnabelhieb abgerissen worden, nur noch eines seiner blauen Augen starrte sie an. Das Gesicht war eine einzige rohe Fleischmasse, die bis zur Unkenntlichkeit zerhackt worden war. Auch eine Schwinge fehlte, die andere war blutgetränkt. Der Greif war eindeutig tot.

Dies war das unausgesprochene Zeichen für Jevanas und Lins

Männer. Sie zogen fast gleichzeitig ihre Schwerter und riefen: »Für Sala … für Lin … für unsere Freiheit und für Engil!« Es war ein verzweifelter Ruf, mit dem sie gegenseitig an ihre Stärke und ihren Mut appellierten.

Kurz darauf starben Kämpfer beider Seiten. Männer schrien, Gliedmaßen wurden abgehackt, Bäuche mit dem Schwert durchbohrt und die Gedärme aus den noch lebenden Körpern gerissen – das grausame und verzweifelte Schlachten setzte sich am Boden fort, als gäbe es kein Morgen mehr. Jevana stand da und beobachtete den erbitterten Kampf. *Wird es nach solchen Grausamkeiten noch ein Morgen für Engil geben? Wird die Sonne noch so scheinen können, wie sie es immer tat … nach all dem Blut und der Grausamkeit, die sie mitansehen muss?*

Jevana wich ein paar Schritte zurück, um nicht von einem Schwerthieb getroffen zu werden. Ihr wurde kurz schwindlig, und sie fiel in den blutigen Sand. Sie versuchte aufzustehen, doch ihre Knie zitterten. Das war doch purer Wahnsinn; einer von Elvens Männern biss keine zwei Schritte vor ihr wie ein wild gewordenes Tier einem anderen Mann die Nase ab, nachdem er ihn zu Fall gebracht hatte. Der Angegriffene schrie, als würde er am Spieß gebraten, und eine pulsierende Blutfontäne schoss aus seinem Gesicht und traf Jevana. Sie stand auf, wie an Fäden gezogen. Ihr Verstand war gelähmt von den grausigen Bildern.

Schließlich sprang sogar Elvens neuer Priester brüllend in die kämpfende Menge und schlug wild mit seinem Schwert um sich. Mochte er auch ein Priestergewand tragen, so war er im Herzen genau wie sein Sohn immer ein Taluk geblieben, der für rohe Gewalt und Kampf geboren schien. Das war der Augenblick, in dem Jevana erkannte, dass sie ihre Lähmung abschütteln musste. Eine bessere Gelegenheit würde es nicht geben!

Plötzlich standen die Priesterinnen im Opferkreis alleine da, und niemand kümmerte sich mehr um sie. Jevana überwand ihre Angst, um den Mädchen ein Zeichen mit der Hand zu geben. *Lauft!*, verhieß sie den verängstigten und blutüberströmten Mädchen stumm. *Lauft und versteckt euch, so lange der Widerstand anhält!*

# Im Reich des dunklen Gottes

Lin hörte das Stampfen von Füßen, huschende Schritte und die Schreie von Frauen. Sie legte sich flach auf den Boden, in der Hoffnung, durch das Gitter zu sehen, was außerhalb des Tempels vor sich ging. Doch sie erkannte nur vorbeieilende Füße.

Rebellierten die Männer, die sie von Elvens Bann befreit hatte, gegen den dunklen Gott? Doch den Tumult draußen schien etwas anderes ausgelöst zu haben. Lin stand auf und zwang sich, alles, was außerhalb des Tempels geschah, zu ignorieren. Letzte Nacht, als die Priesterinnen fortgebracht worden waren, hatte sie einen Entschluss gefasst. Langsam streifte sie die Decke von den Schultern und schlüpfte aus dem Gewand, das man ihr gegeben hatte. Nackt trat sie vor die lodernde Feuerschale und verschränkte die Arme vor der Brust.

Sie dankte dem Schicksal dafür, dass Elvens Männer das Tempellager nicht leergeräumt hatten, so dass sie alles gefunden hatte, was sie für das Opferfeuer brauchte – Feuerkraut und Holzscheite. Noch einmal sah Lin hinüber zur Tempelpforte, die sie mit den Balken der Regale aus dem Tempellager verbarrikadiert hatte, damit niemand sie von ihrem Entschluss abhalten könnte. Dann schloss sie die Augen und konzentrierte sich auf das Knistern der Flammen. Erst als die Geräusche von außerhalb des Tempels verstummt waren, blickte sie in das Feuer.

»Ich bin die Göttin, die durch das Feuer geht!«, rief sie laut, und dieses Mal brauchte sie nicht lange warten, bis die Flammen sich auseinanderbogen und jenen Kreis bildeten, durch den ihr Geist trat, während ihr Körper in Salas Tempel zurückblieb …

… Sie kannte diesen Ort und musste sich zwingen, nicht sofort umzukehren, als ihr klar wurde, dass alles hier enden sollte … wo es begonnen hatte. Wie beim ersten Mal stand sie in glühendem Sand, und die rote Sonne brannte am Himmel wie eine Kugel aus Feuer. Lin schloss die Augen und sammelte Kraft für ihren Weg. Sie hatte sich dazu entschieden, diesen Weg zu gehen, und es gab kein Zurück. Das Tempelfeuer hatte sie in die glühende Wüste aus ihrer ersten Vision geführt. *Ich habe es geschworen … ich werde Engil retten!*

Sie wartete, bis sie ihre Angst bezwungen zu haben glaubte, und versuchte dann, das glühende Inferno zu überblicken. Sie war nicht allein. Ein schillernder und flirrender Punkt bewegte sich auf sie zu. Noch war er zu weit entfernt, als dass sie erkannt hätte, was oder wer es war. Das Grauen kroch ihr in den Nacken. Was, wenn *er* es war? *Seinetwegen bist du hier, also reiß dich zusammen!*

Als die Gestalt näher kam, legte sich ihre Angst etwas. Wie die Kreatur sich bewegte, gebückt und langsam, als litte sie starke Schmerzen, ahnte Lin, dass es nicht der Gott sein konnte. Sie bemerkte, dass noch etwas anders war als in ihrer ersten Vision. Lin sah hinunter zu ihren Füßen; dieses Mal verbrannten sie nicht, noch hatte sie Schmerzen. Sala hatte den Weg zu ihr gefunden.

Dem anderen jedoch, der auf sie zukam, schienen die Schritte durch den glühend heißen Sand immer schwerer zu fallen. Als er nur noch wenige Schritte vor ihr stand, richtete der Fremde sich auf und sah sie an. »Belis nani, Göttin und Königin von Engil.«

Er bot einen grauenvollen Anblick – dieser verkohlte Mensch, den die Feuerwüste schrecklich zugerichtet hatte. Lin kannte seine

Stimme, auch wenn er kein Gesicht mehr besaß. »Braam? Wir dachten, du seiest tot.«

»Ich bin tot«, antwortete er flüsternd.

Lin betrachtete entsetzt die verkohlten Hautfetzen an seinen Armen und Beinen und seine verkohlten Füße, aus denen die blanken Knochen hervorragten. Sein Gesicht war eine schwarzrote Masse, die Augen waren milchig verfärbt. Die Haare standen Braam büschelweise von der blutig-rohen Kopfhaut ab, und der Knorpel seiner Nase war geschmolzen, so dass nur noch ein Loch klaffte, wo eigentlich die Nase hätte sein sollen. Statt eines Mundes besaß das Wesen, das einst ein ansehnlicher Mann gewesen war, nur noch eine Reihe gelbschwarzer Zähne.

Lin wandte ihren Blick ab. Braam konnte niemand mehr helfen, er hatte sich sein Schicksal selbst ausgesucht, als er sich dem Blutgott angeschlossen hatte. »Ich suche Elven.«

Wieder flüsterte er mit heiserer Stimme. »Es war ein Fehler von dir, zu kommen ... *Er* wird dich nicht wieder fortlassen, ebenso wenig wie alle anderen, die aus freiem Willen sein Reich betreten oder sich ihm anschließen. Ich habe mich ihm entgegengestellt, und dies ist meine Strafe ...« Er wies auf die flimmernde Hitzewüste. »Dies hier wird meine Ewigkeit sein.«

Lin dachte an die Priesterinnen, denen ein ähnliches Schicksal wie Braam bevorstand. Sie durfte das nicht zulassen. Auch wenn dies bedeutete, dass sie selbst hierbleiben musste. Elven wollte sie ... Sie war Sala ... Allein um ihretwillen war er nach Engil gekommen.

»Ich weiß, dass *er* mich nicht mehr fortlassen wird.«

Braam hob langsam den Kopf und wies auf die hinter ihm liegende Wüste. »Wie du willst, Lin. Am Horizont, wo diejenigen gefangen sind, die in den Opferfesten den Tod fanden, steht der Feuerthron. Dort wartet Elven auf dich.«

Lin setzte sich in Bewegung, ohne Braam zu danken. Ihr war klar, dass Elven ihn geschickt hatte, ihr den Weg zu ihm zu weisen – Braams Schicksal war geschrieben, das der Priesterinnen und der Menschen von Engil jedoch noch nicht. Der Weg bis zum Horizont war weit, doch Lin schwor sich, nicht zurückzuschauen.

Bei jedem Schritt durch die Feuerwüste ließ Lin sich selbst ein Stück weit hinter sich. Sie versuchte zu vergessen, wie sie gelebt hatte und wen sie geliebt hatte. Mit jedem Schritt durch den brennenden Sand nahm sie Abschied von sich selbst. Denn sobald sie am Horizont angelangt war, musste sie Elven alles, was sie geben konnte, im Austausch für das Leben ihres Volkes und das der Priesterinnen anbieten. Und Elven begehrte seine Göttin. Also musste sie zu Sala werden und vergessen, dass sie einmal Lin gewesen war.

Degans Greif stürzte sich ohne Vorwarnung auf die zähnefletschende Bestie, die in geduckter Haltung darauf wartete, ihre beiden Zahnreihen in einen von ihnen – am besten in sie beide – zu schlagen. Geifer troff dem Schjack aus dem Maul – er stieß ein tiefes Grollen und dann ein aufgeregtes Klappern aus. Dieser Schjack fürchtete sie nicht.

»Nein, Panjamon, weich ihm aus!«, rief Degan dem impulsiven Greif zu, der beim Anblick des Schjacks vergessen zu haben schien, dass Degan auf seinem Rücken saß.

Es war zu spät – die Wildheit des Greifen machte ihn für Degan unlenkbar. Er flog in hohem Bogen von seinem Rücken, als Panjamon sich auf den Schjack stürzte und seine Klauen in das stinkende Fell der Bestie schlug.

Degan presste der Aufprall die Luft aus den Lungen. Er schlug mit dem Rücken zuerst auf dem Platz vor dem Stadttor auf. Glücklicherweise war der Sand sehr fein und tief, ansonsten hätte er sich ein paar Rippen gebrochen. Vor seinen Augen tanzten Sterne, doch Degan ignorierte den Schmerz und das Bedürfnis, in die Bewusstlosigkeit abzugleiten. Er musste auf die Beine kommen – wenn ihn in dieser Lage ein Schjack angriff, wäre das sein sicherer Tod. »Panjamon!«, rief er noch einmal, doch der hitzköpfige Greif hatte sich mit dem Schjack zu einem blutenden Knäuel verknotet. Sie traktierten sich gegenseitig mit ihren schlimmsten Waffen – Schnabel, Zähnen und Klauen. Keiner der beiden Kämpfenden beachtete Degan. *Vielleicht besser so*, kam ihm in den Sinn. Er ließ die beiden ihren Kampf alleine austragen.

Ohne sich noch einmal umzusehen, rannte Degan in Richtung Sandflussbrücke – fort vom Kampfgeschehen in der Unterstadt, denn gegen einen Schjack konnte er nichts ausrichten.

Seit drei Jahresumläufen war er nicht mehr in Engil gewesen, und trotzdem kam es Degan vor, als wäre er erst gestern Hals über Kopf aus dem Palast geflohen. Die Erinnerungen an eine glückliche Kindheit, die sich, je älter er wurde, in einen beengenden Käfig verwandelt hatte, brachen über ihn herein. Am liebsten hätte er kehrtgemacht und Engil sofort wieder verlassen. Aber er hatte ein Versprechen gegeben!

Aus einem Lagerhaus zu seiner Linken vernahm Degan Schreie und blieb stehen, um zu sehen, was dort vor sich ging. Ein Greif war dabei, ein junges Mädchen auf die Straße zu zerren, um sie im Zuge des Chaos zu schänden. Hier konnte er etwas ausrichten! Mit ein paar Schritten war er bei ihnen, entriss dem Greif das schreiende Mädchen und stürzte sich auf ihn. Kurz darauf wälzten sie sich im Sand. Degan versuchte, die Oberhand zu gewinnen, während der Greif mit seinen Schwingenklauen nach ihm schlug. Ein Gefühl der Genugtuung breitete sich in ihm aus, als er ihn endlich unter sich brachte und seinen geöffneten Mund auf den der verhassten Kreatur drückte; es war ein Gefühl wie Feuer in der

Kehle, wenn das dunkle Gift vom Herzen eines Greifen in seines floss und die gefühllosen Geschöpfe ihre ursprüngliche Gestalt zurückerhielten. Degan gefiel, was er tat. Er hasste die gefühllosen Geschöpfe des Muruk ebenso, wie er die Greife in ihrer ursprünglichen Gestalt als seine Sippe ansah. Der Greif begann sich auf dem Boden zu winden und sich zu krümmen – die Verwandlung stand kurz bevor.

»Geh … und versteck dich!«, rief Degan dem verängstigten Mädchen zu, das ihn anstarrte. Dann rannte sie schreiend die Straße hinab, um in einer Schenke Schutz zu suchen.

Degan erlaubte sich ein bitteres Lächeln. Sie fand ihn bedrohlich mit seinen langen Haaren und dem Greifenschurz, obwohl er sie gerade gerettet hatte – ein weiteres Zeichen für Degan, dass er nicht hierher gehörte.

Er wartete nicht, bis die Verwandlung des Greifen vollendet war, und rannte zurück zur Sandflussbrücke. Immer mehr Engilianer, Männer und Frauen, drängten hinauf in die Tempelstadt, um dort vor den Angriffen der Greife und Schjacks Zuflucht zu suchen.

»Versteckt euch in Salas Tempel!«, rief Degan den Fliehenden zu, doch sie drängten sich an ihm vorbei und rannten weiter. Nur einer nahm sich die Zeit, ihm zu antworten. »Salas Tempel ist verschlossen. Die Priesterinnen werden dort gefangen gehalten, bis sie dem dunklen Gott geopfert werden. Elven wird uns alle töten!«

»Wenn ihr nicht in Salas Tempel könnt, dann kämpft eben für die Freiheit Engils!«

»Wir können nicht kämpfen – wir sind keine Krieger!«, schrie er, während ein anderer über seinen Vorschlag nachdachte, aber dann von seiner Gefährtin fortgezogen wurde.

Degan gab auf und ließ sie ziehen. Er dachte an Dawon. Degan tat es für ihn, er würde Engil allein um seinetwillen retten. Die Greife hatten seinen Vater vor seinen Augen verschleppt, weil er ihnen einst den Befehl dazu gegeben hatte. Er allein trug die Schuld an Dawons Schicksal, und Degan wollte nicht, dass es umsonst gewesen war. Seine Greife traf keine Schuld – sie vertrauten ihm und taten, worum er sie bat. Sie waren seine Sippe! Nein, der Tod Dawons war allein seine Schuld!

Eine schmale Hand griff nach seiner und versuchte, ihn weiterzuziehen. »Du bist Degan, der Halbgreif!«

Er wandte sich zu der jungen Frau um und konnte kaum glauben, was er sah. »Salas Tränen!«

Die junge Frau legte schützend die Hand auf die Kette und sah ihn flehend an. »Lin hat sie mir gegeben. Ich bin Jevana, die zweite Priesterin Salas. Wir müssen ihr helfen. Sie ist in Salas Tempel eingeschlossen.«

Degan wusste, dass er Lin trotz seines Widerwillens nicht ihrem Schicksal überlassen konnte. Auf dem Weg in die Tempelstadt erzählte Jevana ihm in knappen Sätzen, wie Lin die Gabe der Göttin eingesetzt hatte, um einige der engilianischen Männer von Elvens Bann zu befreien. »Ich bin sicher, Elven versteckt sich in seinem neuen Tempel. Niemand hat ihn seit Braams Verschwinden zu Gesicht bekommen. Wir müssen Lin beschützen – sie ist die Göttin!«

Degans Jähzorn schwemmte seine Beherrschtheit fort. »Lin ist nicht die Göttin … Die Göttin benutzt sie nur, wie Götter die Menschen immer benutzt haben. Wie der dunkle Gott den armen Kerl benutzt hat, dessen Körper er sich gestohlen hat! Ihr Menschen räumt den Göttern viel zu viel Gewicht ein, dabei schert sie überhaupt nicht, was aus euch wird.«

Jevana hob die Brauen, überrascht über seine schroffen Worte. Sie wollte etwas erwidern, aber riss im nächsten Augenblick die Augen auf und wies mit zitterndem Finger auf einen Punkt hinter ihm.

Degans Greifeninstinkt war geweckt. Er fuhr herum und blickte in die Augen Suragons. In seiner Hand hielt der Greifenführer die Silberpeitsche, mit der Degan bereits Bekanntschaft gemacht hatte. Suragon ließ die Silberketten wie zur Erinnerung mit einer fließenden Bewegung durch die Luft sirren. »Degan ist zurückgekehrt. Dieses Mal wird Suragon den Kopf des Halbgreifen bekommen.«

Ehe Degan etwas hätte erwidern können, schossen die Silberketten auf ihn zu, bereit, sich um seinen Brustkorb zu winden. Doch Degan war vorbereitet und sprang mit einem geschmeidigen Sprung zur Seite. Die Ketten verfehlten ihn und pflügten stattdessen den Sand des Tempelplatzes.

Jevana schrie, und Degan brüllte sie an, sie solle sich verstecken. Aus den Augenwinkeln konnte er sehen, dass sie hinter Salas Tempel floh, dann galt seine gesamte Aufmerksamkeit wieder dem Greifenführer. Suragon stieß sich ab und schoss in die Luft. Von dort aus versuchte er, Degan zu attackieren, der ohne Schwingen in der schlechteren Position war. Suragons Klauen streiften seine Hand und rissen eine tiefe Fleischwunde in seine Haut. Zum ersten Mal bereute Degan es, dass er außer einem Lederschurz keinerlei Kleidung trug, die ihn zumindest etwas vor den scharfen Greifenklauen geschützt hätte.

Suragons blaue Augen brannten vor Ehrgeiz. Er wollte Degan unbedingt besiegen. Vielleicht würde sein Ehrgeiz ihn Fehler machen lassen. Greifenschwingen besaßen jeweils eine Spannweite von mehr als drei Armeslängen, und als Degan einen Ausfallschritt nach links machte, stürzte sich der Greifenführer in blindem Eifer auf ihn und begrub Degan unter sich im Sand.

Er spürte Suragons Atem sein Gesicht streifen, die Kraft seines Körpers und seiner Arme drückte ihn nieder und machte ihn bewegungslos. Degan tastete mit den Händen den Sand ab, in der verzweifelten Hoffnung, einen Stein zu finden, den er als Waffe gegen die übermächtigen Kräfte des Greifen einsetzen konnte. Doch das Einzige, was er zwischen den Fingern spürte, war feinster Sand. Suragons Klaue berührte schon fast sein Gesicht, als Degan im Sand etwas Längliches ertastete. Suragon hatte seine Peitsche verloren! *Blinder Ehrgeiz … meine Gebete wurden erhört!* Er zögerte nicht und schlang mit dem noch freien Arm die Silberketten um Suragons Hals. Dann befreite er in einem Gewaltakt seinen zweiten Arm und zog mit aller Kraft, die er aufbringen konnte, die Schlinge um Suragons Hals zu.

Zuerst versuchte Suragon, seine gefährlich gekrümmte Klaue über Degans Hals zu ziehen. Das Gesicht des Greifenführers lief bereits blau an, und die Adern seiner Stirn traten hervor. Doch Suragon gab nicht auf. Er riss den Mund auf, um zu atmen – und bekam keine Luft. Unkontrolliert begann er, mit seinen Schwingen zu schlagen.

Degan gewann endgültig die Oberhand und warf Suragon auf den Rücken. *Du könntest ihn vom Fluch erlösen und ihm seine Gestalt zurückgeben!*, mahnte sein menschliches Gewissen. Doch dieses Mal gab sein Greifenerbe nicht nach. Suragon war anders als die anderen … von einem bösen Willen gesteuert, *wie Xiria …* Degan zog die Silberkette noch fester um Suragons Hals, bis die Augen endlich starr wurden und die letzte Gegenwehr erstarb.

Erst da rollte sich Degan von seinem Opfer herunter und untersuchte seine zerfetzte Hand. Die Silberschnüre hatten sich in die offene Wunde gebohrt, und ein Schjackzahn steckte darin. Vorsichtig löste er die Ketten und schleuderte die Peitsche von sich. Die Wunde schmerzte, aber es war noch nicht vorbei, und es war noch nicht entschieden, wer diesen Kampf gewinnen würde.

Jevana kniete vor dem Bodengitter und rief immer wieder Lins Namen. Dass Lin ihr nicht antwortete, war kein gutes Zeichen; sie versuchte es lauter, obwohl sie fürchtete, damit einen Greif oder einen Schjack auf sich aufmerksam zu machen. Jevana war sich nicht sicher, ob Salas Tränen sie gegen jede Unbill schützen konnten. Bisher hatte Salas Schutz sie nicht verlassen, doch nach dem Grauen, das sie mitangesehen hatte, meinte sie Salas Macht schwinden zu spüren. Warum antwortete Lin nicht?

Unentschlossen überlegte Jevana, was sie nun tun sollte. Degan würde ihr nicht helfen können, er musste sich gegen Suragon zur Wehr setzen. Sie dachte an die anderen Priesterinnen. Ob sie ein Versteck gefunden hatten und dem Opfertod entkommen waren? Sie würde die Mädchen suchen, doch zuerst musste sie wissen, ob es Lin gutging. »Lin, bitte, sag doch etwas!«, flehte sie noch lauter als zuvor.

Statt einer Antwort krallte sich eine Hand grob in ihr Haar und zerrte sie auf die Beine. Jevana schrie und schlug um sich, um dann schutzsuchend Salas Tränen zu berühren. Der Schreck ließ sie erstarren. Die Tränen der Göttin waren fort! Jevana hatte sie verloren – vielleicht, als Degan von Suragon angegriffen worden und sie hinter den Tempel geflüchtet war. Nun war sie ebenso schutzlos wie all die anderen Frauen.

Der Mann, der sie gepackt hatte, lachte, als er das Fehlen ihres mächtigen Schutzzaubers bemerkte. »Die zweite Priesterin … und dazu noch schutzlos. Hat deine Göttin dich verlassen?« Er hielt ihr die dreischneidige Klinge, den Opferdolch, nahe vor das Gesicht. »Du hast Elven und mir sehr viel Ärger bereitet, und dafür wirst du nun den Opferkreis mit deinem Blut weihen.«

Jevana schrie um Hilfe, als der Blutpriester sie mit sich zog. Degan war nirgendwo zu sehen – nur umherirrende und fliehende Menschen oder verbittert kämpfende Männer. Jevana erkannte, dass niemand ihr helfen würde oder auch nur einen Blick für sie hatte.

Der Taluk zerrte sie zurück zum Muruktempel. Jevana zweifelte nicht daran, dass er ihr die Kehle durchschneiden und ihr Schicksal damit besiegeln würde. *Ich muss meine Kräfte sparen!* Sie gab ihre Gegenwehr scheinbar auf und ließ sich in den Opferkreis ziehen, der bereits vom Blut der Gefallenen getränkt war. Sie suchte zwischen all den toten Greifen und Menschen nach den Körpern der Priesterinnen und stellte erleichtert fest, dass sie nicht hier waren. Elvens Hohepriester setzte ihr den Dolch an die Kehle und flüsterte: »So geh zu Muruk … oder Elven … wie immer du *ihn* nennen willst … und bestelle meinem Sohn Braam Grüße, wenn du ihn im Reich des Gottes begegnest.«

Es war vorbei. Es gab keine Rettung für sie. Jevana schloss die Augen und wartete auf den Streich, der sie aufschlitzte. Nichts geschah. Stattdessen wurde sie umgestoßen und landete hart im Sand.

Sie öffnete die Augen und sah ihren vermeintlichen Mörder in den Klauen eines verwandelten Greifen zappeln, der sich imposant auf die Hinterbeine gestellt hatte und mit den Schwingen schlug. Den Opferdolch hatte der Taluk fallen lassen, und er schrie wie am Spieß, als der Greif sich dazu bereitmachte, ihm den Kopf mit einem einzigen Hieb seines riesigen Schnabels abzuhacken.

Etwas, dachte Jevana unvermittelt, war seltsam an diesem Greif – eine seiner Schwingen war verletzt, obwohl sie keine frische Wunde entdeckte, und sein Blick war irgendwie so … zahm? »Warte!«, rief sie und ging langsam auf den Greif zu. Sie fand es seltsam, einem dieser Wesen so nahe zu kommen. Seine Augen waren wild, und doch war da etwas, das sie faszinierte und gleichermaßen verwirrte. Jevana streckte ihre Hand aus und berührte seinen Schnabel. Er war glatt und warm. Das wilde Geschöpf ließ sich ihre Berührung gefallen, während der Blutpriester sie anschrie: »Sag dem Vieh, es soll mich loslassen!«

Jevana beachtete ihn nicht, bückte sich stattdessen und nahm den Opferdolch in die Hand. Er war schwer, ein kalt gehämmertes Kunstwerk, das nur zu einem einzigen Zweck geschaffen worden war – dem Blutgott neue Opfer zuzuführen. Jevana sah dem Greif in die Augen, davon überzeugt, dass er jedes Wort verstand. »Wir wollen ihn doch nicht um das Vergnügen bringen, seine Ewigkeit jenem Gott zu widmen, dem er auch im Leben gedient hat.«

Der Greif senkte leicht den Kopf wie zum Zeichen seines Einverständnisses und krächzte. War da ein verhaltenes Lachen in seinen Lauten? Jevana glaubte es herauszuhören.

Als ihm klar wurde, was die zweite Priesterin vorhatte, wurde die Stimme des Opferpriesters weinerlich. »Du bist Salas Priesterin … *ihr* tut so etwas nicht!«

Jevana setzte den Dolch an seine Kehle und dachte an Lins tote Eltern, an die Priesterinnen, an die von Elven getöteten Mädchen; und sie dachte sogar an Braam, dessen eigener Vater keine Träne für ihn übrig hatte. Dieser Mann hier verdiente kein Mitleid. »Ich bin nicht mitfühlend wie Lin, noch bin ich weise … Ich will nur Engil von deinesgleichen befreien. Also geh zu deinem Gott und leiste deinem Sohn Gesellschaft!«

Mit einer schnellen Bewegung zog Jevana den Dolch über die Kehle des Taluk und sah zu, wie er mit gurgelnden Geräuschen zusammensackte. Der Greif ließ ihn los und krächzte. Wieder meinte sie etwas aus seinem Krächzen herauszuhören … Bewunderung? »Ich danke dir«, sagte Jevana an den Greif gewandt und spürte, dass sie verlegen wurde. »Degan braucht Hilfe. Er kämpft gegen Suragon am Sala-Tempel.«

Ohne zu zögern, erhob sich der Greif in die Luft und flog geradewegs Salas Tempel an. Jevana sah ihm hinterher und war sich nun sicher, dass er sie verstanden hatte. Sie drückte den Opferdolch an die Brust. Auch für sie gab es noch etwas zu tun! Der

Platz vor dem Muruktempel war menschenleer. Nur die Toten dieser unsinnigen Schlacht bewachten ihn. Langsam stieg Jevana die Stufen zum Tempel des Blutgottes hinauf. Elven war hier, sie spürte es! Sie krampfte die Hände um den Dolch und hielt ihn, so fest sie konnte. Nun war es an ihr – sie würde den dunklen Gott dorthin zurück schicken, wo Braam und sein Vater schon auf ihn warteten. In sein dunkles Reich!

# Die Königin der Verlorenen

Lin wusste nicht, wie lange sie gelaufen war, doch es kam ihr vor, als wären es Tage gewesen. Mit jedem Schritt war ein Stück ihrer Erinnerung entschwunden; zuerst waren es nur unwichtige Dinge gewesen. Sie begann sich selbst Fragen zu stellen, während sie Schritt für Schritt die Feuerwüste durchquerte. Wie hatten ihre Räume im Palast ausgesehen? Wie war der Name ihrer ersten Dienerin gewesen? Was war ihre Lieblingsspeise? Doch je weiter Lin gelaufen war und in die blutrote Sonne gestarrt hatte, desto tiefer hatte sich ein dunkler Nebel des Vergessens über ihre Erinnerung gebreitet. Wie war der Name des Mannes gewesen, den sie geliebt hatte? Es hatte einen gegeben, da war sie sich sicher. Doch weder fiel ihr sein Name ein, noch gab es ein Gesicht in ihrer Erinnerung. Irgendwann waren nur noch zwei Fragen durch ihren leeren Verstand gewandert. Warum war sie hier, und woher kam sie?

Am Ende ihrer Reise war es nur noch ein Name, der sie mit ihrer Vergangenheit verband – Lin! Doch sie hatte keine Ahnung, wer diese Lin gewesen oder wohin sie gegangen war …

Die Göttin Sala blieb stehen und versuchte, die Fremde mit dem Namen Lin in sich ausfindig zu machen. Doch die andere entwand sich ihrem Zugriff und wich in den dunkelsten Winkel ihres Verstandes zurück. Die Göttin betrachtete ihre honiggoldenen Hände und befühlte das schwarze Lockenhaar auf ihrem Kopf. Eindeutig war dieser Körper der einer Menschenfrau. Sie konnte sich daran erinnern, dass sie vor sehr langer Zeit bei den Menschen Zuflucht gesucht und sogar einem ihrer Könige zwei Töchter geboren hatte. Das hatte Unheil gebracht, denn ihr Gefährte war eifersüchtig.

Und nun war sie zurückgekehrt in das verhasste Reich, das sie niemals mehr hatte betreten wollen, und zu jenem düsteren Gefährten, dem sie gehofft hatte für immer entflohen zu sein. Sie wollte umkehren, doch die andere mahnte sie, dass sie das nicht durfte und dass ihr dunkler Gefährte nur von den Menschen ablassen würde, wenn sie dieses Opfer brachte. Es war die Frau mit dem Namen Lin, die zu ihr sprach; und die Göttin wusste, dass sie die Wahrheit sagte, denn sie war ein Teil von ihr.

Also setzte sie ihren Weg fort. Vor ihr erstreckte sich der Horizont, an dessen Ende grelle Flammen an zwei brennenden Thronen emporzüngelten. Einer der Throne gehörte ihr, obwohl sie ihn nie gewollt hatte. Sie ging weiter, angezogen wie ein Falter von der todbringenden Flamme, als etwas ihren Fußknöchel packte. Wie von Fäden gehalten blieb sie stehen.

Aus dem Sand ragte ein einzelner Arm, fast nur noch Knochen und verkohltes Fleisch, und daran eine Hand, die sich fest um ihre Fessel gelegt hatte, als wolle sie verhindern, dass sie weiterging. Das dazugehörige Gesicht tauchte aus dem glühenden Sand auf – ebenso verbrannt wie alles andere an diesem Menschen. Die Göttin wusste, dieses hier war das Schlachtfeld ihres dunklen Gefährten, denn hier lagen die Gefallenen der vielen Kriege von Licht und Schatten.

»Geh nicht weiter, Göttin!«, krächzte eine Stimme, so rau wie Schleifstein. »Für dich haben wir gekämpft, für dich sind wir gestorben … Wenn du zu *ihm* gehst, sind alle unsere Qualen umsonst.«

Die Göttin befreite ihren Fuß sacht aus der Umklammerung der

Knochenhand und zog die Brauen hoch. »Aber ich muss zu *ihm* gehen.«

Auf die weiteren Warnungen des Verbrannten hörte sie nicht. Die andere – Lin – verbot es ihr. Während sie weiterlief, gruben sich jedoch immer mehr Tote aus dem Sand und streckten ihr die schwarz verbrannten Arme entgegen. In einem ohrenbetäubenden Chor von Jammer riefen sie ihr zu, sie solle umkehren. »Geh fort, dreh um … kehre zurück in die Welt der Menschen, Göttin!« Sala ignorierte sie und schritt langsam weiter.

Die beiden Throne kamen immer näher. Die Göttin wusste, dass *er* sie bereits erwartete. Die Stimme der anderen wurde eindringlicher. *Du musst weitergehen – biete ihm unser Leben und unsere Gefolgschaft für das Leben von Engil und seinen Menschen.* Sala überlegte angestrengt, ob sie nicht eigentlich etwas ganz anderes gewollt hatte … sich verbergen vor *ihm*, sterblich werden, anstatt die Ewigkeit an *seiner* Seite zu verbringen. *Es ist nicht wichtig, was du willst oder was ich will … du musst es tun!* Die Stimme ließ weder Zweifel noch Widerspruch zu. Die Göttin konnte nicht anders, als ihr zu gehorchen – sie waren eins!

Sie erreichte das letzte Schlachtfeld vor den Thronen, auf dem hohe Flammen aus dem heißen Sand schlugen und gleich ewigen Lichtern an die zahllosen Opfer erinnerten. Hier war es viel unerträglicher als auf dem Feld davor, denn hier mussten all jene ihre Ewigkeit verbringen, die den Opfertod erlitten hatten. Erneut schoben sich Arme aus dem Sand, versuchten, sie aufzuhalten, und riefen ihr Warnungen zu. Sala ließ sich von den jammernden Stimmen nicht beirren und schritt über die verbrannten Leiber hinweg.

Wieder griff eine Hand nach ihr und hielt sie fest, so dass die Göttin stehen blieb und die arme Kreatur ansah. »Du musst mich gehen lassen«, sprach sie sanft zu der verbrannten Frau, deren Gesicht nur noch halb vorhanden war. Sie musste einmal hübsch gewesen sein mit ihren weichen Gesichtszügen, die nur noch zu erahnen waren. Aber jetzt war sie nur noch ein Zerrbild dieser Schönheit, denn eine Gesichtshälfte war bis auf den Schädelknochen verkohlt – die Augenhöhle leer, die Lippen halb weggeätzt von der flirrenden Hitze.

»Deinetwegen bin ich gestorben, Göttin … deinetwegen und wegen des Schwurs, den ich auf dich leisten musste … Kehre um, du hast hier nichts verloren!«

Die Göttin spürte, dass Lin diese Frau gekannt haben musste. Ein Name tauchte kurz in ihrer Erinnerung auf: *Vay.* Sie spürte das Schuldgefühl der anderen, und das machte sie unsicher. Dann beruhigte die andere sich wieder. *Geh weiter!*

Sala ließ die Frau mit dem Namen Vay hinter sich und setzte ihren Weg fort, bis sie endlich vor den zwei großen Flammenthronen stand und zu *ihm* aufsah. »Ich bin hier, wie du es wolltest«, sprach sie *ihn* an.

*Er* kam die Stufen herunter und streckte ihr seine Hand entgegen. Die Göttin zögerte, sie zu nehmen.

»Du bist freiwillig zu mir zurückgekehrt.« *Seine* Stimme klang sanft, und *er* sah anders aus, als sie ihn in Erinnerung hatte – wie ein junger Mann mit langen Haaren, einem markanten Gesicht und einem hochgewachsenen schlanken Körper. Aber Sala wusste, dass ihr Gefährte in seinem Reich jede Gestalt annehmen konnte, die er wollte, um sie zu beeindrucken. Nur seine blutroten Augen verrieten, dass der Mann vor ihr auf dem Thron ein Gott war. Die andere mischte sich wieder ein und erinnerte sie streng daran, weshalb sie gekommen waren.

»Ich verlange die Freiheit für Engil und seine Menschen im Tausch dafür, dass ich bleibe.«

Seine Stimme klang lockend. »Ich gewähre dir alles, wenn du

mir die Gefährtin sein wirst, die du dem Menschenkönig warst, und mir Nachkommenschaft gewährst.«

*Schwöre es ihm!*, forderte drängend die Stimme in ihrem Kopf. Zögernd ergriff Sala die ihr dargebotene Hand des Gottes. »Ich schwöre es!«

»Dann nimm deinen Platz an meiner Seite ein«, hieß *er* sie willkommen, und die Lichtgöttin schritt die brennenden Stufen hinauf.

Jevana drückte gegen die Pforte des Tempels und wäre am liebsten wieder umgekehrt, da sie nicht, wie erwartet, verschlossen war. Der Flügel schwang mit einem leisen Knarren auf und forderte sie höhnisch auf, die dunkle Halle des Gottes zu betreten.

Ein letztes Mal blickte sie über die Schulter zurück. Niemand war hier, um ihr Mut zu machen oder sie aufzuhalten. Jevana stand allein vor der Entscheidung, ob sie weitergehen sollte. *Es wird keine Rettung geben, wenn du den Mut nicht aufbringst, es zu tun!*

Sie betrat die Halle. Noch krampfhafter als zuvor umklammerte Jevana den Opferdolch, nachdem sie ihren mächtigsten Schutz – Salas Tränen – verloren hatte. »Wo bist du?«, rief sie leise in die Dunkelheit.

Aus der Düsternis heraus drang ein dumpfes Geräusch an ihre Ohren. *Bum Bum … Bum Bum … Bum Bum …* Erschrocken blieb sie stehen und lauschte. Ein Blick zurück zum Viereck der Tür, durch das Sonnenlicht fiel, ließ den Impuls zu fliehen fast in ihr die Überhand gewinnen. *Ruhig … es ist nur dein Herz, das so laut schlägt …* Jevana widerstand ihrer Angst und tastete sich weiter in der Dunkelheit voran.

*Bum Bum …* Jetzt schien sogar der Boden leicht unter ihren Füßen zu vibrieren. Das war nicht ihr Herz! Jevana zwang sich weiterzugehen.

Als sie etwa in der Mitte der quadratischen Tempelhalle angekommen war, stieß sie mit dem Fuß gegen etwas Hartes. Der Dolch fiel ihr aus der Hand; es gab ein schepperndes Geräusch auf den Steinplatten. Einen Augenblick lang erstarrte sie. *Bum Bum … Bum Bum …* Es war ganz nahe! Vorsichtig ging Jevana in die Knie und tastete nach dem Dolch. Es kostete sie Selbstüberwindung, doch schließlich fanden ihre Finger das kühle Silber der Klinge. Sie atmete auf. Auf allen vieren wie eine Katze tastete sie sich weiter voran, bis sie mit der Hand gegen einen hölzernen Rahmen stieß. Jevana befühlte ihn und erkannte, dass es die Trage sein musste, mit der sie Elvens Männer in der Nacht von Braams Verschwinden in den Tempel hatte gehen sehen. Kurz darauf ertastete sie auch das Tuch, mit dem die Trage – oder das, was darauf lag – verhüllt gewesen war. Sie war erstarrt vor Angst. *Bum Bum … Bum Bum.* Das Geräusch war zum Greifen nah! Eine schreckliche Ahnung überkam sie. Vorsichtig tastete sie mit dem Dolch die Liegefläche der Trage ab, bis die Klinge gegen etwas stieß, das sich zuckend bewegte. Erschrocken zog sie ihre Hand zurück, und einen Augenblick lang wollte sie einfach aufspringen und weglaufen. Dann jedoch packte sie das Tuch mit dem zuckenden Ding und stolperte durch die Dunkelheit zurück zum Eingang des Tempels.

Dort angekommen ließ Jevana das seltsame Ding fallen und schob mit zitternden Händen das Tuch zur Seite. Sie glaubte, ihren Augen nicht zu trauen. Vor ihr lag ein entstelltes menschliches Herz … ein schwarzes Gebilde voller Narben und Knoten … und es schlug ohne einen dazugehörigen Körper! Es war … verdorben! Jevana hielt sich die Hand vor den Mund, denn ein Geruch von Fäulnis und Verwesung ging von ihm aus. Sie musste es vernichten! Jevana hob den Dolch und stieß ihn tief in den zuckenden Muskel. Als sie ihn wieder heraus zog, quoll schwarzes Blut daraus hervor. Sie hielt sich den Ärmel ihres Priesterinnengewandes vor die Nase. *Das schwarze Blut des dunklen Gottes!* Dies war also die böse Essenz, mit der Elven ganz Engil in seinen Bann geschlagen hatte; und solange dieses Herz in Engil schlug, würden seine Diener weiter Menschen mit dem schwarzen Blut vergiften.

Noch immer pulsierte das böse Geschwür und pumpte Blut. Jevana wurde wütend. Entschlossen hob sie noch einmal den Dolch und stach auf das Herz ein … es wollte nicht aufhören zu schlagen! »Stirb!«, schrie sie das Herz an, als würde der Gott sie hören können. Klebrig schwarzes Blut spritzte aus den eiterschwärenden Adern. »Steh endlich still«, schrie sie halb wahnsinnig vor Angst, und endlich wurde sein Schlag unregelmäßig, bis es schließlich ganz zu schlagen aufhörte. Jevana ließ den Dolch fallen und begann zu schluchzen.

Dann bemerkte sie, dass einige Menschen, Männer und Frauen … ja sogar Kinder vor den Stufen des Tempels zusammengekommen waren und das schwarze Herz anstarrten: Sie hob den Kopf und konnte zuerst nicht glauben, was sie hörte – Stille! Es war ganz ruhig geworden – keine Schwerter, die Schreie der Kämpfenden waren verstummt. Der dunkle Gott war fort!

Mit zitternder Stimme wandte Jevana sich an die Umstehenden, die auf eine Erklärung für das, was sie gerade gesehen hatten, warteten. »Ich habe das Herz des falschen Königs Elven mit dem Opferdolch durchstoßen und ihn damit endgültig aus Engil vertrieben. Es ist alles vorbei.«

Die Männer sahen sie an, als wären sie aus einem bösen Traum erwacht, starrten auf die blutigen Schwerter in ihren Händen und ließen sie fallen, als wären sie auf einmal glühend heiß geworden. Jevana legte ihren Kopf in den Nacken und sah hinauf in den Himmel.

Dort sammelten sich Elvens verbliebene Greife, um zu fliehen. Doch Degans Greifenheer setzte ihnen nach – die Schlacht am Himmel, das wusste Jevana, war noch nicht vorüber. Doch sie würde nicht in Engil beendet werden!

Nach und nach erwachte Engil wie aus einem bösen Traum, und auch die Frauen kamen aus ihren Verstecken hervor. »Es ist vorbei … Elven ist fort!«, riefen sie sich immer wieder gegenseitig zu und fielen sich in die Arme.

Jevana lief die Stufen des Tempels hinunter, weil sie Salas Priesterinnen aus einem der Getreidesilos klettern sah. Ihre Gewänder waren schmutzig, ihr Haar war wirr, aber keine von ihnen war verletzt. Sie fielen Jevana weinend in die Arme, während sie ihr versicherten, dass es ihnen gutginge. Es war vorbei … Sala sei Dank!

Degan sah Elvens Greifen nach, die so plötzlich und unerwartet die Flucht ergriffen. Was hatte das zu bedeuten? Sein Greifenheer nahm die Verfolgung auf, so dass auch Degan endlich auf die Beine kam. Dem leblosen Körper Suragons im Sand schenkte er keine Beachtung mehr, ebenso wenig der Silberpeitsche, deren Narben er für den Rest seines Lebens auf dem Körper tragen würde. Sie würden schon dafür sorgen, dass er Suragon nicht vergaß! Dann fiel ihm Jevana wieder ein, und er sah sich nach ihr um.

Ein Funkeln im Sand nur ein paar Schritte neben sich erweckte seine Aufmerksamkeit. Er bückte sich und hielt kurz darauf Salas Tränen in seiner Hand. Die zweite Priesterin musste sie verloren haben.

Degan band sich die Kette um, damit sie nicht noch einmal verlorenginge. Sie war ein mächtiger Schutz gegen den dunklen Gott. Nachdem Xiria die Lalufrauen, die Trägerinnen des Lichts, ausgelöscht hatte, waren Salas Tränen neben Nona die einzige Quelle ihrer Macht, die den Menschen geblieben war. Doch das stimmte ja nicht – Sala selbst war unter ihnen … im Tempel … in Lin!

Degan rannte hinüber zum Tempel, nahm mit federnden Sprüngen drei Stufen gleichzeitig und drückte dann gegen die Tempelpforte. Sie bewegte sich nicht. Irgendetwas blockierte sie von innen. Sosehr Degan es auch versuchte, er bekam die Tür nicht einen Spaltbreit geöffnet.

»Lin!«, rief er so laut er konnte. »Du musst mir helfen … irgendetwas versperrt die Tür!« Er erhielt keine Antwort. Degan sah sich um, in der Hoffnung, irgendetwas zu finden, womit er die Tür aufstemmen konnte. Doch sein Kopf war wie leergefegt und seine Kraft vom Kampf gegen Suragon aufgebraucht. »Lin!«, rief er noch einmal.

Dann spürte er einen Windstoß in seinem Rücken, gefolgt von einem warnenden Krächzen. Degans Instinkt schaltete sich ein, und er wich mit einem halsbrecherischen Sprung zur Seite aus. Noch im Sprung sah er einen seiner Greife im Sturzflug gegen die verschlossene Tempelpforte krachen, die unter dem Gewicht des Aufpralls endlich nachgab. Der Greif überschlug sich und schlitterte dann auf dem Bauch geradewegs in den Tempel. Degan konnte es nicht fassen. *Dieser Greif hat das Gehirn eines Falbrindes*, spottete er in Gedanken, dann lief er in die Tempelhalle. Der Greif kauerte auf dem Boden und spreizte seine lädierte Schwinge ab.

Degan blieb stehen und zog überrascht die Brauen hoch. »Belamon?«

Ein jammervolles Krächzen war die Antwort – Belamon hatte sich seine gerade verheilte Schwinge erneut gebrochen. Degan schüttelte den Kopf. »Warum bist du hier? Du solltest doch bei Nona und der Waldfrau bleiben.«

Belamon krächzte protestierend, und Degan meinte einen

Unterton von Unmut herauszuhören. Dann fiel sein Blick auf die Statue der Göttin am Ende der Halle und das verglimmende Feuer in der Opferschale. Davor ausgestreckt lag Lin und rührte sich nicht mehr. Ihre Kleider hatte sie abgelegt, und ihre Augen starrten geöffnet an die Decke der Tempelhalle.

Die geborstenen Balken vor der Tempelpforte ließen Degan ahnen, dass Lin selber es gewesen war, welche die Türflügel von innen verbarrikadiert hatte.

»Lin …« Er ging neben ihr in die Hocke und tätschelte ihre Wange, doch sie lag einfach da wie tot. Degan legte ein Ohr an ihre Lippen und war erleichtert, als er feststellte, dass sie noch atmete. »Was ist mit ihr geschehen?«, fragte er hilflos an Belamon gewandt.

»Sie ist in sein Reich gegangen«, vernahm er überraschend die Stimme Jevanas hinter sich, die völlig außer Atem war. Wo immer die zweite Priesterin sich versteckt hatte, sie kam im richtigen Augenblick. Jevana wies auf das fast niedergebrannte Feuer und ging neben Lin in die Knie, während sie Belamon einen verstohlenen Seitenblick zuwarf. »Du bist gerade noch rechtzeitig gekommen«, sprach sie zu Degans Überraschung Belamon an.

»Was geht hier eigentlich vor?«, wollte er von Jevana wissen.

Sie tat so, als hätte sie seine Frage nicht gehört, und wandte sich wieder Lin zu. »Ihr Geist ist durch das Opferfeuer gegangen, um sich Elven im Austausch für Engil anzubieten. Sie konnte ja nicht wissen, dass das gar nicht nötig ist. Ich habe Elvens Herz zerstört und damit seine Macht in Engil gebrochen.« Jevana schüttelte den Kopf. »Wir können nichts mehr für sie tun. Ihr Körper ist noch hier, aber ihr Geist ist bei ihm. Er wird sie nicht gehen lassen.«

Degan betrachtete Lin, die wie tot dalag. Mit einem seltsamen Gefühl im Bauch, das er nicht richtig zu deuten wusste, befühlte er Salas Tränen auf seiner Brust. »Ich hole sie zurück.«

Jevana sah ihn an, als hätte er ihr gerade mitgeteilt, dass er Selbstmord begehen wollte. »Den Gott kannst du nicht besiegen, auch wenn du in Engil große Macht besitzt und viele Greife von seinem Gift befreit hast. Sein Reich gehört ihm ... Nur eine Göttin ist ihm ebenbürtig und kann sich ihm entgegen stellen. Aber dazu müsste sie es auch wollen.«

Degan starrte auf die spärlichen Flammen des Opferfeuers. Sala würde sich vielleicht nicht aus den Klauen ihres düsteren Gefährten befreien wollen, doch da gab es immer noch Lin. Sie würde ihm folgen und mit ihm zurückkehren ... weil sie ihn liebte ... oder? Tat sie das wirklich noch?

# Lin und Sala

Degan stürzte durch den Feuerring und stolperte dann hilflos in vollkommener Schwärze umher. Das dunkle Gift des Gottes, das er in sich trug, erleichterte ihm den Zutritt zu Muruks Reich. Ein Mensch, so hatte Jevana ihm erklärt, musste entweder tot oder ein geübter Priester sein, der viele Stunden vor dem Opferfeuer verbracht hatte, um seinen Geist aus seinem Körper lösen zu können. Doch ihn hatte das Feuer bereits unwiderstehlich angezogen, als er sich darauf konzentriert hatte.

Vorsichtig öffnete er die Augen, als ein Schwall heißer Luft über ihn hereinbrach und auf seine Lungen drückte. Das Atmen fiel ihm schwer. Degan erblickte eine rote Sonne, die an einem feurig orangefarbenen Himmel klebte. Er stand inmitten einer endlosen Weite aus glühend heißem Sand. Nirgendwo gab es einen Baum oder Wasser oder gar Schatten, in dem er sich vor der Sonne hätte schützen können. Dies hier war kein Land, in dem ein lebendiges Wesen überleben konnte, sondern ein alles verzehrender Schmiedeofen! Degan begann flach zu atmen, um seine Angst, in der heißen Luft zu ersticken, unter Kontrolle zu halten. Wie von selbst suchte seine Hand nach Salas Tränen. Als er sie berührte, umhüllte ein Hauch Kühle seinen gesamten Körper. Zwar vertrieb er die Hitze nicht gänzlich, doch er bewahrte ihn vor dem Verbrennen. Die Kühle erinnerte ihn an Nonas Berührungen – Nona und die Tränen der Göttin waren von derselben Kraft erfüllt … Salas Licht.

Langsam setzte Degan einen Fuß vor den anderen. Er ahnte, dass Salas Tränen ihn nicht ewig schützen konnten; doch eine Weile würde ihre Macht ausreichen und ihm hoffentlich die nötige Zeit verschaffen, um Lin zu finden.

Seine Füße versanken knöcheltief im Sand, und er spürte das Brennen der Hitze auf seiner Haut wie feine Nadelstiche. Nach einer Weile blieb er stehen und sah sich um. War dies überhaupt der richtige Weg? Alles sah gleich aus – Sand, Glut, Feuer, Hitze!

Während er noch überlegte, sah er am Horizont etwas aufflackern. Degan kniff die Augen zusammen und konzentrierte sich auf den Punkt. Ohne seine guten Augen hätte er ihn wahrscheinlich übersehen. Er erkannte rote und orangefarbene Flammen am Horizont. Dort brannte ein riesiges Feuer.

Sein Instinkt sagte ihm, dass Lin dort war. Er musste zu diesem Feuer am Horizont!

Bald stellte er fest, dass er nicht der Einzige war, den das Feuer anzuziehen schien. Etwa fünfzig Schritte vor ihm ging ein Mann. Er wunderte sich, dass der Fremde ihm nicht schon früher aufgefallen war. Obwohl ihn dies Kraft und Atem kostete, lief er schneller. Dem schleppenden Gang des Fremden nach zu urteilen musste er ein Mensch sein. Degan ahnte, dass es sich nur um einen Toten handeln konnte, vielleicht war er im Kampf um Engil gefallen. Doch im Reich des Blutgottes war ihm sogar die Gesellschaft eines Toten angenehm.

»Warte auf mich!«, rief er, so laut er konnte. Tatsächlich blieb der Fremde stehen und wandte sich zu ihm um. Seine Stimme klang wie ein einziger Ruf der Verzweiflung, als er Degan entdeckte. »Hilf mir … bei Salas Licht … hilf mir, ich verbrenne!«

Degan lief schneller. Ein paar Schritte vor dem Mann blieb er völlig außer Atem stehen und starrte ihn an. Er kannte diesen

Mann – trotz der vielen Brandblasen in dessen Gesicht, der verbrannten Kopfhaut, des zu Stoppeln versengten Haars; und der andere erkannte ihn ebenfalls.

»Du? Was machst du hier?«, grollte der Mann mit schleppender Zunge, die ihm so dick im Mund lag, dass Degan genau hinhören musste, um seine Worte zu verstehen. »Ich dachte, Engil wäre dich endlos los, Halbgreif!«

Unvermittelt machte Degan einen Schritt rückwärts, weil er den blanken Hass spürte, den ihm der andere entgegenbrachte. Der hob seinen Kopf und wies auf seine Kehle, an der ein länglicher Schnitt aufklaffte. »Die zweite Priesterin Salas hat mich verdammt! Ich bin hier in Ewigkeit gefangen!«

Degans Mitleid verwandelte sich in Zorn. Sie waren nie sonderlich bescheiden gewesen – weder er noch sein Sohn. »Ihr habt es nicht anders verdient – du und auch Braam! Ihr wart immer anmaßend und habt nach Engils Thron gegiert.«

Der andere stolperte einen Schritt auf ihn zu, vornüber gebeugt, als könne er sich nicht mehr auf den Beinen halten. Obwohl sein Instinkt ihn warnte, streckte Degan seinen Arm aus, um ihm zu helfen. Der andere krallte sich daran fest. Seine rot umränderten Augen starrten ihn an. »Warum … verbrennst du nicht?«

Degan spürte die Gefahr und berührte mit der freien Hand Salas Tränen. Der Taluk folgte seiner Geste mit den Augen und entdeckte die Tränen der Göttin an seinem Hals. Ohne Vorwarnung versuchte er, Degan zu Fall zu bringen, indem er ihm den Arm, auf den er sich gerade noch gestützt hatte, auf den Rücken wand. »Gib sie mir!«, zischte er ihm ins Ohr. »Sie werden mir die Ewigkeit hier erträglicher machen.«

Degan befreite sich aus dem überraschend harten Griff, stolperte jedoch und fiel mit dem Rücken zuerst in den heißen Sand. Trotz des Schutzes der Kette traf die Glut seinen Körper wie glühend heiße Dolche und lähmte ihn kurzzeitig. Mit letzter Kraft rollte er sich zur Seite und kam auf die Beine, während der Taluk auf ihn zustürmte.

»Gib mir Salas Tränen, Halbgreif!« Der Angriff des anderen ging ins Leere, da Degan zur Seite sprang. Nun stürzte er selbst bäuchlings in den heißen Sand. Degan wich ein paar Schritte zurück. Der Gestank verbrennenden Fleisches stach in seiner Nase. Der Taluk schrie sich die Lunge aus dem Leib, während der Sand ihn bis auf die Knochen verzehrte. Degan rief sich trotz des schrecklichen Anblicks ins Gedächtnis, dass auch sein Schutz begrenzt war. Dies würde ihn erwarten, wenn er Lin nicht fand! Er wandte sich ab und richtete seine Gedanken und Blicke auf den Horizont. *Keine Zeit für Angst oder Zweifel,* begann er sich Mut zuzusprechen, dann lief er, so schnell er konnte, auf die hochzüngelnden Flammen am Horizont zu.

Am Anfang strömte ihm der Schweiß noch wie Wasser aus den Poren, doch irgendwann blieb seine Haut trocken, und ihm wurde klar, dass er kaum noch einen Tropfen Flüssigkeit in sich hatte. Seine Zunge war so geschwollen, dass ihm das Schlucken schwerfiel. Degan meinte, ein Knäuel Falbrindwolle im Mund zu haben, an dem er langsam, aber sicher erstickte. Genau genommen war es ja noch nicht einmal sein Körper, der vertrocknete und verdurstete, denn der lag sicher in Salas Tempel neben dem von Lin. Doch das Reich des Muruk versprach allen, die es betraten, endlose Qualen und ein elendes Leben über das Leben des eigenen Körpers hinaus. Der Gott würde keine Ausnahme machen – auch für ihn nicht! *Vor allem nicht für mich …*

Der Horizont schien weiter von ihm fortzurücken, je näher er ihm eigentlich hätte kommen müssen. *Etwas ist falsch … Der Gott will nicht, dass ich Lin finde!*

Degan blieb stehen und wartete, bis sein pfeifender Atem sich beruhigt hatte. Es wurde immer heißer, und dem Sand entstiegen kochende Dämpfe. Salas Schutz begann nachzulassen. Auf seinen Schultern und Armen hatten sich Brandblasen gebildet. Die Zeit lief ihm davon, und er war dem riesigen Feuer nicht einen Schritt näher gekommen. Degan stemmte die Hände in die Hüften und holte Luft. »Lin!«, rief er in seiner Verzweiflung. »Lin … kannst du mich hören?«

Obwohl er nicht wirklich daran geglaubt hatte, geschah etwas. Die Flammen am Horizont flackerten unruhig, fast schon, als würden sie gegeneinander kämpfen. Degan spürte, wie seine Beine ihrer Erschöpfung nachgeben wollten. *Ich darf nicht fallen … nicht jetzt, nicht hier!* Mit zusammengebissenen Zähnen ging er weiter. Allein der winzige Lichtpunkt, der sich aus dem Feuer löste, hielt ihn davon ab, aufzugeben. Lin hatte ihn gehört!

»Geh weiter!«, hörte er eine heisere Stimme flüstern, dann eine andere: »*Er* wird sie nicht gehen lassen, also geh weiter!«

Entsetzt erkannte Degan, dass sich rings um ihn herum schwarz verbrannte Knochen aus dem Sand gruben – skelettierte Arme, Rippenbögen und Totenschädel, so weit das Auge reichte. »Geh weiter!«, begannen sie im Chor mit heiseren Stimmen zu ihm zu sprechen. »Wenn du es nicht tust, wirst du unser Schicksal teilen und auf ewig im Glutsand brennen, Halbgreif!«

Degan setzte mit äußerster Anstrengung einen Fuß vor den anderen, angezogen vom Lichtpunkt und angetrieben von den warnenden Stimmen der Gefallenen. Vor seinen Augen tanzten Sterne der Erschöpfung, doch die Toten halfen ihm. »Lin!«, rief er noch einmal, und plötzlich war ihm, als berste eine unsichtbare Wand, die zwischen ihm und dem Horizont gestanden hatte. Nun schien das Feuer so schnell auf ihn zuzukommen, dass er schützend die Hände vor das Gesicht legte aus Angst, die Flammen würden nichts als verkohlte Knochen von ihm übriglassen. Etwa zehn Schritte vor ihm kam das Feuer zum Stehen. Langsam nahm Degan die Hände herunter und erkannte, dass es viel mehr als ein einfaches Feuer war.

Vor ihm erhoben sich zwei riesige Throne, zu denen brennende Treppen hinaufführten. Alles an ihnen bestand aus Feuer; die Rückenlehnen waren rot lodernde Flammen, und die Beine, auf denen sie standen, Feuersäulen. Sogar die hinaufführende Treppe bestand aus züngelnden Flammen. Degan musste den Kopf in den Nacken legen, um das Ende der Treppe zu sehen. Auf einem der Throne, inmitten des Feuers, entdeckte er eine zierliche Gestalt – Lin?

Ihm blieb keine Zeit, nach ihr zu rufen, denn aus den Flammen des anderen Thrones erhob sich eine zweite Gestalt und schritt geradewegs die brennenden Stufen herunter, ohne von den Flammen verletzt zu werden.

Der Krieger, der am Fuß der Flammentreppe stehen blieb, hatte langes, zurückgebundenes Haar, ein ansehnliches Gesicht und war schlank und hochgewachsen. Die gesamte Gestalt des Mannes war gut geraten, was Degan mehr als deutlich erkennen konnte, denn er war nackt. Ein von den Göttern begünstigter Mensch – so hätte man sein Äußeres in Engil beschrieben. Doch seine blutroten Augen, die nichts Menschliches besaßen, verrieten, wer er war.

»Elven«, flüsterte Degan, woraufhin der andere spöttisch lächelte.

»So begegnen wir uns also. Nenn mich, wie du willst, Halbgreif. Du weißt, wer ich wirklich bin.«

Degan bemühte sich, kraftvoll und ausgeruht zu wirken. Elven ließ sich jedoch nicht täuschen. Er wusste, dass Degan am Ende seiner Kräfte war. Seine Stimme war freundlich, und doch spürte

Degan die unterschwellige Drohung darin. »Warum bist du hier und verschenkst dein Leben?«

»Um Lin zu holen.«

Elven lachte, aber es war ein grausames und hartes Lachen, das Degans Mut sinken ließ. Die Toten hatten recht. Jevana hatte recht, und er war ein Narr, weil er geglaubt hatte, den Blutgott herausfordern zu können.

Elvens Stimme wurde leise. »Ich habe euch gesehen … im Wald von Isnal. Du forderst einen Gott heraus, Halbgreif.«

Degan fiel die Nacht nach dem Sturm wieder ein. Elven glaubte also noch immer, dass er und Lin zusammen gewesen waren und dass er gekommen war, um seine Geliebte zu holen. Der Gott war rasend vor Eifersucht.

Als hätte Elven seine Gedanken gelesen, zischte er drohend: »Sie gehört mir seit Anbeginn der Zeit; sie ist meine Gefährtin.«

Degan spürte, dass zwischen ihm und Lin dort oben auf dem Thron nicht das Feuer das eigentliche Hindernis war, sondern der vor Eifersucht mordlüsterne Gott.

Elven verschränkte die Arme vor der Brust. »Ich habe mein Reich verlassen, mich in einen menschlichen Körper gezwängt und um sie geworben. So, wie sie mich für die Menschen verlassen hat, wollte ich sie von den Menschen zurückgewinnen; und sie hat mich zum Gefährten genommen und ist mir aus freiem Willen in mein Reich gefolgt. Alles ist so, wie es sein muss! Sie ist eine Göttin und gehört an die Seite eines Gottes, nicht auf den Thron der Menschen oder auf das Lager eines Halbgreifen!«

Degan wich unwillkürlich einen Schritt zurück. Der Gott würde ihn töten, wenn er nicht in der Lage war, ihn zu besiegen. Er versuchte Zeit mit Reden zu gewinnen. »Eure Gefährtenschaft ist auf Lügen aufgebaut. Lin ist dir in dein Reich gefolgt, weil sie glaubt,

Engil und die Menschen damit zu beschützen. Doch deine Macht in Engil wurde gebrochen!«

»Ja«, sinnierte Elven unbeeindruckt. »Das Herz ist zerstört worden – der letzte Rest dieses elenden Körpers, in dem ich gefangen war. Das giftige Blut, welches mir Engil unterworfen hat! Doch was kümmert mich Engil ... Ich habe, was ich wollte – meine Königin.« Er wies hinauf zum Thron.

Degan wusste, er musste Lin irgendwie auf sich aufmerksam machen. Also legte er die Hände an den Mund und rief: »Lin, du bist frei und musst nicht bei ihm bleiben ... Engil ist sicher!«

Im nächsten Augenblick, ohne dass er seine Bewegung mitbekommen hätte, stand Elven vor ihm, packte mit steinharter Hand seinen Hals und hob ihn in die Luft, als wiege er nicht mehr als eine Katze. Degan japste und versuchte den Griff um seinen Hals zu lockern. Als Elven seinen Mund aufriss, kamen zwei nach innen gebogene Reihen spitzer Zähne zum Vorschein, ähnlich denen der Schjacks. Elvens Stimme war ein dunkles Grollen geworden, das nichts Menschliches mehr besaß. »Willst du mich herausfordern, Halbgreif? Muss ich dir beweisen, dass ich es bin, der dieses Reich beherrscht?«

Elven ließ seinen Hals los, und Degan fiel rücklings in den heißen Sand. Er schrie auf, als die Hitze schonungslos seine Haut traf. Sterne tanzten vor seinen Augen. Vor ihm verwandelte sich Elven in etwas Riesiges und Monströses mit schwarzschuppiger Haut und Fingern, die mit sichelartigen Krallen bestückt waren. Der Kopf und das Gebiss glichen dem eines Schjacks, und Degan erinnerte sich an die Geschichte Ilanas, die behauptet hatte, dass die Schjacks Kinder des dunklen Priesters Karok waren, der sich als den leiblichen Sohn des Gottes bezeichnet hatte. Aus der raubtierhaften Kehle des Gottes drang ein tiefes Grollen. Er überragte Degan um zwei Manneslängen. Kochender Speichel tropfte ihm auf die Brust, als der Gott sich über ihn beugte und drohend knurrte: »Halbgreif, ich hätte dich vielleicht umkehren lassen, denn wer bin ich, dass ich dich fürchten müsste …«

Degan spürte Salas Tränen auf seiner Brust brennen. Ihre Kraft war fast verbraucht. »Lin«, rief er verzweifelt und umklammerte die Kette, so fest es ging, mit der Faust. »Komm mit mir zurück!«

Die Krallenhand des Gottes näherte sich seiner Kehle. Doch ehe sie ihn auch nur berühren konnte, umwehte ihn etwas, hob ihn an wie eine sanfte Schwinge und umflutete ihn mit schützender Kühle. Degan schloss die Augen und atmete das erste Mal, seit er das Reich des Gottes betreten hatte, frei durch. »Lin?«

Plötzlich war sie da, beugte sich über ihn und beschützte ihn vor dem eifersüchtigen Gott. Ihr Gesicht kam ihm nahe, betrachtete ihn lange und neugierig, so als sähe sie ihn zum ersten Mal. Sie sahen sich in die Augen. Degan spürte, dass etwas seltsam war an der Art, wie sie ihn ansah. Es war Lins Gesicht, und es waren ihre Hände, die langsam über seine Brust strichen – wohlgefällig, begehrlich –, doch es waren nicht ihre Augen! Diese Frau, die sich über ihn gebeugt hatte, kannte er nicht. Ihr nackter Körper, der sich an seinen schmiegte, war eindeutig Lins, und doch war er ihm nicht vertraut. Sogar ihre Stimme hatte einen fremden Klang angenommen.

»Die andere spricht von dir … über deine Kraft und dass du die Menschen retten wirst …« Ihr Lächeln wirkte anziehend. »Sie hat nicht übertrieben in ihren Beschreibungen. Ich würde gerne mit dir gehen, Halbgreif, aber die andere sagt, dass ich hier bleiben muss.« Sie wandte sich dem grollenden Gott und dann wieder Degan zu. »Du bist schön, Halbgreif … Wie gerne würde ich deine Königin sein anstatt *seine*. Doch *er* wird dich töten und mich nicht fortlassen. *Er* ist ein eifersüchtiger Gefährte.«

»Lin …«, flehte Degan das fremde, etwas selbstgefällige Gesicht an. »Lin, ich will mit dir sprechen, nicht mit *ihr*!«

»Wir sind eins!«, antwortete die Göttin beleidigt. »Wie kannst du mich zurückweisen?«

Degan spürte, wie sie sich zurückzuziehen begann. Sie war eine Göttin, die ihn begehrte, doch sie liebte ihn nicht. Es war ein seltsames Gefühl, eine Lin vor sich zu haben, die nichts für ihn empfand. Degan wusste: Wenn Sala ging, wäre auch Lin für ihn verloren. Er musste etwas tun. Degan überlegte nicht, packte sie bei den Schultern und zog sie zu sich hinab. Seine Lippen drückten sich auf ihren Mund. Es fühlte sich seltsam an, ein anderes Wesen nicht mit dem Mund zu berühren, um ihm das Gift des dunklen Gottes aus dem Herzen zu ziehen, sondern um es einfach nur zu küssen. Die letzte Frau, die er geküsst hatte, war Xiria gewesen, und es überraschte ihn, wie Lins Körper ihn erregte.

Gefangen in seiner Begierde umschlang er sie mit den Armen und stöhnte vor Verlangen … Ihre Kühle umhüllte ihn. Er griff in ihr schwarzes Lockenhaar und genoss den Druck ihrer Brüste auf seiner Haut. Sein Greifenerbe drängte ihn, sie zu nehmen … aller ihn umgebenden Gefahr zum Trotz. Er hatte lange keine Frau mehr gewollt, doch nun wollte er Lin – unbedingt! Von sehr weit weg drang das wutentbrannte Grollen des Gottes an sein Ohr. Es kümmerte ihn nicht; Elven konnte ihm nichts anhaben, solange Lin bei ihm war.

Sie löste ihre Lippen von seinen. Degan öffnete die Augen und sah das Feuer wieder in der Ferne am Horizont lodern. Die unsichtbare Wand hatte sich zwischen sie und den Gott geschoben, und Elven stand auf der anderen Seite. Das musste Lin bewirkt haben … oder Sala … oder beide zusammen.

Doch als er sie ansah, blickte er nicht in die fremden Augen der

Göttin, sondern in die von Lin … jene Augen, die ihm vertraut waren seit seiner Kindheit.

»Degan?« Ihre Stimme klang unsicher, vielleicht wegen seines ungestümen Begehrens, vielleicht, weil sie sich selbst an die Göttin verloren geglaubt hatte.

Er wusste, ihnen blieb keine Zeit mehr. Vorsichtig berührte er ihr Gesicht und strich mit dem Finger über ihre Wange. Noch immer war sie angenehm kühl, aber es war wieder die Lin, die er kannte. »Engil ist gerettet. *Er* kann nichts tun, wenn du gehst.« Flehend sah er sie an. »Komm mit mir zurück!«

Lin sah sich um, erblickte die brennenden Throne am Horizont und war noch immer unentschlossen. Zu oft war sie enttäuscht worden und vertraute ihm nicht mehr; Degan spürte es und verfluchte sich selbst dafür. Er sprang auf, nahm ihre Hand und zog sie einfach mit sich. »Er hat deine Eltern getötet!«

»Ich liebe dich«, grollte der Gott über den Horizont hinweg zur Antwort. »Der Halbgreif hat dich nie geliebt.«

Vor ihnen begann die Luft zu flirren und sich zu einem festen Bild – einem Mann – zu formen. Lin blieb wie angewurzelt stehen und starrte vom Bild des Mannes zu Degan und wieder zurück. Es war nur eine Illusion, die der Gott ihr sandte, um sie zu verwirren, doch sie brachte sie vollkommen aus dem Gleichgewicht. Selbst Degan war irritiert. Der andere sah aus wie er selbst und streckte auffordernd den Arm nach Lin aus. »Ich kann er sein … doch viel besser … so, wie du ihn dir immer erträumt hast … Ich biete dir ewige Liebe, denn nur die Liebe der Götter ist ewig; ein Teil von dir ist göttlich … Du wirst ihn auf ewig unglücklich lieben, wenn er dich wieder verlässt … Lin. Er liebt dich nicht … Seine Küsse und Umarmungen sind Lügen, um dich von mir fortzulocken.«

Lin stand wie erstarrt, während Degan ihre Hand nicht losließ. »Hör nicht auf ihn, Lin! Er ist derjenige, der dich getäuscht hat!«

Plötzlich löste sich ihre Anspannung. Die Unentschlossenheit fiel von ihr ab. Sie sah auf ihre Füße und flüsterte resigniert: »Vielleicht täuscht ihr mich ja beide – wer vermag das zu sagen? Doch Liebe lässt sich nicht täuschen.« Sie wandte sich vom falschen Degan ab und flüsterte: »Was immer du mir zu geben vermagst … mein Herz würde doch immer wissen, dass du nicht *er* bist.«

# Ein neuer Weg

Lin schlug die Augen auf und atmete milde Luft, die nach getrockneten Kräutern und Getreide duftete. Sofort schüttelte sie ein trockener Husten, da ihre Kehle wie ausgedörrt war. Jemand hielt ihr eine Schale mit Wasser an die Lippen, die sie gierig austrank. Langsam klärte sich der Schleier vor ihren Augen. Sie blinzelte, um sich an das Sonnenlicht zu gewöhnen. Lin wischte sich mit dem Handrücken über die Augen. Sie lag auf einem einfachen Lager mit Holzrahmen in einem engilianischen Lehmhaus. Um sich herum und über sie gebeugt waren erwartungsvolle Gesichter, die sie anstarrten wie ein fleischgewordenes Wunder – ein kleiner Junge, mehrere Mädchen, ein alter Mann … und Jevana! Endlich ein vertrautes Gesicht!

Als sie sich aufzusetzen versuchte, begann sich in ihrem Kopf alles zu drehen, so dass Jevana sie zurück auf das Lager drückte. Der Alte reichte ihr eine zweite Schale mit herrlich frischem Wasser, das sie dieses Mal in kleinen Schlucken trank. Kurz darauf ließ das Brennen ihrer Kehle nach. Lin bedankte sich mit krächzender Stimme bei dem Alten. Leider starrten noch immer alle sie an, als trüge sie ein Kleid aus silbernen Federn.

Jevana setzte sich zu ihr auf das Lager und tätschelte ihre Hand. »Du bist in Engil, im Haus meiner Sippe. Wir haben dich aus dem Tempel hierher gebracht, nachdem Degan dich aus dem Reich des Gottes zurückgeholt hatte.«

Lin nickte, denn das Sprechen fiel ihr schwer. Doch die erwartungsvoll leuchtenden Gesichter ließen vermuten, dass man irgendetwas von ihr erwartete. Fragend sah sie Jevana an, die etwas nervös zu sein schien. Eine unangenehme Stille entstand, in der Lin das Gefühl bekam, in einem Käfig zu sitzen.

»Göttin!«, platzte plötzlich der Alte heraus und fiel vor ihrem Lager auf die Knie. Sofort folgten alle bis auf Jevana seinem Beispiel. Lin fiel ein, dass der alte Mann Jevanas Vater war und die anderen ihre Brüder und Schwestern und Basen. Mit einer Stimme murmelten sie: »Göttin … Sala … wir sind geehrt, dass du Gast in unserem Haus bist.«

Lin lief rot an, während sie auf die sie anbetenden Menschen hinabsah, und gab Jevana ein flehendes Zeichen mit den Augen, sie fortzuschicken. Jevana tat ihr den Gefallen, und ihre kleine Empfangsgesellschaft zog sich enttäuscht in einen anderen Raum zurück. Sie hatte das Gefühl, endlich freier atmen zu können, als sie mit Jevana allein war. »Wie lange habe ich hier gelegen?«

»Fast drei Tage.« Jevana lächelte entschuldigend. »Was hätte ich ihnen sagen sollen, was der Königin von Engil widerfahren ist, als du nackt, leblos und mit offenen Augen in Salas Tempel lagst? Es kamen Stimmen auf, die *unglückselige Lin* wäre an all dem schuld – an Elven, den Schjacks und den Greifen. Sie fürchteten sogar, ein Greif hätte dich geschändet und verflucht.« Jevana seufzte und lächelte dann entschuldigend. »Also habe ich ihnen die Wahrheit erzählt. Zumindest wirst du nun nie wieder die *unglückselige Lin* für sie sein.«

Lin nickte, obwohl ihr davor graute, durch Engils Straßen zu laufen. Eine »unglückselige« Lin hätten die Engilianer vielleicht gemieden, eine »göttliche« würden sie anstarren und berühren wollen wie ein kostbares Schmuckstück.

Jevana erzählte ihr ausführlich von dem Kampf um Engil, davon, dass sie in den Tempel des Gottes gegangen war und sein vergiftetes Herz mit dem Opferdolch durchstoßen hatte. Lin hörte ihr aufmerksam zu und bewunderte Jevana einmal mehr für ihren Mut und ihre eigenwillige Tatkraft. Dann jedoch erinnerte sie sich an ihren eigenen Kampf im Reich des Gottes. Degan hatte sie gerettet und zurück nach Engil gebracht. »Wo ist Degan?«

Jevana senkte betreten den Blick. Lin spürte, dass es ihr unangenehm war, dass das Gespräch in diese Richtung lief. »Er hat Engil verlassen – sofort nachdem er im Tempel erwacht war. Ich habe ihn gebeten, zu bleiben, bis du wach bist, doch er wollte nicht. Es gab wohl ein Unglück … mit Dawon, seinem Vater. Degans eigenes Greifenheer hat ihn getötet; deshalb hat er Engil letztendlich doch geholfen. Weil er es Dawon versprochen hatte. Er sagte, dass es nichts gäbe, was ihn in Engil halten könne.« Sie reichte Lin ein zusammengefaltetes Tuch.

Lin schlug es auf und fand darin Salas Tränen.

»Degan sagte, sie gehören dir.« Jevanas mitleidiger Blick schnürte Lin die Kehle zu, doch die zweite Priesterin sprach schnell weiter. »Seine Greife verfolgen die letzten der von Muruk verfluchten Greife und treiben die Schjacks zurück ins Sumpfland, um sie dort auf offenem Feld anzugreifen. Sie wollen jeden einzelnen Tropfen von Muruks Blut auslöschen. Nur Belamon ist hiergeblieben. Er hat sich die Schwinge gebrochen, als er die Pforte des Sala-Tempels rammte, um dich zu befreien.«

Lin legte sich die Kette um den Hals und ließ sich dann von Jevana vom Lager helfen. Sie wollte nicht darüber nachdenken, dass Degan schon wieder fortgelaufen war … nicht jetzt! Ihre Beine waren noch schwach, doch ansonsten war sie unverletzt. Ohne dass sie darum hätte bitten müssen, half Jevana ihr in eines ihrer Priestergewänder und sprach weiter: »Belamon ist auf dem Hof hinter dem Haus. Ich pflege seine Schwinge. Er wollte nicht zurück zu den Waldfrauen.«

Sie führte Lin in den Hof, wo der Greif mit auf einen neuen Rahmen gespannter Schwinge lag, den Kopf auf die Vorderklauen gestützt. Er langweilte sich augenscheinlich. Als er Lin sah, krächzte er aufgeregt und streckte ihr den großen Kopf entgegen. Sie ging zu ihm und kraulte ihn unter dem Schnabel, woraufhin er zufrieden die Augen schloss.

»Du bist viel zu zahm geworden für einen Greif«, bemerkte Lin liebevoll, woraufhin Belamon zustimmend krächzte. »Weißt du, wo Degan ist?«

Er schüttelte den Kopf und ließ ihn traurig zurück auf seine Vorderklauen sinken. Anscheinend fühlte er sich ebenso von Degan verlassen wie sie. Ihre Erinnerung holte sie ein. Degan und sie in dieser hitzestarrenden Wüste, sein Kuss, seine Berührungen, sein Begehren; dann die Stimme des Gottes. *Er wird dich wieder verlassen, seine Umarmung ist Lüge, damit du mit ihm gehst … Eine Göttin gehört an die Seite eines Gottes und nicht auf den Thron der Menschen …* Sie hatte die Worte ignoriert, als sie mit Degan zurückgekehrt war, hatte Hoffnung zugelassen, und der Schmerz über seine Lüge traf sie nun unangemessen stark.

»Lin?«, unterbrach Jevana ihre Gedanken und sah sie besorgt an. »Du wirst doch nicht wieder … die trübselige Lin? Die unglückselige Königin? Nicht seinetwegen, oder?«

Sie schüttelte schnell den Kopf und hoffte, dass Jevana ihre Verzweiflung nicht sah. *Die Liebe der Götter ist ewig!*

»Das ist gut«, antwortete Jevana und lächelte. »Sie reißen bereits den Palast ab. Es ist schade um die Gärten, die Ilana so geliebt hat, doch der Gestank des Todes lastet auf dem alten Palast. Du brauchst einen neuen, einen, der einer Göttin gemäß ist. Wir werden die Gärten viel schöner gestalten als zuvor, die Mauern sicherer und höher, die Räume größer und luftiger. Die Engilianer wollen dich ehren. Sie schleifen den Tempel des Muruk und verschönern den von Sala … deinen Tempel.«

Lin versuchte, nicht mehr zu hören, was Jevana ihr erzählte. Das erste Mal wurde ihr wirklich klar, weshalb Degan damals aus Engil fortgegangen war. Die Erwartungen, die wie selbstverständlich an sie gestellt wurden. Sie war die Göttin … Man würde Wunder von ihr erwarten, Weisheit, Glück, Zauberkräfte und Sanftmut. Lin spürte, wie sich eine Fessel um ihr Herz legte und langsam zuzog. Auf einmal gehorchten ihr die Beine nicht mehr; sie fuhr herum und floh von dem Hof, der ihr mit seinen hohen Mauern plötzlich wie ein Kerker vorkam. *Fort … fort!*, schrie sie in Gedanken und hörte Jevanas Schritte dicht hinter sich, während sie an ihrer überraschten Sippe durch das Haus und dann hinaus auf die Straße stürmte. Es war so, wie sie befürchtet hatte. Jeder wusste bereits, wer sie war. Auf den Straßen blieben die Menschen stehen und starrten sie mit offenen Mündern an. Einige tuschelten aufgeregt miteinander, andere fielen wiederum vor ihr auf die Knie und baten um ihren Segen. Lin beachtete keinen von ihnen, sondern rannte weiter Richtung Stadttor. Ihre Füße suchten sich ihren Weg von selbst. Sie musste fort … nur fort …

»Lin … warte doch!, hörte sie Jevana hinter sich rufen und rannte noch schneller. Als sie den großen Platz vor dem Stadttor erreichte, erinnerte sie sich mit bitterem Geschmack im Mund daran, dass sie hier Elven das erste Mal begegnet war und das Schicksal seinen schrecklichen Lauf genommen hatte. Hätte sie doch schon damals auf ihr Gefühl vertraut, das sie vor Elven gewarnt hatte! Ihre Eltern würden noch leben, und sie wäre nicht eine fleischgewordene Göttin, die man auf einen Sockel stellen und anbeten wollte – eine wertvolle Gefangene ihres eigenen Volkes. Lin wurde mit einem Mal klar, dass sie nicht in Engil bleiben konnte.

Ohne sich noch einmal umzusehen, lief sie durch den Rundbogen des Stadttors. Niemand versuchte sie daran zu hindern. Vielleicht wussten die Engilianer noch nicht, wie sie mit ihrer Göttin umgehen sollten, doch Lin war sich sicher, mit der Zeit kämen sie auf den Gedanken, dass sie zu ihrer eigenen Sicherheit beschützt, bewacht und eingesperrt werden müsste. So wollte sie nicht leben – sie wollte keine Göttin sein … Sie wollte einfach nur Lin sein!

Aus Angst, die Engilianer würden sie verfolgen und zurückschleppen, rannte sie in den angrenzenden Isnalwald und blieb erst stehen, als sie ein ganzes Stück weit in den Wald hineingelaufen war. Ihr Atem ging keuchend, und sie wischte sich Tränen aus den Augen. Ihr gerade noch sauberes Gewand war von Ästen und Zweigen am Saum aufgerissen worden und schmutzig. Sie ertappte sich bei dem Gedanken, es einfach über ihren Kopf zu streifen und nackt weiterzulaufen – etwas, was sie früher niemals in Erwägung gezogen hätte.

Von der Seite brach etwas durch das Gebüsch. Lin schrie auf und dachte an den Mordversuch der Waldfrauen mit dem vergifteten Dorn. Waren die Alten doch noch hinter ihr her? Aber es war Jevana, mit der sie beinahe zusammengeprallt wäre. Die zweite Priesterin war ebenso außer Atem wie sie selbst.

Lin fuhr herum und lief weiter in den Wald hinein. Warum war Jevana nur so hartnäckig!

»Lin … was bei Salas Licht ist denn los?« Jevanas Stimme klang wütend und verzweifelt.

Lin spürte ein tiefes Brennen in der Kehle und stellte überrascht fest, dass es Zorn war. Sie, die sanfte hingebungsvolle Lin, verspürte tatsächlich Zorn. Mit geballten Fäusten blieb sie stehen und wandte sich zu Jevana um. »Ist es das, was ich von nun an sein soll? Eine Göttin, bewacht wie ein Schatz in ihrem Palast, die sich zu den Sonnenwendfeiern von ihrem Volk anbeten lässt?«

»Aber Lin …«, gab Jevana kopfschüttelnd zu, »das ist nun einmal die Aufgabe von Göttern.«

Sie schüttelte wütend den Kopf. »Warum glauben die Menschen eigentlich, dass Götter weiser, besser oder glücklicher sind als sie selbst? Dass sie fehlerlos sind und damit die Verantwortung für die Geschicke der Menschen tragen?«

Jevana sah sie an, doch fand keine Antwort auf ihre Frage. Stattdessen senkte sie betreten den Kopf und flüsterte: »Du willst Engil verlassen, oder? Du willst alles hinter dir lassen und fortgehen. Du willst mich verlassen, die Priesterinnen, den Tempel. Wenn du gehst, ist alles, woran wir glauben, verloren. Wer braucht noch Priester oder Tempel für eine Göttin, die uns nicht will?«

Lin ließ ebenfalls den Kopf hängen, denn genau hatte sie noch nicht darüber nachgedacht, was ihr Verschwinden für Engil oder Jevana bedeutete. Doch als Jevana ihre Bedenken aussprach, wurde ihr einmal mehr klar, dass sie gehen musste. Engil konnte nie wieder ihr Zuhause sein; nicht nach allem, was sie dort verloren hatte – ihre Eltern und Degan.

Plötzlich kehrte Ruhe in ihr rastloses Herz ein. Sie spürte ganz deutlich, dass sie den alten Weg verlassen musste, um einen neuen zu finden. Der Gedanke daran machte ihr überraschenderweise keine Angst.

Sie löste Salas Tränen von ihrem Hals und legte sie in Jevanas Hände. »Du warst schon immer die bessere Priesterin von uns beiden. Du warst immer mutiger und tatkräftiger als ich, und du kannst die Menschen in ein selbstbestimmtes Leben ohne die Willkür eigenwilliger Götter führen. Du bist die weitaus bessere Königin für Engil … die Königin, die sie nun brauchen.«

Ungläubig wollte Jevana ihr die Kette zurückgeben, doch Lin schüttelte den Kopf und bedeutete damit, dass sie sich entschieden hatte. »Du hast das Unheil von ihnen abgewendet … nicht ich! Du hattest den Mut, in Muruks Tempel zu gehen. Das hätte ich niemals gewagt.«

»Aber du hast dich für uns alle opfern wollen«, widersprach Jevana trotzig. »Das ist mutig!«

»Aber es ist nicht die Art von Mut, die ein Königreich erhält. Ein König opfert sich nicht für sein Volk, er kämpft dafür und bleibt an seiner Seite! Ich habe nicht gesiegt. Im Gegenteil … ich musste gerettet werden.«

Lin nutzte die Verunsicherung der Priesterin, murmelte ein leises *Belis nani* und wandte sich ab. Es war schwer genug, Abschied zu nehmen.

Doch so schnell wollte Jevana nicht aufgeben. »Wir könnten Engil wieder einen Schwesternthron geben – einen friedlichen dieses Mal. Mein Mut und deine Sanftheit. Was ist verkehrt daran?« Jevanas Stimme klang verzweifelt.

Lin blieb stehen und sprach das aus, was ihr endgültig den Rückweg nach Engil verwehren würde. »*Er* würde zurückkehren nach Engil um meinetwillen! Wo immer ich bin, ist auch die Gefahr.«

Das Schweigen, welches ihren Worten folgte, zeigte Lin, dass Jevana verstanden hatte und ihre Entscheidung schweren Herzens akzeptierte.

»*Belis nani*, Schwester und Freundin«, hörte sie Jevana flüstern.

Lin drehte sich nicht noch einmal um, damit die Freundin nicht sah, dass sie weinte. Jevanas Weg führte zurück nach Engil … ihr eigener in eine ungewisse Zukunft.

Je tiefer Lin in die Wälder von Isnal lief, desto befreiter begann sie sich zu fühlen, aber auch einsamer. Die Bäume standen dichter, je weiter sie lief, und sogar das Zwitschern der Vögel wurde leiser, bis Lin irgendwann das Gefühl hatte, von der Stille um sie herum erdrückt zu werden. Noch immer hatte sie keinen Entschluss gefasst, wohin sie gehen sollte. Um die Waldfrauen würde sie jedoch einen großen Bogen machen. Wer wusste schon, welche von ihnen ihr wohlgesinnt war und welche Mordgedanken gegen die Göttin und damit gegen sie selbst hegte.

Trotzdem ging es bereits auf den Abend zu, und sie musste ein Nachtquartier und etwas zu essen finden. Entmutigt blieb sie stehen und sah sich um – Bäume, wohin sie sich wendete. Lin hatte das Gefühl für die Himmelsrichtungen längst verloren. Alles um sie herum sah gleich aus. Mit ungutem Gefühl setzte sie sich auf einen Baumstamm und gestand sich ein, sich hoffnungslos verlaufen zu haben; zu allem Überfluss fühlte sie sich plötzlich aus jeder Richtung beobachtet – von glühenden roten Augen oder solchen, die wie harte Steinchen aus boshaften Gesichtern starrten. Lin schloss die Augen und beruhigte sich selbst. Da war nichts, keine Augen hinter den Büschen und Bäumen, keine Waldfrauen und kein Elven. Die Schjacks und Greife waren von Degans Greifenheer verjagt worden, und der dunkle Gott war einstweilen in sein Reich verbannt. Dass er aufhören würde sie zu verfolgen, daran glaubte sie ebenso wenig wie die Waldfrauen oder Jevana. Der Kampf des Gottes um seine Gefährtin würde erst mit ihrem Tod enden. Doch bis dahin, so hatte Lin entschieden, wollte sie ein ganz normales Menschenleben haben … alt werden und Kinder bekommen …

Der Schrei eines Vogels brachte sie unbarmherzig zurück in die Wirklichkeit. Kinder? Für Kinder brauchte man einen Gefährten … und den gab es nicht … nicht für sie. Aber es würde andere Dinge geben als die Liebe, so redete sie sich ein, als sie plötzlich etwas am Kopf traf und vor ihren Füßen im Laub liegen blieb.

Lin sprang auf und rieb sich die schmerzende Stelle an ihrem Hinterkopf. Dann bückte sie sich nach dem Geschoss und stellte fest, dass es eine Nuss war. Als sie sie aufhob und sich nach dem Angreifer umsah, folgten eine zweite und sogar eine dritte Nuss, denen sie jedoch geschickt auswich. Die Nüsse kamen von irgendwo über ihr – aus den Bäumen. *Greife!*, dachte sie voller Entsetzen, legte den Kopf in den Nacken und entdeckte … Dawon! Er hockte auf dem niedrig hängenden Ast eines Baumes und beobachtete sie. Lin verschlug es die Sprache. Hatte Jevana nicht gesagt, er wäre von Degans Greifen getötet worden? Sie konnte keine einzige Schramme an seiner Haut entdecken. Stattdessen wirkte er zufrieden und glücklich. Seine offensichtliche Gedankenlosigkeit, während alle Welt seinen Tod betrauerte, machte sie wütend.

Lin zog verärgert die Brauen zusammen, doch der Greif lächelte arglos. »Lin muss essen. Lin läuft schon den ganzen Nachmittag, ohne zu wissen, wohin sie geht.«

»Das stimmt nicht. Ich weiß sehr wohl, wohin ich gehe.« Es fiel ihr schwer, ihren Ärger zu verbergen. Dawon folgte ihr offenbar schon den gesamten Nachmittag, ohne dass sie es bemerkt hatte.

Der Greif legte den Kopf schief. Natürlich glaubte er ihr kein Wort. Ihr Gewand sah aus wie ein zerfetzter Putzlappen, ihre Haare waren voller kleiner Äste und Disteln. Man musste sie nur ansehen, um zu erkennen, wie verzweifelt sie war.

»Soll Dawon Lin allein lassen?«

Innerhalb eines Augenblicks vergaß Lin ihren Ärger. »Nein!«

Mit einem federnden Sprung landete der Greif vor ihren Füßen und hielt ihr eine Handvoll Nüsse hin. »Lin braucht ein Nachtlager. Dawon kann Lin bringen, wohin sie will.«

Sie nahm die Nüsse und sah ihn ratlos an. »Ich … weiß nicht, wohin ich gehen soll. Aber nach Engil kann ich nicht zurück.« Sie hatte befürchtet, er würde ihr widersprechen, doch seltsamerweise tat er es nicht.

»Dawon könnte Lin zu Degan bringen.«

Sie sah ihn misstrauisch an, denn sie erinnerte sich an ihren letzten Besuch an den Quellen des Sandflusses, zu denen Dawon sie gebracht hatte. Außerdem hatte Degan Engil nicht schnell genug verlassen können. »Ich werde ihm nicht hinterherlaufen. Das habe ich lange genug getan.«

Dawon spreizte eine Schwinge und reckte sich im untergehenden Sonnenlicht. Fast erinnerte er an ein rundum glückliches Kind, und sie wünschte sich einen Augenblick lang, sein heiteres Gemüt zu besitzen.

»Degan ist zu Lin gekommen und hat Engil gerettet, oder?«

Lin stemmte die Hände in die Hüften. Für wie dumm hielt er sie? »Degan hat das getan, weil er es dir versprochen hat und glaubte, du wärest tot!«

Dawon lächelte. »Beinahe hätten Greife Dawon auch zerrissen. Degans Greife sind furchtbar wild. Aber dann kam ein freundlicher Greif mit dem Namen Belamon auf dem Weg nach Engil vorbei. Er konnte Degans Greife beruhigen, und deshalb ist Dawon nichts geschehen.«

Lin dachte an Belamon, der mit gebrochener Schwinge auf Jevanas Hof lag. Kein Wunder, dass er über Degans überstürztes Verschwinden so traurig gewesen war. Er hätte ihm sicher gerne die gute Nachricht überbracht und ein wenig Lob dafür erhalten, Dawon gerettet zu haben.

Lin setzte sich wieder auf den Baumstumpf und dachte nach. Zweifel überkamen sie – sein leidenschaftlicher Kuss. Konnte das alles Lüge gewesen sein? Aber was, wenn er sie wieder zurückwies? Warum sollte plötzlich alles anders sein? *Unglückselige Lin!*

Dawon sah hinauf in den Himmel. Es wurde bald dunkel, und er drängte zum Aufbruch. »Also, Lin, Menschin … Wohin soll Dawon dich tragen?«

Lin sah hinauf in den Himmel. Wohin sollte er sie bringen? Weit fort, wo sie niemand kannte und selbst Degan sie niemals finden würde? Wollte sie das letzte Band zu ihrer Vergangenheit durchtrennen oder noch einmal das Wagnis eingehen zu hoffen?

Sie traf eine Entscheidung. »Ich weiß wohin … Wenn er wirklich will, kann er mich dort finden«, antwortete sie und überließ sich dem winzigen Funken Hoffnung, der in ihr aufkeimte.

# Epilog

Lin betrachtete die im Licht des Mondes spiegelnde Oberfläche des Sees und zog ihre Knie fest an ihren Körper. Kein Windhauch kräuselte das Wasser, und kein Geräusch durchbrach die nächtliche Stille des Wiesenlandes. Dreimal hatte sie den Mond nun auf- und untergehen sehen, und dreimal war sie allein geblieben. Seit Dawon sie im Wiesenland abgesetzt hatte – an jenem See, an dem er einst mit Nona glücklich gewesen war. Seitdem wartete sie vergebens auf Degan. Kein Greif zog seine Bahnen über dem See, und bis zum Horizont gab es nichts außer der endlosen Weite der Wiesen.

Lin ließ sich zurück ins Gras fallen und sah hinauf in den Nachthimmel, der von funkelnden Sternen bedeckt war. Sie stellte sich vor, dass jeder Stern zu einem anderen Stern gehörte – Myriaden von Sternen, die zusammen am Himmel leuchteten. Nur sie war noch immer allein.

Am Morgen war Dawon gekommen und hatte ihr gesagt, dass Belamon in Engil bei Jevana bleiben würde, weil die beiden sich verliebt hatten. Das schien sogar Lin unmöglich, denn wie solch eine Liebe befriedigend für die beiden sein konnte, vermochte sie sich nicht vorzustellen. Auch hier hatte Dawons offenes Gemüt ihr wieder einmal gezeigt, wie frei und unvoreingenommen er war. »Menschen tun sich schwer mit der Liebe … Menschen glaubten auch nicht, dass Nona und Dawon sich lieben würden.«

Sie hatte beschämt zu Boden geschaut und einmal mehr an sich gezweifelt. Sogar Belamon und Jevana fanden einen Weg zueinander. Warum konnte es nicht zwischen ihr und Degan so sein? Warum war alles so schwer? Nun, in der dritten Nacht seit ihrer Ankunft im Wiesenland, war der letzte Funke Hoffnung fast verglimmt. Degan würde nicht kommen. Lin schloss die Augen und dachte an die vergangenen Tage und Mondumläufe.

Vor ihrem inneren Auge spulte sich die Zeit zurück zu den Tagen, als sie und Degan noch in Engil gelebt hatten und einander versprochen gewesen waren. Erst jetzt erkannte sie, dass dieser Weg nicht nur für ihn, sondern auch für sie ein Kreuzweg gewesen war … und jeder von ihnen hatte letztendlich eine andere Richtung eingeschlagen, die sie aus Engil fortgeführt hatte. Wer immer diese beiden gewesen waren, die ihre Kindheit gemeinsam in Engil verbracht hatten – der Wind hatte sie fortgeweht. Das erste Mal fragte Lin sich, ob diese beiden nicht Fremde füreinander waren und sie einem Schatten hinterhergelaufen war.

Sie entdeckte einen einzelnen Stern, beschienen vom Licht des Mondes. Etwas war seltsam an ihm. Er zog einen großen Bogen, bevor er tiefer und tiefer sank. Dann erkannte sie, dass es kein Stern war, sondern ein Greif. *Er* war es! Lin sprang auf und verfolgte die Flugbahn des Greifen mit den Augen. Er landete ein Stück weit vom See entfernt und stieg kurz darauf wieder in den Himmel.

Zurück blieb eine einzelne Gestalt, die unentschlossen im Licht des Mondes stand. Lin ging ihr entgegen und spürte die Spannung, die zwischen ihnen lag. *Ich bin nackt*, beschwerte sich kurz die alte Lin in einem verschämten Aufbegehren.

Er war es! Sie erkannte sein langes Haar, das fein geschnittene Gesicht, die hochgewachsene Gestalt … und sie spürte seine Erregung, die ihn einerseits zu ihr zog, und seine Wildheit, die ihn zurückhalten wollte. Doch er war gekommen. Was sollte sie ihm sagen, damit er blieb? Sollte sie zurückhaltend sein oder ihm um den Hals fallen? Vielleicht war er auch nur hier, um endgültig von ihr Abschied zu nehmen!

Dann standen sie sich gegenüber. Lin öffnete den Mund. Doch ehe sie ein Wort herausbrachte, zog er sie an sich, fordernd, wie es seine Art war – die Art des Halbgreifen, der von Begierde und Leidenschaft getrieben wurde. Dieses Mal, so stellte sie überrascht fest, als Degan sie küsste, war es anders als damals im Tempel bei Salas Sonnenwendfest, als nur die Gier seines Fleisches ihn zu ihr getrieben hatte. Dieses Mal ... wollte er ... sie! Nicht irgendeine Frau, nicht Xiria ... nicht die Göttin ...

»Komm!«, flüsterte er heiser und nahm ihre Hand. Sie gingen gemeinsam zum See, wo Degan sie mit sich ins Gras zog, mit einer Hand ihre Taille umschlang und sie unter sich brachte. Lin bog den Kopf zurück, während er zuerst ihren Hals mit den Lippen entlangfuhr und dann die Spitzen ihrer Brüste mit seiner Zunge umspielte. Als er sich zwischen ihre Schenkel drängte, hielt er inne und sah sie ernst an. »Ich kann dir kein Königreich bieten. Vielleicht wirst du noch nicht einmal ein Haus haben. Ich bin, wer ich bin ... Ein Teil von mir ist wild und kann nicht an einem Ort bleiben, an dem viele Menschen leben.«

Sie spürte, wie sich ihre Anspannung löste – nicht ihretwegen war er so schnell aus Engil verschwunden, sondern wegen der Menschen! Lin streckte sich ihm entgegen, so dass er die Einladung erkennen musste. Seine Muskeln spannten sich an, und er gab seiner Begierde nach. Mit einem einzigen Stoß glitt er in sie und verharrte dann reglos.

Sie spürte, dass er sich seiner Gefühle für sie noch immer unsicher war – vielleicht weil er um seine Wildheit wusste, vielleicht weil die Erinnerung an Xiria in diesem Augenblick einen Weg in sein Herz fand. Er hielt sich zurück, als wolle er ihr einen Teil von sich vorenthalten. Lin schlang ihre Arme um seinen Nacken und flüsterte: »Ich brauche kein Haus und auch kein Königreich. Dort würde *er* mich finden. Ich bin frei, dem Wind zu folgen.«

Etwas in ihm, das ihr Widerstand geboten hatte, gab nach. Mit dem Gewicht seines Körpers drückte er sie ins Gras und küsste sie. Lin schlang ihre Arme um ihn und überließ sich diesem seltsam neuen Gefühl von Freiheit.

Auf den Grashalmen bildete sich bereits frischer Tau, als Lin die Augen aufschlug und sich ausgiebig streckte. Ihre Hand suchte neben sich nach Degans warmem Körper. Sie hatten sich wieder und wieder geliebt in dieser Nacht, so dass sie überlegen musste, ob sie vielleicht nur geträumt hatte. Die Stelle neben ihr im Gras war leer und nicht mehr warm!

Langsam stand sie auf und spürte, wie ihre alte Angst zurückkehrte und sich um ihr Herz zu legen begann. Die zerdrückten Grashalme zeugten davon, dass Degan in der Nacht neben ihr gelegen hatte. Die Angst verwandelte sich in eine böse Vorahnung und kribbelte unter den kleinen Härchen in ihrem Nacken. Was, wenn er sie verlassen hatte, wenn er sich nach dem Rausch seiner Begierde anders entschieden hatte und heimlich gegangen war, während sie noch schlief?

Lin sah in alle Himmelsrichtungen, doch nirgendwo war eine Spur von Degan. Ihr Blick glitt über den See, und dort entdeckte sie ihn am gegenüberliegenden Ufer. Er schien in sich gekehrt, und ihr war, als sehe er geradewegs durch sie hindurch. *Bitte nicht!* Sie musste sich beherrschen, nicht schneller zu laufen.

Als sie leise neben ihn trat, starrte Degan auf die Oberfläche des Sees, wie sie es drei lange Tage getan hatte. Sein Blick war versteinert. Lin fühlte sich so elend, wie sie noch in der Nacht glücklich gewesen war. Sie hatte es befürchtet – er hatte über sie nachgedacht, nachdem die Begierde seines Körpers befriedigt war … sie mit Xiria verglichen und dabei festgestellt … sie beide … unmöglich!

Als sie sich leise abwenden und gehen wollte, griff er nach ihrer Hand, ohne sie dabei anzusehen. Seine Hand fühlte sich warm und fest und stark an und schien nicht vorzuhaben, sie gehen zu lassen.

»Gefährten«, sagte Degan leise, doch seine Stimme ließ keinen Zweifel daran, dass er sich entschieden hatte.

# Glossar: Völker, Städte, Länder, Rassen

*Bellockbäume* – Baumriesen, fünf- bis zehnmal so groß wie ein normaler Waldbaum. Das cremefarbene Holz dieser Bäume ist so hart, dass es über tausend Jahre Bestand hat. Die Baumriesen wuchsen einst in den Wäldern von Mengal, heute nur noch an den Quellen von Isnal und der Quelle des Sandflusses in der Schwarzen Wüste Melasan.

*Dungun* – Die Stadt Muruks, des dunklen Gottes

*Engil* – Die Stadt Salas, der Göttin des Lichts

*Falbrind* – Das Falbrind ist ein Nutztier, dessen Leder gern zu Stiefeln verarbeitet wird, aus seinen geschwungenen Hörnern werden die sogenannten Falbhörner hergestellt, die einen dumpfen Klang haben.

*Greife* – Die Greife waren einst Wesen mit dem Körper einer Raubkatze und dem Kopf eines Raubvogels. Es gibt nur männliche Greife. Durch einen Fluch hat die Göttin Sala die Menschenfrauen gegen sie aufgebracht. Der dunkle Gott Muruk, für den sie kämpfen, gab ihnen deshalb einen menschlichen Körper und einen anziehenden Duft, ließ ihnen aber ihre Schwingen. Als Preis zahlten sie mit ihren Gefühlen. Die Greife treibt ein ausgeprägter Trieb an, Nachkommen zu zeugen, wofür sie menschliche Frauen benötigen. Sie sind langlebig und stehen auf Seiten des dunklen Gottes. Durch den Halbgreif Degan wurde von vielen Greifen der Fluch von und sie haben ihre ursprüngliche Gestalt zurückerhalten.

*Isnalwälder* – Der Wald von Isnal trennt Engil (Westen) und Dungun (Osten) voneinander. Er ist die Heimat der Waldfrauen, und an der Quelle von Isnal wachsen die großen Bellockbäume.

*Lalufrauen/Zauberinnen* – Die Lalufrauen waren Geistwesen, die zwar noch einen menschlichen Körper besaßen, diesen jedoch ihrem Geist unterordneten. Einstmals waren sie Menschenfrauen und haben sich freiwillig dazu entschlossen, ihre Erdgebundenheit aufzugeben. Sie waren Anhängerinnen Salas, der Lichtgöttin. Nachdem die Greifin Xiria die Lalufrauen vernichtet hat, ist Nona die letzte überlebende Lalufrau.

*Die Wälder von Mengal/Die Schwarze Wüste Melasan* – Die Wälder von Mengal waren einst die Heimat des Kriegervolkes der Taluk. Durch den Fluch der Göttin Sala wurden die Wälder in die schwarze Aschewüste Melasan verwandelt, in welcher die Königinnen ihre Schlachten gegeneinander auszutragen haben.

*Mugurgebirge* – Das Mugurgebirge liegt im Königreich Dungun. Es ist die Heimat der Greife, wo sie das hochwertige Greifensilber abbauen.

*Sandfluss* – Der Sandfluss entspringt der schwarzen Wüste Melasan und fließt durch Engil. Er bildet eine natürliche Grenze zum Isnalwald und zum Taligebirge und fließt von dort bis ins Mugurgebirge. Da er der Schwarzen Wüste entspringt, ist sein Wasser dunkel.

*Schjacks* – Schjacks sind große hundsähnliche Raubtiere, Geschöpfe des Gottes Muruk, mit zwei hintereinanderstehenden Zahnreihen. Sie leben im Sumpfland, welches Dungun umgibt.

*Taligebirge* – Das Taligebirge ist ein mit Eis und Schnee bedeckter Gebirgszug, in dem sich die Taluk nach ihrer Vertreibung niedergelassen haben.

*Taluk* – Ein patriarchal orientiertes Kriegervolk, das auf Seiten der Lichtgöttin Sala stand, einst lebten sie in den Wäldern von Mengal, wurden jedoch von Sala ihrer Heimat beraubt, als diese die Wälder in die Schwarze Wüste verwandelte, Muruk verbannte sie daraufhin ins eisige Taligebirge. Nachdem Ilana den Talukführer Tojar zum Gefährten gewählt hat, haben sich die Taluk in Engil angesiedelt und ihre kriegerische Lebensart abgelegt.

*Waldfrauen* – Uralte Orakelfrauen, langlebig, Verkünderinnen göttlicher Gebote, die sich jedoch den Göttern gegenüber neutral verhalten. Sie leben im Isnalwald, welcher dadurch neutrales Gebiet zwischen den verfeindeten Königreichen ist.

*Wiesenland* – Das Wiesenland war die Heimat der Lalufrauen und erstreckt sich im Norden hinter dem Taligebirge.

Leseprobe aus

# Andreas Saumweber

# Schattenkrieg

Roman

Druidenchronik
Band 1

800 Seiten

Broschur

14,99

Nachtschwester Margaret berichtete gerade darüber, dass Mr. Wood vom Bett Nr. 312 heute Nacht gestorben war. Keelin registrierte die Information nur am Rande. Ihre volle Aufmerksamkeit war auf den Kaffee gerichtet, den sie sich einschenkte. Ohne Kaffee würde sie den Tag heute nicht überleben!

Während die Nachtschwester ihre Übergabe weiter herunterleierte, verglich Keelin den an der Wand hängenden Dienstplan mit den anwesenden Leuten. Zwei fehlten, Jenny und Roberta. Sie konnte sich nicht daran erinnern, wann die Schicht das letzte Mal voll besetzt war. Das würde Überstunden bedeuten. *Wieder.*

»Kee-lin!«, schreckte sie Beths durchdringende Stimme auf. »Deine Betten sind dran!«

»Sorry.« Es war zu leicht, während Margarets Übergaben abzuschweifen. Vor allem, wenn man nicht ausgeschlafen war.

Sie kämpfte sich tapfer durch den Rest des Vortrags. Alles in allem hatte sich zu gestern nicht viel verändert: Der Zustand der beiden Frauen in 318 und 319 hatte sich weiter verschlechtert, das Mädchen in 321 hatte wieder einen Anfall erlitten, und der verrückte alte Mann in 325 hatte Nachtschwester und Mitpatienten die ganze Nacht wach gehalten. Ein harter Tag stand ihr bevor.

Als um 06:30 Uhr die Übergabe zu Ende war, trudelten die Schwesternschülerinnen ein. Ihre Schülerin hieß Barbara, war ein hübsches, brünettes Ding und stinkfaul. Von ihrer Seite rechnete Keelin kaum mit Unterstützung. Sie schickte sie zu dem Opa in 325 und wusste, dass Barbara so für mindestens eine Stunde beschäftigt sein würde. Der Rest der Arbeit blieb Keelin.

Sechzehn Patienten, von denen zwölf zu waschen waren, das war eigentlich nicht menschenmöglich für eine einzige Schwester. Irgendwie würde sie den Tag trotzdem überstehen, mit einer Mischung aus Hektik, Unfreundlichkeit und Oberflächlichkeit. Den Wäschewagen vor sich herschiebend, die Patientenakten unter den Arm geklemmt, machte sie sich an den täglichen Waschkrieg.

Ab 07:00 Uhr begann das Telefon zu klingeln. Die Assistenzärzte krochen verschlafen über die Gänge und versuchten, von den Schwestern die Neuigkeiten zu erfahren, die ihnen Dr. Fisher vom Nachtdienst nicht sagen konnte. Fisher hatte sich einmal mehr am Morphium vergangen und lag nun völlig stoned auf der Liege im Untersuchungszimmer. Keelin ließ die Ärzte abblitzen. Sie hatte zu viel zu tun und konnte sich darum nicht auch noch kümmern. Es war nicht *ihr* Problem, dass sich die Ärzte nicht trauten, gegen ihren Vorgesetzten Beschwerde einzulegen.

Um acht schlich Keelin erschöpft und mit zitternden Knien in das Stationszimmer und brachte die Akten von ihrem Durchgang zurück. Zwei Patienten mit zu hohem Blutdruck hatte sie in Eigenverantwortung Tabletten gegeben, Temperaturen und Pulse nur sporadisch gemessen. Die fehlenden Werte würde sie während ihrer zehnminütigen Frühstückspause in die Akten hineinfrisieren.

Zum Essenausteilen war Barbara verschwunden. Niemand wusste, wo sie steckte, und Keelin hatte keine Zeit, sie zu suchen. Eilig teilte sie ihren Patienten die Frühstückstabletts aus und fütterte im Schnellverfahren diejenigen, die es am nötigsten hatten. Elaine erlöste sie schließlich zur Frühstückspause.

Als sie den Stützpunkt betrat, war der Tisch schon fertig gedeckt und Brote geschmiert. Keelin lächelte – Elaine war ein Goldschatz und unersetzlich. Sie fragte sich oft, woher die Kollegin die Zeit für solche Nettigkeiten nahm. Sie versorgte ihre Patienten nicht schlechter, soweit Keelin das beurteilen konnte, und schummelte auch mit den Akten nicht mehr als andere. Keelin beneidete sie oft. Elaine wurde manchmal auf Station von ihrem Mann besucht, der sogar zuweilen aushalf. Die beiden waren ein enges, eingespieltes Team.

Für den Moment jedoch war sie einfach nur froh darüber, dass es Elaine gab. Sie nahm sich einen Teller mit Marmeladenbroten und eine Tasse Kaffee und trug beides in den Nebenraum zum Schreibtisch.

Während sie arbeitete, hörte sie von drüben die Stimmen der anderen Schwestern und Schülerinnen, die sich zum Essen versammelten. Elaine rollerte mit ihrem Schreibtischstuhl durch die Tür zu ihr, und Keelin machte Platz.

»Bist du gut durchgekommen?«, fragte Elaine.

»Gut ist übertrieben«, meinte Keelin mit vollem Mund. »Barbara ist verschwunden. Hab fast alles alleine machen dürfen.«

Für zwei Minuten arbeiteten sie schweigend nebeneinander.

Dann meinte Elaine, ohne herüberzublicken: »Du siehst schlecht aus.«

»Danke!«, knurrte Keelin. Sie *wusste,* dass sie nicht wie das blühende Leben wirkte. Die schlaflosen Nächte, die merkwürdigen Träume hatten ihre Spuren hinterlassen. Sie hatte dunkle Augenringe, ihre Haare bekamen nicht genügend Pflege und benötigten dringend einen neuen Schnitt. Sie sah alt aus. Und sie hatte schon wieder abgenommen.

»Kommst du mit zum Rauchen?«, fragte Elaine.

»Nur wenn du mir versprichst, mich mit dem Thema in Ruhe zu lassen!«

»Vergiss es. Dann gehe ich eben alleine.«

Keelin zuckte nur mit den Schultern. Sie wollte jetzt nicht darüber sprechen, außerdem hatte sie sowieso keine Zeit für eine Zigarette, so schön es auch wäre. Sie machte mit ihren Akten weiter.

Als sie gerade normale Messwerte des Patienten in Bett 316 improvisierte, fragte Elaine über Keelins Schulter gebeugt: »Bist du dir sicher mit Mr. Burke? Ich habe ihn heute Morgen auf dem Gang gesehen. Ich fand, dass er fiebrig ausgesehen hat.«

Mr. Burkes Temperaturkurve der letzten Tage war normal, und auch Blutdruck und Puls zeigten keine Unregelmäßigkeiten. Keelin sah auf.

»Mr. Burke wird morgen entlassen, woher sollte er jetzt noch Fieber bekommen?«

»Und seit wann frisierst du seine Kurve? Wann hast du ihn das letzte Mal gemessen?«

Ziemlich verunsichert, wollte Keelin schon aufstehen und ein Thermometer holen, doch Elaine hielt sie zurück.

»Ich gehe schon. Siehst aus, als ob du noch einen oder zwei Schluck Kaffee vertragen könntest!« Damit verschwand sie aus dem Stützpunkt.

Keelin starrte auf die Fieberkurve des Patienten. Wann hatte sie Mr. Burke das letzte Mal gemessen? Es war so leicht, sich mit den erschummelten Werten selbst zu betrügen … Müde stützte sie ihren Kopf auf die Hand und blätterte in der Akte, doch ihre Gedanken waren längst woanders.

*Cannich. Das Fußballspiel …*

*Das Spiel war ein voller Erfolg gewesen, Inverness' zweite Frauenmannschaft hatte 4 zu 1 gegen das Team aus Cannich gewonnen. Sie war Libero, der letzte Spieler vor dem Torwart, eine Position, die ihr niemand so recht zutrauen wollte, aber an jenem Samstag hatte sie ein hervorragendes Spiel geleistet. Das Gegentor war nun wirklich nicht ihre Schuld gewesen.*

*Doch als ihr Team abends mit dem Bus zurück nach Inverness gefahren war, hatte sie selbst in dem Dorf übernachtet und war am nächsten Morgen hoch ins Glen Affric* gelaufen, wo sie einmal um den wunderschönen Loch Affric** gewandert war. Erschöpft war sie spät in der Nacht*

* Glen: gälischer Begriff für ein langes, schmales Tal

** Loch: gälischer Begriff für See, Meerarm

*nach Hause gekommen und war, ohne noch etwas zu essen oder zu trinken, sofort zu Bett gegangen. Sie hatte erwartet, traumlos und lang zu schlafen, bis sie mittags ihr Wecker zur Spätschicht zurückholen würde.*

*Stattdessen hatte sie Mühe gehabt, überhaupt einzuschlafen. Ihre Gedanken waren um die Geschehnisse des Tages gekreist. Vor allem die Erinnerungen an das Glen hatten ihr keine Ruhe gelassen, was Keelin überraschte. Normalerweise dachte sie über derartige Dinge nicht nach. Sie hatte eigentlich genügend andere Probleme, die sie nachts wach hielten …*

*Als sie dann gegen Morgen doch noch eingeschlafen war, träumte sie. Es war einer dieser Träume, bei denen man schon im ersten Moment wusste, dass es nicht wirklich war. Und dennoch – oder gerade deshalb? – war er ihr realistischer erschienen als alles, was sie je zuvor geträumt hatte.*

*Sie lief wie durch dichten Nebel, ohne Gefühl für Zeit und Raum. Es kam ihr vor, als wäre sie Stunden, ja Tage unterwegs, in einer eintönigen, endlosen Landschaft. Selbst der Untergrund, auf dem sie lief, war so monoton und substanzlos, dass sie sich nicht einmal sicher sein konnte, ob sich überhaupt etwas unter ihren Füßen befand. Erst nach einer scheinbaren Ewigkeit ließen sich um sie herum die Umrisse einer Landschaft erkennen.*

*Sie folgte einem breiten Pfad, neben dem sich ein vom Torfmoor bierbraun gefärbter Bach in seinem breiten Kiesbett entlangschlängelte. Um Pfad und Fluss waren zahllose kleine Felder angelegt, auf denen Roggen und Gerste angebaut wurden. Das Getreide wartete in goldgelben Ähren auf seine Ernte oder war bereits zu dicken Garben zum Trocknen zusammengebunden. Schwärme rotblauer Buchfinken balgten sich um die Körner und verschwanden laut zeternd in den dichten Hecken zwischen den Feldern, wenn Keelin ihnen zu nahe kam. Auf einer entfernten Vogelscheuche saß eine Krähe und beobachtete sie. Der blaue Himmel über ihr war mit zahllosen Schäfchenwolken betupft. Die Luft war angefüllt mit dem Geruch nach Stroh und Heidekraut.*

*In Keelin machte sich das Gefühl breit, den Ort zu kennen, doch je mehr sie nach der Erinnerung griff, desto mehr schien sie ihr auszuweichen. Mit einem Schulterzucken gab sie es schließlich auf, danach zu suchen.*

Schließlich erreichte sie einen dunkelbraunen See, der die Talsohle ausfüllte. Die Hänge waren von dunkelgrünem Kiefernwald bedeckt, aus dem sich kahlgraue Bergkuppen erhoben. Auf einer Landzunge vor ihr war eine Handvoll kleiner Gebäude errichtet, runde Gebilde mit Wänden aus Weidengeflecht und Lehm und Dächern aus Stroh, aus denen langsam dünner Rauch quoll. Nur die größten von ihnen waren rechteckig und zumindest zum Teil aus Steinen errichtet. Keelin konnte sich nicht daran erinnern, jemals ein solches Dorf gesehen zu haben.

Etwas verspätet traten auch die Geräusche in ihr Bewusstsein: das Plätschern des Baches, der aus dem See gespeist wurde, das regelmäßige Schlagen einer Holzfälleraxt, der Schrei eines Raubvogels, der hoch über ihr seine Kreise zog. Keelin glaubte sogar, Kinderstimmen aus der Siedlung zu hören.

Sie folgte weiter dem Pfad. Die mysteriöse Siedlung verschwand immer wieder aus ihrem Blickfeld, wenn sich der Weg vom Ufer etwas tiefer in den Kiefernwald wand, doch nie für längere Zeit.

Und dann war sie sich plötzlich ganz sicher, Stimmen gehört zu haben, vor sich und sehr nahe. Schlagartig hatte sie Angst. Was war, wenn man sie hier entdeckte? Eilig drückte sie sich in eine Hecke aus Ebereschengebüsch. Während sie besorgt abwartete, zerdrückte sie mit den Händen orangefarbene Vogelbeeren und fragte sich unsinnigerweise, wie man die Flecken der orangeroten Früchte aus der Wäsche bekommen konnte.

Die Besitzer der Stimmen ließen nicht lange auf sich warten. Eine dunkelhaarige Frau führte einen Ochsen den Weg entlang, der einen kleinen mit Mist beladenen Wagen zog. Hacken und Schaufeln steckten im Mist, am Holzrahmen des Wagens waren weitere Werkzeuge wie Sensen und Sicheln aufgehängt. Hinter dem Wagen ging ein stämmiger Mann, der eine schwere Hanftasche auf dem Rücken trug, gefolgt von zwei weiteren, jüngeren Männern. Der Stoff ihrer Kleider war derb, ungefärbt und schmutzig und in einem merkwürdigen Stil geschnitten. Er erinnerte Keelin an den Mittelalterbasar, der vor ein paar Wochen in Inverness stattgefunden hatte. Die Männer trugen sowohl Bart als auch Haupthaar lang und zu Zöpfen gebunden und unterhielten sich auf Gälisch, das Keelin zwar erkannte, aber nicht verstand.

*Ungläubig starrte sie der kleinen Gruppe hinterher. Erst als die merkwürdigen Leute hinter einer Wegbiegung im Wald verschwunden waren, verließ Keelin verwirrt ihr Versteck und folgte weiter dem Pfad.*

*Ihr Traum wurde immer absurder. Normalerweise waren ihre Nächte von Alpträumen angefüllt, teilweise unsinniges Zeug, von Monstern und Stürzen aus großen Höhen, teilweise auch Träume, gespeist von den Ereignissen ihrer Kindheit und Jugend. Ein* solcher *Traum war ihr bisher jedoch noch nie untergekommen.*

*Nach nur wenigen Schritten ging der Wald plötzlich in eine Schafweide über und gab so erneut den Blick auf die Siedlung frei. Die Häuser waren aus der Nähe betrachtet nicht ganz so klein wie sie zuerst angenommen hatte. Sie war nun nahe genug, um genauere Details erkennen zu können: Balken, die knapp unter den strohgedeckten Dächern aus der Wand ragten, waren über und über mit geschnitzten Mustern verziert. An den Wänden hingen Felle und bunt bemalte Schilde, in hölzernen Gestellen lehnten Speere. Auf dem Boden verstreut lagen Arbeitsgeräte wie Fischreusen und Netze, Äxte, Hämmer, Hacken und vielerlei mehr. Im hohen Gras nahe dem Seeufer sah sie mehrere hölzerne Ruderboote. Sie hörte vielerlei Tierstimmen, von Schafen, Schweinen, Ziegen und Geflügel. In der Luft hing der Geruch von gebratenem Fisch.*

*Dann flog plötzlich ein dunkelbrauner, unförmiger Ball zwischen den Gebäuden hindurch auf die Wiese.*

*Keelin erstarrte.*

*Der Junge, der kurz darauf aus derselben Richtung erschien, bemerkte sie nicht sofort. Er war wohl ungefähr fünf oder sechs Jahre alt, hatte langes, wirres braunes Haar und trug nur schmutzige Hosen. Keelin starrte zu ihm hinüber, während er den Ball aufhob.*

Jetzt *bemerkte er Keelin.*

*Seine braunen Augen starrten über die Entfernung hinweg in die ihren. Keelin schickte ein Stoßgebet in den Himmel, doch unsichtbar zu sein – doch in diesem Moment wirbelte der Junge herum und verschwand laut rufend zwischen den Gebäuden.*

*Im Bewusstsein, etwas falsch gemacht zu haben, wich Keelin zurück und rannte davon.*